U0734434

天喜文化

从声音到文字，分享人类智慧

必须犯规的游戏

重启 4

宁航一 著

天地出版社 | TIANDI PRESS

目录
CONTENTS

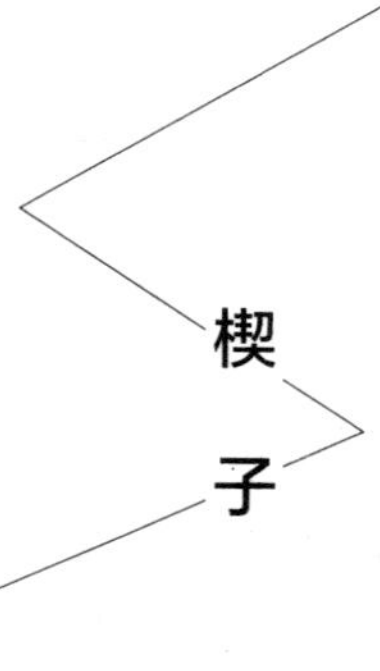

楔子

翌日早晨，兰小云起床后，到大厅的食品柜拿东西吃，发现柏雷也在。柏雷走到柜子前，拿了一瓶矿泉水，对兰小云低声说道："你吃完东西后，到我房间来一趟，尽量别引起其他人注意。"

兰小云低声应允。柏雷转身离开了，沿着楼梯走上二楼。兰小云来到圆桌旁，快速吃完了东西，然后上楼。她的 10 号房和柏雷的 12 号房中间只隔了一个房间。在没有人察觉的情况下，她推开了柏雷的房门，进入其房间。

"你找我什么事？"兰小云问道。

"这两天，我们都在暗中接触，分析主办者是谁。我想问你一句——现在，你有没有彻底地信任我？"柏雷说。

兰小云垂下眼帘，暗自思索。自从"结盟"之后，她几乎每天都会跟柏雷单独接触和交流。在这个过程中，她感受到了这个男人的聪慧和真诚。他把自己觉得可疑的点讲出来，两人一起展开分析。虽然这些分析不一定是对的，甚至有可能是柏雷为了掩饰身份进行的一场卖力表演——如果非要这样想的话。但兰小云认为，这种可能性微乎其微。人总是有"感觉"的，她能感觉到柏雷是真的在竭尽全力找出主办者，而不是在演戏。反过来说，他做的所有事情如果都是在演戏，而且只为演给自己一个人看，这似乎有点儿说不过去。

想到这里，兰小云抬头望着柏雷，说道："我相信你。"

柏雷露出欣慰的神情，说道："那就好。既然如此，你能对我推心置腹吗？告诉我，你来参加这场游戏的真正目的是什么？还有，你为什么要跟我们中年龄偏大的男性接触？”

在兰小云开口之前——或者说在她拒绝回答之前，柏雷抢先说道：“我知道，这事可能触碰到了你的隐私。但目前的状况是，不管你是否愿意，我想你都应该把实情告诉我。因为这有可能是帮助我们找出主办者的重要线索！”

兰小云沉吟许久，说道：“好吧，我实话告诉你，在来到这里之前，我删除了主办者发给我的两条重要的短信。”

柏雷望着她，期待她继续往下说。但兰小云的回答令他失望：“抱歉的是，我不能把这两条短信的内容告诉你。也就是说，我不能把我参加这场游戏的另一个目的告诉你。不是因为我信不过你，而是因为这两条短信的其中一条警告我，如果我把这件事告诉其他人……”

说到这里，她停了下来。柏雷忍不住问道：“会怎样？”

“有人会死。”兰小云说，“而且这个人不是我。也就是说，这样做的后果是，我会害死某个人。”

“如果我发誓不会说出去呢？你还是不能告诉我吗？”

兰小云摇了摇头说：“对不起，在这件事上，我不想冒任何风险。否则，我会后悔一辈子。”

“好吧，我明白了。”柏雷说，“我不会逼你说这件事了。但我会通过自己的观察和判断来得出结论，这样就不算是你告诉我的了。”

兰小云望着柏雷的脸，心里有些矛盾，欲言又止。最后，她只是淡淡地说了一句“随便你吧”，便走出了柏雷的房间。

晚上七点，众人再次围坐在圆桌旁。今天晚上讲故事的是 9 号宋伦。他说：“我这个故事稍显特别，是由三个部分组成的。换句话说，我今天晚上讲的，可能不是一个故事，而是三个故事。”

“可以这样吗？这不算犯规吗？主办者可是明确说了——每个人每天晚上讲一个故事。你这一次讲三个故事，算怎么回事？”贺亚军提出疑问。

宋伦说："虽然是三个故事，但彼此是有联系的。所以，也可以视为一个故事的三个部分，或者三个篇章。听完后，你们就知道了。我开始讲了，故事的题目叫'火锅与死神'。"

第九夜的离奇故事

火锅与死神

麻辣火锅，起源于重庆，最开始流行于川渝一带，随着时代的发展，如今遍布全国，成为广受欢迎的美食种类。当然味道最正宗的麻辣火锅，还是集中在成都、重庆两座城市，川南一带的也不错，北方的就要差些了。就像在四川吃不到正宗的涮羊肉一样，在北方也很难吃到正宗的麻辣火锅。其实，问题不是出在食材或者底料上，因为如今交通便利，这些东西全都能从产地运过来。究其根本，还是口味问题——为了迎合当地人的口味，商家势必会把原本的味道做一些调整，这就变得不正宗了。

也有不妥协的，坚持要做正宗的川味麻辣火锅，即便因此损失客人也在所不惜。这年头，在美食理念和经营方针上如此执着的商家，已然不多了。

这座北方小城一家名为“院里火锅”的小店，就是如此。老板是四川人，年纪四十多，对麻辣火锅有种近乎偏执的固守。他家的火锅底料全部由老板亲自炒制，严格按照川味火锅的品质来把关，特别是对“麻”“辣”二字的体现，可谓是淋漓尽致。可对于北方人来说，这样的味道就未免太浓烈了些，很多人吃过一次后，直呼受不了，不敢再来吃第二次了。

老板了解这一情况，却不肯做出丝毫妥协，仍然坚持炒制麻辣到极致的火锅底料。有人建议，推出鸳鸯锅，让吃不了辣的人在白锅里涮烫食物。老板却说：“吃不了辣来吃什么麻辣火锅？吃涮羊肉不就好了吗？白锅我不会做！”言语之中充满对白锅的鄙夷，仿佛制作白锅汤底是对麻辣火锅的亵渎。本来受众就有限，老板孤傲的态度又得罪了不少客人，导致生意越来越差，有时候整晚都没有两桌客人。但这老板很“佛系”，一点儿也不心焦，有生意就做，没生意就乐得清闲。他家店如其名，开在一条老街的宅子里，有个环境清雅的小院，但只能摆上四张八仙桌。生意冷清的时候，他就泡上一壶清茶，坐在院里的竹制躺椅上，跷起二郎腿，优哉游哉地哼着小曲儿、翻翻小说，或者自己涮烫食物吃，再倒上二两白酒，慢慢啜饮、细细品味，一个人吃得自得其乐、饶有兴味，真个比神仙还快活。

今天晚上，院里火锅迎来了第一个客人——一个三十岁上下、戴着眼镜的男人。火锅这东西，通常适合跟亲朋好友一起吃，一个人吃火锅，相对少见。眼镜男选了张桌子坐下来，店里唯一的员工递上菜单。男人说："一个小锅，荤菜要麻辣牛肉、卤肥肠和自制午餐肉，素菜要贡菜、藕片和宽粉。"

"好的。"年轻伙计记录下来，进厨房去了。不一会儿，他端出一口铁锅，上面覆盖着一层厚厚的牛油和满满的辣椒、花椒。年轻伙计又端来了蘸碟、调料和男人点的菜品。火锅沸腾后，男人便开始烫煮食物，大快朵颐起来。

男人刚吃不一会儿，一个六十多岁、体态均匀、穿着素净的男人走进院内。他坐在第三张桌子前，把菜单仔细地看了一遍后，对年轻伙计说："自制午餐肉、麻辣牛肉、卤肥肠、藕片、老豆腐，就这些吧。"

"好嘞！"年轻伙计转身准备菜品去了。坐在旁边的眼镜男瞄了这老者一眼，没有说话。

年轻伙计把菜上齐之后，老者并不急于吃，而是仔细观察着这些菜品，仿佛学者在做研究一般。许久后，他才把一些菜下入锅中，等待煮熟。

这时又一个客人上门了。今天也真是巧了，来吃火锅的全是一个人，且均为男性。这是个中年胖子，他选了另一张桌子坐下，年轻伙计刚要递上菜单，这胖子肥手一摆，说道："不用看了，卤肥肠来两份，麻辣牛肉和自制午餐肉各一份，素菜随便！"

年轻伙计有些犯难："大哥，随便……这个不好弄呀。"

胖子说："哎呀，你就随便上两三个素菜吧。我来你们家主要是吃那三样荤菜的，素菜吃不吃都无所谓。对了，给我来两瓶啤酒。"

"好，我知道了。"年轻伙计去了。这一次，眼镜男和老者都望向了胖子。不只他们，坐在屋门口喝茶的老板，也望向了这个男人。

伙计熟练地端锅、配菜。三个男人各自用餐，老板看着他们吃火锅，不禁笑了起来，自言自语般地说道："今儿可真有意思，巧了。"

三个男人一齐抬起头来望着老板。除了最后一位客人，另外两个人都心知肚明老板说的"巧了"是什么意思。胖子有些不解，问道："老板，你说什么巧了？"

"我这家店开了也有两年多了，还是第一次遇到今天这样的情况。你们三位，都是一个人来吃火锅，而且你们点的荤菜，一模一样。"老板说。

胖子遂望向隔壁两桌，发现果然如此。他"哈哈"一笑，说道："看来大家挺有缘呀！"

另外两位男士皆微微一笑。老板说："我有个提议，不知道你们是否愿意？"

"什么提议？"眼镜男问。

"你们三位各点了一个小锅，菜也是差不多的。大家既然这么有缘，不如我换口大锅，你们仨拼在一起吃，怎么样？"

三个男人相互对视一眼。眼镜男说："我倒是没意见，看他们吧。"

胖子不好意思地挠了挠头："我也没意见。只是我的食量估计比你们的大，如果你们不怕吃亏的话……"

老者哈哈大笑起来："都是大老爷们儿，谁会计较这些鸡毛蒜皮的小事。老实说，我吃不了多少，剩下也是浪费，跟你们拼桌一起吃，正好。"

老板说："好，既然如此，我就帮你们换成大锅了。"他对年轻伙计说："小双，你去端口大铁锅来。"

"好嘞！"年轻伙计转身进了厨房，端出一口乌黑锃亮的大铁锅，架在第四张桌子的燃气灶上，然后把三口小锅里的底汤汇集在这一口大锅中，又分别帮客人们把菜转移到这张桌子上。三位客人端着各自的调料碗坐了过来，互相点头致意。老者说："老板，干脆你和这位小兄弟也一起坐过来吃吧，今儿这顿我来请客。"

老板说："不不不，哪有这个道理？怎么能让客人请店主吃饭？要请也该是我来请。"

老者说："那就更没这个道理了。你开店做生意，怎么能赔钱呢？！"

胖子说："你们别争了。这样，饭钱咱们仨平摊，老板请喝酒，不就行了吗？！"

这老板也是个性情中人，笑道："行，就这么办！今天晚上啤酒管够，大家开怀畅饮！"

接着老板又对年轻伙计说："小双，你去把门关了，今晚不接待别的客人了。"

眼镜男说："这……不合适吧？耽误你做生意了。"

老板爽朗地笑道："无所谓，今儿就算你们三位包场了。生意嘛，天天都可以做，钱这东西，赚得完吗？能交上几位朋友，比赚钱开心多了。"

胖子竖起大拇指说："老板，你这性格，我喜欢！"

"小双，关门。"

"得嘞！"年轻伙计蹦蹦跳跳地跑到门口，把院门关上了。之后，他又去抱了两箱啤酒来，咧嘴一笑："老板让随便喝，那我就不客气了。"

"听这口气，你酒量不错呀，年轻伙计。"老者说。

"嘿嘿，啤酒的话，十瓶不在话下。"

"年轻人就是厉害。"老者微笑道。

"再加点菜吧，你们还想吃什么？"老板问。

"当然是我们点的那三样。"胖子说。

"没问题。不过，我想问一下，你们三位为何不约而同地点了这三道菜？我这菜单上一共有二十多样菜，也没有注明'特别推荐'之类的。"老板说。

眼镜男说："我上回跟朋友来吃过一次，印象最深刻的就是这三道菜。但我那些朋友觉得太辣了点，吃不惯，这次我就一个人来吃了。"

胖子说："我是四川人，现在在这座城市工作，最想念的就是家乡的麻辣火锅。但在这座城市里，一直找不到一家正宗的火锅店。直到一个朋友跟我说，你们家火锅的味道正宗，并特别推荐了这三道菜。所以我连菜单都没看，就直接点了这三道菜。"

老者说："对，我也是听别人推荐的，说这三道菜是你们家最有特色的菜品，就慕名前来品尝了。"

老板点头道："看来，这座北方城市中还是有真正懂火锅的人的。不瞒你们说，这三道菜，确实是我的拿手好菜，算是本店的招牌。来，咱们边吃边聊！”

众人一齐点头，分别夹起一片牛肉。这牛肉一片有巴掌那么大，切得厚实。这牛肉的特色在于，每片肉都裹着厚厚的辣椒面，但是伸到沸腾的锅中涮烫，辣椒面居然不会被浓汤涮掉，仍然紧紧地附着在牛肉表面。十秒之后，五个人不约而同地把牛肉从汤底中夹起来，放到加了蒜蓉和香菜的芝麻油碟中一蘸，然后咬上一大口，那扎实的口感和浓郁的肉香充斥整个口腔，让人无比满足。

“好吃，真是太好吃了！”胖子赞不绝口。另外两个人也不住地点头，赞美之情溢于言表。

“一个厨师，或者说一道美食，能遇到懂他（它）的人，是幸运的。就像千里马需要伯乐来发现一样。”老板端起酒杯，“今天能同时遇到三位知己，实在是我的荣幸。我敬你们一杯。”

大家端起酒杯，老者说：“感谢你做出了这么美味的食物，让我们得以享受。”众人碰杯，一饮而尽。

“我看出来了，三位都是火锅方面的行家。”老板微笑道。

“何以见得呢？”眼镜男问。

“一个细节就能看出来。”老板说，“这盘麻辣牛肉，我并没有告诉你们要煮多久。但你们都在烫了十秒后将牛肉夹了起来。这个时间是最恰当的。少一秒，牛肉可能没熟；多一秒，口感可能偏老。你们能够根据牛肉的部位和厚度，准确地推测出它的最佳涮烫时间，不是行家是什么？”

三个人相视而笑。眼镜男说：“老板，不仅如此，我还能把你做这道麻辣牛肉的秘诀说出来。”

“哦？讲来听听。”

眼镜男说：“这道牛肉，你用手掌或者小锤，把辣椒面反复捶打到牛肉中，这样汤底才不会把辣椒面涮掉。并且，由于锅底已经很辣了，包裹牛肉的辣椒面，不适合再用很辣的辣椒面。你选用的是香而不辣的辣椒品种，目的是增加香味和口感。所以这道看上去裹满辣椒面的牛肉，实际上并没有那么辣，吃到口中，只会唇齿留香。”

“哈哈哈哈……”老板发出爽朗的笑声，端起酒杯说道，“佩服佩服，你仅仅吃了一次，就把我的秘密看穿了。我敬你一杯！”

“过奖了。”眼镜男微微一笑，跟老板举杯共饮。

接下来，他们又分别品尝了卤肥肠和自制午餐肉。每一样都各具特色，美味无穷。关键是，这三位食客，不仅能品出味道来，还能说出其中的讲究，实属难得。老板喝得兴高采烈、脸颊绯红，吩咐年轻伙计把三样招牌菜又端了好几盘出来。看来遇到志同道合的朋友，的确是一件比赚钱更开心的事。

五个人大快朵颐，吃得异常满足。喝酒方面，喝得最多的是年轻伙计小双和那胖子，这两人都是海量，已经称兄道弟起来。其次是老板。眼镜男和老者相对控制一些。

胖子喝到兴头上，说道：“不瞒你们说，我吃过重庆乃至全中国最好吃的火锅。在品鉴火锅这件事上，我要是第二，没人敢说第一。”

眼镜男摆了摆手道：“胖兄，不是我非得跟你抬这个杠，我在火锅方面的研究，恐怕不是你能比的。”

老板饶有兴趣地望向老者：“老先生，你觉得他们俩谁更胜一筹？或者，他们其实都不如您？”

老者微微一笑说：“他们都有点喝醉了，我又何必跟年轻人争输赢呢？”

胖子醉醺醺地说：“我没喝醉。我也听出来了，您分明就是不服气嘛。”

“不是服不服气的问题，关键是争这个有什么意义呢？有人给你颁奖吗？”

胖子说：“是没人颁奖，但这是信念的问题。火锅在我心目中是很神圣的。不瞒你们说，我跟火锅，还有一段有趣的故事呢。”

眼镜男说：“我也是。而且我的这个故事，不但跟火锅有关，还十分诡异，估计你们这辈子都没听说过这么离奇的事。”

老者说：“巧了，我也有一个关于火锅的故事，只是不知道这故事适不适合讲出来。”

“三位都有关于火锅的故事？那真是太好了。”老板说，“咱们今天这么有缘，又如此尽兴，你们不妨把故事都讲出来，分享一下，怎么样？”

三个人对视一眼。眼镜男说："可以啊，但前提是，每个人都要讲。"

"行啊。"胖子说。老者也点了点头。

"那么，谁先讲？"老板问。

沉默一阵后，老者说："反正都要讲的，那我先来吧。"

"好，我们洗耳恭听。"

接下来的两个小时中，这三个人，分别讲述了一个跟火锅有关的故事。此时的他们，认为这只是吃饭时的闲聊罢了。

谁也想不到，死神正悄无声息地跟在这些故事背后，一步一步向他们走来……

老者讲述的故事——
《火锅偏执狂》

"情况就是这样，希望你们本地的电视台能够配合一下。毕竟咱们这个节目除了在网络平台播出，也要在本市的电视台播出。而且从往期的效果来看，收视率一定不会差。"节目组导演说道。

"嗯，"电视台副台长颔首，"那么，你们希望我们怎么配合呢？"

"咱们这档美食节目的形式是，每期选择一个城市，推荐当地最有名的一家餐厅，品尝美食。这次到了重庆，当然是冲着重庆最有名的火锅店来的。不知道李台长有什么好的推荐？"

李台长说："重庆好吃的火锅实在是太多了，只选择一家，着实有点困难。而且这些有名的火锅店，早就上过很多次节目了，包括《舌尖上的中国》等。如果再去这些店做节目，会不会缺乏新意？"

导演笑了："看来，李台长没怎么看过我们这个节目呀。"

"是啊……真是抱歉，平日事情繁多，的确不怎么看综艺节目。"

"是这样的。我们这个综艺节目，跟一般的美食纪录片，或者美食类综艺节目有所不同。我们不仅去当地最火的餐厅吃饭，每期还会请一个当地的美食家作为嘉宾，从他的角度为大家解读各道美食。吃饭的人也不止他一个，还有我们节目组的人。在这个过程中，外景主持人会把控节奏、抖包袱，跟嘉宾互动，用活泼、幽默的方式来介绍美食。这是一档边吃边聊的美食、谈话类节目。你可以理解为'康熙来了'美食版。我们做过很多期了，观众的反响是很不错的。"

"原来如此，我明白了。"李台长点头，"这么说，除了推荐餐厅，还需要我们推荐一个重庆的美食家？"

"是的。对火锅颇有研究的美食家。"

李台长望向办公室的各位同僚："大家认识这样的人吗？有没有合适的人选？"

电视台的工作人员面面相觑，片刻后，一位女同事说道："章老先生可以吗？他是咱们重庆资历最老的美食家。"

"不行，"李台长立即否决，"章老的确是资深美食家。但问题也出在这儿——太'老'了点。他今年七十五岁了吧？请这么老的嘉宾，和节目风格估计不搭。"

"对，"导演说，"而且年轻主持人抛出的梗，老年人也接不住，会冷场。"

"那就难办了……"女同事挠着头说，"又要懂吃，又要有娱乐精神，这人选不太好找。"

"麻烦各位再想想。咱们重庆这么大，肯定能找到合适的。"导演说。

办公室里沉寂了一会儿，一位姓刘的制片主任说："我倒是认识一个'火锅达人'，但是……"话说一半，他突然收口："算了算了，当我没说……"

"刘主任，干吗吞吞吐吐的，把话说完呀。"李台长说。节目组其他人也望向了他。

刘主任叹了口气，说："这个人吧，算是我的一个朋友。火锅方面，那是绝对的行家。可问题是，这个人不适合做节目，所以我刚说出口，就后悔了。"

"为什么不适合做节目？"导演问。

"这人对火锅有种情怀，近乎偏执。认识他的人背地里都叫他'火锅偏执狂'，他性格十分古怪，是个很不好相处的人。"

"那肯定不行。过分严肃和固执的嘉宾，是综艺节目的大忌。再想想别的人吧。"李台长说。

“不，”没想到的是，导演居然对这样一个人产生了兴趣，“刘主任，你不妨说说，这个人偏执在哪儿？”

“我跟他也不是太熟，就是经朋友介绍吃过一次饭——吃的就是火锅，餐厅是这人推荐的。要说他推荐的餐厅是真的靠谱，不是尽人皆知的网红火锅店，或者名声大噪的店，而是一家开在偏街小巷的冷门火锅店，菜品味道特别好。本来我觉得认识这样一位懂吃的人，交个朋友是件不错的事，可跟他吃过那次火锅后，我就打消这念头了。因为这人吧，真让人有点儿受不了。”

“怎么受不了？”导演的兴趣越发浓厚了，“讲点儿具体的事情来听听吧。”

“行。当时朋友介绍，说他是重庆数一数二的‘火锅达人’，我觉得还挺荣幸的。这人表面上看温文尔雅，不像怪人。可是一开始吃火锅，就不一样了。

“首先，他从包里摸出一颗糖来，含在嘴里。我朋友说，这是他的一个老习惯，吃火锅前，必定要先吃一颗糖。我们不解，请教原因。他说，这是为了造成一种‘味觉差’，糖的甜味会让人发腻，这时再吃麻辣味的火锅，便是一种极致的享受。就好比寒冬腊月脱光衣服跳进温泉，入水的那一瞬间，是最爽的。

“这个纯属个人习惯，对其他人倒没什么影响。但是接下来吃的过程中，他的执拗劲儿就上来了。那家店是他推荐的，菜品也全是他点的，可我们没想到的是，他居然要求我们整桌人吃菜的顺序也必须跟他一样！他说，先吃什么，后吃什么，全是有讲究的。

“一开始，我们也就依着他了。但后来觉得这样吃饭有点累，还是自在点儿好，就渐渐不按他的套路来了。不料，这人的脸马上就沉了下来。我朋友对他有所了解，不断打着圆场。可我们一边喝酒，一边烫菜，没注意到他脸色越来越难看。最后不知道谁做了个什么举动，这人居然当即站了起来，怒斥一声‘暴殄天物、俗不可耐’，便拂袖而去了。我们一群人莫名其妙，请客的那位朋友也尴尬无比，那顿饭就不欢而散了。”

刘主任讲到这里，苦笑着摇头道：“你们说，这种人，能请他当节目嘉宾吗？吃顿火锅而已，被他弄得就跟什么重大仪式似的，还得每个人都顺着他的意来，这不是有病吗？”

办公室里的人都笑了起来，李台长也直摇头。没想到的是，节目组导演眼珠一转，说道：“刘主任，我们这次的嘉宾就请这位‘火锅达人’了，你能帮忙联系一下他吗？”

众人都有些吃惊，李台长说：“金导，你是开玩笑的，还是认真的？”

“当然是认真的。实话说吧，我们节目做了这么多期，之前的嘉宾都中规中矩，如果这次能够请到一位这么有个性的嘉宾，也许会有出其不意的效果。”

“可是，会不会有点冒险？这人如此古怪，要是节目拍摄的时候，谁不小心惹到了他，他当场撂挑子走人，节目还怎么做？”李台长提出担忧。

“没关系，咱们试试吧。”导演说，“刘主任，你说的这位‘火锅达人’，大概多少岁，做什么工作的？把他的基本情况给我们介绍一下吧。”

“这男人四十多岁，听我朋友说，以前他家就是开火锅店的，曾经名噪一时。后来不知道什么原因，火锅店开垮了，他没有再找工作，成为无业游民。可能是性格古怪，也一直没成家，老光棍儿一个。这人没别的爱好，就是喜欢吃火锅，把火锅看得比命还重要。”

“没有工作，就等于没有收入，那他哪来的钱吃火锅呢？”

“这就是神奇的地方。我朋友就是这样认识他的。一年前，我朋友去一家火锅店吃饭，坐下来正准备点菜，这男人突然在他身后说了一句‘这家最好吃的菜是腰片和毛肚，是用清油浸泡过的，鲜嫩无比’。我朋友只当他是经常在这里用餐的客人，便说了声‘谢谢’，也听了他的建议，点了这两道菜。不承想菜端上来后，这人又指导他怎么涮烫。一番操作下来，滋味果然妙不可言。这时我朋友才发现，这人一直站在旁边指导，并未坐下来用餐。我朋友是性情中人，也猜到了几分缘由，便邀请他一起用餐。这人假意推托两句，便真的坐下来一起吃。其间，又跟我朋友讲了很多火锅方面的知识。我朋友觉得这人挺有意思，也佩服他对于火锅的痴迷和执着，便跟他交了朋友。”

“原来是这样。”李台长说，“不过听你这意思，这不就是在火锅店蹭吃蹭喝的闲人吗？”他望向导演说道：“金导，你们真打算请这样的人来当嘉宾？三思呀。”

“李台长，我想好了，就请他了。以我的经验来看，这样的人，往往是某个领域的天才，就像穷困潦倒、割耳自残的凡·高。请他当嘉宾，比那些只会说冠冕堂皇的话的所谓美食家，更有意思。”

“行吧，你是节目组导演。你觉得没问题就行。”李台长说。

“刘主任，麻烦你跟他沟通一下吧。嘉宾不白当，有通告费的，只要他肯来，价格好商量。”

“行。我一会儿就跟他联系。”

“如果他有什么难处或者要求，你尽管跟我说。或者把他的电话给我，我直接跟他沟通也行。”导演说。

走出电视台，节目组的外景主持人晓月——一个伶牙俐齿的女生——纳闷地问导演：“金导，你怎么想的？找这种怪咖来当嘉宾，是打算出奇制胜吗？”

“对。”

“可是李台长说的有道理，这人脾气古怪、捉摸不定，肯定很难控制。到时候不按我们节目的套路来怎么办？”

导演望着她说：“这期节目，我就是不想按套路来。”

“什么意思？”

“晓月，其实你知道，咱们节目做了这么多期，观众多少有点看腻了。最近收视率有下降的趋势。所以咱们得有所突破才行，不能每次都是老套路。这次，我觉得是一个难得的机会。”

“什么机会？你到底是怎么想的？”

导演把嘴凑近晓月的耳朵，在她耳畔低语一番。晓月不安地说：“这样做……能行吗？万一出了什么意想不到的状况怎么办？”

“放心吧，我自有办法。”导演神秘地一笑。

另一边，刘主任联系了他那位朋友，把事情的缘由说了一番。朋友说：“洪昊那人性情乖僻，你们招惹他干吗？找别人当嘉宾不好吗？”

刘主任苦笑道：“怪我多嘴，提起了他。谁承想节目组的导演居然认准了他，有点非他不可的意思。我也是没办法，反正联系他看看吧。他要是不愿意来，那我也没办法了。”

“行，我把他的电话给你，你跟他聊吧。”

朋友把“火锅达人”洪昊的电话号码发了过来。刘主任立刻拨打过去，对方接起电话，问他找谁。刘主任赶紧套近乎，说：“之前咱们一起吃过饭的，你还记得吗？”洪昊对他这人根本没兴趣，直说：“你有啥事？”

刘主任就把电视台想请他当美食节目嘉宾的事告诉了他，并强调了两点：第一，去哪家火锅店吃，由他决定，菜品更是随便点、敞开吃；第二，节目不白上，有通告费。

洪昊沉默了几秒，问道：“通告费有多少？”

这事刘主任之前问过导演，他说：“一万元。”

洪昊说：“我想想吧，过会儿回复你。”

“行。”刘主任挂断电话，心想：成了。这人就是死要面子，不好意思一口答应，才假装犹豫。其实以他的经济状况，一万元算是笔巨款了，加上还可以任他挑选吃一顿火锅，岂有不来之理？

刘主任发微信把沟通结果跟金导演说了。导演说：“这样，你把他的手机号发给我，我再亲自给他打个电话，彰显我们的诚意。”刘主任觉得没这必要，不过还是把洪昊的手机号发给了导演。

十分钟后，导演回复信息：“OK 了，洪老师答应来参加节目。明天就可以录制。”

刘主任不知道，其实他猜错了。洪昊并不是假装犹豫，他真的不太想来参加这个节目。原因是，刘主任在告知他节目内容的时候，说了这样一句话——“到时候，节目主持人会跟你互动，讲讲笑话什么的，要在轻松愉快的氛围下边吃边聊。”

说着笑话吃火锅？这叫什么话！这些人对火锅缺乏基本的尊重，对饮食也缺乏敬畏之心。洪昊在心中骂道。一群肤浅之人！我才不屑跟这些人为伍。

但这是一开始产生的想法。当刘主任告诉他有一万元通告费的时候，他又有些犹豫了。

一万元，假如每天晚上吃一顿火锅的话，几乎能连着吃三四个月……而且是有尊严地走进店内就餐，不是厚着脸皮蹭吃。

洪昊清楚自己的财务状况。他已经失业近十年了。倒不是说真的没法找到一份工作，而是他对普通的工作提不起半分兴趣。能够调动他工作热情的，只有火锅行业。他之前曾尝试到火锅店担任主厨的职务，但每一次，都以愤然离去告终。原因是，他对锅底和菜品的挑剔，让任何一家火锅店的老板都无法忍受。并非老板不认同他的美食理念，而是按照他的固执和坚持，火锅店估计根本无法赢利，只能赔钱。

比如，洪昊要求：只有从屠宰场运送过来四个小时之内的毛肚，才配端上餐桌，供食客享用；超过四个小时的，必须全部倒掉！他不只提要求，还亲自把关，严格执行。有一次，他真的把几十斤超过时间的毛肚全部倒进了垃圾桶，导致当天的客人都没吃到毛肚这道菜。

老板急了，跟他理论，说毛肚超过四个小时又怎么了？只是口感稍差一点儿罢了，又没有馊，怎么就不能端给客人吃？

洪昊怒道："庸人！'口感稍差一点儿'你觉得无所谓是不是？咱们重庆火锅的精髓，就是被你这种人毁掉的！"

结果毫无疑问，老板立即将他辞退。类似的例子，不胜枚举。总之，没哪座庙供得起他这尊大菩萨。连番受挫之后，洪昊也懒得再去火锅店应聘了，他又不屑做别的工作，便只有赋闲在家，靠老本度日。几年下来，父母留下的家产便所剩无几了，别说天天吃火锅，就连顿顿喝粥都有点儿困难。可他嗜火锅如命，离了火锅就像离开水的鱼儿一样，无法存活。实在无奈，才想到去火锅店蹭吃的主意。好在重庆人普遍性格耿直，特别是喝了酒的大老爷们儿，很多时候见旁边站着一个人告诉他们涮烫火锅的种种诀窍，便会招呼道："坐下一起吃吧！"洪昊便半推半就地坐下来，混一顿火锅吃。重庆的火锅店有上千家，他每天换着地儿蹭吃，这样的日子，居然持续了好几年！当然他也知道，这是丢脸的事，但跟吃火锅比较起来，脸面这东西又算得了什么呢？

如今，家里的存款只剩两三千元。这一万元的通告费，无疑是雪中送炭。况且洪昊衡量任何事，都是以火锅作为标准的。这上百顿的火锅，当然没有拒绝的理由。

想到明天要录制电视节目，洪昊走到穿衣镜前审视自己，心说这可不行——胡子拉碴，头发乱糟糟的，衣服洗得都快发白了。自己以前也是体面的人，要在全国观众面前亮相，可不能是这副寒酸样。

于是他取出些钱来，先去了一趟理发店，剪了个干净清爽的发型。再去服装店买了身新衣服，捯饬一番后，看上去也人模人样了。

回到家中，洪昊接到了刘主任打来的电话，问明天在哪家火锅店吃，节目组的人好先去打个招呼，做些准备。

关于这点，洪昊想都没想，脱口而出："去黄角坪的无名火锅。"

刘主任问："店名就叫无名火锅吗？"

"不是，压根儿就没有店名，大家约定俗成，管他家叫无名火锅。"

"啊？店名都没有，节目组的人怎么找？"

"他们到了黄角坪之后，跟附近的居民打听，就知道无名火锅店在哪儿了。"

"好吧，我转告他们。"刘主任略有点不放心地问道，"这家店我怎么没听说过？真的好吃吗？"

洪昊冷笑一声："你听说过的，恐怕都是些声名远扬的网红店吧？要是去这些地方吃，还用得着我推荐吗？"

刘主任不想跟这偏执狂多说，便应道："好吧，我们相信你的推荐。我这就跟节目组说。"

节目录制的时间，定在次日中午。上午十点，洪昊就出门了，乘坐地铁和公交车来到黄角坪的无名火锅店。这家店他来过多次了，店开在一条老街上，有三十多年的经营历史。在重庆遍地开花的火锅店中，这家店并不算特别有名，老板也是老派的人，不懂如今的新媒体营销之道，所以连很多老重庆人都不知晓。但是在洪昊以及一干资深吃货心中，这家店绝对算得上重庆火锅的第一名。

洪昊十一点多来到店内。这家店的风格极其简朴，没有什么高档小资的装潢设计，店内也无包间，就是水泥地、瓷砖墙和方桌、宽板凳的组合。但是店内收拾得干净整洁，桌椅板凳都是一尘不染。节目组昨天来这里踩过点儿，觉得很满意，非常符合他们心中重庆老火锅的定位，便告知五十多岁的老板，说明天想到这里来拍摄节目。一般的店家遇到这种情况，都是求之不得，因为电视节目其实就等于免费广告，但这家店的老板思维模式跟别人不同，他有些担忧地问道："你们在这里录节目，会不会打扰到别的客人？"

导演当即表示，肯定不会。因为他们采用的是隐蔽拍摄的方法，也就是在店内的几个地方安放小型摄像机，从不同角度拍摄，最后再剪辑成一期完整的节目。整个过程，不会有摄影师扛着摄像机四处走动，也就不会打扰到其他的客人用餐。老板听了，这才放下心来。

早上十点，节目组的摄影师就来到店内选择最合适的位置，布置各个方位的摄像机。不久后，金导演、刘主任、主持人晓月和其他工作人员也到了，所以洪昊到店的时候，一眼就看到了摄制组的人。刘主任见到他后，走过去招呼道："洪老师来了。"

金导演和晓月走过去和他握手问好，说着"辛苦了"之类寒暄的话。洪昊也微笑着点头致意，跟着说客套话。晓月跟金导对视一眼——这人看上去挺正常的，并没有刘主任说的那么夸张，便怀疑刘主任是不是有点言过其实了。

导演把洪昊带到他们选好的桌子前坐下，安排洪昊和晓月并排坐，主机位就是对着他们俩的。金导说："洪老师，过会儿咱们一起吃饭的除了你和主持人，还有我、刘主任和另外两个工作人员。别看有六个人，其实主要是拍你和晓月，其他人都是凑数的，看上去热闹一点儿。对了，吃火锅在人数上有没有什么讲究？比如多少个人是最合适的？"

"当然有，"提到跟火锅有关的话题，洪昊的话匣子立刻就打开了，"吃火锅的最佳人数，其实就是四到六个人。多了少了，都没那么合适了。"

“哦？这话怎么讲呢？”

“如果人少了，就只能点有限的几道菜，无法把店内的特色菜品都品尝一遍；人太多呢，有些菜一个人一筷子都不够——当然重要的菜可以多点几份。但人多势必嘈杂，谈天说地，无法把精力完全集中在吃上面，体验就会打些折扣。”

导演和晓月连连点头，表示赞同。晓月问道：“洪老师，这家火锅店听说已经开了三十多年了，我刚才进来的时候，发现门口果然没有招牌。请问这是什么缘故呢？”她笑了起来，用开玩笑的口吻说道：“是不是老板出奇制胜，故意反其道而行之？无名胜有名？”

洪昊也笑了：“不是。其实原因是这样的。这家店在三十多年前，不是火锅店，而是一家粮油店。但老板爱吃火锅，就经常自己炒底料、备食材，在店门口边烫火锅边做买卖。上门来买东西的人被火锅的香味吸引，垂涎欲滴。老板性格耿直，便招呼那些老主顾一起吃。结果那些人吃了之后，赞不绝口，说他们家做的家庭火锅味道比火锅店的还地道。老板说，那是当然，他们自家人吃的，底料和食材当然都是最正宗的，还能自己坑自己不成？

“于是便有人建议他们干脆别卖粮油了，开家火锅店，没准儿生意更好。一开始老板只当这话是玩笑话，后来提议的人多了，便认真琢磨起了这事。后来，就真的做起了火锅，但始终沿用粮油店的名字。结果生意越来越好，天天门庭若市。这时候就觉得粮油店的名字有点驴唇不对马嘴了，可是也想不出什么合适的名字。老板是个随性的人，心想反正生意都兴起来了，有没有名字也无所谓。结果，这家店直到现在都没有名字。”

晓月笑了起来：“太有意思了，原来是这样！”她用蹩脚的重庆话说道：“看来，我们重庆人硬是耿直哦！”

洪昊问：“金导，咱们什么时候开始正式录制节目呢？”

金导演说：“其实从您进门的那一刻，节目就已经开始录制了。”

“啊？”洪昊吃了一惊，“可是……我没有看到摄像机呀。”

“我们采取了隐蔽拍摄的方法，为的就是避免嘉宾面对镜头时出现不自然的反应。

洪老师，您刚才的表现就特别好，非常自然。我建议接下来的过程中，您彻底忘记拍摄这回事，呈现最真实的状态。”

“那……我们现在说的这些话，也会在节目中播出？”

“当然不会，”金导演笑了，“我们会进行后期剪辑的，这个您就甭管了，是我们节目组的事。”

“好的，我明白了。”

晓月看了一眼手表，说：“导演，现在十一点半了，可以开始吃火锅了吗？”

导演正要说话，洪昊抢在他之前说道：“不，再等一会儿吧，十二点钟的时候再吃。”

晓月问：“洪老师，这又有什么讲究呢？”

洪昊说：“我是早上八点钟吃的早餐，计算好了早餐的量，到十二点钟的时候，就消耗得差不多了。这个时候，腹中刚刚开始产生饥饿感，是吃火锅的最佳时机。”

“啊，洪老师真是太讲究了。我今天没有吃早饭，现在已经饥肠辘辘了！”晓月笑着说。

“太饿或者太饱，都会影响进餐的体验。人在刚刚有些饿的时候吃东西是最能体会到美味的。”洪昊说。

“哎呀，早知道我就不吃这么多早餐了。”一个男性工作人员说，“我早上吃了一碗小面，还有酸辣粉和汤圆，现在一点儿都不饿呢。”

明明知道中午要吃火锅，还吃这么多早餐，你对火锅有尊重吗？洪昊悄悄皱了皱眉。

金导演说：“那这样，听洪老师的，中午十二点开始吃。工作人员，先把摄像机关一下。”

两位工作人员关闭了几个方位的摄像机。众人坐在方桌前闲聊了一会儿。十二点的时候，摄像机再次打开。金导演说：“洪老师，现在可以吃火锅了吧？”

“嗯，可以了。”

“那就麻烦您点菜吧。”

洪昊让服务员递上菜单，熟练地勾画着店里的特色菜。点完菜后，服务员询问道："请问锅底要牛油的，还是清油的？"

"当然是牛……"

话未说完，金导演突然插嘴道："咱们要清油锅底吧。洪老师，我是江苏人，平常吃得清淡，牛油的锅底，对我来说太油腻了一点儿。加上动物油含胆固醇太多，也不太健康，所以咱们吃清油的，好吗？"

清油？你懂不懂吃？牛油可是重庆火锅的灵魂！清油火锅算什么？做麻辣烫都不配！吃得清淡，那你来吃什么火锅？吃你们的淮扬菜不就好了吗？！

洪昊心生不满，考虑到摄像机正对着自己，又不好表露出来，只有压住火气说道："金导，牛油锅底才是最正宗的重庆火锅。清油是近几年才推出的新吃法，主要是迁就外地人，我个人是完全不推崇的。"

"可我们就是外地人呀。"金导苦笑道，"况且这家店既然会推出清油的锅底，肯定也是对味道有自信的。老板不可能自砸招牌呀，对吧？"

不，这是原则问题。我绝不能妥协。我这辈子就没吃过一口清油锅底的火锅！洪昊心想，然后说："难吃自然是不会，但跟牛油的比起来，就逊色多了。"

"不至于吧……"

就在他们各持己见的时候，店员说道："我们也可以清油牛油各一半，搭配起来的味道也是很不错的。"

"这主意不错！"晓月说，"这样就两者兼顾了！"

"兼顾个屁！牛油和清油混合，这是什么怪吃法？你怎么不把咖啡和茶兑在一起喝？这家店是怎么回事，现在为了赚钱，也开始向商业化妥协了吗？你们对重庆火锅的传承和秉持呢？都扔到嘉陵江里去了吗？！"洪昊突然有点儿后悔来这家店吃火锅了。

然而，就在他心中怒骂的时候，导演等人已经决定了，就点"混合锅底"。店员拿着菜单离开了，洪昊只好作罢。

"算了算了。毕竟还是有一半牛油的，加点清油，估计味道也不会太差，至少底料的味道不会变。”洪昊劝自己息怒，从裤兜里摸出一颗糖来，撕开糖纸，塞进嘴里。

晓月注意到了这一细节，之前也听刘主任说过洪昊有这样一个特殊的习惯。她不失时机地问道：“洪老师，听说您每次吃火锅之前，都会先吃一颗糖，看来果然如此呀。”

“嗯。”

“您吃的是什么糖？”

“就是蔗糖做成的一般的糖果。”

“这种糖好吃吗？”

“不好吃，甜得发腻。”

“那您为什么要吃呢？”晓月明知故问，其实是巧妙地递话给洪昊。

果然，洪昊把自己“味觉差”的理论解释了一遍。在座的人频频点头，金导说：“洪老师，您这种糖还有吗？可不可以让我们也体验一下这种味觉差？”

“真是抱歉，我每次出门，只带一颗糖。”

“没关系，那……小余，要不你去旁边超市买一下洪老师吃的这种糖？”

“好的。”一个年轻工作人员起身离席。几分钟后，他回来了，手里拿着一罐巧克力，说道：“金导，旁边超市没有这种糖，我就买了盒巧克力，都是甜的，效果应该差不多吧？”

“差远了！”洪昊再次蹙起眉头，“巧克力热量高，会让人产生饱腹感，跟蔗糖是两码事。”但他来不及劝阻，小余已经把包着金箔纸的巧克力分发给众人了。导演等人撕开纸吃了起来。这种巧克力很大一颗，里面还有榛子，完全不适合在吃火锅前食用。但节目组的人却吃得津津有味，关键是，他们似乎吃上了瘾，吃完一颗，又剥开一颗吃起来。

喂喂喂，你们是来吃火锅的还是吃甜食的？虽然吃糖这事是我带头的，但我只是吃了一颗小小的蔗糖，你们这巧克力一颗接一颗地吃，都快把肚子填饱了！尊重即将登场的火锅了吗？！洪昊心生不满。

这时，服务员把锅底端了上来。表面上看，上面仍是一层牛油，但洪昊一望便知，牛油的分量明显变少了——自然是因为混合了清油。罢了，这事他也不打算计较了，还是调碟吧。

重庆火锅的蘸碟其实很简单，就是芝麻香油、蒜泥和香菜三种。但店家提供了一个调味盒，里面装着盐、味精、蚝油、葱花、小米辣、香醋等调料，以供客人选择。

洪昊正准备放调料，身边的晓月说道："洪老师，火锅本来就重油，再蘸香油吃，会不会太油腻了？"

洪昊懒得跟外行多费唇舌，只是淡淡地说了一句："不会，火锅跟香油是最搭的，这是重庆火锅的精髓所在。"

"是吗？我觉得麻酱蘸碟也很好吃呀。"晓月说。

这话居然引得一桌人纷纷点头。一个工作人员说："一提到麻酱，我的口水都快流出来了。"

那个叫小余的工作人员问道："服务员，请问有麻酱吗？"

服务员犹豫了一下，说："有是有的，但我们不太推荐。"

"没关系，请端上来吧！"

于是，服务员端了一碗麻酱上来。除了洪昊和刘主任，另外三个人都选择了以麻酱作为蘸碟。有人甚至把蒜蓉、葱花、小米辣、蚝油等配料全部加进了麻酱蘸碟中，看得洪昊目瞪口呆。

你们……把火锅当作什么了？你们调的那叫什么鬼？泔水吗？用这黏糊糊的不知所谓的酱来当蘸料，是对火锅的亵渎！亵渎！！洪昊在心中咆哮。

就在洪昊气得浑身发抖的时候，小余说："我是上海人，麻酱和麻油都太腻了点，我兑个酱油碟就行。"

洪昊差点一口老血喷了出来。酱油碟？还要加芥末吗？要不再来点番茄酱？你们到底要把火锅亵渎到什么程度？！洪昊的心里翻江倒海。

他的脸色渐渐挂不住了。晓月注意到了这一点，问道："洪老师，您怎么了，不舒服吗？"

"啊……没有。"洪昊喝了一口茶水，皮笑肉不笑地挤出一个难看的笑容，"只是想到这是在录像，有些许紧张罢了。”

“您完全不必紧张，我们后期会进行剪辑的。况且，您之前的表现都很自然，继续这样的状态就好了。”

“嗯，好的……”

洪昊舒了一口气。好吧，反正我只管享受火锅盛宴就好，你们吃什么都跟我没关系。

服务员端着一个大托盘过来了，把洪昊刚才点的菜一盘盘放在桌子上：毛肚、鹅肠、黄喉、牛肉、香菜丸子、鸭血、藕片、黑豆腐……晓月拍着掌说：“哇，好丰盛，看上去好有食欲呀！洪老师，这些都是这家店的招牌菜吗？”

“是的。”

“您最推荐的是哪几道菜呢？”

“毛肚、牛肉和鹅肠是他们家最好吃的三道荤菜。素菜方面，黑豆腐是他们每天用现磨的豆浆……啊！”

洪昊失声叫了出来，因为他看到，金导演三人刚好端起了他说的那三道菜，不由分说地倒进了锅中！

整桌人都吓了一跳。金导演问：“洪老师，您怎么了？”

洪昊指向锅底：“你们……怎么把菜一股脑倒进去了？！”

“那……不然呢？这些菜不是本来就应该倒进锅中煮熟的吗？”

“不是这个问题！我刚才说的毛肚、牛肉和鹅肠三道菜，全部都是要用筷子夹着烫的！每一样菜，都有严格的涮烫时间！你们这样一股脑倒进去，肉会煮老、变柴，口感就大打折扣了！”

“啊，原来如此……真是抱歉，早知道就先询问一下老师了。真没想到，重庆火锅连烫菜都这么有讲究呀。”金导演挠着脑袋说，“那么，现在开始计时可以吗？尽量避免肉煮老。”

洪昊没好气地说：“现在锅底都还没烧开，怎么计时？我说的涮烫时间，是建立在大火沸腾的基础上。”

"明白了，那这样好吗？这一轮，咱们先将就吃。一会儿不够吃的话，咱们再把刚才那三道菜都点一份，然后按照老师指导的方式来进行涮烫。"金导演说。

洪昊垮着脸说："为什么不现在就点呢？我认为，这三道菜已经没法吃了。"

"有这么夸张吗？完全没法吃？洪老师的意思是，把它们捞起来倒掉？"

"是的。倒不是说完全没法吃，但是你们此行，不就是来品尝最正宗的重庆火锅的吗？如果不按照正宗的方式来吃，又有什么意义呢？"

金导演露出为难的表情，说道："是这样，洪老师，我跟您解释一下。我们做这档美食节目，一方面是品尝和推荐美食，另一方面也是身体力行地宣传光盘行动。您可以看我们以往的节目，每一期都是吃完了的，绝不造成浪费。电视节目，必须给观众一个正面引导，不能教大家铺张浪费呀。"

"不是可以后期剪辑吗？……把这段剪掉，当作之前没有下这三道菜不就行了？"

金导演摇头道："不行的，您没发现吗？虽然咱们是隐蔽拍摄，但是店里的很多顾客，都已经发现我们是在录制节目了，纷纷朝这边望呢，估计他们看过我们往期的节目。这种情况下，可不能作假呀！不然观众会以为我们以往也是如此。"

洪昊无话可说了，心中失落无比。对他而言，这家店最具特色的三道菜，已经被毁了。这顿饭还有什么好吃的？不过转念一想，录完这期节目就可以拿到通告费，到时候再来吃一次就行了。摆脱这些不懂火锅的粗鄙之人，一个人反倒能吃个痛快！

于是洪昊便压下火气说道："好吧，那就将就吃吧。口感虽然打了折扣，但味道应该还是不错的。"

"嗯，这是肯定的。我现在闻到这锅底的香味，已经能想到用它煮菜会有多么好吃了！"晓月说。

不一会儿，火锅沸腾了，之前倒进去的三道菜，也煮熟了。但洪昊已然对这三道招牌菜失去了兴趣，根本不屑下箸去夹。导演等人倒是满不在乎，纷纷夹起已经煮老了的牛肉、鹅肠，放进那不知所谓的蘸碟中滚一圈，送进口中，一个个像吃到什么美味佳肴似的，大赞"好吃"。洪昊心中冷笑不止，心想这些人估计吃什么都是香的。

"也罢，招牌菜改天再来，今天就吃其他菜吧，味道也是不错的。"洪昊把黄喉、香菜丸子、肥肠等菜倒入锅中，等待煮熟。这时，小余辣得不住地伸舌头，问道："服务员，有凉白开吗？"

"有。"服务员端了一杯凉白开，递给他。洪昊只当他吃辣了想要喝水，不料，他做出了一个惊人的举动——把一块牛肉伸到凉白开中涮洗，把表面附着红油、辣椒、花椒的牛肉，涮得像白肉一般。接着，他把这片"白肉"放到酱油碟里蘸了一下，送入口中，露出满足的神情，说道："还是这样好吃！"

如果小余不加这句话，洪昊也就忍了——毕竟他已经做出了纯粹看在钱（或者火锅）的分儿上不与这些人为伍的决定。但这句"还是这样好吃"，毫无疑问地激怒了他，令他忍无可忍。

"小余，你刚才说什么？"他虎着脸厉声问道，完全忘了这是在录制节目。

小余茫然地抬起头来道："啊？我……没说什么呀？"

"你用凉白开来涮洗牛肉，然后说'还是这样好吃！'，你这话是什么意思？是说这锅底里几十种香料和牛油混合出来的味道，还比不上一碗凉白开吗？"

"不……当然不是。"小余赶紧解释，"这纯粹是个人口味问题。因为我是在江浙一带长大的，清淡的吃惯了，所以如此重口味的麻辣火锅，我实在是有点不能接受。每个人都觉得自己熟悉的味道是最好的嘛，这一点，还请老师理解。"

"抱歉，我理解不了！你要是吃不了辣，可以吃别的清淡的菜。川菜或者重庆菜，也不是每一样都辣。你来吃麻辣火锅，又用清水来涮，这是对火锅的侮辱！就像往'靖江蟹黄汤包'上浇一勺红油辣椒一样。我不是不认可你的口味，而是不认同你的做法！"洪昊怒不可遏地说道。

"洪老师，洪老师，您息怒。"主持人晓月赶紧打圆场，然后瞪了小余一眼，"还不把这碗水给倒掉？"

"是，是……"小余赶紧端着这碗水离开了。回来的时候，两手空空。

金导演迅速岔开话题："洪老师，您刚才说，这黑豆腐也是他们家的特色菜，对吧？要不您跟我们介绍下这豆腐？"

洪昊点了点头，说起了黑豆腐的制作过程和烫煮要点。接下来，大家开始品尝各道菜，主持人晓月不时插科打诨，气氛得以缓和。

吃到尾声的时候，大家表示吃得很满足。晓月似乎也在说结束语了："感谢洪昊老师今天推荐的这家无名火锅，让我们领略了重庆火锅的热辣和豪爽。不过洪老师，我刚才就注意到，每当一桌吃完的时候，服务员就会把锅底端进厨房，这是重庆火锅店一贯的做法吗？"

洪昊一时没明白她这话是什么意思，心想不端进厨房，难道泼到大街上吗？他说："客人走了，服务员自然要收拾桌子。"

"对。但我的意思是，锅底不做任何处理就端进厨房，不是显得有点可疑吗？"

洪昊明白了："你是担心锅底会重复使用？"

"是的。因为我们之前在别的一些城市吃火锅，老板为了表示锅底绝对不会重复使用，会采取一些措施来证明这一点。重庆的火锅店，不这样做吗？"

洪昊说："有些店也会这样做，但那些都是新店。开了几十年的老火锅店，是不这样做的。因为老火锅的灵魂，就在于'老油'。"

"老油……该不会就是所谓的地沟油吧？"晓月蹙起眉头说。

"不！"洪昊面露不悦，正色道，"重庆火锅中的老油跟地沟油有本质区别！所谓火锅老油，跟一些卤味店家的老卤汁意思相近。把每次锅底中剩下的油回收一部分进行循环炼制，是因为熬煮过的老油无论在香味、醇度还是在麻辣的控制上，都更胜新油一筹。老油会不断吸收来自菜品、底料、骨汤、香料、调味品的鲜香味。所以开得越久的老火锅店，味道越好，就是这个道理。"

"啊……这么说，我们刚才吃的锅底里面，也是放了老油的？"

"应该是吧。"

"虽然我能理解对味道的追求，但是反复使用老油，肯定是不健康，也不卫生的吧？"

"其实没有关系。因为锅底的温度有一百摄氏度，相当于高温消毒了。辣椒和花椒对细菌也有一定的抑制和灭杀作用。"

"不管怎么说，这么多人的筷子伸进去，肯定会留下很多口水。我始终觉得有点恶心……”一位工作人员说。

什么？恶心？洪昊无法容忍这样的评价，他说：“那中餐不是都一样的吗，也是很多人的筷子一起伸进去夹菜呀！”

“可是，那只是今天这一桌人的口水……老油的话，特别是三十多年的老油，说不定有成千上万的人的口水……”

“啊，别说了，我有点想吐。”小余露出不舒服的表情。

我才想吐！看到你们这群虚伪、矫情的家伙，比让我吃一万个人的口水还要恶心！刚才不是说过了吗，经过高温，早就消毒了！你去任何一家餐馆吃饭，碗筷还不是成千上万人用过的，你怎么不觉得恶心呢？偏偏挑重庆老火锅的刺！是你们说要吃最地道的老火锅的不是吗？嫌脏的话，就去吃那些网红店的一次性锅底！那种连锁火锅店全国任何一个城市都有，你们跑到重庆来干什么？！

洪昊在心中怒骂的时候，金导演说道：“好了，一方一俗，这个问题不必争论下去了。但是我们节目一贯是提倡健康饮食理念的，所以节目最后，我们还是要给观众一个交代。小余，把‘那个’拿出来吧。”

“那个”是什么东西？洪昊纳闷地望着小余。只见他从背包里掏出一瓶蓝墨水来，拧开了瓶盖。洪昊大惊失色，想要阻止，却已经迟了。小余把整整一瓶蓝墨水，倒进了沸腾的锅底之中。

“啊——！！！”洪昊发出痛心疾首的喊叫，完全忘了录节目这回事。他怒不可遏地站了起来，全身剧烈地颤抖，指着这群人骂道：“混账！你们怎么能做这种事情？你知道这锅汤底意味着什么吗？！”

整桌人都呆住了，店家和其他桌的客人也惊讶地望了过来。金导演怕洪昊情绪彻底失控，场面无法收拾，赶紧说道：“洪老师，您冷静点，摄像机还开着呢……”

“还录个屁！你们是来吃老火锅的，还是来毁掉老火锅的？如果嫌这嫌那，就不要吃，给我滚！”

洪昊骂得如此不留情面，金导演脸上也有些挂不住了，说道：“洪老师，我们尊重您，也请您尊重我们，好吗？我们刚才的行为，仅仅代表我们而已，又没有提倡大家都这样做，您又何必动这么大的怒？再说了，我们又不是在您家吃饭。店家都没发话呢，您凭什么赶我们走？”

“凭什么……凭什么？”洪昊胸口剧烈起伏，怒吼道，**“就凭这锅汤底，是我父亲几十年的心血！这老油里面，有我父亲三十年前的味道！”**

此言一出，四座皆惊。金导演呆住了，好半晌后，才喃喃道：“洪老师，您说什么？这锅底，是您父亲熬制的？”

“对！我父亲就是这家无名火锅店的创始人！”

金导演意识到这里面一定有不寻常的故事，赶紧恭恭敬敬地给洪昊鞠了一躬，说道：“洪老师，实在是太对不住了，这个我真不知道。请您原谅我们的鲁莽。我在这儿给您赔罪了！”

节目组的主持人、工作人员，包括刘主任一起站了起来，纷纷道歉。洪昊见他们态度诚恳，心中的怒气这才消了一半。晓月好说歹说，洪昊才再次坐下。大家望着他，期待他讲出隐藏在这家火锅店背后的故事。

洪昊长叹一口气，说道：“没错，我之前告诉你们的，那个先开粮油店、后开火锅店的人，就是我父亲。他做起火锅生意后，生意十分红火，天天门庭若市。这条街的其他一些商家便效仿起来，也跟着做起了火锅生意。但那些人做出来的火锅，都没有我们家的味道好，生意自然冷清得多。

“时间长了，同行难免眼红和忌妒。于是，有人下黑手了。一天晚上，吃完火锅的人全部喊肚子疼，我父亲慌了，赶紧送他们去医院检查，结果显示，他们全都是食物中毒，而且跟当天晚上吃的火锅有关系。

“食品安全监管部门的人上门来调查，在火锅底料中检测出了老鼠药。而底料是父亲亲自炒制的，所以他们怀疑，父亲要么是蓄意投毒，要么是不小心把老鼠药放进了底料中。若不是街坊邻居集体说情，证明我爸是一个忠厚善良的人，恐怕他会面临牢狱之灾。最后的处理结果是，立刻关闭火锅店，并赔偿所有食客的医疗费。

“当晚中毒的人，多达三十多个。虽然没有出人命，但这么多人的医疗费，也是一笔巨款。为此，我父亲几乎倾家荡产。他一夜之间白了头，除了千金散去，还有另一个原因，就是他死活都想不通，**底料中怎么会有老鼠药。**

“当时我二十多岁，跟父亲探讨了这个问题。我说，会不会是父亲在炒制底料的时候，不小心把老鼠药当作某种香料放进去了？父亲说绝无可能，因为老鼠药是掺了药的玉米、花生，火锅底料又不会放这些东西，怎么可能误放。

“不管怎么说，生意肯定是做不成了，父亲关了店，遣散了员工。一个月后，他突然发现，之前店里的一个伙计成了这条街另外一家火锅店掌灶的主厨。他猛然悟到了什么，跑回店里，把冻在冰柜里的几盆老油拿出来熬汤，并亲自烹煮食材试毒，结果一点儿事都没有。这下父亲明白了——这几盆老油，跟出事那天的火锅底料，是在同一个大锅里炒制的，**为什么这些油里面就没毒呢？因为它们还没来得及端出去给客人吃！**而负责端锅的，正是那个伙计！

“如此看来，问题肯定就出在这个人身上！他在端锅底的时候，悄悄往锅里加了少量的老鼠药。而他这样做，估计是被那家火锅店的老板买通了，承诺他一旦事成，就让他担任主厨一职。

“中毒之谜解开了。父亲气得发了疯，立刻找上门去跟那家店的老板和那个伙计拼命。但对方强词夺理，反而诬陷父亲是蓄意栽赃。并且，父亲由于先出手打了那个伙计，被对方十几个人围殴。警察赶来的时候，他已经被打得鼻青脸肿、奄奄一息了。

“又急又气加上挨打，父亲生了一场大病，身体状态每况愈下。他知道自己活不了多久了，临死之前，把我叫到病榻前，要我答应他一件事：**这辈子，不管做什么，就算要饭，也绝不再做火锅生意！**我勉强答应了，父亲看出我态度不够坚决，要我跪在他面前发毒誓。无奈之下，我只有照做。刚刚发完毒誓，父亲就撒手人寰了。”

说到这里，洪昊泪流满面。节目组的人也不胜唏嘘，心情沉重。晓月递上纸巾，问道：“洪老师，那之后呢？这家无名火锅怎么又开起来了？”

洪昊拭干眼泪，长吁一口气，说道：“当时，父亲不准我再开火锅店，而我对其他生意又没兴趣，便把店铺卖了。当时接手的是一个邻居，他对我说，他打算把无名火锅重新开起来，再创辉煌。我听了很感动，因为这正是我的心愿。而且这样也没有违背我的誓言，因为不是我本人在做。于是我把火锅店以相对低廉的价格卖给了这位邻居，唯一的要求就是，希望他能延续无名火锅一贯的品质和理念，把这家店做好。邻居答应了，事实证明，他没有令我失望。”

洪昊说这番话的时候，并不知道，距离他们这张桌子不远的厨房内，五十多岁的火锅店老板停下了手中的一切事情，竖着耳朵听他说话。一个年轻店员从老板身边经过，发现老板脸色苍白，神色紧张，不禁问道：“老板，你咋了？”

叫了两声居然没有反应，年轻店员提高音量，老板这才哆嗦一下，回过神来。他擦了一下额头上浸出的冷汗，骂道：“忙你的去吧！管我作甚？”

年轻店员吐了下舌头，招呼客人去了。老板斜睨洪昊一眼，舒了口气，做事去了。

洪昊讲完了无名火锅的前世今生，同桌的人皆感慨万千。刘主任说：“洪老师，我之前真不知道您和这家火锅店还有这样一段故事。我现在明白，您为什么对于火锅如此执着了。”

金导演更是露出难过的表情，不住地摇头叹息，说道：“我叫小余把蓝墨水倒进锅底里，实在是愚蠢至极的行为。洪老师，现在还有弥补的办法吗？”

洪昊摇头道：“墨水倒进锅底，显然不能再提炼老油了。不过也罢，其实这也就是个情怀罢了，这么多年过去了，锅底里的老油还能有几分往昔的味道？况且，你毁掉的毕竟只是这一锅，这店里的老油锅底还有很多呢。”

听洪昊这么说，金导演倍感安慰。他再次道歉，然后让工作人员买单，结束了当天的节目录制。之前承诺的一万元通告费，也立即让小余转到了洪昊的账户上。

洪昊坐车回到家，已经是下午三点多了。录节目肯定比单纯吃顿饭要累得多，他躺下补了个午觉，居然睡到了下午六点多。起来后，他去楼下的小吃摊吃了碗小面，然后乘坐公交车来到滨江路，长江大桥的正下方。

这是他跟金导演约定好的见面地点。昨天打电话的时候，就约好了。

现在是冬季，临近八点，夜幕已彻底降临。寒冷的季节，滨江路上没有多少行人。洪昊站在桥下等了一会儿，看到裹着羽绒服的金导演朝他走了过来。

“洪老师，这地方果然好找。我从酒店走过来，只要几分钟时间。”金导演说。

洪昊点了点头道：“你昨天跟我说了你们住的酒店，又特别强调要找个隐蔽点儿的没有监控的地方见面，我就想到这座桥的桥下了。”

“对，因为这事是我单独承诺您的，这笔钱，也是我个人掏的腰包，所以不能走节目组的账，也不能让其他人知道。”金导演打开背包，拿出一沓现金，递给洪昊，“这是一万元，您点点。”

洪昊接过钱，塞进了大衣的内兜中，说道：“不用点了。”

“洪老师真是个爽快人。”

“你也是呀，为了让我来参加这个节目，不惜自己掏腰包另付我一万元酬劳。你这个导演，为了做好节目，也真是煞费苦心了。”

“没办法呀，我们节目组给嘉宾的通告费最多就只能是一万元了。超过的钱，我又不好让大家一起出，不就只能我自己来承担了吗？”

洪昊干笑一声：“呵呵，其实一万元的通告费足够了。另外的这一万元，是因为你跟我提出的‘不情之请’。”

“是啊，委屈您了。您表现得很好，我能看出，您用了最大的努力来抑制自己的怒火——毕竟，我们做了那么多对火锅不敬的事情。”

洪昊摆了摆手：“罢了，还好你昨天跟我简单沟通了一下，让我有个心理准备，不然的话，我真不知道自己能不能控制得住。不过，最后那个倒墨水的桥段，是后来决定加上去的吗？”

“是的，昨晚我跟小余商量了一下，觉得增加倒墨水这个戏码，会起到一个高潮的作用。因为当时已经很晚了，我就没有打电话跟您沟通这事。”金导演挠了挠头，“不过，我是真不知道您跟那家无名火锅有如此渊源。我也看出来了，您当时是真的发火了。如此冒犯，还请洪老师海涵。”

洪昊点头表示理解，问道：“那么，节目效果，你们还满意吗？”

“虽然剪辑和后期还没有做出来，但我敢肯定，这期的收视率一定会创下新高。特别是您后面讲的那个故事，让人感慨万千，增加了节目的厚重感。”

洪昊颔首，说道：“但是观众真的看不出来吗？我是说，你们如此明显地用各种侮辱火锅的方式来激怒我，观众真的看不出来这是故意的？”

金导演笑了："洪老师，相信我，观众绝对看不出来。因为不是每个人都跟您一样对火锅有如此执念。其实不只观众，就连刘主任和另一个工作人员，都没看出来这些桥段是有意设计的——因为为了拍到他们最真实的反应，我没有事先告诉他们。事实上，大家都表现得非常自然，完全没有表演的痕迹。"

"那我就放心了。"洪昊点头。

"洪老师，没别的事，我就先回酒店了。"

"好的，金导演下次什么时候来重庆呢？我请你好好吃一顿火锅吧，不是做节目那种。"

"好啊。"金导演笑了，"今天那个麻酱蘸碟难吃死了，我还要假装很好吃的样子，哈哈。下次来重庆，我提前跟洪老师联系。"

"好的，不过最好别选夏季，重庆是三大火城之一，夏天太热了。而且汛期的时候，长江有可能发大水。你看，冬季的长江加上城市夜景，多美呀。"

"是啊。"金导演面朝长江，扶着滨江路的围栏，欣赏倒映着城市灯火的滔滔江水。**他没有注意到，洪昊悄悄绕到了他的身后。然后，用力地一推。**

"啊——！！！"金导演发出一声惨叫，从滨江路坠入江水之中。他的这声喊叫，被桥上汽车的鸣笛声掩盖，除了洪昊，几乎没有任何人听到。

洪昊左右四顾。他选的时机很好。现在，滨江路上一个人都没有。而他们所处的这个位置，正好是一个监控死角。

他靠近护栏，望着湍急的江水，看到金导演扑腾几下，就沉下去了。这是毫无疑问的，没有人能穿着厚厚的羽绒服横渡长江。

这是你咎由自取，怪不得我。他望着水中的漩涡想道。

对，我是答应你会努力配合，尽量不发火。但任何事情都要有个限度，你们乱下菜、吃麻酱蘸碟、用凉白开涮、侮辱老油……我都能接受。但我接受不了你们把一瓶蓝墨水倒进锅底。这个，实在是超出我的承受范围了。

说到底，你们还是不懂我对火锅的爱有多深。你们以为用钱就能买通我，就能让我容忍一切侮辱火锅的行为吗？那真是大错特错了。

到地狱去忏悔吧。在那里，你也许可以尝尝用孟婆汤煮出来的火锅的滋味。

老者的故事讲完了，在场的人听得冷汗直冒。他们彼此沉默了一会儿，胖子忍不住问道:“老先生，这故事……不会是您的亲身经历吧？”

老者哈哈大笑道:“你的意思是，我就是故事中那个叫洪昊的火锅偏执狂的原型？”

“这故事怎么看，都像某个人的真实经历呀……否则，您不可能立刻编出一个如此完整的故事来吧？”

老者笑道：“老实告诉你们吧，故事中主人公的原型是我的一个熟人。这个故事，也的确是根据他的真实经历改编的。只不过，我加了一些戏剧化的处理罢了。你们权当故事来听就行了，别太当真。”

“原来如此。”老板举起倒满啤酒的酒杯，“来，咱们喝一个，为了这个精彩的故事！”

五个人一齐碰杯，将杯中酒一饮而尽。

“你们哪位第二个讲故事？”小双似乎听入迷了，双手托腮，无比期待。

“我来吧。”眼镜男说，“相比起老先生的故事，我讲的这个故事，可能更匪夷所思一些。估计你们这辈子都没遇到过如此诡异的事情。”

眼镜男讲述的故事——

《第七个丸子》

“喂，今天既是周末，又是白色情人节，咱们不聚个餐吗？”下班之前，新闻部的小李提议道。

“白色情人节是什么？”年纪稍长的新闻部主任问道。

“就是‘返情人节’啦，如果你在 2 月 14 日情人节收到礼物，则要在一个月后的 3 月 14 日回赠礼物，可以视作情人节的延续。”

“哦，你们年轻人的玩意儿，我就不跟着凑热闹了。”主任说。

“别呀，主任，你才四十多点儿，别以老头子自居好不好？多跟年轻人一起活动，会焕发青春哦。”

记者小成说：“可是白色情人节在中国并不流行，有必要过这种节吗？”

小李说：“咳，不就是找个借口聚餐嘛。要是中国真的很流行这个节，那不是每个人都找自己的情人去了？我又怎么会提议同事聚餐呢？”

办公室里的几个人都笑了起来。主任点着一根指头说：“你别把我也带进去啊，我可没有什么情人。”

“呦，主任，您这就有点不打自招的意思了。我又没说您，您干吗急着声辩呀？”

主任抓起桌子上的一本书，作势要打。小李灵巧地躲开了，办公室里的人哈哈大笑，欢声一片。

最后，大家响应了小李的提议，聚餐。老规矩，AA 制。

“那咱们吃什么？中餐、火锅、烤肉还是日料？”

“吃火锅吧，咱们办公室不是有位‘火锅专家’吗？让他推荐一家，绝对靠谱。”小李说。

“对呀，”小成望向坐在她旁边的尹东，“尹老师，你对火锅最有研究了，你推荐一家好吃的火锅店吧。”

“呵呵，我就知道你们最后会问到我头上来。”尹东心中暗笑，推了一下鼻梁上的眼镜框。

这个办公室——乃至整家报社的人，都知道尹东是一个资深吃货，特别是对火锅颇有研究。他负责报社新媒体运营，也就是撰写和编辑公众号上的文章。这个公众号的主要功能是推荐本地的吃喝玩乐。而尹东写得最多的内容，就是关于火锅的。这不奇怪，成都这座城市的餐饮三分之一是火锅。而尹东对火锅情有独钟，经常去各家新开的火锅店踩点，然后写推送类的文章。久而久之，大家都叫他“火锅专家”，他也乐于把这一称呼当作一种褒奖。

现在，同事们让他推荐一家火锅店，他立刻想到了一家，说道：“上周我去成华区一家新开的火锅店打卡，觉得很不错。这家店有好几道特色菜品，要不咱们去这家？”

“行啊，你推荐的肯定靠谱！”小李说，“那咱们一共七个人，开我和老何的车就行了，你发个定位给我们。”

“等一下我就不去了。”新闻编辑王珂说道，“我刚才突然想起来，家里还有点事……”

“你是突然想起来，今天要去会哪个姑娘吧？我说王珂，你也别忒赶尽杀绝了。祸害多少妹子了？也给我们留两个呀！”

“去你的！”王珂推了小李一把，“我是真有事。我家亲戚今天从外地来了，我得回去陪一下，不然有点失礼。”

“唉，咱们办公室唯一的帅哥不去，真没劲。”小成感叹道。

王珂笑道：“这样，你们先吃。我回去陪亲戚吃会儿饭，如果时间还早的话，就过去找你们。”

“行，那你尽量来啊。”

于是就这么说定了。下班后，小李和老何分别开一辆车，载着几位同事，来到了尹东推荐的那家火锅店。这家店位于成华区一条繁华的美食街上，门面开间很大，门口的一棵百年老树是整条街上最具标识性的事物。俗话说大树底下好乘凉，这棵百年老槐树枝繁叶茂，火锅店在树下摆了八张外摆的桌子。在树荫的庇护下吃火锅，好不惬意。这家店完美地诠释了成都“慢生活”的安逸闲适，自然生意火爆。他们到的时候才五点半，但店内店外，已经快要坐满了。小李眼疾手快，迅速占据了大槐树下面最后一张桌子，说道：“咱们就在这树下吃吧，空气比室内好。”

大家都没意见，六个人一齐坐了下来。点菜的任务，自然落到了“火锅专家”身上。尹东拿起圆珠笔勾勾画画，很快就点好了菜，还点了一件啤酒。不一会儿，服务员端上香气四溢的锅底。大家看到，这锅底是鸳鸯锅，但区别于一般的红白锅，一边是红汤，一边是青绿色的汤。主任问道：“这是什么锅底？”

尹东说：“红汤就是一般的麻辣牛油；青绿色的这个，是他们家独创的藤椒青椒锅。”

“藤椒味的锅底，好吃吗？”编辑小芹，一个九零后女孩问道。

“得看烫什么菜。配合这店里的几道菜品，简直是极品。”尹东说。

“行，反正我们跟着你吃就行了。有你在，省心！”小李说。

不一会儿，菜品端上来了。果然有几道他们之前没吃过的特色菜品，比如藤椒牛肉、山椒鱼片、灰豆腐果、藕夹肉，等等，其余的就是火锅的传统菜品，毛肚黄喉什么的。

尹东说：“藤椒牛肉、山椒鱼片、灰豆腐果这三道菜，必须配合藤椒锅底才好吃，其他的菜随便，两种味道都可以尝尝。”

于是众人在他的指导下开始涮烫菜品，一番品尝之后，果然赞不绝口，特别是那个用藤椒油浸泡过的牛肉，放到藤椒汤中去煮，那椒麻酸爽的滋味，简直妙不可言。

同事们没有注意到，竭力推荐这家店的尹东，却是所有人中吃得最少的。并非他不爱吃，而是他刻意有所保留，等着迎接这家店最好吃的一道菜——**手打牛肉丸**。

这次推荐菜品时，尹东动了些小心思。当然，这种小心思是不能表露出来的，否则一定会被人耻笑。他刚才特意强调了藤椒牛肉、山椒鱼片和灰豆腐果，把这几道菜塑造成这家店的招牌菜，目的就是希望另外五位同事尽量多吃些，把肚子填饱。这样一来，那道极品牛肉丸端上来的时候，一定有人已经吃得半饱了，加上不识货，便会放弃吃牛肉丸。**如此一来，他就有机会多吃一颗**。

因为那牛肉丸子，他点了半打，也就是六个。按理说，恰好一人一个，但显然尹东希望的是多吃一到两个。

几个丸子而已，有必要精打细算到这种程度吗？别说，还真有必要。原因有二。第一，这牛肉丸子，只有点菜的人才知道，价格远超一般的丸子，售价高达三十元一个。也就是说，半打丸子就要一百八十元。在成都火锅界，算是天价了。第二，这丸子是限量卖的，菜单上写得很清楚，仅限一人一个。如果吃了还想吃怎么办？明儿个请早，今天不能再点了。

当然，这些事情只有来这家吃过一次的尹东才知道。另外他还知道，手打牛肉丸比一般的菜要上得慢些。所以他故意引导同事们吃另外几道“招牌菜”，巴不得他们两三下把肚子填饱，不给最后那道极品丸子留地儿。为了多吃两个丸子，尹东也算是煞费苦心了。

不明就里的同事们，果然中计了，大快朵颐地吃着尹东推荐的那几道特色菜。特别是小李和老何两个大男人，吃饭速度本来就快，半个小时就吃得差不多了。而那道手打牛肉丸是四十分钟后才端上来的。

服务员端上一个大盘子，上面盛着六个如同小笼包大小的牛肉丸子。众人吃了一惊，小芹拿出手机照相，惊叹道："哇，这么大的丸子，我还是第一次见。"

服务员不失时机地说了一句："这是我们店的头号招牌菜，手打牛肉丸，欢迎拍照发朋友圈哦。"

"头号招牌菜？"主任说，"尹东，刚才怎么没听你提起这道菜呢？"

尹东在心里暗骂这服务员多嘴，表面上却云淡风轻地说道："他们说的头牌，不一定是我心目中的头牌。我觉得这丸子太大了点，不够精致，味道一般般。"

这番说辞，众人倒也没怀疑。服务员把丸子放进锅中，离开了。接下来，为了分散大家的注意力，尹东岔开了话题，并且又下了一些别的菜进去，想尽量掩饰丸子的存在。但是几分钟后，煮熟的丸子浮了起来，饱吸汤汁后，个头变得更大了，让人难以忽视。

果然，小芹叫道："呀，这些丸子煮熟后好大！"

小成皱起眉头："是啊，太大了，我连一个都吃不下。"

"我就是希望你们吃不下！"尹东欣喜地想道。他盯着在锅中翻滚的丸子，暗暗吞咽着口水。

不料，小李说："服务员不是说这丸子是头牌吗？那怎么着都得尝一下呀，我来一个吧。"

说着，他夹起了一个丸子，放到蘸料碗中，咬了一口。品味一番后，他睁大了眼睛，表情夸张地说道："天哪，这丸子也太好吃了吧？！"

"真的假的呀？"小成怀疑地说，"戏份过了吧？"

"不信你尝尝！我从来没吃过这么好吃的丸子！"小李不再多说了，大口大口地吃了起来。老何见他吃得这么香，说道："我也尝尝。"他夹起一个丸子放入碗中，轻轻吹气，咬了一口。“嗯……嗯！真的好吃！”

众人遂不再怀疑，全都把筷子伸进锅里夹丸子。尹东慌了，他本打算让丸子多煮一会儿，更加入味后再吃的，现在看来不得不下手了，不然别说多吃一个，恐怕连自己那个都保不住。

大家把丸子夹到碗中后，一齐吃了起来。结果每个人都被这丸子的味道惊艳了，发出由衷的赞叹。小李说：“东哥，你说这丸子味道一般？我第一次有点怀疑你的品味了。”

尹东竭力掩饰自己的尴尬，说道：“可能是我上次来吃的时候，喝醉了，没品出味来。今天这味道，确实是远超上次……”

大家一边吃，一边聊着这丸子为什么会这么好吃——肯定是用木槌反复捶打多次，云云。这时，一个玉树临风的身影翩然而至，拍了一下小李的肩膀，说道：“我来了！”

众人抬头一看，原来是王珂来了。小成说：“你这么快就陪完亲戚了？”

“对呀，来的亲戚都是长辈，主要由我父母陪。我陪他们象征性吃了几口，就来找你们了。”

“耿直，太耿直了！”小李竖起大拇指，冲店员喊道，“服务员，加把椅子，再加副碗筷！”

服务员很快就把椅子和蘸碟拿来了。王珂坐下后，大家共同举杯，干了一杯啤酒。小李说：“你刚才没吃多少吧？这家火锅味道太棒了，你快尝尝。”

王珂拿起筷子准备夹菜：“是吗？哪样菜最好吃？”

“手打牛肉丸，味道绝了！我们刚才正夸呢，说从来没吃过这么好吃的丸子——正好还有一个，你尝尝！”

说着，小李把锅里最后一个丸子夹给了王珂。王珂吃了之后，连连点头称赞。尹东叹了口气，暗忖，想多吃一个丸子是彻底不可能了。

须臾，他猛然想起了什么，抬起头来，怔怔地看着吃牛肉丸子的王珂，又挨个儿打量同桌的人，数了一下人数。

等一下，丸子不是点的半打吗？刚才六个人，一人吃了一个。应该就吃完了呀，为什么王珂来了之后，还能吃到一个？

难道服务员上错了，端了七个丸子上来？但是之前下锅的时候，看到是六个丸子呀！要不就是刚才哪个人没有吃？尹东扫视除王珂之外另外五个人的碗，此刻碗中都没有丸子了。他竭力回忆：小李先吃了一个，接着老何吃了一个，然后主任、小芹、小成和自己一起把筷子伸进了锅中。没错，是一人吃了一个！而且他们不是每个人都直呼好吃吗？没吃的话，怎么会夸赞？既然如此，那王珂吃的这颗到底是……

这时，迟来的王珂端起杯子跟大家敬酒，打断了尹东的思索。他呆呆地端起杯子，跟大家碰杯，喝酒，之后又陷入“多出一个丸子”的迷茫之中。

同事们开始互相敬酒了。主任发现尹东有点走神，问道：“尹东，你怎么看上去有点不在状态呀，想什么呢？”

尹东还没来得及说话，爱开玩笑的小李抢先说道：“我明白了，东哥肯定想起哪个妹子了，今天是白色情人节，估计得给人家表示一下，微信上问候几句，发个红包什么的。要是能约出来，就更好了。”

同事们一起哄笑起来。尹东红着脸说：“少瞎说！我才没你那么多花花肠子呢！”

“脸都红了，还不承认？”

“那是喝酒喝红的！”

同事们再次大笑。王珂端起酒杯跟尹东敬酒，尹东只好又干了一杯。其实好几次，他都想提起多了个丸子的事。但终究还是忍住了，因为大家正在兴头上，又全都喝了酒，不大适合说这事；况且说出来，有可能遭到嘲笑——特别是小李那张不饶人的利嘴，估计会说出“东哥吃丸子可是数着数来的，刚才还故意说这丸子味道一般”这种话来，让自己沦为笑柄。思前想后，这事还是不提罢了。

这顿饭吃到了晚上九点多，大家都喝得有点“二麻二麻”[①] 的了。小李问去不去酒吧，众人都摆手说算了。于是打车的打车，叫代驾的叫代驾，坐地铁的坐地铁，各

① 四川方言，形容醉醺醺的样子。

自回家了。

尹东的家离这家火锅店不远，他是走路回去的。夜风拂面，把他的酒劲全都吹散了，回到家中，他已经彻底清醒了。

老婆坐在沙发上边看电视边嗑瓜子，见尹东回来了，问道："吃完饭了？"

尹东"嗯"了一声。老婆又问："在哪家吃的？"

"就是上周我们俩吃过的那家新开不久的火锅店。"

"丸子那家？"老婆对那家的极品牛肉丸印象深刻。

"对。但是今天发生了奇怪的事。"

"什么怪事？"老婆望向他。

尹东拿起茶几上的电视遥控器，按下静音键，说道："我们先是六个人一起吃饭，于是我就点了半打丸子，刚好一人一个。后面王珂又来了，坐下之后，发现锅里居然还有一个丸子。这就怪了，我们之前已经把六个丸子全都吃掉了，那王珂吃的那个丸子，是怎么回事？"

"肯定是之前有人没吃呗。"

"不，我亲眼看到每个人都从锅中夹出一个丸子吃掉的。"

"那就是服务员上错了，多上了一个丸子？"

"也不会，因为端上来的时候，我数了的，就是六个丸子！"

老婆拿起遥控器说："广告完了，我要接着看电视了。"

尹东诧异道："不是……你没好奇心吗？你不奇怪，为什么会多出一个丸子吗？"

老婆漫不经心地说："这有什么好奇怪的？估计是有人把某个牛肉丸子夹成了两半，跟另一个人分而食之，所以才让七个人都吃到了呀。"

尹东立即摇头否定："不可能。这种牛肉丸子你也吃过的，肉质紧实绵密，又不是豆腐、血旺之类的，哪那么容易被筷子夹开？再说我也没看到有人把丸子夹成两半，每个人都是吃的完整的一个。"

老婆没搭话了，打开电视音量，投入一档音乐选秀节目当中。尹东皱了皱眉，从她手里夺过遥控器，再次按了静音，说道："我跟你说话呢，你待会儿看电视不行吗？"

老婆不耐烦地望着他道："你这人怎么这么迂腐呀？多个丸子值得探讨这么久吗？多一个又不是少一个，你们也不吃亏呀！"

"不是吃不吃亏的问题，是这事没法解释！怎么会凭空多出一个丸子来呢？"

"也许是锅底里本来就赠送了一个呢？再加上你们点的六个，那不就是七个了吗？"

"不可能，我们点的六个丸子是四十分钟后才上的。如果之前锅底里就有一个的话，煮熟的丸子浮上来，我们会看不到吗？"

"既然如此，我觉得只剩最后一种可能了。"

"什么可能？"

老婆望着尹东："那就是，你喝醉了。"

"你是说我眼花了，没看清楚哪些人吃了丸子？"

"对。"

"这不可能！我醉没醉，看没看清，我自己会不知道吗？"

"你还真有可能不知道。你自己闻闻你身上的酒气。"

"我是喝了酒，但发现多出来一个丸子的时候，我根本没喝醉！"

"好了。"老婆张开手示意尹东不要再说下去了，"我不想再谈论这件事了。不管怎么说，不就是多了个丸子吗？有什么大不了的，天会塌吗？地球会停止转动吗？"

尹东摇了摇头，觉得跟这不求甚解的女人没什么好说的了。他走进卧室，关上房门。老婆也终于可以认真看电视了。

第二天是星期日，尹东仍然满脑子都在想丸子的事。老婆也看出来他一直心事重重，说道："尹东，你不会还在想那事吧？有完没完了？"

尹东不想跟她多说，淡淡地回答道："你做你的事吧，我琢磨我的。"

老婆气呼呼地说："你们七个人一起遇到的这事，人家怎么没放在心上？就你一个人这么轴！"

尹东摇头道："不，他们几个都不知道这事，只有我一个人注意到了。"

"你当时没跟他们说？"

"嗯，我怕他们……"

“怕他们笑话你，说你钻牛角尖，对吧？”老婆挖苦道，“你也有自知之明呀。不是我说你，遇到这种事情会这么较真儿的，全世界也就你一个人。”

这讽刺挖苦的话，突然给了尹东某种启迪。他抬起头来，说道：“对呀，你提醒我了，这家店也开了一个多月了，遇到这种事情的，会不会不止我们这一桌人？”

“怎么着，你还想去问别人呀？这怎么问？”

“这你就别管了，我自有办法。”

“有毛病！”老婆懒得理他，骂了一句之后，走开了。

尹东也不跟她计较，来到书房，打开电脑，新建一个文档，噼里啪啦地打字，不一会儿，就写好了一篇文章。这篇文章隐去了真实地名、店名和人名，在他们亲身经历的基础上进行改编，说一家人去新开不久的火锅店吃饭，结果遇到了“多出一个丸子”的诡异事件。这家人百思不得其解，把各种可能性都分析、排除了，还是想不通这是怎么回事。文章最后提到，这件事是根据笔者的真实经历改编的，事情就发生在成都，写下来是想看看除了他们，还有没有人遇到过这样的怪事，以及大家对这件事有何猜测。

修改两遍之后，尹东认为没有问题了。他进入公众号发布页面，编辑文章，加入图片，然后设置了自动发布：时间是下午四点半。

五点左右，尹东点开这篇公众号文章，发现阅读量已经有一两千了，但可惜的是，留言区并没有什么有价值的评论。八点多的时候，他又点开看了一次，亦是如此，便有些失望。第二天要上班，他洗了个澡，十点就上床睡觉了。

星期一早上，尹东仍旧坐公交车去报社上班。刚刚跨进办公室，主任就兴奋地走过来，拍着他的肩膀说：“行啊，尹东，真有你的！”

尹东丈二和尚摸不着头脑，茫然道：“怎么了……主任？”

“该不会你自己还不知道吧？”

“知道什么？”

“你昨天写的那篇公众号文章呀，点击量十万加了！”

尹东大吃一惊：“真的？我昨晚八点多看的时候，还只有几千的阅读量呀！”

“那估计是晚上爆的吧，可能很多人吃火锅的时候看到了这篇文章，觉得有意思，就纷纷转发，一下就让这篇文章火了！”

尹东摸出手机，点开那篇文章，果然看到左下角显示：“阅读：十万 +”。他感到激动和欣喜，因为这是他第一篇阅读量超过十万的文章。以前最好的纪录，也只是三万多而已。

“你这篇文章的灵感，应该来源于我们前天晚上吃的那顿火锅吧？不错，看来这是读者喜欢的方向，以后你可以多写写这种脑洞大开的文章。如果能够多几篇这种十万加的文章，咱们这个公众号就成为有影响力的大号了，加油干！”

主任又拍了拍尹东的肩膀。尹东含糊其词地应承了几句，心里想：看来主任那天完全没注意到丸子的事，以为我只是从中获取灵感，殊不知，这就是我们的真实经历。

文章成爆款，尹东固然开心，但他此刻最在乎的，却是另一件事——诸多新的留言中，是否有具有价值的内容呢？

他坐在自己的办公桌前，打开电脑，在电脑上浏览公众号文章的留言。新留言有上千条，尹东逐条阅读，半个小时后，终于看完了。但结果令他失望，因为多数人都是在瞎扯，回答得既不严肃又不靠谱。还有一些人傻傻地问着跟笔者同样的问题——“是呀，为什么会多出来一个丸子呢？”

尹东失望地叹了口气。看来，想要通过网友的猜测来解开疑团是不现实的。不过，算了，疑惑虽然没有解开，却误打误撞地写出篇爆款文章来，也算是有所得了。

于是他就没再想这事了，投入当天的工作中，策划新的选题、撰写文章……

下午四点多，尹东发布了当天的文章，一篇介绍市内某个新景点的软文。资料是之前就收集好了的。发送之后，他顺便又看了看后台留言，发现在十多分钟前，一个网名叫“郫都吃货”的网友，给公众号发送了一条留言信息，内容是：

火锅中多出一个丸子这样的事，我也经历过。

尹东精神一振，本来对此事不抱希望的他，仿佛突然看到了一丝曙光。他点击这个人的头像，选择“添加为好友”，发送好友申请后，对方很快就通过了。

尹东发送文字信息：“你好，请问你说的是真的吗？你也遇到了同样的事情？”

“郫都吃货”：“是的。所以看到这篇文章后，我立刻就给你留言了。本来我以为，这种怪事只有我一个人遇到过呢。”

尹东：“你是不是在成华区那家‘老槐树火锅’遇到这怪事的？”

“郫都吃货”：“没错，就是那家。”

尹东：“具体是怎么回事，能告诉我吗？”

“郫都吃货”：“我也想知道你的经历。要不，咱们见面聊吧。”

尹东求之不得：“好啊，下班后咱们就碰头，见面聊。”

“郫都吃货”：“在哪里呢？”

尹东想了想：“就在‘老槐树火锅’，好吗？咱们再去吃一次，看看会不会又发生这样的事。”

“郫都吃货”：“行，那我现在就从郫都区过来，估计要一个多小时吧。”

尹东：“好的。我离得近点儿。一会儿我就去占位子。”

“郫都吃货”回复了一个“OK”的手势。

约定好之后，尹东心痒难耐，没心思再上班了。他的工作相对自由灵活，因为要到成都各地区收集资料，所以领导没要求他坐班，只要每天发布一篇文章，完成工作量就行。于是尹东借口要去某家餐馆踩点，跟主任和同事们打了个招呼，就先行离开了。

现在虽然还早，但他也想不到别的去处，便坐公交车早早地来到了“老槐树火锅”店。到的时候才五点，这个时间自然是没什么客人的。店内店外的位子随便挑。尹东选了前天坐的那张桌子坐下，告知服务员过会儿还有一个朋友要到。于是店员给他先上了杯茶。坐在树荫下喝茶，也是件惬意的事。尹东刷着手机上的新闻，一个小时很快就过去了。

六点多，“郫都吃货”打来电话，说自己已经到了。尹东站起来，搜寻周围在打电话的人，两人很快就发现了彼此，“郫都吃货”走了过来。这是个三十多岁的男人，样貌普通。他跟尹东打了个招呼，坐了下来。

“我叫尹东，在报社工作，昨天那篇文章就是我写的。兄弟怎么称呼？”尹东问道。

“我叫张立。”男人说道，“在郫都的一家4S店工作，平时没别的爱好，就喜欢吃各种美食。成都各个区县有点名气的餐馆，我几乎都去吃过。”

“如此看来，咱们有着共同的爱好。我也是一个好吃之人。”尹东找到了知己。

“是啊，所以成都本地推荐吃喝的公众号，我都关注了。”张立说。

“这家店，你是怎么知道的？什么时候来吃的呢？”

“一个朋友推荐的，说这家店颇有特色。尤其是那道限量版的牛肉丸子，滋味妙不可言。我这种吃货，自然就来打卡了。我是十多天前来吃的。”

这时，服务员上前询问是否可以点菜。尹东对张立说：“咱们先点菜，边吃边聊。”张立点头表示同意。

尹东点了跟前天一样的鸳鸯锅，菜品也是那几道有代表性的，手打牛肉丸子，自然不必说。

等待上菜的时候，尹东问张立：“讲讲你们上次的经历吧。”

“行，是这样的。那天我们一共八个人来这里吃火锅，丸子是限量的，自然就上了八个。我们每个人都吃了，觉得味道非常好，就问店员能不能再点几个，被婉拒了。我们正感到遗憾，突然有人发现锅里又浮起来一个丸子。大家感到惊喜，又觉得奇怪——八个丸子，明明每个人都吃了，怎么会多出来一个呢？”

尹东说：“你们这番经历，跟我们的很相似。那你们当时问店家这是怎么回事了吗？”

张立摇头：“没有。因为我们当时猜测，会不会本来锅底里就有一个。”

“但实际上这是不可能的。”尹东说，“如果锅底里本来就有的话，早就该浮起来了，怎么会后面才浮起来呢？况且这么多人，也不可能没有人捞到呀？”

“是的。但当时我们没细想，也就没去纠结这事。反正多一个等于赚到，也没什么不好。直到昨天我看到你写的那篇文章，知道类似的事情也发生在了别的客人身上，才觉得有点不寻常。”

“是啊，那你觉得，这到底是怎么回事呢？”

张立迟疑了一下，说：“我有个猜测……但是，不知道该不该说。”

尹东好奇道：“为什么不能说？”

“我怕我说了，你会觉得我精神不正常。”

尹东当即表态：“不会的。你尽管说。我跟你聊这么久，知道你肯定是正常人。只是这猜测估计不太符合常理，对吧？”

“是的。”张立承认。

这时，服务员端着锅底来了，菜品也依次呈上。丸子照例是后上。两人暂时停止交谈，待服务员离开后，继续刚才的话题。

张立说：“是这样的，几年前，我看过一篇叫作《私房菜》的小说，上面提到了一种可以无限再生的肉。这种肉的味道鲜美无比，只要每天剩下一部分，第二天就会变大一倍。这小说我是七八年前看的，但对于其中描述的这种神奇的肉，至今仍印象深刻。所以，当火锅中多出一个丸子的时候，我自然而然就想起了这篇小说，以及书中提到的这种肉了。”

尹东皱起眉头说：“无限再生的肉……世界上可能存在这样的东西吗？”

“根据小说中的解释，这种肉不是地球上的产物。”

“可是，你都说了这是小说。虚构故事中的事物，能够当作现实中的事情的参考吗？”

张立说：“你写的那篇公众号文章，绝大多数人也是当作小说来看的。通过下方的留言就能得知了，很多人都是用戏谑和调侃的方式来评论此事的。但实际上，这是你，以及我的真实经历，不是吗？天底下的小说，到底哪些是绝对的虚构，哪些是确有其事，或者根据真实素材改编，恐怕只有作者本人才知道吧。”

尹东略略点头，但还是感到难以置信：“你的意思是……这家店的牛肉丸子，就是用这种肉做成的？所以，它才会在火锅中自己分裂成两个？”

“我只是提出猜测，不一定就是如此。但是话说回来，除此之外，我的确想不出别的可能性了。”

沸腾的火锅散发出诱人的香味。但痴迷火锅的尹东，此刻居然能抵制住火锅的诱惑，没有往锅底里下菜。他说：

“好吧，我们姑且认为事实就是如此，在这个基础上来探讨一下。即使这种丸子真是用这种可以自动分裂和再生的肉做成的，也有两个不太说得通的逻辑问题。第一，六个丸子，不是应该分裂成十二个才对吗？为什么只有其中一个分裂了呢？第二，这家店开张一个多月了，每天门庭若市，来他们家吃过火锅的人估计有上千个了吧，为什么只有咱们俩遇到了这种怪事，其他人没有遇到呢？”

张立说：“第二个问题我也思考过，觉得有两种可能性——一是这种情况其实不止发生过这两次，但大多数客人估计忙于应酬和喝酒，没有注意丸子数量，只有咱俩注意到了；二是这种丸子，或者说这种肉的分裂，有一个‘时机’问题。”

“时机？你是说，这种肉在什么时候分裂，是随机的？”

“不一定是随机，也有可能是固定的，在多少个小时后就会分裂。”

“如果是这样的话，老板应该会注意这个问题吧？怎么会把即将分裂的丸子端出来给客人吃呢？露出端倪，岂不是很可疑吗？”

“理论上来说，老板当然应该注意并避免这种情况发生。但是你想过一种可能性没有——这种肉丸每天要提供给上百个客人享用，如果仅仅依靠一块肉的分裂，显然会供不应求。所以老板有可能把‘再生肉’分成了很多块，进行指数级的分裂。加上不断地点餐、上菜，忙碌的情况下，就有可能搞错。”

尹东明白了：“你的意思是，老板本来是想避免露出破绽的，但难免忙中出错，把即将在几分钟或者十几分钟内就要分裂的肉丸子，端给了客人。所以才出现了极少数的多出一个肉丸的‘特殊情况’。”

“正是如此。”张立说，“而且，我有几个证据，或者说观察到的几个迹象，能证明我的推测不是全无道理。”

“什么迹象？”

“首先，就是丸子的上菜特点。你肯定也发现了，丸子是所有菜品中上得最慢的，且每次端上来的时间不一定，在三十分钟到五十分钟之间。这就显得有点奇怪——别的店，不都是立刻端上来吗？因为丸子是可以提前准备的。那这家店为什么要让客人等这么久？原因会不会就是这种丸子具有自我分裂的特质，所以不能太早做好呢？”

“嗯，有道理。”尹东颔首表示赞同，“你接着说。”

“第二个疑点——你发现没有，别的菜都是由服务员端来后，客人们自己涮烫，或者决定什么时候煮食，唯独这道丸子，服务员不经询问便倒进了锅中。这是为何？我猜，是老板担心丸子迟迟不下锅，当着客人的面发生分裂。这画面未免太过惊悚，店家也根本无法解释，必定会闹出大事来。而下到火锅中，就算丸子分裂，有底汤和其他菜品的掩饰，总归要好得多。”

尹东连连点头，张立越说，他越觉得可信了，几乎认定就是这么回事。

“第三点，就是这丸子的味道和口感。店家说这丸子是牛肉丸子，吃起来也的确有点牛肉味，但如果仔细品尝的话，就会发现，这丸子的肉质和口感其实跟牛肉不大相同。而味道，更是远胜一般的牛肉丸子，好吃到会令人难以置信的程度。当然店主肯定会解释为，这是他们的独家配方。但我认为，这里面可能大有文章。比如，这种丸子其实是用少量牛肉混合那种‘再生肉’制作而成的；或者，在‘再生肉’的肉糜中加入用于调味的牛肉粉，就可以冒充牛肉丸子了。”

尹东说：“对，这种丸子的确好吃得不正常，让人回味无穷。正如你所说，比一般的牛肉丸子好吃太多了。可问题是，这种‘再生肉’加入牛肉粉后，还会如此美味吗？”

张立说：“跟牛肉粉的关系不大。因为根据《私房菜》这篇小说的描述，这种肉本来就具有超越地球肉食的美味，而且口味比较特别，不像地球上的任何一种肉味。”

尹东惊讶地说：“如此看来，不就全都对上了吗？”

张立说：“可不管怎么说，这也只是我们的猜测。没有确凿的证据能够证明，这家店用的就是这种肉。”

尹东想了想，靠近对方，小声道：“我们不是点了两个丸子吗，一会儿端上来的时候，我们试探一下……”

两人小声合计着，临时制订了一个计划。然后，他们开始烫煮食物，边吃边等待那道重中之重的“牛肉丸子”。

四十多分钟后，服务员端着两个丸子过来了，嘴里说着“不好意思，久等了”，就打算不由分说地把丸子往锅里倒。尹东制止道：“等一下，这丸子别忙下锅，我们等会儿再吃。”

服务员说：“等会儿再吃，您可以现在先下锅煮上呀，这么大的丸子得煮好一会儿呢。”

“主要是我担心吃不下了，要不这丸子我们打包带走吧。”

服务员面露难色：“两位大哥，咱们店有个规矩，这丸子只能堂食，不能打包带走。”

尹东和张立对视一眼。张立问：“为什么不能打包？”

“老板说了，这道丸子是他祖上在清朝年间就研制出来的秘制牛肉丸，当年是做给慈禧老佛爷吃的，配料绝对不能外传。所以客人只能堂食，不能打包，还请两位大哥理解。”

这话一听就是胡诌，把慈禧老佛爷都搬出来了。敢情慈禧在成都生活过，还天天吃火锅？这服务员也是个人才，瞎话张嘴就能来——当然也可能是老板事先培训过的。可不管怎么说，人家话都说成这样了，如果还执意要带走，就属于找碴儿了。尹东无奈道：“好吧，那你给我们下锅里吧。”

“好嘞！”服务员把丸子放进锅中，说了声“两位慢吃啊”，走开了。

“看到没有？有问题！这里面一定有什么不可告人的秘密。”张立说。

“嗯，确实很可疑。”尹东说。

“那这丸子……”

“咱们就让它一直煮锅里呀。”尹东说，“反正它就算经过高温沸煮，也一样会分裂。咱们就看看今天会不会又发生这样的事。如果又多出一个丸子来，咱们就立刻找来老板询问，如果他不能给出一个让我们满意的回答，我们就把这事给他曝光！”

“对，给他施压！天知道用这稀奇古怪的肉做的丸子，吃了之后会不会对人体有什么危害！”

两人决定之后，便任由丸子在锅中沸煮，不去管它，只吃别的菜。半个小时过去了，一个小时过去了，两个小时过去了……他们一直盯着锅中的丸子，可始终没有多出一个来，用筷子和漏勺在锅里捞，也确定如此。两人未免有些沮丧，这顿饭吃了三个多小时，不能再吃下去了。张立看了一眼手表，说：“我得回郫都区了，再过会儿地铁都收班了。”

“行，我也要回去了。”尹东叹息道，“唉，今天运气不好，没遇到同样的事情。”

“估计是这两颗丸子的时间控制得比较好，一时半会儿不会分裂。咱们也不用再等下去了，反正机会有的是。下次还来这里吃，总会再遇到当初那种情况的。”

“说的是。那咱们改天再约？”

“行啊，都是好吃之人，咱们就算是交个朋友了。”

“那这丸子……咱们吃吗？”

“吃啊，点都点了，凭什么不吃？”

其实两人早就对锅中的丸子垂涎欲滴了，也顾不上是不是稀奇古怪的肉做的了，一人夹了一个，大快朵颐。这丸子在锅中煮了两个多小时，饱吸汤汁和各种底料的香味，比上次的更好吃了。

之后，两人争着买单，最后还是尹东把钱付了。彼此挥手道别，各自回家。

尹东到家已经是晚上十点多了。老婆第二天要早起，已经睡了。本来也有些疲倦的他，脑海中却总是回想起张立跟他说过的那些话。同时，他也想起了那个叫《私房菜》的故事。

尹东在搜索框输入“私房菜　小说”这两个关键词，果然弹出了相关的作品介绍。他由此得知，这个故事来源于一套叫作《必须犯规的游戏》的书，是第五本中的一个故事。尹东的手机上安装了两款阅读类的软件，他点开其中一个，输入书名，找到了相应的正版电子书，也找到了这个叫《私房菜》的故事。

看完之后，他感到惊骇无比。虽然他知道这只是一篇小说，可问题是，他怀疑自己跟书中人物有类似的经历。而书中提到的那种神秘的“肉”，跟可以自动分裂的肉丸，实在是太相似了。他不禁想道，难道这个故事并非完全虚构？按照故事最后的交代，这种肉仍然在地球上，而且某家餐馆一直在用它做菜。难道，我们吃的就是……

想到这里，他睡意全无，走到书房打开电脑，把《私房菜》这个故事中提到的“再生肉”，结合今天晚上的谈话内容和各种分析猜测，写成了一篇文章，作为上次那篇爆款文的后续，然后选择定时发送。

第二天早上九点，这篇新的公众号文章发布出来。估计是有上次那篇文章作为基础，这篇文章在短短十几个小时内，阅读量就达到了十万。主任开心得不得了，同事们也纷纷向尹东表示祝贺。小李开玩笑说，如果尹东每次都能写出十万＋的文章，这个公众号的影响力估计比他们这家报社还要大，到时候，尹东就是报社的头号功臣了，未来的社长之位非他莫属。

尹东倒是相对冷静，没有被这番恭维的话冲昏头脑。因为他很清楚，这两篇文章的爆红，纯粹是因为这起事件具有吸引力，加上思维奇特的分析和推测，激起了大家的好奇心，也成功地引发了话题。可问题是，他不可能天天都遇到这样的怪事、发掘到这样的题材，后期的文章估计又会趋于平庸。所以有自知之明的他，双手作揖答谢大家的夸奖，低调应对了。

谁都没有想到的是，跟文章爆红的速度成正比，麻烦也迅速找上门来了。

星期四，尹东到双流区一家网红湖畔火锅餐厅踩点，打算写一篇关于这家店的推文。下午三点多，他接到主任打来的电话，让他马上回报社一趟，有事情要跟他说。

尹东从主任的语气中听出这事估计不是什么好事，便赶紧坐地铁回了报社。刚一进办公室，尹东就见主任眉头紧蹙地坐在藤椅上抽烟，气氛明显不对，连忙问道：“主任，出什么事了？”

“刚才一个律师来咱们报社，说要起诉我们。你知道他的委托人是谁吗？”

“谁？”

“老槐树火锅店的老板。”

尹东一惊：“因为什么？我写的那篇公众号文章？”

“对，他们说，你写的那两篇文章，特别是第二篇，对他们店造成了极其恶劣的影响。本来他们店生意很好，结果因为你写的这两篇文章，让很多客人对他们家卖的牛肉丸子产生了怀疑，认为这肉可能来历不明，甚至让人恶心，严重地影响了他们的生意。最近两天，店里的营业额一落千丈。所以，他们打算起诉我们诽谤，要求我们赔偿因此造成的一切经济损失，以及店家所蒙受的名誉损失。”

“不是……我没有指名点姓地说这事发生在他们家。我甚至都没说这事发生在成都！”

“但是你提到了他们家的门前有一棵百年老树，对吧？这还不够明显吗？”

“门前有一棵老树的餐饮店，全国多了去了！凭什么就说我是在影射他们呢？”

主任摇头道：“你跟我说这些没用，关键得看法院怎么认定这事。我刚才打电话咨询了一个律师，把这事跟他讲了，恰好他也看了你写的那两篇文章，他跟我说，现在的问题有三个：第一，你的这个公众号以往写的都是成都范围内的事情，所以这一篇，即便没有强调地点，在读者心中，也肯定认定你说的是成都的事，这叫约定俗成；第二，符合‘门前有一棵百年老树’的火锅店，目前成都只有这一家，况且人家的名字就叫‘老槐树火锅’；第三，大家都知道，这家店的招牌菜就是那丸子。

“综合以上三条，你那两篇文章实指的是哪家店，确实是太明显了。而实际上，大家也纷纷对标这家店，这给他们造成了很大的损失。所以人家提出诉讼，是很正常的。律师还说，如果真要打官司的话，我们败诉的可能性非常大。而根据对方之前的经营状况和未来可能受到的影响，他们提出一百万到两百万的赔偿数额，都是合理的。”

听完这番话，尹东冷汗都吓出来了。如果报社真的因此吃了官司、赔了钱，这笔账会不算到他头上来吗？最坏的情况是让他承担结果，甚至丢了工作。尹东擦了一把额头上的冷汗，问道：“那现在怎么办呢？”

主任说：“我刚才跟社长商量了这事，他说，让你赶快去一趟老槐树火锅店，跟人家当面赔礼道歉，协商解决办法。只要能让他们同意撤诉，怎么着都行！”

“行……我马上就去！”

说完这句话，尹东头也不回地离开了办公室。出报社后，立刻打了一辆出租车，前往目的地。

四点多，尹东来到了老槐树火锅店。进门之后，他询问店员老板在不在，得到肯定的回复后，这位店员把他带到了餐厅后厨。尹东见到了正在跟厨师长商议菜品事项的老板——一个四十多岁精明干练的中年女人。

尹东表明身份，说明来意，后厨的气氛一下就剑拔弩张起来，一位厨师愤怒地说道："就因为你，害得我们这两天生意惨淡！搞得我们现在都不知道晚上该备多少菜了！"

尹东为之汗颜，连声道歉。女老板见他态度诚恳，劝手下的店员不要生气，然后把尹东请到店内的一个包间中，关上门来说话。

"那么，你来找我，是什么目的呢？"女老板问。

一心想摆平此事的尹东，自然说不出什么硬气的话，只是违心地陪着不是："真是对不起，我写那两篇文章，本来只想图一乐，没想到误打误撞成了爆款文章，并引起了网友们的误解，让他们以为我说的是你们这家店……"

"听你这意思，不仅网友们误会了，连我都误会了呀。尹老师是想说，其实你写的这两篇文章，压根儿就跟我们店没关系，是我们自作多情对号入座了，是吗？"

尹东听出了对方挖苦的口气。其实见到这位女老板的那一刻，他就知道对方不是盏省油的灯，想要蒙混过关是肯定行不通的，反而有可能进一步激怒她。于是，他改口道："也不是……"

"这么说，你承认了，你写的文章根本就是针对我们店的？"女老板言辞犀利地说道。

尹东的汗水又冒出来了，感到左右为难。承认也不是，不承认也不是，一时不知该如何作答。

女老板看出他的窘迫，不再逼问他，说道："咱们打开天窗说亮话吧，你来找我，是希望我能撤诉，对吗？"

"是的……我可以立刻写一篇文章进行解释。就说之前那两篇文章，全是我自己异想天开想出来的，跟贵店全无关系，希望网友们不要……"

他的话还没说完，女老板便发出一阵大笑："哈哈哈，尹老师，是你太天真了呢，还是你把网友们都当成傻瓜了？你发了这两篇文章，导致我们的生意一落千丈，紧接着，你又发文为我们洗白。且不说这种做法纯属此地无银三百两，你觉得网友们真的想不到这里面的利害关系吗？你要人家信，人家就相信；你要人家不信，人家就不信了？人的心要真有这么好操控，那天底下的事情也未免太好办了吧？"

尹东不得不承认，这位女老板不仅言辞犀利，且句句在理。于是，他忐忑不安地问道："那么，您觉得这事……该如何解决呢？"

"如何解决，我不是已经委托律师告知你们报社的领导了吗？起诉，要求你们赔偿我们的名誉损失和经济损失。仅此一条路，没有商量的余地！"

女老板说得异常坚决，给了尹东重重的一击。他本想再说说好话、求求情，可接触到对方凌厉的眼神，又知难而退了。如此看来，这官司是吃定了。

"尹老师，托你的福，我这两天倒是清闲下来了。往常这时候，我们已经开始忙碌了。但是从前天起，到我们店来消费的客人，还不到以往的一成。不信一会儿你留下来，看看饭点的时候，我这儿坐了几桌客人。"女老板哼了一声，"你的影响力还真大呀，两篇文章就毁了我们这家店。所以，你请回吧，咱们法庭见！"

说完，女老板站了起来，打算送客了。尹东看出这事确实没有回旋的余地了，沮丧地站了起来。走出包间前，他突然心一横，打算反其道而行之。他转过身望着女老板，说道："老板，如果您执意要打官司索赔，对我来说可能后果十分严重。如果我被单位开除，成了无业游民，甚至赔得倾家荡产，那也就天不怕地不怕了。如果是这样，这事就没完了，我会跟你们死磕到底的。"

女老板眉毛一挑道："威胁我是不是？我闯荡江湖多年，还会怕你这个毛头小子不成？"

这话多少让尹东有些摸不着头脑，他今年三十九岁，这老板娘看样子也就四十岁多点儿，顶多大他个三四岁，在她眼中，自己怎么成了"毛头小子"？估计对方是在生气的情况下，才说出这种贬低自己的话，所以也就没去计较了。尹东接着说道："不是威胁，而是我会把这件事追究到底，引发公众和舆论的监督，让你们给出一个合理的解释。否则，我决不罢休。”

女老板盯着他：“什么合理的解释？”

“你说呢？当然是那丸子。你心知肚明，你们家的丸子一定不是普通的手打牛肉丸。否则，你们不会制定出‘只准堂食，不准打包’的规矩。而多出一个丸子的事情，也不止发生过一次。还有一个人，也遇到了同样的状况，我已经跟他见面并交流过了。他能够做证，这件事是我们的亲身经历，绝不是空穴来风。到时候，你必须给公众一个说法，而我也会督促有关部门对你们售卖的丸子进行检验和调查。你确定要闹到这样的地步吗？”

女老板一时哑然。尹东心中一阵悸动——看来反将一军果然有效！他成功地夺回了这件事的主动权，不用低声下气地求对方撤诉了！

短暂的沉默后，女老板走到尹东面前，定睛看着他，一字一顿地说道：“你有什么证据，能证明火锅里多出来了一个丸子？”

尹东说：“我们是上周六到你这儿来吃饭的，一共七个人，只点了六个丸子，却每个人都吃到了；而我说的另外那桌人，亦是如此，他们八个人吃饭，却吃到了九个丸子。这些人，全都能证明我说的是实话。老板，你能解释一下这是怎么回事吗？”

女老板嫣然一笑：“我没有叫你陈述事实，我是问，证据呢？你们吃饭的时候，拍下视频了吗？你能够证明你们吃饭的过程中，的确多出来了一个丸子吗？”

尹东知道，她是料定他们不可能拍了视频。不过既然话说到这份儿上，他也用不着客气了：“我们是没有拍视频，但十多个人就是十多张嘴呀。这么多人一起指证你们这家店有问题，就算没有证据，公众也不会相信这事是毫无根据的吧？况且我是做餐饮推荐的，如果不是确有其事，我干吗要跟你们过不去呢？动机是什么？”

女老板思索一阵，说道：“你们没有视频，但我有。”

“什么意思？”

“我们店内店外都安装了摄像头，你们不是上周六来吃过饭吗？我们的监控录像一个星期才清理一次，也就是说，现在电脑里还保存着你们来吃过饭的那段视频。”

“就算如此，监控不可能连锅里有多少个丸子都能拍到吧？”

“这个是拍不到，但是你们是否每个人都吃了一个丸子，应该是能够看出来的。你不是口口声声说你们只点了六个丸子，却七个人都吃到了吗？不如我们调监控录像来看看，你们是不是只点了六个丸子，又是否七个人都各吃了一个。”

“行啊。”尹东嘴里答应，心里却在想，这老板葫芦里卖的什么药？难道她怀疑我捏造事实？可她哪来的自信，认为监控录像一定对她有利呢？万一监控清楚地显示，我们当真是七个人都吃到了丸子，岂不等于是把证据展示给我看？

带着疑惑，尹东跟随女老板走出包间，来到火锅店大厅的吧台。监控录像就存储在吧台的那台一体机电脑中。女老板也不避讳，大大方方地对吧台的收银员——一个小伙子说：“把上周六晚上的监控视频调出来看看。你们是晚上来吃的饭吧？”

“是的，六点左右。”尹东回答。

小伙子在电脑中查找存储上周六监控视频的文件夹，找到视频之后，点击播放。这时，店里的一些伙计、厨师闲着没事，也凑过来看。电脑前面，围了七八个人。

小伙子跳过了中午的部分，直接播放晚上的视频。很快，电脑屏幕上出现了尹东、主任、小李等一行六人。小李迅速占了树下的一张桌子，大家纷纷落座，尹东开始点菜……

“快进吧，直接到上丸子的那个部分。”女老板对小伙子说。尹东没有意见。

“等一下！”尹东喊道，“就是这里了！”

小伙子按下暂停键，屏幕上显示，一个服务员端着盘子走到他们这桌。监控清楚地拍到——盘子里装着六个圆滚滚的大丸子。

“看到了吧，我们点的确实是六个丸子。”尹东对女老板说。

“那是当然，本店的丸子一人限量一个。你们想点七个，我们也不会上的。”女老板说。

小伙子点击鼠标，继续播放。视频中显示，尹东他们那桌的六个人，的确在丸子煮熟之后，一人夹了一个到碗中，各自吃了起来。尹东心情激动，因为这个视频证明，他没有记错！的确是每个人都吃了丸子的！现在，只需要等到王珂来，看到他从锅里夹起“第七个丸子”，就能证明他所言非虚了，而且是当着这么多人的面！只要这家店不是一家彻头彻尾的黑店，老板总不可能在这么多员工面前强词夺理、指鹿为马吧？

视频继续播放。十分钟后，尹东觉得有点不对劲了，因为他记得，王珂就是在他们正在吃丸子的时候来的，但视频中，他们六个人都已经吃完了丸子，却还不见王珂到来。尹东怀疑自己是不是记错了，就又看了十分钟。然而，王珂还是没有出现。

女老板问道："你不是说后面又来了一个人吗？我看这架势，你们都快吃完了。那人到底是什么时候来的？"

尹东哑口无言，半晌后，他喃喃道："他早就该到了呀……"

女老板对小伙子说："你快进一下，不要太快，2.0 倍速就可以了。"

于是，监控录像用快镜头播放着尹东他们吃饭的画面。半个小时后，所有人清楚地看到，视频中，尹东他们六个人酒足饭饱，结账后离开了火锅店。王珂全程没有出现。

尹东呆若木鸡，简直不敢相信自己的眼睛。女老板问道："后面来的那个人呢？在哪儿？"

尹东结结巴巴地说："这……这怎么可能？王珂明明就在我们吃饭中途来的呀……"突然，他想到了什么，瞪着那女老板说道："这段监控视频，你做过手脚！"

女老板指着尹东对所有员工说："记住他说的这些话啊。如果他没有确凿证据的话，对我们的污蔑和诽谤就又多了一条。"然后，她望着尹东，嗤笑一声："我又不知道你要来找我，难道我能未卜先知，提前做好手脚？"

吧台负责收银的小伙子说道："老板娘今天一直在跟律师和厨师长谈话，压根儿就没碰过这台电脑，怎么做手脚？"

"对，我也能证明，老板娘没有动过电脑！不只是今天，这几天都没有碰过！"厨师长义正词严地说道。

这两个人的话点燃了其他员工的怒火，他们对尹东群起而攻之：

"你这个人到底安的什么心？为什么要故意诽谤我们？"

"是啊，我们本本分分地做生意，碍你什么事了？你干吗偏偏跟我们过不去？"

“是想讹钱吗？还是故意炒作自己？”

店员集体声讨，越说越来气，若不是老板娘及时制止，恐怕要对尹东拳脚相加了。形势对尹东不利到了极点，他感到茫然、疑惑、尴尬、憋屈，心情难以言喻。

老板娘示意大家先别出声，她对尹东说：“这样，我今天让你心服口服，免得你日后说我们联合起来欺负你。你不是怀疑我做了手脚吗？那你现在给当天一起吃过火锅的人打个电话，求证一下，那天你们到底是多少个人来吃的饭。”

尹东望向女老板，眼神已经有些动摇了。事到如今，他的底气已严重不足。但不管怎样，他还是接受了这个提议，摸出手机，打算验证此事。

尹东先拨打了小李的电话。接通后，他问道：“小李，你记得上周六，白色情人节那天，我们办公室同事聚餐吧？”

“当然记得，怎么了？”小李问。

“那天我们是几个人到‘老槐树火锅’吃饭的，你还记得吗？”

小李想了想。“六个人吧。办公室一共七个人，王珂说他家里有事，就没来呀。”

“对，他一开始是没来。但是吃到中途的时候，他不是来了吗？他说陪完亲戚了，就来找我们了。”

“没有啊。”小李说，“你记错了吧？王珂后面也没来呀。”

尹东呆住了。须臾，他难以自控地嚷道：“怎么可能？我清清楚楚地记得，他是来了的呀！我跟他互相敬酒，还说了好多话！”

“不可能吧？我那天是喝了点酒，但是也没有到断片儿的程度。王珂要是来了，我怎么会不记得？”小李说，“要不，你再问问主任他们，或者问王珂本人呀？他自己总不会不知道他来没来吧。”

“对，我问王珂本人。”尹东一边说，一边挂断了电话，并立即拨打王珂的手机。

几秒后，王珂接起了电话：“东哥，什么事？”

尹东开门见山地问：“王珂，上周六白色情人节那天，你参加我们的聚餐了吗？”

“没有呀。我不是跟你们说，我亲戚从外地来了，我要陪他们吃饭吗？”

“没错，你是这么说的。但是你陪亲戚吃了会儿饭之后，就来找我们了，在老槐树火锅店，记得吗？你还吃了一个丸子，跟我们敬酒……”

没等他说完，王珂就打断了他的话，开玩笑地说道：“东哥，你这么想念我呀，我没来你都把我的戏份脑补出来了？你那天喝得不少吧？”

“不是，你……”尹东张口结舌，说不出话来了。

“我那天陪亲戚吃饭，一直吃到晚上九点多。之后我们又去KTV唱歌，玩到十二点才回去呢。我倒是想来找你们，可一直没机会呀。”

“…………”

“东哥，还有别的事吗？我这边还忙着呢。”

“行，你忙吧，不打扰你了……”

尹东缓缓放下电话，神情呆滞。通过他的反应，在场的人都知道验证的结果是什么了。女老板双手环抱，望着他：“怎么样？还觉得是我对监控做了手脚吗？”

尹东茫然而木讷地摇着头，喃喃道：“怎么可能？难道我的记忆……不，我的脑子出问题了，出现了幻觉？”

“这我就不知道了。”女老板说，“要不你去华西医院的精神科挂个号，检查一下？”

尹东愣了半晌，再次看手机，发现了张立的电话和微信，说道：“那另外一个人呢？他说他也经历了这样的事呀，总不可能连那个人也是我幻想出来的吧？我手机里，可是有他的手机号、微信，以及聊天记录的。”

女老板说：“这个人是谁，为什么要说这样的话，我不知道，也不关心。但我知道，这个世界上，总是有一些无聊的人，有一些沉迷幻想的人，他们出于各种各样的目的，会说出一些奇谈怪论，一般人听了呢或许会一笑置之，但有着相似经历的人听了或许就会信以为真。我不知道你是不是属于这种情况，但我想，你跟那个人应该也是一面之交吧，你了解他多少呢？他跟你说的话，你真的全盘相信吗？”

尹东无话可说了。看来，事实就是如此……这件事是一个错综复杂的误会。而他此刻关心的是，自己的大脑是不是真的出了问题。他真的打算去精神科挂个号检查一下。临走之前，他对着女老板和店员们深深地鞠了一躬，满怀歉意地说道：“对不起，给你们添麻烦了。虽然我不是有意为之，但事实就是给你们造成了各种损失。我会承担这件事的后果……就算砸锅卖铁，也会尽量弥补你们的损失。”

说完这番话，他转过身，颓然朝店外走去。女老板望着他的背影，顿了几秒，叫住了他：“你等一下。”

尹东转过身来望着她。女老板说出一句出人意料的话：“算了，我打算撤诉。”

尹东一怔，问道：“您的意思是，私了吗？”

女老板摆了摆手，云淡风轻地说道：“我的意思是，这件事就这么算了。”

尹东不敢相信自己的耳朵。主厨亦然，他提醒道：“老板娘，咱们的损失，可不只是这几天呀。客人们如果一直误会下去，咱们店今后就一直都生意惨淡了！”

店员们也纷纷附和。女老板扫视他们一眼：“这儿谁说了算？我已经决定了，这件事到此为止！”

尹东感动得难以言表，他再次对女老板鞠躬，说道：“真心感谢您的深明大义，这件事，我会想尽一切办法跟公众澄清的！”

“别。你要真是感谢我，就听我的，这件事到此为止，别再提起了，更不必澄清。”女老板说。

尹东不解道：“为什么呢？”

“有些事情，越描越黑，反倒是冷处理更好。过段时间，大家忘了这事，也就无妨了。”

尹东还想说什么，被女老板用手势制止了：“什么都别说了。否则，我有可能改主意哦。”

尹东明白了，识趣地住嘴。他再次向女老板表示感谢，离开了火锅店。

“现在是下午五点多，店里一位客人都没有。”女老板说，“大伙儿到一号包间来一下，咱们开个短会吧。东方（前台负责收银的小伙子），你留一下，如果有客人来了，就先招呼着。我跟大家说几句话，耽搁不了太久。”

“好的。”小伙子颔首。

于是，厨师、店员们纷纷跟随女老板来到一号包间。落座之后，厨师长说：“老板娘，我知道你是心好，不忍心害得那人倾家荡产。可这么大的损失，咱们也不能就自己扛了呀。”

女老板叹息道：“杀人不过头点地。人家都那么诚恳地道歉了，我要是再把他往死里逼，真闹出人命来了，于心何忍？况且，这事也不是他的错，本来就不该他来承担这个责任。”

“您的意思是，他是因为精神有问题，才会……”

女老板摇了摇头：“不，我的意思是，这件事，本来就是我们的责任。我叫你们开会，也就是想把事情的真相告诉你们。”

店员们面面相觑，一齐望向女老板，等待她往下说。

“知道吗，我刚才其实骗了他，说他精神可能有问题。实际上，我很清楚这是怎么回事，只是怕他出去乱讲，才没有把实话告诉他。但你们都是我的店员，所以，我不打算对你们有所隐瞒。”

员工们全都露出茫然的表情。女老板说：“咱们店的招牌菜——牛肉丸子，因为我有祖上传下来的秘方，所以这道菜，一直是由我亲自来制作的。即便是主厨，也不知道这道菜的制作方法。现在出了这种事，我就把这丸子的秘密，告诉你们吧。”

她停顿几秒，说道：“这牛肉丸子为什么比一般的丸子好吃得多，原因是，做丸子的肉泥中加入了一种特殊的菌类。坦白地说吧，是一种有可能令人致幻的毒蘑菇。”

“什么？毒蘑菇？！”主厨大吃一惊。

“是的，这种毒蘑菇，通常情况下是不能食用的，否则人可能会中毒身亡。但我的老祖宗，也不知道当初是怎么想的，居然把这种蘑菇烘干后研磨成粉末作为一种特殊的香料，添加到牛肉丸子中，结果做出了味道异常鲜美的丸子。但需要注意的是比例问题。如果添加适当，人吃了就不会有事；但如果稍微过量，或者没有跟肉泥搅拌均匀，导致某些丸子毒素含量超标，虽然不至于毒死人，但是有可能让人出现幻觉。现在，你们知道他为什么会看到本不在场的同事了吧？”

“因为他刚好吃了一个毒素含量超标的丸子，所以出现了幻觉。”一位厨师明白了。

“是的。而且从他说的情况来看，这样的事不止发生过一次。还有一个人，也遇到了类似的情况。”女老板叹息一声，“唉，老祖宗留下的菜谱中，反复提醒这种‘毒蘑菇粉’的用量和比例，以及务必搅拌均匀、大火猛煮，等等。但我一个人操作，难免把控不当，所以就发生了这样的情况。”

“原来是这样……”店员们全都明白了。厨师长问道：“那么，有什么办法能解决这个问题吗？”

“有，那就是不往丸子里加毒蘑菇粉。但这样的话，咱们卖的丸子就跟其他火锅店的手打牛肉丸子没什么区别了，又何来‘招牌’一说呢？”

“那么，毒蘑菇粉的用量，可以精准控制吗？”

“难。我每次都是精准控制的。可问题是，还是会遇到搅拌不匀的情况。现在出了这样的事情，我们肯定是不能再卖这种丸子了。今天，我是把这个叫尹东的人给糊弄过去了，可以后要再发生这样的事，我可没法保证每次都能蒙混过关。”

厨师长点头表示明白了，说道：“没关系，不卖就不卖吧，就卖普通的牛肉丸子也行。咱们用心做菜，总是能打动客人的！”

“对，我也是这么想的。”老板娘说，“这件事情的真相，就是如此。对你们每个人，我都不打算藏着掖着。我也可以跟大家保证，不管生意好不好，该发的工资一分钱不会少。至于丸子的事，就当作我们共同的秘密。咱们一起开店，如同一家人，相信不会有人把这个秘密说出去的，对吧？”

“老板娘，你就放心吧！像你这么有情有义、心肠又好的老板，我还是第一次遇到呢。这件事，我打死都不会说出去的！”厨师长第一个表态。

接着，店员们纷纷发誓会保守这个秘密。一位厨师甚至说：“要是有人敢背叛老板娘，我饶不了他！”

老板娘站起来，微笑着跟店员们致意，说道：“谢谢大家。好了，大伙儿各忙各的去吧。小李，你把东方叫来一下，我简单跟他说下这事。”

“好的。”服务员小李应了一声，跟其他人一起离开了这个包间。

不一会儿，前台负责收银的小伙子来到一号包间。他把门关上，锁好，走到老板娘身边坐下，问道：“都处理好了？”

“嗯，”老板娘疲惫地揉搓着额头，“那个叫尹东的，被我彻底说蒙了，估计真要到医院去看精神科了。员工们，我也把咱们之前商量好的‘真相’跟他们说了。”

“他们没有怀疑吧？”

“没有。全都信以为真了。当家的，也真有你的，毒蘑菇致幻这种故事你也编得出来。”

小伙子淡然一笑，露出跟年纪明显不符的老成模样：“相比起‘再生肉’，‘毒蘑菇致幻’这样的事情，显然更容易让人相信。”

“是啊。还好你之前处理了监控视频，剪掉了后面来的那个人的全部画面，又花钱买通尹东那几个同事，让他们装成那天只有六个人吃饭，这才蒙混过去。但是，花了不少钱吧？”

“钱是小事，只要有时间，多少钱都能赚到。但我们必须这样做，不然，不仅尹东不会停止调查，连我们自己的员工也会生疑的。”小伙子说。

女老板颔首：“是的。但出了这样的事情，咱们以后不能再卖这种丸子了。不可能每次都用同样的方式来蒙混过关。”

“嗯。这家店，再开一段时间就关了吧。”

“其实，咱们就在江南水乡的古镇上开私房菜馆，不好吗？我当初就不太同意到成都这地方来开火锅店。树大招风，结果真的出事了。”女老板略有些埋怨地说道。

小伙子笑道：“我倒不后悔。青惠，咱们在这颗星球上都待多少年了，老是过同一种生活，你不厌倦吗？况且这次的经历很有趣呀，连我们都不知道，即便把肉打成肉泥，高温沸煮，居然还能分裂。我们的生命力，真不是一般的强呀。”

“是啊，这一点，我也没有想到。”青惠沉吟片刻道，“当家的，我们私房菜馆也开过了，火锅店也开过了，今后，你还有什么打算呢？”

“尝试更多的可能性吧。”小伙子意味深长地说，“反正我们也回不去了，进行各种有趣的尝试，不就是活着的乐趣所在吗？”

青惠苦笑道：“就怕我们尝试得太多，‘这里’的人迟早会发现我们的秘密。这已经不是第一次引起他们的怀疑了。”

“那又有什么关系呢，这个星球不是有句老话吗——一切随缘就好。”

“好吧，听你的。”青惠把头搭在小伙子的肩膀上，闭上眼睛说道，“让我们度过这漫长的余生吧。”

眼镜男的故事讲完后，同桌的其他四个人都被惊到了。小双问道：“故事最后，女老板和小伙子为什么要以‘当家的’和‘青惠’互称呢？他们俩到底是什么来头，又是什么关系？”

“你要是看过《私房菜》这个故事，就知道他们俩的身份和关系了。”眼镜男说。

“你之前说，这件事是你的亲身经历。这么说，你就是故事中的尹东？”小双又问。

“没错。”眼镜男爽快地承认了，“这个故事，的确是根据我的亲身经历改编的。当然，尹东离开火锅店后的那段剧情是我杜撰的，但也绝非全无根据、胡编乱造。因为我之后能证明，那个女老板说的是假话。而‘第七个丸子’之谜，直到现在都没有解开，也无法解开了。因为那家老槐树火锅店，事发之后不到一个月，就关张了。”

“这么说，真的有可能是这样……”小双陷入遐想之中，“青惠和那个小伙子，仍然在这个世界的某一个地方。而那种神奇的肉，恐怕又以另一种形式，出现在大家的餐桌上了。”

“说到这个，老板，你们家的麻辣牛肉为什么这么好吃呢？”眼镜男望着老板。

“居然被你识破了。看来，我们又要换地方了。”老板说。

几个人彼此对视，爆发出爽朗的大笑。

“好了，轮到我来讲故事了。”胖子说，“你们俩的故事都这么精彩，我也不能输。我讲的这个故事，也是惊心动魄的呢。”

胖子讲述的故事——

《麻辣烫婚宴》

恋人约会的地点，选在具有文艺气息的咖啡厅是最适合的了。浪漫的音乐、小资的环境、精致的咖啡杯、彩色的马卡龙——每一样都在掳获着女生的心，让她们分分钟坠入情网。这年头，即便是钢铁直男都明白这个道理。但也有少数不谙此道的把约会地点选在肯德基、麦当劳这种地方。情调虽然是差了点儿，但两个人一起吃着冰激凌、互相喂薯条，也算是一种情趣。但是，将约会地点频频安排在街边摊的，就实属少见了。

夏江到这家街边麻辣烫来赴约的时候，周围的人都有些惊讶。这女孩实在是太美了：瀑布般的飘逸长发、突显身材和气质的长裙，白皙如玉的肌肤和天生丽质的容颜。若不是她径直走向一张外摆桌子坐了下来，老板都不敢上前招揽生意。通常情况下，这种打扮讲究、年轻貌美的女孩，只会出现在高档场所，坐在这种路边摊，实在是有些格格不入。但客人既然来了，老板当然要去招呼，询问几人用餐。美女面带微笑，礼貌地说道："两个人，我男朋友马上就到。"

不多时，一个短发男生汗流浃背地走了过来，坐到夏江对面，说道："抱歉啊，来迟了。我才下班，又没有打到车，就跑步过来了。"

"没关系。"夏江甜甜地一笑，从小坤包里摸出纸巾，递了一张给男友孟杰，"擦擦汗吧。"

孟杰接过纸巾，擦了擦脸上的汗水，环顾周围的环境，问道："你会不会觉得吃这种路边摊，不大自在？要不……咱们换一家？"

夏江双手托腮："不用啊，你不是说，这是一家在老街上开了二十多年的串串店，味道超好的吗？既然来了，当然要尝尝呀。"

"可是……你穿这么漂亮的白色长裙，不怕溅到油或者弄脏吗？"

夏江关心的只有前半句："你觉得我穿这条裙子很漂亮？"

"嗯，美若天仙。"

夏江开心地笑了起来："那就行了呀，何必管它会不会弄脏。衣服嘛，又不是文物，难道还要放到展柜里供起来呀？"

孟杰点头："那我去拿菜了。"

不一会儿，服务员端上麻辣烫锅底，孟杰也端着一篮选好的串串回到座位，把竹扦串好的菜品放进锅中，说道："这家店最好吃的就是郡肝和羊肚，搭配他们家的特色干碟，好吃得很！”

夏江露出期待的表情：“那我可真得尝尝。”

锅底沸腾后，孟杰为夏江拿煮好的菜，帮她蘸上裹满芝麻、花生碎和辣椒面的干碟，再递给她。夏江尝了两串，说道：“哇，真的好好吃！”

“是吧？”孟杰咧嘴一笑，自己也吃了起来。他十分体贴，怕夏江烫到手，一串都不让她自己拿，全程为女友服务。夏江吃串串的姿势十分优雅：轻轻咬下竹扦前端的食物，再用纸巾擦拭嘴唇。孟杰恰好形成对比，粗犷豪迈，四五串一起吃，大快朵颐，好不过瘾。

现在是夏季，这家小店的生意几乎全部依靠外摆，空调自然是没有的，老板弄了两台大风扇呼呼吹着风，仍然难解酷暑炎热。而沸腾发热的锅底，更是添了一把火，让高温达到了极致。坐在这儿吃串串的男人们全都耐不住热，纷纷脱掉了上衣，打着赤膊吃串串，再配以冰啤酒，将豪爽进行到底。远远望去，大片肉色，颇有些喜感。

孟杰跟女友在一起，不好意思光着膀子吃。但夏江发现，孟杰的 T 恤已经被汗水完全浸湿了。她善解人意地说道：“脱了 T 恤吧，你都汗如雨下了。”

“这……合适吗？”

“有什么不合适的，反正他们都脱了，也不差你一个人。”

“好吧。”孟杰实在是热得受不了了。他脱掉 T 恤，露出一身结实健壮的肌肉。夏江带着欣赏的目光打量他，然后双手伸向脑后，把长发扎成马尾，继续吃。

孟杰看到，夏江的脸上也在不断渗出汗珠，只因她不断用纸巾擦着脸，才没有像他那样汗如雨下。可即便如此，她也没有喊过一声热，而是默默忍耐。孟杰于心不忍，他停止吃东西，有些愧疚地说道：“都怪我，考虑不周，这么热的天请你吃麻辣烫，你现在肯定很难受吧？”

“还好啊，”夏江轻描淡写地说，“是有点热，可是也没有到无法忍受的程度。况且吃到这么美味的串串，也是值得的。”

“真的吗，夏江？你真的觉得这串串很美味？”

“是真的呀。难道你觉得我是在假装吗？”

“不……我只是觉得，你这种出身尊贵的大小姐，什么美味佳肴没有吃过，我们这种平凡人觉得好吃的东西，对你来说，也许只是普通至极的食物吧。”

夏江望着孟杰：“这么跟你说吧，如果我是一个人来吃，或者跟别人来吃，可能会觉得很一般。但是跟你在一起，我就会觉得任何东西都很好吃。”

“为什么？”

“这还用问吗？因为我喜欢你呀，所以会爱屋及乌。”

听到夏江这样说，孟杰十分感动。然而，隔了一会儿，他心情复杂地说道：“其实……夏江，我真不知道你为什么会喜欢上我。我的身材、样貌都很一般，家庭出身更是跟你有云泥之别。比我优秀的男生太多了，你……”

没等他说完，夏江就打断了他的话：“没错，但你做了一件他们都没有做过的事情。”

夏江说的这件事，孟杰当然知道是什么，他们正是这样认识的。四个月前的一天，在单位加班到晚上十点的孟杰，正打算乘坐公交车回到自己的出租屋，却目睹了街上的一幕——七八个小混混在纠缠两个年轻的女性。这两个女生对这群人十分反感，长发的那个女生更是厉声呵斥。但小混混仍然厚着脸皮搭讪，甚至开始动手动脚。街上的很多行人都看到了，却没人敢管，怕惹上麻烦。

孟杰看不过去，走上前去制止这些小混混，结果被这群小混混围殴。好在他身强力壮，大学时又学过散打，跟七八个人干架，开始时也没有处于劣势。但对方人多势众，孟杰渐渐抵挡不住，最后被打得鼻青脸肿、头破血流。好在警察及时赶到，把这群小混混全部抓捕，孟杰也被送到了医院。

之后，长发美女便一直陪伴在孟杰身边，直到他养好伤出院。在这一过程中，两人都对彼此产生了好感。孟杰得知，美女的名字叫夏江。但他不知道的是，夏江是本市一位富豪的女儿。这情况是他们交往一个多月后，孟杰才从朋友口中得知的。

孟杰知道，自己配不上夏江。他也知道，夏江之所以对自己产生好感，跟他那天晚上挺身而出有很大的关系。这段感情中，更多的恐怕是感激和报恩，并非真正的爱情。但此时，他已深深地爱上了夏江。可是一想到两人的感情不会长久，他又陷入矛盾、纠结的心境之中。有时甚至觉得长痛不如短痛，与其越陷越深，不如趁早分手。好几次，他都想跟夏江提出，但面对美丽、大方、可爱的夏江，到了嘴边的话，又总是说不出口。今天，他终于按捺不住，说出了心中的疑惑。

“我知道，你因为那天晚上的事，心存感激。但我帮你们，并不是为了得到你的垂青，你不必……”

“不必什么？以身相许吗？”夏江淡然一笑，摇头道，“孟杰，你还真是不懂女人呀。如果我仅仅是对你心存感激，早在几个月前，我就会对你表示感谢，然后离你而去了。你觉得我跟你交往四个多月，就是为了报恩吗？这个世界上，报恩的方式太多了，我为什么非得把自己搭进去？”

孟杰沉吟一刻问：“这么说，你是真的喜欢上我了？”他挠了挠脑袋，说道：“我不太明白，我这种普通人，有什么值得你喜欢的？”

“因为你很真实，也很可爱。我见过太多在我面前装腔作势的公子哥儿了，他们会试图用豪车、名包、珠宝首饰来打动我，可惜这些东西我一样都不缺，对他们的人，我更没有丝毫兴趣。但你跟他们不同，现在我们坐在这里，就是证明。”

“现在？”

“对。你知道，如果由我来买单的话，再贵的餐厅我们都可以去消费。但你今天约我出来的时候跟我说，你没有让女生请客的习惯，但你也请不起我吃太贵的东西。所以，你只能请我吃人均消费五十元的麻辣烫，但你保证味道会很棒。你知道吗？我就是喜欢你这种真诚和可爱，在我生命的前二十多年，我没有遇到过这样的人。”

孟杰有些不好意思：“但是，在这里吃，的确有点委屈你……”

“这不重要。我刚才说过了，跟你在一起，所有的体验都是美好的。另外……我喜欢你，还有一个原因。”

“什么原因？”

“你有一种自然的性感。”

“啊？自然的……性感？”孟杰哭笑不得，“我怎么不知道，什么时候有啊？”

“现在啊。”夏江盯着孟杰的上身看了几秒，红着脸低下了头，端起茶杯喝水。

孟杰的脸也红了，憨厚地抓着脑袋。两个人都笑了。

吃完麻辣烫后，孟杰把单买了。夏江提议找个凉快点的地方坐会儿，于是两人来到一家环境优雅的冰品店，点了两杯冷饮。夏江说："你知道吗？我昨天把我们在交往的事，跟我爸说了。"

孟杰知道夏江的父亲是谁——本市鼎鼎有名的商界精英，身价几十亿的超级富豪夏至远。他忐忑不安地说："你爸……爸爸，他是什么态度？"

夏江抿着嘴沉默了一会儿，说道："孟杰，你是一个真诚的人，所以我对你也不想有所隐瞒。况且这事也没法瞒，如果我们要长久地在一起，我爸这一关是绕不过的。"

孟杰听明白了，这不出他所料。"你爸爸肯定不赞同吧。"

"嗯……但也不是你想象中那么反对。他只是觉得，以我的条件，应该能……你懂我的意思吧。"

"当然懂。其实你爸说的也没错。"

"可我跟我爸表明了我的态度。我说，我活到二十五岁，第一次遇到自己真正爱的人。所以不管怎样，我都要跟他在一起。"

孟杰心中的感动无以言表："那你爸是怎么说的？"

"他说，现在恋爱自由、婚姻自由，他当然不可能强行干预我。但他提出了一个要求。"

"什么要求？"

"他想亲自跟你见一面，跟你聊聊天。"

"啊……"孟杰感受到一种无形的压力。

"你别紧张，岳父想见见未来的女婿，这是很正常的事。"

"等一下……岳父？"

"你不想娶我吗？"夏江含着胸，羞涩地问道。

"我……"孟杰的喉咙突然变得很干，他赶紧喝了一大口冷饮，说道，"我想，我做梦都想！可是我……"

夏江伸出手，把他即将说的话推了回去："不要再说配不上我之类的话了，我不想听。你刚才已经回答过了，说你想娶我，这就够了。"

孟杰此刻的心绪有点乱，他说："好吧夏江，抛开高攀不上之类的话不说，我的确是想过娶你的。可我没想过会这么快。我现在努力地工作，就是想成为能够配得上你的男人。但是现在去见你父亲，我实在是没什么底气，我只不过是一个月薪不到五千元的公司小职员。"

"我知道你想证明自己，但说句不好听的，你就算再努力个十年八年，也未必能成为所谓的成功人士，难道你要我等这么久吗？"

孟杰沉默了。夏江说的有道理，他的确无法保证自己一定能做出一番事业。

"所以，你又何必在乎这么多呢？我们结婚之后，在我爸的帮助下，咱们共创事业，难道不好吗？"夏江说。

"但是，你爸未必会同意我们在一起。"

夏江咂了咂嘴："好吧，我实话告诉你。你知道，我爸为什么会不那么反对，并提出跟你见面吗？"

"为什么？"

"因为我跟他说，我已经是你的人了。"

"什么？！"孟杰差点一口饮料喷了出来，他用手背擦了下嘴，窘迫地说道，"可是……我们并没有'那个'呀，你这不是骗他吗？"

"我们明天去见他，今天晚上，就让这句话变成事实吧。"

孟杰的脑子"嗡"的一下炸开了。交往这四个月来，他并不是没有想过这事，但夏江在他心中就像女神一样圣洁，所以即便作为她的男朋友，他也不敢有非分之想，更不敢越雷池半步。之前的数次约会，他们都保持着礼节和尊重，最亲昵的举动也无非是牵手而已，连接吻都没有过。现在，夏江却主动要求发展到最后一步，孟杰再正人君子，也不可能坐怀不乱。他全身的血液都沸腾起来，几乎要把身体烧干了。

"可……可以吗？"他结结巴巴地问道。

夏江低着头，若有似无地点了点头。于是孟杰牵起夏江的手，走出了冰品店。

这是闹市区，酒店比比皆是。他们选了一家高档酒店，开好房间后，进入其中……

然而激情过后，孟杰逐渐清醒，突然意识到一个问题。

糟了，刚才被欲火烧昏了头，忘了跟夏江说一件重要的事。

孟杰望了一眼睡在他身边的夏江，懊恼地拍了下脑袋，心想：现在，夏江已经把她宝贵的第一次给了我，我如果这个时候提起这事，她会不会认为我之前是故意不说？

但是，明天就要去见她爸了。如果不事先跟夏江沟通就直接提起这事，她和她父亲会是怎样的反应？特别是那位被媒体评为“铁腕企业家”的夏江的爸爸，如果听到我提出这样的要求……

想到这里，孟杰惶惶不安起来。提起“这件事”的最佳时机，就是跟夏江发生关系之前。现在说，已经晚了……

孟杰在心里叹了口气：唉，也罢，硬着头皮上吧。明天当着未来岳父和夏江的面，直接提出这个请求，希望他们能够理解吧。实在不行……我也想不出别的办法了。

第二天是周末，孟杰不用上班。夏江跟他约好了见面的时间地点。下午三点，孟杰准时来到夏江告知的地点——市内最高端的别墅住宅区。夏江穿着一身简洁大方的粉色长裙，一如既往地美丽动人。因为要见未来的岳父，孟杰的穿着也很正式：衬衣、西裤、擦得锃亮的皮鞋。他的手里拎着两个高级礼盒，分别是高档白酒和茶叶。夏江迎上前去，笑着说：“哈哈，我还是第一次看你穿得这么正式呢。”

“要见你爸，当然得穿正式点儿。怎么样，还行吧？”

夏江上下打量他：“嗯，可以，像房产中介。”

“啊？那……我要不要回去换一下？”

“哈哈哈，我开玩笑的，很帅啦！”

孟杰说：“不知道买什么好，就买了两瓶白酒和上好的茶叶，你爸不会觉得太寒酸吧？”

“怎么会，心意到了就行了。”夏江看了一眼礼物，“这些东西也不便宜吧？估计把你一个月工资都搭进去了。”

“这个无所谓，拜访你爸嘛，应该的。对了，我怎么从来没听你说起过你妈妈呢？”

夏江说：“我爸妈很早就离婚了，之后我妈就去了加拿大，嫁给了一个外国人。我从小是被我爸带大的，跟我妈见面的次数不多，感情也就不太好。所以你不用管她，全力应付我爸就行了。”

“应付……你爸很可怕吗？”

“没有你想的那么恐怖啦，别担心，有我在你身边，怕什么？走吧！”

说完，夏江挽着孟杰的胳膊走进别墅区。这里绿树成荫、鸟语花香，环境高雅，房屋造型和园林设计都充满高级感，一看就是上流社会的顶级住宅区。孟杰没来过这种地方，总有些不自信，再想到他即将见面的人，心里就更没底了。

夏江把他带到一套上千平方米的豪宅前面，穿过前花园，走进大门。映入眼帘的是一个空间很高的大厅，像五星级酒店的大堂，家具和装修风格是欧式的，处处透露着奢华的气息。但孟杰无暇欣赏装潢设计，因为他看到了坐在客厅沙发上的中年男人。如果没猜错的话，这肯定就是夏江的父亲了。

夏江的父亲也看到了他们，从沙发上站了起来。这位富豪气度不凡，浑身散发出一股不怒自威的强大气场。也许是为了表现他们关系亲密，夏江故意把孟杰挽得更紧了些，带着他朝父亲走去，说道：“爸，这就是我的男朋友孟杰，他来拜访您了。”

孟杰赶紧向未来岳父问好：“伯父您好，初次见面，不成敬意！”礼貌地双手递上礼物。

夏江的父亲“嗯”了一声，接过礼物，交给走过来的用人，对孟杰说：“坐吧。”然后对用人说：“泡壶清茶来。”

“是。”用人放好礼物后，进厨房去了。孟杰和夏江坐在了宽大的真皮沙发上，夏江的父亲坐在他们侧面，拿起茶几上的一盒雪茄，问道：“抽烟吗？”

“谢谢伯父，我不抽烟。”

“不抽烟好。我抽了几十年，现在想戒都戒不了了。”夏江的爸爸用高档的银质打火机点燃雪茄。

夏江的父亲见面就表扬自己，让孟杰轻松了不少。不一会儿，用人端着一壶泡好的茶过来了，给每个人斟茶，又呈上果盘和点心盒。夏江招呼孟杰吃点心，尽量让气氛轻松随意一些。

“你和夏江的事情，我听夏江说了。我这个闺女倔得很，我早就说给她配两个保镖，她坚决不干，说别扭、不自在。结果呢，果然遇到小混混了。那天晚上还好你见义勇为，不然的话，她们可能真要吃亏了。说到这个，我真该好好感谢你才对。”

孟杰连忙说：“不不，伯父，这是我该做的，您不必客气。”

夏江的父亲说：“你是个真正的男子汉，我看得出来。把女儿托付给你这样的人，我很放心。”

孟杰没想到，估计连夏江也没想到，见面不到五分钟，这位位高权重的富豪就给予孟杰如此高的评价，并且一口肯定了他们的婚事。夏江喜不自胜，紧紧抓住孟杰的手，激动得两颊绯红。孟杰也欣喜不已，挠着头说：“伯父过奖了，您就是因为我见义勇为这一点，才这么说的吗？”

“不，见义勇为，有真有假。有些人，说不定是别有用心。但你不是。”

虽然孟杰知道自己确实不是，但他还是有点好奇，忍不住问道：“伯父，您是怎么知道这一点的呢？”

夏江的父亲抽了一口雪茄，缓缓吐出烟圈，望着孟杰，说道：“因为我会观面相。相由心生，这句话我是相信的。我在商场打拼多年，见过的人，用过的人，实在是太多了。一个人的面相就如同气质一样，是藏不住的，也是装不出来的。所以我见你第一眼，就基本知道你是一个怎样的人了。”

夏江不失时机地奉承道：“爸，你太厉害了，难怪能成为集团公司的董事长。但我也不错，对吧？继承了您看人的眼光。”

“哼，你这个机灵鬼，就知道变着法地为男朋友说话。结婚之后，怕是要忘掉我这个老爸了吧？”

“怎么可能？”夏江坐到父亲身边，撒娇地摇着父亲的手臂，说道，“我最喜欢的还是您，他排第二！”说着，朝孟杰眨了下眼睛。三个人都笑了起来。

孟杰完全没想到，聊天的氛围居然如此其乐融融。按他之前的猜想，这位严厉的董事长，会像很多家长一样，询问自己的家庭状况、工作情况，等等，不料对方压根儿没有提起这类话题，仅仅通过观面相就同意了他们交往，甚至答应了婚事。这是他完全没想到的。但同时，他也有点纳闷，为什么夏江的父亲对这些事情一点儿都不关心呢？按理说，了解未来女婿的基本情况，不是合情合理的吗？

夏江的爸爸果然是个厉害角色，一眼就看穿了孟杰的心思，说道："你是不是在想，我怎么没像其他家长一样问这问那的呢？"

"啊……"心思被点穿的孟杰略有些尴尬，只好点头承认了。

"因为你的基本情况，夏江已经跟我说过了。你从小命运多舛，父母早逝，但你自强不息，凭着自己的努力考上了大学，之后又顺利地找到了工作，自食其力。至于那些细节，比如你在哪里工作、有没有房子车子、收入如何，我一点儿都不在意。我在乎的只有一样，就是你这个人怎么样。只要你人品好、肯学习，在我的帮助下，必将做出一番事业。这一点，我丝毫不怀疑。"

孟杰感动得连连点头，不住地道谢，然后说道："这么说，伯父不介意我父母都已过世这一点？"

"这有什么好介意的？我还巴不得你们俩以后专心地孝顺我一个人呢。"夏江的爸爸半开玩笑地说。

"那是肯定的，反正我妈也不靠谱，不孝顺您孝顺谁？"夏江调皮地说。

父亲欣慰地拍着女儿的手说："好，没枉费我这么心疼你。现在你坐过去吧，我们商量些具体的事情。"

"好。"夏江坐到孟杰身边，握着他的手。

"你们俩也交往好几个月了，考虑过什么时候结婚没有？"

夏江和孟杰对视一眼，夏江说："如果可能的话，我觉得近期就可以结婚。"

"你呢，孟杰？"未来岳父问。

"我的想法当然跟夏江一样。能娶到夏江这么好的姑娘，是我三生有幸。"孟杰说。

"好，那我来挑选一个黄道吉日，你们去民政局把证领了。然后，我来为你们操办一场盛大的婚礼。”

糟了，果然如此。孟杰的心脏被猛击了一下。

夏江没有注意到孟杰的神情，开心地说：“太好了，谢谢爸！我喜欢西式的户外婚礼，您到时候让婚庆公司的人布置得浪漫一点儿哦！”

“这个不用你说，我就你一个女儿，当然要让你风风光光地出嫁。别的事情我都可以低调一些，但这件事必须高调。一生就一次嘛。”夏江的爸爸豪气地说，“我初步的想法是，在天鹅湖那边包一个五星级度假酒店，大宴宾客。那里的草坪很大，又面朝湖水，环境方面，是肯定……”

说到这里，夏江的爸爸戛然而止，望着孟杰，说道：“怎么了，孟杰，你不舒服吗？”

“不……没有……”孟杰勉力掩饰。

“没有？我看你脸色发青，头上都开始冒虚汗了，是想上厕所吗？咱们以后就是一家人了，你不必拘礼。”

“不，真不是。”孟杰结结巴巴地说，“是……另外的原因。”

“什么原因，直说无妨。”

夏江也注意到了孟杰的古怪神色，问道：“你怎么了，孟杰？有什么就说呀，脸色怎么这么糟糕？”

“我……”孟杰从未如此窘迫过，“我有点说不出口。”

“男子汉大丈夫，有什么话就直说。扭扭捏捏的像什么话？”夏江的父亲皱起眉头。

“好吧，那……我就说了。对于婚礼的安排，我有些别的想法。”孟杰鼓起勇气说道。

夏江的爸爸不以为意地笑了起来：“我还以为是什么事呢，有不同的想法，就提出来。我刚才说的，只是我个人的想法，不一定非得如此。毕竟是你们俩结婚，还是以你们的意见为主。”

“真的吗，伯父？”

“当然是真的。”

孟杰望向了身边的夏江，仍然没敢把心中的想法说出来。认识孟杰以来，夏江还从未见他如此纠结过，纳闷地问道："孟杰，你到底怎么想的呀？是不喜欢西式婚礼吗？你希望举办传统的中式婚礼？"

"不是……中式西式都无所谓。我是有一个……不情之请。"

"什么不情之请，你说呀。"

算了，豁出去了。孟杰闭上眼睛说道："我希望，婚宴上能够吃麻辣烫。"

房间里静默了一刻。夏江和她父亲都被这句话弄蒙了。夏江的爸爸问道："什么意思？你是说，婚宴的菜当中，有一道是麻辣烫？"

"不……我的意思是，整个婚宴，都只吃麻辣烫。"

夏江的父亲因为惊讶而张大了嘴。显然这位见多识广的老江湖，也从未听过如此荒诞的请求。他确认道："你说的麻辣烫，就是用竹扦把一串串的肉和菜穿起来，然后放到火锅汤里煮熟后吃的麻辣烫？"

"是的。"

"也就是说，婚宴上，所有的人只能撸串？"

"嗯……"

夏江的爸爸凝视着孟杰，片刻后，他说："如果你在十秒钟之内，告诉我这只是一个玩笑，我会假装没有听到这个提议。"

事到如今，孟杰已然豁出去了，他挺起胸膛说道："不，伯父，我没有开玩笑，我是认真的。"

"啪！"的一声，夏江的爸爸一巴掌拍到实木茶几上，仿佛令地板都为之一震。夏江爸爸怒不可遏地望着孟杰，气得浑身发抖，指着他说道："你什么意思？！"

夏江吓坏了，赶紧上前去抚父亲的胸口，请他息怒。父亲把她的手推开，厉声喝道："你知道这事吗？他之前有没有跟你提过？"

夏江摇头，望向男友问："孟杰，这事你怎么不先跟我商量一下？"

"都怪我，夏江。我昨天一时兴奋……把这事忘了。本想跟你说的，但……"孟杰说不下去了。现在，怎么解释都是徒劳。

"我知道你喜欢吃麻辣烫，你以后天天都可以吃。但为什么婚宴上要吃麻辣烫？"

夏江费解地问。

“当然是有原因的。但伯父正在气头上，我觉得现在不适合说这件事。等伯父冷静下来……”

“不必了。”夏江的父亲打断他的话，“不管你有什么理由，我都不想听。因为这件事的荒谬程度，已经超出我的理解范畴了。我现在只问你一句话——这件事，如果我不同意的话，你是否要坚持？”

“我必须坚持，伯父。其他事情我都可以听您的，唯独这件事，希望您能给我几分薄面。”

“给你几分薄面？你考虑过我的面子没有？你知不知道我是谁？我的女儿结婚，全市的达官显贵都会来参加，甚至还有明星大腕来站台、捧场。他们全都是有头有脸的人物，把人家请来，就撸个串？我这张老脸以后往哪儿搁？还有，媒体会怎么报道？——‘全国排名前五十富豪嫁女，请宾客在街边撸串，数亿身家是否造假？’——新闻头条的标题，我都能想到是什么。好吧，就算我这张老脸不要了，集团公司的名誉呢？我敢说，这件事如果真的发生了，我们公司的股票第二天就会下跌十个百分点！”

“伯父，我没说在街边吃。您说的天鹅湖，那地方就可以，只是吃的内容，换成麻辣烫就行了……”

夏江的父亲伸手制止他继续往下说：“不要再讲了。就算婚礼办在紫禁城，吃的还是寒酸的麻辣烫，那不一样让人贻笑大方吗？甚至有人会以为我们是在故意博眼球，用这么低级的方式来引起公众关注。我的公司、品牌，我辛辛苦苦打拼几十年的基业，可能就毁于一旦了！”

孟杰紧咬着嘴唇不说话，显然他也十分为难，但他仍然坚持着自己的诉求，没有松口。

夏江没有想到，之前和谐、愉快的谈话氛围，居然会因为婚宴的事被破坏得荡然无存。一边是父亲，一边是爱人，夹在中间的她，感到十分为难。思忖片刻后，她对父亲说道：“爸，要不然，婚宴就办低调点吧。咱们别请那么多亲朋好友了，就自家人小范围地聚一下，可以吗？”

父亲恼怒地看着夏江，说道：“这么过分的要求，你也打算妥协，你还有没有原则了？你这样无条件地满足他、迁就他，你们结婚之后，还有你的好日子过吗？”

孟杰说：“不，伯父！我一定会对夏江好的，我发誓！除了这件事，所有的事情我都可以依着夏江！”

夏江说：“爸，孟杰把话都说成这样了，咱们就依他吧。婚礼只是种形式，吃什么不重要。您刚才不也说了吗，您看重的是他这个人，我又何尝不是如此呢？”

父亲望着女儿，严肃地说：“对，我看重的是人。但通过这件事，我对他的看法发生改变了。我不管他出于什么理由要这样做，一个固执己见、不懂变通的人，性格是有问题的。不分轻重，更做不成大事。夏江，你要是听我的，就趁早跟他分手吧！”

夏江急了：“爸！因为这么小一件事情，你就要全盘否定他吗？”

父亲指着孟杰说：“那么你问问他，如果我们不妥协这件小事情，他是不是就不跟你结婚？”

夏江望向孟杰：“是这样吗，孟杰？如果我或者我爸不同意这件事，你是不是宁肯跟我分手，也不打算改变主意？”

孟杰万般纠结，心如刀绞。沉默良久后，他心一横，从牙缝中挤出一个字：“是！”

夏江惊呆了，两行眼泪簌然而下，她说道：“在你心中，我还没有一顿麻辣烫重要？”

“不，当然不是！”孟杰痛苦地说，“麻辣烫对我有特殊的意义，你不知道它对我意味着什么！就算我说了，你们这种出身豪门的人，也未必能理解！所以……”

“所以什么？”夏江凝视着孟杰的脸。

孟杰深吸一口气，红着眼眶说道：“夏江，我们终归不是一个世界的人。伯父说得对，我不适合你。我们……分手吧。”

夏江仿佛遭遇晴天霹雳，她再也无法控制情绪，捂着嘴，眼泪啪嗒啪嗒地掉下来。父亲按着她的肩膀，用一种无可救药的眼神望着孟杰，说道：

“女儿，有些时候，通过一件小事，就能够认清一个人。你知道我为什么一定要叫你跟他分手吗？因为我恰好认识一个跟他十分相似的人。说起来，还真是凑巧，就像他痴迷麻辣烫一样，我认识的那个人对火锅有种难以理解的执念。这种固执到近乎偏执的人，是十分可怕的。你如果跟这样的人结婚，不但不会幸福，甚至会引祸上身！”

孟杰觉得，他再待在这里，就是自取其辱了。他说了声“再见，夏江”，从沙发上站起来，头也不回地离开了这栋豪宅。

回到自己的单身住所后，孟杰痛哭了一场，肝肠寸断、撕心裂肺。可再怎么发泄，仍然无法挥散那无穷无尽的痛苦和悲伤。唯一能做的，只有酗酒。他找出家里的半瓶白酒，一饮而尽，很快就呕吐不止，醉得不省人事。仿佛只有自虐的折磨，才能稍微减轻他心中的伤痛和自责。

接下来的几天，孟杰依然悲伤得不能自已，他请了假，没有去上班，仿佛再也无法找到人生的意义和乐趣。颓废了好几天之后，他才稍微振作，打算开始新的生活。

然而，就在这个时候，夏江来到了他的出租屋。

孟杰打开房门，两人恍如隔世般久久对视着，眼泪从他们的眼眶中倾泻而出，然后，他们情不自禁地张开双臂，拥抱彼此，许久都没有分开。

两人进屋，孟杰问道：“你怎么来了？”

夏江说：“我想明白了。”

“想明白什么了？”

“不管你是一个怎样的人，我都要跟你在一起。因为我爱你，放不下你。”

孟杰的眼泪再次溢出眼眶，他说：“我也放不下你，离开你这几天，我像丢了魂似的，比死了还难受。”

“我也是，所以我来找你了，不然我活不了。”

“但是，你爸……”

“没关系，这已经不重要了。”夏江说。

“什么意思？”

夏江深情地凝视着孟杰，说道：“你走之后，我又跟我爸谈了一次，还是谈崩了。

我想，我没法说服他同意这件事了。我必须在你和他之间，做一个选择。”

“那你……”

“我做的选择是什么，难道你还不明白吗？”

孟杰既感动，又欣喜，同时也感到不安：“夏江，你该不会是离家出走，自己跑出来的吧？”

夏江笑道：“我又不是小孩子，难道非得待在父母身边吗？我决定了，生活也好，婚姻也罢，全都由我自己做主！”

“夏江！”孟杰再一次紧紧地抱住了夏江，仿佛将全世界拥入怀中。

“孟杰，婚宴的事，我依你。但你要答应我，一辈子对我好哦。”

“夏江，我对天发誓，如果我以后让你受到丝毫委屈，就让我被……”

“别说不吉利的话！”夏江按住他的嘴，“我相信你。”

夏江继续说道：“另外，还有两件事情，我要告诉你。”

“什么事？”孟杰温柔地问。

夏江说：“第一，我已经不是以前那个家财万贯的千金小姐了。这次我是背着我爸跑出来的，我个人的银行卡上，只有二十多万。其实我爸之前给我的零花钱不少，但我不懂节约，导致所剩无几。第二，我们不能留在这座城市了。因为我爸不准我再跟你见面，我偷偷溜出来，等于是背叛了他。我太了解他的行事风格了。他知道此事后，一定会大发雷霆，然后动用关系在全市找我，一旦被他找到，他肯定会想尽办法拆散我们。所以，我们最好今天晚上就离开本市。”

孟杰说：“现在是婚姻自由的时代，你爸爸自己也说过这话，难道他还会强行限制你的人身自由？”

夏江说：“你不了解他这个人，他是典型的‘顺毛驴’。如果你顺着他，他就通情达理；但你如果跟他对着干，他的专制和霸道会超出你的想象。你也知道，他在本市可是神通广大的人物，我倒没什么，毕竟是他的女儿，大不了被他强行带回家，但我怕他会做出对你不利的事。”

孟杰初生牛犊不怕虎：“中国是法治国家，他敢把我怎么样？”

夏江摇头叹息："你说这话就太天真了。你以为我爸是怎么当上集团公司董事长的？……孟杰，我知道你年轻气盛，但你相信我，这次，我们是真的把他惹毛了。他会不择手段对付你的。所以，就算是为了我，咱们远走高飞，到一个远离此地的城市去生活，好吗？"

孟杰沉默片刻，说道："但是，你也不可能一辈子不跟你爸见面呀。"

夏江说："当然不可能。所以我想的是，我们先到别的城市生活一段时间，等我爸消气了，我再用电话或信息的方式慢慢跟他沟通。到时候我们生米煮成熟饭，他也只能答应了。"

孟杰点头道："行，我听你的。我把工作辞了，再把租的房子退了，今晚我们就收拾东西离开。但是，中国这么大，我们去哪个城市呢？"

"去云南吧，我喜欢云南。找个风景优美的小城，过世外桃源般的生活。"

"好！对了，你不是还有二十多万吗？我也多少存了点儿钱，咱们在云南开家私房火锅店，好吗？"

"好啊！但是，你会做火锅吗？"

"会呀，我还会做好几道特色菜呢！以后慢慢告诉你，现在，我们先收拾东西吧！"

"嗯！"

于是，两人迅速把衣服等物品塞进行李箱，打车前往机场，买了两张到昆明的机票。几个小时后，飞机飞上万米高空，他们紧紧依偎在一起，舷窗外的暗沉苍穹和隐隐星光，像极了他们憧憬而渺茫的未来。

到了昆明后，他们游玩了几天，顺便考察了周边的一些县市。最后选择了昆明市东南的澄江县作为落脚点。这里有美丽的抚仙湖风景区，气候宜人、风景如画，又没有大理、丽江那么商业化。孟杰和夏江初次到来，就被这里淳朴的民风和美丽的景色吸引了。他们在抚仙湖旁边租了一套带院子的民居，之后便张罗起了私房火锅店的事：装修店面、置办桌椅、购买食材、研究菜品……这一过程中，所有劳力烦心的事情全部由孟杰包办，一点儿都没有让夏江累着。他告诉夏江，店开起来之后，她只负责收钱就行，其余的事情全部交给自己和店员来做。夏江感受到了孟杰对自己的体贴和照顾，心甜意洽，暗忖自己真是找对了人。

至于麻辣烫婚宴的事，孟杰没有再提。夏江也没有询问他执着于此事的原因。她想，到了合适的时候，孟杰自然会跟自己说的。

一个月后，私房火锅店开张了。由于店开在美丽的抚仙湖畔，老板娘又是一个气质出众的大美女，再加上孟杰苦心研究的特色菜，很快就吸引了很多客人前来光顾。在此用过餐的客人，对火锅的味道、店家的服务、优雅的环境都十分满意，获得了颇为愉快的用餐体验。很快，在良好口碑的积累下，火锅店的生意越来越好，几乎天天都是爆满。一番辛苦换来了相应的回报，孟杰和夏江倍感欣慰。虽然开店很辛苦，但他们的日子过得有滋有味，分外充实。

几个月后，生意稳定下来，他们的生活也稳定下来。一天闲暇时分，孟杰和夏江在抚仙湖畔散步，孟杰突然跪了下来，掏出一枚钻戒，感情真挚地向夏江求婚。夏江感动得热泪盈眶，这一天，她等好久了。孟杰帮她戴上戒指，两人在宁静的湖边深情拥吻，幸福得无以言表。

第二天，他们就去民政局领了结婚证。回家之后，便商量起了婚宴的事。由于他们是私奔出来的，加上孟杰的父母早就不在世上了，所以两人觉得，只请关系最好的朋友，并且要他们务必保密（避免被夏江的父亲知道），至于其他的客人，就请经常来店里照顾生意已经成为朋友的那些老主顾。算下来，一共八桌人左右，私房菜馆的院子正好能摆八张桌子。于是，两人把时间定在下个周末，分别通知朋友们。此事就这么决定下来。

夏江问："婚宴上，就如你当初说的，吃麻辣烫吗？"

"你愿意吗，夏江？"

"我要是不愿意，当初就不会来找你了。"

孟杰搂着妻子的肩膀："我说过的，这件事你依了我，我以后什么都听你的。咱们以后每年的结婚纪念日，用任何方式来庆祝都行！"

夏江笑道："不吃麻辣烫了吗？我还以为每年结婚纪念日，都要吃麻辣烫呢。"

"不用，就是举行婚礼当天吃就行了。"

夏江终于忍不住了，问道：“为什么呢？你现在可以告诉我原因了吧？”

“当然可以。”孟杰想了想，“但是，让我再保留几天悬念好吗？举行婚礼当天，我会告诉你的。”

“好吧。”夏江依偎在孟杰怀中，不再多问了。

很快，举办婚宴的日子就到了。朋友们提前一天来到了澄江县，孟杰和夏江尽心招待。店里的员工们跟老板和老板娘的关系都非常好，不仅是雇员，也是朋友。婚宴当天，店员们早早地准备起来，买菜、切菜，穿竹扦。四川的麻辣烫和火锅，在本质上没有太大的区别，就是计量单位不同，一个按根数算，一个按份数算，其他的准备，都跟火锅差不多，就是多了一个穿菜的步骤而已。

孟杰虽然是新郎，但他也跟员工们一起早早地下厨，准备他拿手的几道招牌菜。制作妥当后，他才换上礼服，跟穿着婚纱的夏江一起站在门口迎接宾客。夏江天生丽质，画上精致的妆容，再披上洁白的婚纱，美得不可方物。她的闺蜜和孟杰的几位好友，组成了伴娘伴郎团，客人们陆续到来，嘴里说着吉祥话，再塞上一个个大大的红包，喜气洋洋、其乐融融。

婚礼一切从简，烦琐的步骤都省略了。客人们都到齐后，新郎新娘便在朋友们的簇拥下走到了正前方临时搭起来的台子上。主婚人和证婚人是客人中的两位长辈，他们送上祝福的话语，宣布从今天开始，孟杰和夏江正式成为夫妻。之后，两人在朋友们的撺掇下，当众亲吻，掀起一阵欢呼的浪潮。

接下来，由新郎致辞。孟杰接过话筒后，先对各位朋友的到来表示感谢。之后，他望向店员，示意他们开始上菜。于是，店员们端上麻辣烫锅底，再为每张餐桌端上四个藤条编的大篮子，里面装着穿成串的各种麻辣烫食材。宾客们有些惊讶，显然这么特殊的婚宴，他们都是第一次参加。人们面面相觑，不解其意。

孟杰举着话筒说道：“我知道，大家心里肯定都很疑惑，从来没见过婚宴上吃麻辣烫的。其实这件事情，不只你们疑惑，连我的妻子夏江，也直到现在都不知道我为什么要这样做。那么今天，我就当着大家的面，把这件事的原委讲出来。”

夏江望着身边的孟杰，认真聆听。

孟杰说："在场的一些朋友知道，我父母在我很小的时候就因为一场车祸去世了。抚养和照顾我的重担便落在了年迈的奶奶身上。我奶奶是一个农村妇女，没什么文化，也没有固定的收入来源。她既要照顾我，又要赚钱养家，于是想了很多办法。后来她发现我就读的小学门口，有人在卖麻辣烫，生意还不错，就效仿人家，也在学校门口摆起了麻辣烫摊子。

"我奶奶本来对麻辣烫一窍不通，硬是通过自己的观察和学习，掌握了其中的要领。她做生意很实诚，一毛钱一串的麻辣烫，分量足，味道好，深受小学生欢迎。学校里的很多同学，都是她摊子上的常客，除了一个人，那就是我。

"因为当时的我年纪小不懂事，虚荣心作祟，总觉得我奶奶摆个小摊卖麻辣烫，有些丢人。所以我从来不跟同学们说，门口摆摊的老太婆是我奶奶，我也从来不会去帮她的忙。就算放学后去游戏厅玩，也不肯帮奶奶分担。而她的麻辣烫摊子，一摆就是十多年。从小学到中学，再到大学，我的学费、生活费，所有的家庭开销，全都是奶奶一毛钱一毛钱卖麻辣烫赚来的。为了赚钱，她不管刮风下雨，还是烈日酷暑，都坚持每天出摊。几十年来，几乎没有休息过一天。其中的艰辛，旁人难以体会，包括我在内。

"读大学期间，我交过几任女朋友。每当她们问到我的家庭情况，我都含糊其词。其中有两个女朋友，我把她们带回过家里。她们在我家发现了奶奶出摊的用具，知道了我奶奶在小学门口摆麻辣烫摊子，不久之后，就跟我分手了。我很懊丧，奶奶也猜到了几分缘由。她愧疚地对我说：'小杰，奶奶没本事，给你丢人了。'我当时没有说话，心想的确如此。

"直到有一天，奶奶因病住进了医院，检查之后，发现是胃癌。医生告诉我，这是她长期吃饭不规律和过度劳累导致的，必须进行手术。我当时大学刚刚毕业，还没有找到工作，根本拿不出钱来，只有回家找奶奶的存款。结果，我在她的抽屉里翻到了一本存折和一个铁盒子。打开存折一看，里面有三万元——是奶奶一生的积蓄。而我打开铁盒子……"

说到这里，孟杰的声音哽咽了，眼中噙满泪水。"铁盒子里，是满满一盒的毛票。

多数是五毛、一元，还有数不清的硬币。我呆了许久，这才想起，奶奶的钱，全是这样一毛、两毛、五毛地赚来的！每次她往我卡上打钱的时候，我只知道是一千、两千的整数，却忽略了这些整数是怎样凑起来的。捧着那个铁盒子，我泪流满面，想起之前居然嫌弃奶奶，更是后悔啊！

“我拿着存折到了医院，让奶奶告诉我密码，我要取钱来给她治病。但奶奶说什么都不肯告诉我。她说，这是她给我存的结婚用的钱。她的病就算做手术也治不好了，不能把钱浪费在这上面。她还说：‘小杰，我的乖孙子。奶奶没有别的本事，只有一辈子摆麻辣烫摊，委屈你了，让你谈不上朋友。所以奶奶能做的最后一件事，就是帮你省下这笔钱，让你能娶上媳妇。’

“听了奶奶的这番话，我再也控制不住情绪，放声大哭，求她告诉我密码，说她活着比我娶媳妇更重要。但奶奶就是不肯告诉我，说如果我非要‘浪费’这笔钱，她就从医院的楼顶跳下去。

“无奈之下，我只好把奶奶接回家中‘保守治疗’，实际上就是看着她死。奶奶的身体每况愈下，她知道自己时日不多了，终于在临死前告诉了我存折的密码。我哭着对奶奶说：‘奶奶，您摆了一辈子的摊，用卖麻辣烫的钱养活了我，我却一天都没能让您享福。我之前不懂事，跟其他人一样嫌弃过您的麻辣烫摊子。**但我现在明白了，没有这个摊子，就没有我。以后，如果我要娶某个姑娘，我们的婚宴就吃麻辣烫。如果她不能接受这一点，就说明她不能接受我的出身和过去。这样，我宁肯不结婚！**’我说完这番话不久，奶奶就去世了。”

孟杰望向夏江，说道：“夏江，现在你知道，我为什么一定要坚持在婚宴上吃麻辣烫了吧？我知道，这是固执的，对你也不公平。但我就是想用这样的方式来告诉大家，我对奶奶的感情和对她的麻辣烫摊的感情是怎样的。也许，这是我回报她的唯一的方式了……”

“你不用说下去了，孟杰。”夏江早已泪如雨下，“我明白了。我也很庆幸，我当初同意了这件事。”

孟杰感动不已，把夏江揽入怀中。下面擦着眼泪的宾客，此刻全都站了起来，欢呼鼓掌。

孟杰和夏江一起鞠躬道谢。之后，孟杰从屋里端出一个托盘，上面摆着三个样式老旧的盘子，分别装着三道菜：麻辣牛肉、卤肥肠和自制午餐肉。孟杰说："我奶奶卖的麻辣烫中，最好吃的就是这三样。虽然她没有教过我，但我看她做了多次，自然也就会做了。我们这家店的三道招牌菜，其实就是这样来的。而我今天端的这三个盘子，是我奶奶卖麻辣烫的时候用的盘子，对我来说，很有纪念意义。看到这三个盘子，就像看到我奶奶一样。"他望向妻子，"夏江，我煮这三样菜给你吃，好吗？"

"好啊，以后你要一辈子煮给我吃哦。"夏江甜甜地说。

"没问题！"孟杰招呼宾客，"今天的婚宴，就请大家吃麻辣烫了，希望大家多多包涵！"

朋友们纷纷说：

"这锅底这么香，我们早就等不及了！"

"是啊，婚礼吃麻辣烫，真是难得的体验呢！"

"这锅麻辣烫里，饱含着浓浓的感情，味道能不好吗？"

孟杰感动不已，再次向大家鞠躬表示感谢。然后，他望向夏江，示意他们可以走下台了。但这时，他发现夏江直愣愣地盯着院门口，神色惊惶。他随着夏江的目光望去，整个人都呆住了，脸上的表情也随之凝固。

宾客们注意到了新郎和新娘异样的表情，他们纷纷回头，看到了站在院门口的一群人。为首的是一个五十多岁颇有些派头的中年男人，他的头发已经花白了，但看上去精神饱满。他的身边站着七八个身穿西装、戴着墨镜的男人，似乎是他的手下。这些人显然是刚刚才出现在门口的，为首的那个男人用凌厉的目光盯着台子上端着托盘的孟杰和站在他旁边的夏江，眼神中折射出的光，仿佛是两把利剑。

夏江此刻脸色苍白、浑身微微颤抖，好半晌后，才朱唇轻启，喊出两个字"爸爸"。

宾客们这才知道，站在门口的是新娘的父亲。虽然他们不知道其中原委，但是从这位父亲的眼神和新郎新娘的反应来看，也多少猜到了几分。此刻，夏江的父亲缓步朝他们走去，旁边的手下跟随身后。他们全部走进这个小院后，人们才发现，这群人根本不止七八个，而是有二十多个。从这些手下的穿着和神情来看，他们显然不是新娘那边的亲属，更像是保镖或打手。

父亲走到夏江面前，凝视着她。夏江发现，时隔半年，父亲的两鬓已经斑白了，仿佛苍老了好几岁。她喉头滚动，想说什么，被父亲用手势制止了。父亲伸手摸着女儿的头，慈爱地说："夏江，你长大了，今天，很漂亮。"

夏江的眼泪再次夺眶而出，哽咽着说道："爸爸，对不起……"

父亲摇着头说："不必道歉。你是成年人了，有权利做出自己的选择。只是……"他苦笑一下，叹息道："自从你出生，我不知道幻想了多少次你结婚的场景。也许是在教堂，也许是在湖边，或者某家酒店的宴会厅，这些都不重要。重点是，在我的幻想中，你一定是挽着我的手臂，由我带你缓缓入场，再把你交到女婿手中的。而我也准备了一份致辞，今天，我把它带来了。"

夏江的爸爸从上衣口袋里掏出一张有手写字的稿纸，展开之后，看了一眼，说道："夏江，你看我还有必要致这个辞吗？你结婚都没有告诉我，仪式似乎也结束了。看来，这张纸我这辈子都用不上了吧？"

说着，他把这张纸撕碎了，同时撕碎了夏江的心，或许还有他自己的。夏江泪眼婆娑，心痛得难以呼吸，她不住地道着歉，乞求父亲原谅。但父亲再一次摆手拒绝了，他望着餐桌，点着头说道："你们果然在婚宴上吃麻辣烫了，这麻辣烫很香，真的很香。为了吃上这口麻辣烫，你连我这个父亲都不认了。"

"不，爸。孟杰这样做是有原因的，他……"

"你不用跟我解释。"父亲打断了她的话，"我上次就说过了，我不想听，现在也一样。因为我觉得没有任何一种理由可以说服我相信，一顿麻辣烫比亲爹还要重要。"

孟杰看出来，自己的新婚妻子此刻痛苦得无以复加。作为一个男人，以及她的丈夫，他必须站出来说句话："伯父，您别怪夏江了，不关她的事，都是我的错，是我太执着了。"

夏江的父亲缓缓转过头，走进这个院内，他还是第一次直视孟杰。"你也觉得，是你的错？”

“是的，伯父。所以，您要怪就怪我吧。”

孟杰话音未落，一记响亮的耳光声让他止住了话语。夏江的父亲铆足了劲，一个巴掌抽到孟杰的脸上。宾客们大惊，虽然他们知道这是夏江的父亲、孟杰的岳父，但这也不是他随便打人的理由，况且孟杰只是在维护自己的妻子，并没有对夏江的父亲做什么。孟杰的几个大学同学——也是他的好哥们纷纷站了起来，说道：“伯父，有话好好说！这大喜的日子，您怎么能打人呢？”

孟杰赶紧回头，示意好哥们别开腔。夏江的父亲身体颤抖起来，似乎终于无法控制情绪了，厉声道：

“大喜的日子？一个连父亲都不在场的婚礼，也叫大喜的日子？看看你们吃的是什么菜？竹扦穿成的麻辣烫！还有这是什么，三十年前的旧盘子？我夏至远的女儿出嫁，就是这样的规格？”

说着，盛怒的他，双手抓住放着三个盘子的托盘，用力地一掀。孟杰惊得大叫一声：“不要！”但是已经迟了，“哗啦”一声，三个盘子摔得粉碎，麻辣牛肉、卤肥肠和午餐肉散落一地，跟盘子的碎片和地上的尘土混在一起，污秽不堪。

这场婚礼，就以这样一种悲剧的形式结束了。

胖子讲到这里，停了下来。在场的人都盯着他，眼镜男眨了眨眼，说道：“怎么，这就完了？”

“对呀，故事讲完了。”胖子说。

“不是……你这结尾也太突兀了吧？感觉才刚刚到高潮，就结束了？”眼镜男不能接受。

胖子挠着头说：“我本来就不是专业讲故事的，能讲成这样就不错了。”

小双说：“你故事中提到的那三样菜，不就是我们店的三样招牌菜吗？”

胖子笑道：“我就是受到你们店的启发，才编出这个故事来的。”

“不，”眼镜男尖锐地指出，“你这个故事分明就讲得很好，绝对不是现编的。你分明是出于什么原因，故意不把这个故事讲完。”

胖子缄口不语。眼镜男望向另外三个人：“你们也这样觉得吧？他肯定是有所保留的。”

小双说：“对，胖哥，你这是故意吊我们的胃口呀。来来来，咱们喝一杯，你把这故事讲完吧！”

胖子端起酒杯跟他们干了一杯，却还是没有把故事继续讲下去，神情看上去似乎有点悲伤。眼镜男试探着说：“该不会，你就是故事中的主角——孟杰吧？”

胖子不置可否，只往杯中倒酒。小双说：“难道夏江的父亲破坏这场婚礼后，真的拆散了你们？”

“不仅如此吧，后面肯定还发生了些别的事情。”眼镜男说。

这时，老者说道：“好了，人家不愿意说就不要勉强了。”他看了下手表，继续说：“时间不早了，故事也讲完了，咱们散了吧。”

眼镜男和小双却始终有些不甘心。眼镜男说：“这个故事不听完，我今晚恐怕是睡不着觉了。”

老者说：“那你们留下来听吧，我要先走了，上年纪的人，熬不得夜了。”说着，他站了起来，从裤兜中摸出五百元现金，放在桌子上，朝门外走去。

刚走几步，背后突然传来一句话：

“其实，夏江并没有死。”

老者浑身一震，立时驻足。然后，他回过头来，凝视着说话的人，声音颤抖地问道：“你说什么？”

火锅店老板站了起来，朝他走过去，说道：“我说，夏江并没有死，她永远活在我心中。但你，却罪该万死！”

话音刚落，他从腰间抽出一把切菜的长刀，不由分说地朝老者的腹部刺去。这一刀直中要害，老者扑在他身上，瞪着一双惊惧的眼睛，说道：“你……你才是……孟杰？”

“对，这一天，我等了好多年了。”老板把刀抽了出来，再一次狠狠地插进老者的胸膛。老者连中两刀，再也无法支撑，倒在地上，死去了。

这一突然的变故，把眼镜男和小双吓得呆若木鸡。眼镜男惊骇得舌头都捋不直了，指着老板，只能吐出一个字：“你，你，你……”

胖子在他肩膀上拍了一下，示意他坐好，说道：“别怕，冤有头债有主，跟你没关系，你不会有事的。”

眼镜男这才意识到，胖子跟老板是一伙的，那个年轻伙计小双反而不是，因为他此刻的惊愕程度丝毫不亚于自己。现在大门紧闭，对方又至少是两个人，手里还拿着刀，想要逃出去肯定是行不通的。所以他再害怕，也只能按捺住恐惧的心理，被迫坐在原位。

老板把刀重新别到腰间，走过来坐在自己的位子上，倒了一杯啤酒，一饮而尽。他望向眼镜男：“你不是很想知道他刚才讲的那个故事，结局到底是怎样的吗？我讲给你听吧。”

眼镜男战战兢兢地望着老板，不敢吭声。

老板说：“夏江的爸爸把孟杰奶奶留下的三个盘子全部摔碎后，孟杰失去了理智，怒吼着要跟夏江的爸爸算账。对方有备而来，早就猜到会出现这样的局面，那些手下一拥而上，开始殴打孟杰。在场的宾客看不下去，也加入了战局，现场一片混乱。

“夏江父亲请的这些打手，仗着老板有钱有势，所以无法无天。一个家伙竟然端起滚烫的锅底，朝孟杰泼去。孟杰来不及躲避，头、脸、身体都被火锅汤泼中，全身大面积烫伤，痛得在地上打滚。夏江发疯般地想要冲过去，却被父亲死死地抓住。

“孟杰的一个朋友怒不可遏，也端起锅底泼向了夏江的父亲。结果误伤了他身边的夏江。父女俩的脸部都跟孟杰一样，被滚烫的火锅汤烫伤了。见老板父女受伤，这些手下慌了，停止打架。最后警察赶到，抓捕了寻衅滋事的人，并把受伤最严重的三个人送进了医院。

“这场婚宴惨剧，导致孟杰、夏江和她父亲都被毁容。其中受伤最严重的，是夏江。她美丽的脸庞没有一寸好皮肤，秀丽的头发几乎全部脱落，火锅汤中的辣椒油更是毁了她的双眼。最后，夏江的脸部感染、溃烂，惨不忍睹……她终于无法忍受，给孟杰发了一条信息后，从医院的楼顶跳下自杀了。”

说到这里，老板泪如泉涌，掩面而泣。胖子接着说：“之后，孟杰和夏江的父亲气得发了疯，对彼此恨之入骨，都认为是对方害死了夏江。夏至远转院了，接受了植皮和整容手术，孟杰也是。

“再往后，夏至远因为聚众滋事并引发严重后果而被判刑五年。董事长的位置，自然保不住了。等他出狱之后，早已物是人非。无法东山再起的他，此生只有一个心愿，那就是能找到孟杰，亲手杀了他。

“孟杰又何尝不是这样想的？可问题是，他们俩因为多次植皮、换肤而彻底改变了容貌。加上夏至远出狱后十分低调，没有任何人知道他的行踪。所以多年来，两人都在寻找对方，却始终没有头绪。

“两年前，孟杰想到一个主意，打算设一个局，把夏至远引出来。他来到这座北方小城，租下一个跟当年的火锅店很像的院子，开了一家私房火锅店。而主打菜品，自然是当年的那三样菜。孟杰猜想，夏至远一定会在全国范围的私房火锅店找寻自己。所以他只要在这里守株待兔，就一定会等到他。”

说到这里，胖子对眼镜男说：“今天晚上，你是第一个来的；接着，那个老者来了。由于他完全变了样，声音又没有太多辨识度，所以孟杰不能确定他是不是夏至远。但他的年龄，跟夏至远是相符的。为了验证此事，孟杰打电话把我叫来，假装成第三个客人。然后，他建议大家合成一桌吃火锅。席间，我故意引起话题，提议每个人讲一个跟火锅有关的故事。在这个过程中，我们得出结论，这个老者一定就是夏至远！”

眼镜男声音颤抖地问：“你们……是怎么判断出来的？”

老板说：“一共有五个迹象。第一，他点了那三道招牌菜，并仔细观察。因为他当年见过这三道菜，想以此判断做菜的人是不是孟杰。第二，他讲了一个跟‘火锅偏执狂’有关的故事。估计他自己都忘了，当年他告诉过我的，他恰好认识一个对火锅有执念的人。第三，你和不明真相的小双，都想知道最后一个故事的结尾是什么，他却不甚关心，因为他知道这个故事的结局是什么。第四，胖子讲故事的时候，我一直在观察他的面部表情，发现他的神情格外凝重。第五，也是最直接的一个证据——当我对他说‘夏江并没有死’的时候，他浑身痉挛了一下，脸上的表情绝不是一个局外人会出现的。所以这个时候，我能断定，他就是夏至远！而我丝毫不怀疑，他只要一离开店，半个小时内，就会带着一群人回来，将我们几个人全部杀死！”

眼镜男骇然道："什么……连我都……？我跟他有什么仇？"

"你当然跟他没仇，但夏至远的性格就是一不做二不休。他要是当着你的面杀掉了我们，你觉得他会让你活着出去吗？"

眼镜男汗颜道："这么说，你其实是救了我……"

胖子在眼镜男的肩膀上重重地拍了一下："不管你怎么理解这件事，我都想给你提个醒——走出这个门，你最好忘记今晚发生的所有事情。如果你没有做到，让我兄弟遭受牢狱之灾，我会找到你，然后杀了你。你的故事已经清楚地告诉我们，你是谁，在哪里工作了。而我也可以跟你明说，为了我的兄弟，我什么事都做得出来。你想知道为什么吗？"

眼镜男咽了口唾沫："为什么？"

胖子说："因为当年那锅泼向夏江父女的火锅汤，就是我泼出去的。"

"胖子，我们说好了不再提起这事的。"老板说，"当年的事，不是你的错。首先你是为了我才做出反击；其次，我们都很清楚，是夏江主动扑向她父亲，帮他挡住了大部分热汤……"

胖子拍着老板的肩膀说："好，我们都不提了。"然后，他望向眼镜男说道："我刚才说的话，你听清楚了吗？"

眼镜男忙不迭地点头："听清楚了。两位放心，我一定守口如瓶。今天晚上，我是在另一个地方吃的饭，压根儿没来过这里！"

"算你识时务。走吧！"胖子说，"把门打开一点儿，一个人出去。"

"是，是……那我，告辞了！"眼镜男飞快地走到门口，打开门后，溜了出去。

老板望向伙计："小双……"

话还没说完，小双已经表态了："老板，你啥也别说了，我敬你是条汉子！如果你信得过我的话，就让我继续留在你身边吧！"

老板感激地望着他，拍了拍他的肩膀，点了点头。

胖子对老板说：“你去休息吧。剩下的事，交给我和小双来处理。”

老板说：“那就拜托你们了。”

胖子和小双挽起袖子，朝夏至远的尸体走去。老板转过身，拖着疲惫的身躯走进屋内。

他打开一个抽屉，拿出一张泛黄的照片，看着照片上笑容甜美的姑娘，豆大的泪珠滴落在她的脸上。

夏江，刚才，我把你父亲杀了，你会怪我吗？但我没有选择，必须这么做。我们两个人，只有一个能活。而这个人，只能是我。

因为你临死之前，跟我说过的，让我好好活，连同你的份一起。夏江，我做到了。不然的话，我早就到那个世界去找你了。

孟杰拭掉自己脸上和夏江脸上的泪水，望着逝去妻子的美丽脸庞，躺到床上。他闭上眼睛，做了一个梦。梦中，一对年轻的夫妻在美丽的抚仙湖畔，开着一家温馨的私房火锅店，奶奶也在，岳父也在，他们一家人，幸福快乐地生活在一起。

（《火锅与死神》完）

宋伦的故事讲到后半部分的时候，他就已经注意到了——兰小云听得泪流满面——所有人中，只有她是如此。现在故事讲完了，他问道："小云，你怎么了？"

兰小云拭去眼泪，说道："没什么，只是你这个故事的某些部分，触碰到了我的内心。"

"你指的是《麻辣烫婚宴》吧？"真琴说，"这个故事的确很感人。"

"嗯……"

"让你最动容的点是什么呢？"

兰小云摇了摇头，避而不谈。真琴没有再追问下去。

"听完你讲的这个故事，我好想吃火锅呀。"王喜吞了下口水，又仿佛被牵动了某些情绪，心情复杂地说道，"也让我想起，我之前开的那家火锅店了。"

"火锅的事，暂且不谈。我在想另一个问题——你怎么可能讲得出这样一个故事来？"贺亚军望着宋伦说。

"什么意思？我为什么不能讲出这样的故事来？"宋伦反问道。

"你之前是做什么的？"贺亚军问。

"我从事过好几种职业，如果你问的是最近的，我在一家网上商城做值班经理。"

"反正你没有做过作家、编剧吧？"

"是的，怎么了？"

"我之前说过，我因为公司投资过影视项目，跟很多作家和编剧接触过，多少知道一些创作门道。你刚才讲的那个故事，明显是在‘玩结构’。一开始交代三个素不相识的人到一家火锅店用餐，三个人‘恰好’点了同样的几道菜，遇到率性的老板，决定关了店门，陪他们一起吃喝，并提议每个人讲一个跟火锅有关的故事。

“表面上看，这似乎只是一起‘缘分’导致的随机事件。最后才得知，原来所有的一切都是有原因的：这三个人（至少有两个）为什么会聚集在这家火锅店；为什么会点同样的菜；老板为什么在他们来了之后要关门；为什么提议每人讲一个跟火锅有关的故事……在故事的最后全都做了交代，并把几件事串联在了一起。这样的故事结构，一般人是不会运用的。你刚才也承认了自己并非专业作家或编剧，那么你知道我在质疑什么了吧？”贺亚军说。

宋伦苦笑了一下：“这样的质疑，在刘云飞讲第一个故事的时候就发生了。当时也是你吧，质疑他如何能在短短两个小时之内构思出如此复杂而完整的一个故事。现在又质疑我。别忘了，比起刘云飞，我可是有接近九天的准备时间呀；至于故事结构什么的——听起来你好像是在夸我，谢谢了。但柏雷昨天不是已经说过了吗？处在现在这样的境况下，人都是会被激发出潜力来的。其他人不是也讲出了很精彩的故事吗？那我讲出这个故事，又有什么好奇怪的呢？”

这番话说得贺亚军哑口无言。片刻后，似乎是为了掩饰自己的尴尬，贺亚军说道：“那你能告诉我，这个故事是根据你的‘真实经历’改编的吗？”

宋伦顿了一下，说道：“算是吧。”

“那么，你是故事中的谁？”

“有必要说得这么详细吗？况且，你知道这个干吗？”

“因为你这个故事包含了三个小故事，人物众多，让我不免怀疑，你是故意用这样的方式来混淆视听。”

“我不明白你的意思。为什么剧情丰富、人物众多，就是在混淆视听？就算我承认自己是故事中的某个人，又有什么关系？”

“好吧，我就直说了。我怀疑，就算你不是主办者，也是我们十三个人中的一个‘关键人物’。”

“什么‘关键人物’？”宋伦诧异地问道。其他人也露出茫然的表情，纷纷望向贺亚军。

贺亚军解释道：“我们之前一直以为，主办者调查过我们每个人的过往，所以知道我们都有着‘离奇的经历和不同寻常的见闻’。但是，如果事实恰好相反呢？”

“什么意思？”流风问。

“意思就是，主办者其实并不知道我们每个人经历了怎样的事情。事实上，他也的确不可能得知。想想看，我们在几十年的人生中，会经历无数件事情，就算是情报局的特工调查，也不可能把每个人从小到大经历的所有事情，全都调查得一清二楚吧？那么，主办者又如何能办到这一点呢？”

“有道理。”扬羽点着头说。

贺亚军继续道：“昨天晚上，柏雷提出一个问题——主办者把我们十三个人‘请’到这里来的真正原因是什么。虽然昨晚没有探讨出来结论，但我一直在想这件事。刚才突然想到，‘真正的原因’会不会是想通过我们讲述的故事，来探知某件事情，或者触及某个真相？”

“能说具体点儿吗？”刘云飞说。

“好吧，举个例子。假设几年前发生了某件事——有人被杀了，或者类似的十分严重的事情。这件事显然跟这次游戏的主办者有关。他通过调查，得知这件事情可能跟十三个人有关，但他无法准确判断出，谁是他要找的那个最重要的人。于是，他通过现在这样的方式，把我们十三个人全都诱骗到这里来，逼迫我们每人讲一个故事。而这些故事——从前面几个来看——全都跟讲述者有着密切的关系。那么我们是否可以做一个假设：主办者希望通过我们讲出来的故事，来获知某些重要的信息。”

“你的意思是，他把我们十三个人诱骗到这里来，真正的目的是想要从中找出某个‘关键的人’？”陈念说。

“对，而且找出这个人，十有八九是为了复仇，这是显而易见的——总不会是为了报恩吧？”贺亚军说。

“如果真是这样，那在我们十三个人中，一定有人做过某件‘十分过分的事’，而且极有可能涉及命案。否则，主办者不可能花这么大的心思，想要把他找出来。”陈念若有所思地说。

“有意思。假如真是如此，那意味着我们试图找出主办者的同时，主办者也在试图从我们当中找出‘某个人’来。”柏雷说。

“这就解释了，主办者为什么一定要混在我们当中，而不是躲在外面看戏。因为只有跟我们近距离接触，才能让他做出准确的判断。”贺亚军说。

宋伦听懂了：“所以你的意思是，我就是主办者要找的那个人？而我为了掩饰这一点，才讲了‘三个故事’，目的是混淆视听？”

贺亚军没说话，显然是默认了。宋伦说：“可问题是，你是在我讲完故事后才提出这个猜想的，我之前怎么会想到这一点？”

“如果我的猜想是真的，那你肯定早就意识到这一点了。不用我提出，你也会这样做的。”

宋伦耸了下肩膀说道：“你非要这样说，我也没办法。”

柏雷思索了一阵，说道：“我倒是觉得，宋伦不可能是故意这样做的。因为逻辑上说不通。”

“为什么？”贺亚军问。

“因为，他讲的《火锅与死神》，其实就是一个根据某人讲述的故事推断出某些事实的故事，而且目的就是报仇。如果真如你所说，他是主办者要找的那个关键人物，那他讲这样一个故事，岂不是提醒主办者他已经知道这个目的了吗？这会显得有点儿不打自招。从逻辑上来说，假如宋伦是这个人的话，他应该想方设法回避这一点才更为合理吧。”

听了柏雷的话，贺亚军陷入了沉思。流风思索了一阵，点头道：“我觉得柏雷说得有道理。”

于是这个话题没有继续下去，但贺亚军提出的这种可能性的确存在，只是众人暂时缺乏找出这个关键人物的合理依据罢了。

沉默之际，大厅上方的液晶显示屏亮了起来，上面出现一行字和一个分数：

第八天晚上的故事——《幽体》

分数：85

陈念看到这个分数的时候，发出一声近乎绝望的低吟——又是一个比他高的分数。对于他来说，也许只能寄希望在宋伦身上了。否则，他极有可能成为下一个出局的人。

对于其他人而言，85 分是一个中规中矩的分数——意味着得这个分数的人，既不可能赢得最后的一亿元，也不会成为末位淘汰的牺牲者。本来，这个分数无法激起太大的波澜，雾岛的一句话和意味深长的表情，却引起了众人的注意：

“呵呵，果然是 85 分呀。”

这话一出，大家就有些纳闷了。王喜问道：“雾岛先生，你说‘果然是 85 分’是什么意思？难道你早就猜到了这个分数？”

雾岛用行动代替了回答。他把笔记本的最后一页展示给众人看。只见上面写着——我的故事得分：85。

“啊，这是你之前就写在本子上的？”王喜惊讶地说，“猜得这么准呀？！”

“不是猜，是我‘预感’到了，自己会得这个分数。”雾岛说。

其他人有点不解其意。兰小云却一下就明白过来了——之前跟雾岛单独接触的时候，雾岛告诉过她，自己有着超乎常人的“第六感”。兰小云低呼了一声，脱口而出：“雾岛先生，您提前预知到自己会得这个分数了，对吗？”

“是的。”雾岛点头承认。

王喜迷糊了，看了看雾岛，又望向兰小云，问道：“什么意思呀？ 85 这个确切的分数是能够准确预知到的吗？”

兰小云不知道雾岛是否想让别人知道他的“特殊能力”，所以没有回答这个问题。雾岛发现众人都望着自己，知道绕不过去，便说道：“我之前跟兰小云聊天的时候，跟她提起过，我是一个第六感非常强的人，有着超乎常人的‘直觉’。”

“什么？你有这种本事，怎么不早说？那直觉有没有告诉你，谁是这场游戏的主办者？”乌鸦瞪着眼睛问。

“关于这一点，我之前跟兰小云说过。我的直觉虽强，但不一定每次都准。仅凭直觉就指认某人是主办者，似乎有点牵强。没有确凿的证据，想必对方也是不会承认的，只会徒添争执，引发不和。”雾岛说。

听他这样说，乌鸦翻了个白眼，不屑地撇了下嘴，冒了一句四川话出来：“那你说个铲铲！”

贺亚军思考了一阵，说：“话虽如此，但是当我决定发动投票技能的时候，你的超强直觉，会让你的意见起到举足轻重的作用，甚至引导其他人跟投。当然，这要建立在你不是主办者的基础上。”

“我本来就不是主办者。虽然这话说出来没什么意义，但我还是有必要表明立场。”

说完这句话，雾岛拿起桌子上的本子和笔，站了起来，朝二楼走去。其他人也纷纷起身，回自己房间了。

兰小云和宋伦走在一起，他们的房间本来就是挨着的。宋伦走到 9 号房间门口，正要推门而入，兰小云停下脚步，站在他身边说了一句话：“如果我没猜错的话，你并不是故事里的任何一个人。”

宋伦一惊，回过头望着兰小云，愕然道：“你怎么知……”这句话只说了一半，剩下半句话，被他硬生生吞咽下去了。

“因为我也是有直觉的。每个人都有。”兰小云意味深长地说道，然后补充了一句，“但是，我知道你为什么要讲这样一个故事。”

说完这句话，她推开隔壁 10 号房间的门，进入其中。宋伦怔怔地望着她的背影和关上的房门，伫立在走廊上，愣了许久。

回到 8 号房间的雾岛，把房门锁好。他长吁了一口气，翻开笔记本，把最后三页纸从本子上撕了下来。这三页的正反两面，分别写着一行字：

我的故事得分：90

我的故事得分：89

我的故事得分：88

我的故事得分：87

我的故事得分：86

我的故事得分：85

还好故事的得分是我预测的这六个分数之一，虽然是相对最低的 85 分，不过，在这个分数段以内就不错了。如此一来，我那个超强直觉的戏码，才能得以延续。

明天晚上，假如宋伦的故事得分比我高……今天晚上做的铺垫，就能起到作用了。

想到这里，雾岛深吸一口气，疲惫地倒在床上。

此刻，跟雾岛隔了一个房间的兰小云，也躺在床上想着心事。明天晚上，就轮到她讲故事了。紧张感和压力是肯定有的，不过除此之外，占据她心头更多的，是矛盾和纠结的心思。

原因是，她准备了两个故事，但直到现在还没有决定讲哪个故事。

A 故事，是根据她的亲身经历改编的；B 故事，则是通过网上未经证实的传闻改编的，称之为完全杜撰也不为过。

仅仅从故事层面来说，她无法分辨这两个故事哪一个更能讨听众欢心——这样想多少有点自欺欺人。因为根据自己真实经历改编的故事，肯定比纯粹杜撰的要好。可问题是，如果讲 A 故事，则意味着她将面对那段黑暗的过去。而这件事，是她永远不愿提及和回想的。

A 和 B，该选择哪一个呢？带着这样的困扰，兰小云渐渐进入了梦乡。

第二天，兰小云以为自己能利用整整一个白天的时间做出这个决定，但是直到晚上六点半，她依旧处于跟昨晚一样的矛盾和纠结之中。直到六点五十，所有人都围坐在了圆桌前并且望向了她，兰小云才惶恐地意识到，自己仍处于难以自拔的两难境地之中。

怀揣着困惑不安的情绪，兰小云坐在了自己的位子上。柏雷看出了她的不安："别跟我说，直到现在，你还没想好自己要讲什么。"

"正是如此……"

"什么？那你前面十天在做什么？"

"不……我不是没有想好故事，而是没有想好该讲哪个故事。"兰小云说。

"你想了两个故事？那就选择自己喜欢的或者认为最好的那一个吧。"柏雷说。

兰小云不想把自己的心思当着这么多人的面讲出来。她迟疑良久，望着柏雷："我问你个问题，好吗？"

"可以，不过你最好是抓紧时间，马上就七点了。"

兰小云说："你会面对自己的过去吗？"

柏雷稍事停顿，肯定地说道："我会直面自己的一切，包括我的过去。因为那是我的一部分。"

兰小云略微点头，跟柏雷对视了几秒，表示明白了。然后，她不再迟疑，望着众人说道："七点钟到了，我开始讲了，故事的名字叫《黑夜迷踪》。"

她选择了 A 故事。

第十夜的离奇故事

黑夜迷踪

每次家长会，都是让李梅最头痛的事。作为学渣的母亲，她必须承受老师施加的压力、来自其他家长的鄙视和同学的嫌弃。家长会上老师笼统的发言，已经令她如坐针毡了，但她知道，最难熬的部分是会后与老师的单独谈话，每次都让她羞愧难当，抬不起头来。

“请范晓光和叶明的家长到办公室来一下。”果然，家长会后，班主任肖老师如此说道。

两位母亲惴惴不安地跟随老师来到办公室。肖老师指着两把椅子说：“请坐吧。”

三个人分别坐下，老师说：“相信两位家长心里都有数，我为什么要找你们来谈话吧？”

两个中年女人默然点头。肖老师分别谈话：“叶明妈妈，叶明的成绩本来是中下，但这次半期考试，一下就滑到了倒数第二。怎么会一下退步这么多，你知道原因吗？”

叶明妈妈带着歉意说：“肖老师，这段时间我和他爸忙于工作的事，很多时候晚上都不在家。这孩子一个人在家做作业，缺乏监管，成绩便一落千丈。”

肖老师皱了皱眉，望向李梅，叹了口气：“至于范晓光，是长期垫底的了。这次考试又是最后一名。不过这并非出人意料，从他平时的作业状况就能看出来了，他的学习是一塌糊涂。晓光妈妈，这也是缺乏监管造成的吗？”

李梅垂着头“嗯”了一声，说：“老师，我和他爸去年离婚了。现在我一个人带着孩子，还要赚钱养家。所以很多时候，实在是有心无力……”

“你也经常不在家？”

“那倒不是。我是开淘宝店的，卖服装，但是身兼数职。客服、进货、发货、售后全是我一个人，即便在家，也照看不了他做作业……”

“你开网店的时候，不能兼顾着看孩子吗？”

李梅叹息道：“如果我在他旁边，对他也是种打扰。因为电脑、手机上的信息会一直响个不停。加上现在网店生意也不好做，我偶尔还得做做直播什么的，所以……”

肖老师蹙起眉头：“这么说，岂不是没办法了？那你就眼睁睁看着儿子的成绩一直垫底？”

“我当然希望他有所提高，但我实在是分身乏术。肖老师，说句不怕您笑话的话，我们家现在最大的问题是如何生存。我也想给他报个课外补习班什么的，但昂贵的学费，实在不是我们这样的家庭能够承受的。”

“他爸呢？完全不管吗？”

提到范晓光的父亲，李梅的脸色一下阴沉下去，漠然道：“我不需要他管。离婚之后，我就没跟他联系过。”

叶明的妈妈忍不住插了一句嘴：“孩子的生活费，总是要出的呀。”

李梅不想谈论自己的家事，岔开了话题：“肖老师，我不会不管儿子学习的。这样，我回去再想想办法，尽量一边开网店，一边监督他做作业，您看行吗？”

肖老师无奈地点了点头，显然没抱太大希望。他又跟两位家长强调了一些纪律和学习上的要求，就让她们回去了。

两个中年女人离开办公室，朝学校大门走去。这个时候的校园，只剩寥寥数人了。快走到门口的时候，叶明妈妈像下了一个重大决定似的说道：“看来，只能用那个办法了。”

李梅望着她：“什么办法呀？”

叶明妈妈说：“我有个朋友，也是因为儿子做作业不认真、老是磨蹭，在儿子的房间里安装了一个摄像头，然后用某款手机软件添加摄像头，就能够随时用手机查看监控画面了。这样，就算她不在家，或者到外地出差，也能及时监控儿子的状况。”

李梅眼睛一亮道：“这方法不错，咱们完全可以借鉴呀！”

“但是，有个问题——我那个朋友的儿子，现在才小学六年级。但是咱们的儿子，已经初二下学期了。”

“有什么区别吗？”

“当然有区别。孩子大了，肯定会更在乎自己的隐私。”

“那么，瞒着他悄悄在卧室安装呢？”

“这肯定不行。且不说时间长了他肯定会生疑，难道你就不怕看到一些尴尬的画面吗？”

“什么尴尬的画面？”

叶明的妈妈有些犹豫：“男孩子大了，肯定要做那种事的呀。”

“啊……才初二，就会这样吗？”

“现在的孩子早熟，有些从初一就开始了。想想看，如果孩子知道你偷偷装了监控器，并看到那种画面，不跟你闹吗？”

“那怎么办呢？”

“明说呗。就跟他说，在房间里安摄像头，就是为了监督他做作业。这样，他至少知道是有摄像头的，就不会在房间里做那些事了。”

“嗯，监控画面，在电脑上也可以看吧？”

“手机都可以，电脑当然更没问题了。”

“那太好了！我几乎整天都对着电脑，这样一来，就可以边开网店，边监督他做作业了！”

“那咱们现在就去电脑城？那里卖摄像头。”

“好啊！”

两个女人走出校门，拦了一辆出租车，前往市区的电脑城。到达之后，她们咨询店员。问清意图之后，店员向她们推荐了一款悬挂式的可连接 Wi-Fi 的小型摄像头，价格也不贵，才两百多元。两人了解使用方法之后，一人买了一个便各自回家了。

今天开家长会，学生都在家中休息。一个人在家的范晓光，正偷偷玩着电脑游戏。听到母亲用钥匙开门的声音，他迅速关闭游戏页面，选择休眠模式，跑进自己房间，捧起一本书，假模假式地看起来。

李梅进屋后，径直走进自己的房间，摸了一下电脑主机，再走到儿子房间，说道：“别装了，主机都还是烫的，才关机吧？”

范晓光今年十四岁，一米七的身高，体态匀称，皮肤托他爸的福，白，跟皮肤黝黑的母亲形成鲜明的对比。此刻他回过头来，嬉皮笑脸地说道：“嘿嘿，妈，你比名侦探柯南还厉害！”

“少耍贫嘴！你这次考试，又是全班倒数第一！每次去你们学校，我都抬不起头来，你还有脸笑！”

范晓光不敢开腔了，转过身去看书。他本以为，母亲说教一番之后，就会回自己房间。但母亲并未像往常那样训斥自己，也没有离开这个房间，而是拿着一个小盒子在屋里转悠，打量房间里的几面墙。他好奇地问道：“妈，你找什么呢？”

“适合安装监控器的地方。”

“什么，监控器！”范晓光一下从椅子上跳了起来，“你打算在我房间里安监控器？！”

“对，监督你学习，不然再让你这样下去，你就完了！”

范晓光急了：“你这是侵犯隐私！你弄个摄像头一天到晚监视我，我是监狱里的犯人吗？”

“我不会一天到晚监视你的，我也没那么多闲工夫。这个摄像头，只会在你做作业的时候开启。”

“那也不行！就像一直被人盯着似的，多别扭呀！”

“你做你的作业，有什么好别扭的？老师说了，就是让我把你盯紧点！”

范晓光气呼呼地说：“你要是非安这个摄像头，我就不给你当模特了！”

李梅没想到，儿子居然用这件事来威胁她。她开的淘宝店，主要售卖男士 T 恤、裤子、背心、内裤之类的。货是从批发网站上进的，要想展示服装效果，就需要一个模特穿上后拍照。李梅当然请不起专业模特，更找不到别的男人来当模特，便打起了儿子的主意。范晓光是典型的小鲜肉，模样俊俏、皮肤白皙、身材匀称。如果梳个成熟点的发型，冒充十七八岁的小伙子完全没问题。于是，他成了母亲的“御用模特”。

穿一般的 T 恤或短裤照相，范晓光倒不排斥。可问题是，母亲有时会让他穿上背心和内裤拍照，这时他就不乐意了，他说：“要是我的同学们看到我穿内裤的样子，多丢人呀！”李梅说：“你同学都是初中生，会自己在淘宝上买衣服吗？有机会看到吗？”范晓光说：“那我读高中、读大学了呢？”李梅便挖苦道：“那你也要考得上呀。凭你这成绩，能读职高就不错了！”范晓光无言以对了。

此刻儿子用这事作为威胁，李梅也火了，说道：“你不给我当模特，我网店也不用开了。咱俩就喝西北风吧！”

范晓光说：“那我找我爸去！”

他不提这事倒也罢了，他一提起，李梅更是气不打一处来。她抄起一根棍子就朝范晓光打去，一边打一边骂：“去呀！你去找他呀，现在就去！去跟他和那个狐狸精生活在一起，你走了我就上吊！”

其实范晓光话刚说出口就后悔了。他知道，父母离婚的原因是父亲出轨，母亲恨透了那个小三。如果自己真的住进了父亲和那“狐狸精”的新家，母亲就算不上吊，估计也会被活活气死。他赶紧道歉讨饶：“妈，我瞎说的，您别生气了，我不会……哎哟！”

但李梅已经气得控制不住情绪了，她边哭边打：“没良心的！我为了你，为了这个家操碎了心，最后就换来这样的报应！”

范晓光朝客厅逃去，李梅的棍子本是往他屁股上抽，被范晓光灵巧地躲开了，这一棍子就扫到了饭桌上，把一个盛着剩菜的盘子扫到了地上。“哗啦”一声，盘子摔得粉碎，剩菜撒了一地，一片狼藉。

门外传来敲门声。范晓光知道救星来了，赶紧跑过去把门打开。门口站着一个七十多岁的老太太——隔壁张婆婆。范晓光揉着屁股说：“张婆婆，我妈又打我了！”

张婆婆的儿子和孙子都在外地，平时一个人过日子。她孙子跟范晓光差不多大，但一年才回来一次，这老太太便把范晓光当成自己孙子，将无处安放的慈爱搁在了他身上。见李梅拿着一根棍子，凶巴巴的样子，她赶紧进屋护住孩子，说道："李梅呀，你怎么又打孩子？哎哟，盘子都摔碎了，你这是干吗呀！"

范晓光告状道："张婆婆，我妈要在我房间里安监控器，二十四小时监视我！"

"啊？李梅，这就是你不对了。孩子都这么大了，你怎么一点儿都不尊重他的隐私呀。"

"张婆婆，你少听他瞎说。我装监控器是监督他做作业的，谁有工夫二十四小时监视他？"

"那你也得征求孩子的意见。他要是不愿意，你也别来硬的呀。"

李梅拉着脸说："张婆婆，这是我们的家事，您别管。"

"你们的家事我是管不着。但我提醒你一点，孩子现在正是叛逆期，你这样打他，就不怕打出事来吗？"

李梅缄口不语了。叛逆期的半大小子离家出走或者做出极端的事情，她也听说过不少。她虽然不乐意邻居老太太每次都干涉她管孩子，但这话倒是真的，于是便强压下火气，偃旗息鼓了。

范晓光这孩子也不是完全不懂事。其实他也知道母亲一个人开网店的辛苦，自己学习又不自觉，没少让母亲操心。他想了想，说："妈，你要安就安吧，但是你答应了我的啊，只在我做作业的时候才开监控。"

李梅没好气地说："废话，你让我一天到晚盯着你，我还懒得看呢！"

张婆婆说："你看，晓光这孩子多懂事呀，他这不同意了嘛。好了，你们母子俩好好过日子，别动不动就闹得鸡飞狗跳的。"

张婆婆接着又劝了几句，就回家去了。范晓光跟张婆婆道了谢，又再次跟妈妈道歉，李梅的气才算是消了。她回到儿子的房间，踩着凳子在墙上钉了根钉子，把监控器挂了上去。这个角度，恰好能俯瞰整个房间。打开电脑连接监控设备后，儿子房间的图像便出现在了屏幕上。李梅说：

"这监控器只能起到一个提醒的作用，关键还是得靠你自己。晓光，你脑子其实一点儿都不笨，就是心思没放在学习上，你要是能自觉地学习，把成绩搞上去，妈妈用得着想这些辙吗？”

范晓光撇着嘴点了点头，也不知道是真的明白了妈妈的一番苦心，还是跟以往一样，只是敷衍而已。

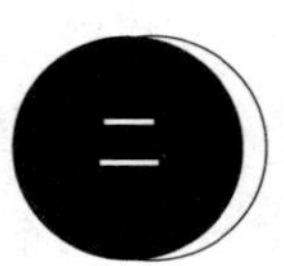

接下来的一个多月，李梅便开启了“线上监控模式”。范晓光在房间做作业的时候，她在房间里经营网店，把监控画面最小化，时不时点开看一下。如果发现儿子又走神或者分心了，就喊他一声，当作提醒。别说，这个方法还挺有效。接下来的月考，范晓光的成绩在之前的基础上提升了一些。李梅暗自高兴，心想两百多块钱的监控器，居然能起到如此效果，真是千值万值。

星期天，同学练俊峰过生日，请了班上的十几个同学吃饭，包括范晓光。这个练俊峰也是班上的后进生，但他爸是本市一个局的局长，母亲是公司高管，家里条件优渥，资源也多，所以在成绩方面，父母对他没有太高的要求。练俊峰跟范晓光一样，都是班上的帅哥，同属校草级别。加上两人都喜欢踢足球，自然就成了好哥们儿。

练俊峰每年的生日，都在市区的高档饭店内请客。父母基本不出席，任由十几个半大小子胡吃海塞，最后只管买单。这回的生日，他选择了一家人均三百多的高档自助餐厅，尽显大方。

范晓光很重视哥们儿的生日。依母亲的意思，他在自家卖的衣服里挑一套送给练俊峰就行了。但范晓光说，对方身上穿的都是名牌，应该瞧不起这些杂牌子衣服。于是李梅忍痛花三百多块钱给练俊峰买了件名牌 T 恤，范晓光带着礼物高高兴兴地参加同学的生日宴去了。

这顿饭是下午五点开始的，吃完之后，已经晚上八点多了。范晓光回家之后，母亲发现他脸有点红，再一闻，身上有股酒气。她问道："你们喝酒了？"

"没有……不是，就喝了一点儿。"范晓光说。

"你们都是初中生，怎么能喝酒呢？"李梅不悦道，"练俊峰他爸妈不管的吗？"

"就是他爸妈管了，我们才没多喝。哎呀，妈，我们就喝了几杯现调的鸡尾酒，度数很低，没事的。这不人家过生日吗，再说了，练俊峰说，我们男的以后免不了有各种应酬，早晚都得喝酒的。现在喝点儿，能练出酒量来呢。"

"肯定是跟他爸学的。年纪轻轻，就开始学社会上那套了。"李梅蹙起眉头。

"好了好了，不跟你说了。我做作业去了。"范晓光进房间了。

李梅通过跟范晓光对话，知道儿子虽然喝了酒，但是并没有喝醉，也就没多说。房间里电脑的提示音又开始响个不停，她立刻坐回去，继续应答顾客提问。

忙完之后，李梅点开监控画面，发现范晓光已经趴在桌子上睡着了。她喊了几声，儿子也没反应。李梅走进儿子房间，发现范晓光呼呼大睡，哈喇子都流出来了。她推了他几下，又喊了两声，也没叫醒，心想还是喝多了。看这样子，今天晚上不可能再做作业了，只有让他早点儿睡觉。

于是她架起儿子，把他扶到床上躺下，再拧了把热毛巾给他擦脸。衣服都没给他脱，就关了灯，让他睡了。

之后，李梅回到自己的房间，继续处理网店的事。十二点半，困倦不堪的她才洗脸漱口，上床睡觉。

第二天早上六点半，李梅在闹铃声中醒来。一如往常，她走进厨房，煮了两个鸡蛋，把自己做的包子放到微波炉中加热，然后走进儿子的房间，叫他起床。

床上没有人。李梅以为范晓光在厕所，但是走到厕所一看，里面也没人。她就有点纳闷了，心想一大早的，这孩子去哪儿了？以往不都是要叫许多声才肯起床的吗，今天咋这么早就起来了？关键是，他上哪儿去了呢？

李梅坐在床上，随手把桌上的台灯关了，然后展开推理。片刻后，她想到了一种可能性：喝醉酒的人，往往醒来后口干舌燥，极度想喝水，特别是想喝解渴的冰镇饮料。估计这臭小子醒了之后，下楼买饮料去了。她看了下房间——果然，校服、书包都在，说明范晓光没去学校。手机也在——当然，手机本来就不准带去学校的，只有单独外出的时候，才被允许带出去。

李梅去厨房取出热好的包子，把煮好的白鸡蛋捞出、剥壳，再倒了杯牛奶。做完这些事，已经接近七点了，范晓光还没回来。这下她有些着急了。范晓光虽然学习成绩不好，但还是很守规矩的，很少迟到旷课。从家到学校要步行半小时，七点半开始早自习，他现在还不回来，不是摆明了要迟到吗？

李梅坐不住了。她换好衣服，拿上手机，出了家门，去附近的小超市、早餐店找儿子。可找了一圈也没见着人，只有寄希望于他自己回去了，于是她折返家中。但家里仍然没人，卧室里，校服和书包也放在原地。

这个时候，已经七点四十了。李梅的手机响了起来，拿起一看，是班主任肖老师打来的。她接起电话："喂，肖老师吗？请问晓光现在在学校吗？"

肖老师说："我打电话给你，就是问他怎么还没到校。他几点出的家门呀？"

"他……我也不知道。"

"不知道？"

"对，我早上六点半就起床了，给他准备早餐，然后到房间去叫他，结果发现床上没人。手机、校服、书包都在，我刚才去附近找了一圈，也没看见他。你说这孩子跑哪儿去了？"

"你先别急，这么大的孩子了，又不可能被拐卖，肯定是他自己出去了，可能出于什么原因暂时没回来。你再等等吧。对了，昨天晚上，你们没有发生什么矛盾吧？"

"没有啊，他吃了饭回来，有点喝醉了，我就让他直接睡了……"

"等一下，喝醉了？他喝酒了？"

"啊……"李梅发现失言了。

"他一个人喝的酒？还是跟哪些人一起？"

面对老师的质问，李梅不敢说瞎话，只好把范晓光去参加练俊峰的生日，席间喝了鸡尾酒的事情，告诉了老师。

肖老师说："这几个孩子太不像话了，我得好好教训他们一下！至于范晓光，我倒是想到一种可能性，他会不会喝多了胃不舒服，又不敢跟你说，就一个人去医院了？"

"会吗？"李梅不太确定。

"总之再等等吧。有什么情况，随时跟我联系。我这边也通过学生了解一下情况。"

"好的，肖老师，谢谢您了。"

李梅挂了电话，走到儿子的书桌旁，打开抽屉，拿出里面的一个零钱盒。范晓光的零花钱，基本上都装在这个盒子里。可问题是，李梅也搞不清楚范晓光一共有多少零花钱，她大致数了一下，盒子里有两百多块钱。她心里想，范晓光的零花钱不可能有太多，如果他真的去医院了，会不把钱全部拿上吗?

她想去医院找儿子，可问题是，这附近大大小小的医院、诊所加起来有十多个，医院里又人满为患，瞎找的话，不是大海捞针吗？于是，李梅只有按捺住焦躁的心情，安慰自己，孩子都十四岁了，正如老师所说，丢肯定是丢不了的，只是不知道跑哪儿去了。但他总归是会回来的，为今之计，只有耐心等待了。

于是李梅吃了早饭，回到自己的房间，打开电脑准备经营网店。但今天不知道是不是日子不好，做什么事都不顺。李梅昨晚是把电脑设置了休眠的，按理说敲下回车键就能唤醒电脑。但敲了半天电脑也没启动，她只有按下开机键，重启电脑。

电脑屏幕亮起来的一瞬，仿佛给了李梅某个神谕，她猛然想起，**范晓光的房间里不是有监控器吗**？！而她图省事，早就没遵守"只在做作业的时候开启监控"的约定了，监控器是一直开启的。监控录像可以自动保存在电脑硬盘里，只要一看，就知道范晓光是什么时候离开房间的了！

李梅赶紧打开电脑上的监控软件，调出从昨晚开始的监控视频。画面上显示出了范晓光的身影，他坐到书桌前，打开台灯，拿出笔和本子，开始写作业，但是仅仅坚持了不到二十分钟，就趴在桌子上睡着了。不一会儿，李梅走进屋，把儿子架到床上睡觉，再用热毛巾给他洗脸，帮他盖上被子，之后关灯，离开了这个房间。

接下来，便是漫长的黑暗和沉寂。范晓光睡得很熟，几乎没有翻过身。李梅按下快进键，想看看他是什么时候离开房间的。

快进到夜里三点四十二分的时候，画面出现了变化。李梅迅速按下暂停，倒退回去一些，用正常速度播放。接下来看到的一幕，令她毛骨悚然，她不由自主地捂住了嘴，眼睛睁得不能再大，遍布全身的寒气令她接连打了好几个寒噤——

黑暗中，一个鬼魅般的人影走进了范晓光的房间。他缓缓走到男孩的床前，凝视男孩片刻，然后俯下身，似乎在男孩耳边说了几句话。接着，范晓光揉了揉眼睛，起床了，跟着这个人走出了自己的房间。

由于监控范围仅限这间屋，他们俩一前一后地走出去后，李梅便不能看到接下来的画面了。但是很明显，他们离开了这个家。这个恐怖的黑影仿佛地狱的使者，勾魂般地带走了范晓光。

李梅被这一幕吓得肝胆俱裂，脸上的汗毛都竖立了起来。几秒后，她抓起桌子上的手机，拨打了报警电话。

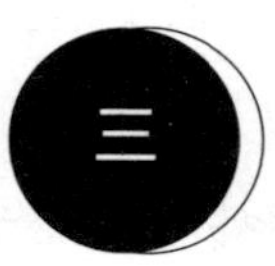

两名警察来到这个家时，李梅的身体仍然止不住地颤抖。刚才在电话中，她惊慌失措、语无伦次的表达，不足以让警察完全明白发生了什么事。现在，他们坐在她面前，希望她能保持冷静，把事情从头到尾再叙述一遍。

两个警察一男一女，男的叫薛飞，三十七岁；女的叫詹凌燕，三十五岁。两个人都是市局刑警队的，曾一起破获过好几起大案，算是一对黄金搭档。在来之前，詹凌燕听了李梅打电话报警的录音，报案人显然受到了惊吓，断断续续地说了一堆词不达意的话，语气中透露出无穷无尽的焦急和恐惧，其中包含了几个关键词：儿子失踪、监控器、黑影子。詹凌燕本能地觉得这案子有点儿不寻常，便叫上了薛飞，两人一起来到报案人家中了解情况。

现在，詹凌燕给李梅倒了杯温水，让她喝下去，示意她冷静下来叙述。于是，李梅从昨天范晓光去参加同学的生日宴讲起，一直讲到今天早上发现儿子失踪，并从监控录像中看到一个黑影进屋把他带走。两名警察对视一眼，薛飞说："这段监控录像还在吧？马上放给我们看一下。"

"好的。"李梅把两位警察带到了客房，或者说，她的工作间。这是一套三室一厅的房子，两间卧室分别是李梅和范晓光住，剩下的这个小房间，之前是一个客房。离婚之后，李梅开始经营网店，这间屋子就成了工作间兼仓库。床上堆满了批发来的各种男士服装、内衣内裤。放不下的，就堆在地上，整个房间拥挤不堪。桌子上是一台一体机电脑。李梅坐下后，调出了昨晚的监控视频。两个警察站在她身后看。她从范晓光昨晚进屋开始播放，直到他睡下。神秘黑影出现的时间，她记录下来了，对警察说："凌晨三点四十一分五十六秒的时候，那个黑影出现在了我儿子的房间里。"

"你快进到那个时候。"薛飞说。

李梅按下快进键，接近那个时刻的时候，她切换成正常播放速度。

接着，她之前看到的一幕出现在了两个警察面前。薛飞和詹凌燕看了一遍后，让李梅通过慢放再播放一遍。神秘黑影带着范晓光走出房间的时候，薛飞说："这里暂停一下！"

李梅赶紧点击暂停键。薛飞和詹凌燕几乎把脸凑到了屏幕上，想要辨认神秘人的长相和身份。但是几秒后，两人一起摇头，薛飞说："画面太暗了，加上这人穿的是套头衫，用帽子把大半张脸都遮起来了，实在是看不清长相，连男女都难以分辨。"

詹凌燕说："我带了 U 盘，把这段监控视频拷下来，交给技术部鉴定一下，看他们能不能通过调节亮度等方法，让画面变得更清晰一些。"

"行，你拷吧。"薛飞说，但经验丰富的他并不抱太大希望，"这个人既然会用帽子把脸遮起来，又一直低着头走路，就算是大白天，也很难辨认出他的长相。因为监控器安装的位置较高，只能拍到他的头顶，帽子一遮，就基本上把脸挡住了。"

詹凌燕用 U 盘拷下了这段视频。三个人重新回到客厅，坐下后，薛飞对焦虑不安的李梅说道：“现在，我问你几个问题，请你务必如实回答。”

“好的，警官。”

“你为什么会在儿子的房间装监控器？”

“为了监督他做作业。这孩子一贯不自觉，我一个人经营网店，经常忙得不可开交，没法守着他，才安装了这个监控器。”

“这是你想出来的主意吗？”

“不，是跟他们班的同学家长交流后，一个家长推荐的办法。她也在自己儿子的房间里装了监控器。”

“装这东西，你儿子没意见？”

“一开始有点抵触，后来也就适应了，没什么意见了。”

“监控器装多久了？”

“一个多月。”

“这期间，他有没有要求你取下来？”

“没有。”李梅有些焦急地说，“警官，你怎么老问监控器的事？那个半夜溜进我家来把我儿子带走的人，才是重点呀！”

“由我来提问。”薛飞严厉地说，“总之，对侦破案件有用。”

相比起来，同为女性的詹凌燕，更能体会李梅此刻的心情，她温和地说：“我们需要了解各种线索，便于综合判断和分析。”

“好吧。”李梅点头表示明白了，示意警官可以继续提问。

“你说，昨天下午，范晓光去参加了班上一个同学的生日宴会，这个同学叫什么名字？”

“练俊峰。”

“哪三个字？”詹凌燕问道。李梅告诉了她，女警官把这个名字记录在一个小本子上。

“生日宴上，有没有发生什么特殊的事情？”

“应该没有吧……练俊峰去年过生日，也请了晓光的，还有班上另外十几个同学。

他们俩是好朋友，昨天他回来，情绪也没有什么不对劲。所以我猜，应该没发生什么特殊的事，除了……”

“除了什么？”

“这一次，他们喝酒了，去年还没有喝。这次练俊峰在一家高档的自助餐厅请客，那里有现调的鸡尾酒，孩子们就喝了点儿——晓光是这么跟我说的。”

“范晓光喝得多吗？”

“我估计没喝太多，他能清醒地回来，我看他意识清晰、说话清楚。另外，晓光说练俊峰的父母管束了他们，没让他们喝多少。”

“你知道他喝了酒，骂他没有？”

“没有，我就说了他两句。然后他自己进屋做作业了。不一会儿，就趴桌子上睡着了。”

薛飞点了点头，从椅子上站起来，走到门口，仔细地检查门锁，说道：“门锁没有任何破坏过的痕迹。”

詹凌燕说：“从监控视频上看，这个人是走到范晓光床前，把他叫醒的。而范晓光没有感到丝毫意外，也没有抗拒，顺从地跟着这人走出了房间。所以我初步判断：**第一，这个人是范晓光熟悉的某个人；第二，这个人有你们家的钥匙；第三，范晓光有可能是跟这个人约好，半夜去做什么事情。**否则，就算是再熟悉的人，突然出现在自己床头，也是一件惊悚的事。但是从范晓光的反应来看，他显然没觉得这个人的出现有什么突兀。所以，**他跟某个熟人约好，半夜溜出去做某件事的概率很大。**”

“你的分析跟我想的差不多。”薛飞点头道，然后望向李梅，问道，“你们家的钥匙，哪些人有？”

“只有我和我儿子有。”李梅说。

“他爸呢？”

“我和他爸一年多前就离婚了，然后各过各的日子。我把家里的锁芯换了，他不可能有我们家的钥匙。”

“听说你儿子的成绩不怎么样？”

“嗯……”

“贪玩吗？”

李梅咬了咬嘴唇，无奈地承认：“挺贪玩的。”

“喜欢玩什么？游戏？”

“对……我不在家的时候，他总是会偷偷玩手机或电脑上的游戏。”

“那么，他以前有没有半夜溜出去，到网吧玩过游戏？”

“没有！晓光成绩虽然不好，但他还是挺守规矩的，不会做这种事情！”

“你就这么确定？”薛飞说，“知道吗，我们以前去网吧突击检查，很多时候，半夜都能逮到几个十四五岁的半大小子。通知他们家长来认领的时候，家长才知道孩子居然半夜溜出来上网了。关键是，这些孩子不是第一次这样做了，要不是被我们警察逮到，说不定他们父母会一直被蒙在鼓里！”

“啊……”李梅呆住了。警察这样一说，她没有之前的底气了。但是转念一想，又觉得不对。她继续说道：“可是，如果晓光要半夜溜出去上网，直接跟他的朋友约好见面的地点就行了，没必要让人来叫他吧？况且他如果真的是溜出去上网，也不至于现在都不回来吧？”

“对，所以这件事不是这么简单的，有多种可能性需要排查。”薛飞说。

“有些什么可能性呢，警官？”李梅急促地问。

薛飞说：“范晓光有可能跟某人约好，半夜出去做什么事。不一定是上网玩游戏，但一定是什么不可告人的事，否则不会半夜三更去做。至于他们具体去做什么，暂时不得而知。”

“但是……不管他们去做什么，现在也该回来了呀。”李梅焦虑地说。

“也许这事不是一时半会儿就能做完的，或者他们在进行这件事的过程中，遇到了什么意外状况，导致无法返回。”

“意外状况？”听到这几个字，李梅的心揪紧了。

“我只是猜测，不一定就是如此。况且这只是若干种可能性之一。”

“那……还有些什么可能？”

“还有就是，范晓光跟同学溜出去上网，疲惫不堪，在网吧睡着了，所以才到现在都没有回来。这是最常规的一种猜测，但也是可能性最大的。因为我之前就遇到过这样的事情。”

如果真是这样就好了，李梅在心里想。虽然不像话，但至少没有生命危险。此刻，她已顾不上别的，只希望儿子能平安归来。

“还有一种情况，就是昨天的生日宴会上发生了某件事情，但范晓光回来之后，并没有跟你提及此事。但是，他却决定跟另一个人——极有可能就是参加生日宴会的某个同学——在当晚去做这件事。”薛飞说，“之所以做这样的假设，是因为这次离奇的失踪事件，刚好发生在生日宴会之后。若说两者之间一点儿关系都没有，也是说不过去的。”

“是的。”詹凌燕接着说道，“总之，我们会调查这个小区周围的监控设备，在网吧和一些娱乐场所进行搜寻，到学校找班上的同学了解情况，等等。你不必多虑，等候我们的消息就是。”

说着，两个警察一起站了起来，打算离开。李梅送他们到门口，薛飞突然想起了什么，问道：“对了，你有没有在家里仔细找过？”

李梅一怔：“找什么，晓光吗？难道他会躲在家里，跟我玩捉迷藏？”

“这可说不准。我们当警察的，什么怪事都见过。之前就发生过一件事——孩子失踪，家长和警察到处找，结果发现孩子根本就没出去，一直躲在家里，就是为了气家长，故意制造失踪的假象。”

“晓光不会这样做的。我跟他之前又没吵架，他怎么会故意气我？”

“我没说一定就是这样，但是既然我们都来了，不如就在房间里找找看吧，至少可以排除这种可能性。”

说着，薛飞和詹凌燕朝范晓光的房间走去，李梅忐忑不安地跟在后面。两名警察在床下、衣柜等地方进行了彻底的搜查，确定这个房间没人后，又打算去李梅的房间看看。然而，李梅说道：“我的房间就不用找了吧，他不可能在那个房间里。”

“你这么肯定吗？”

“对。”

“还是找找看吧，以防万一。”

薛飞正要进房间，李梅抢先几步走过去，用身体堵在门口，说道：“警官，真的不用找了。”

两名警察对视一眼。薛飞说：“不用找你儿子了？”

“不，我是说……这个房间就不用找了。”

“为什么？”

“我刚才说了，他不可能在我的房间里。”

“你怎么知道？”

“我……我早上起床已经找过了。”

薛飞眯起眼睛说：“找过了？我们来之前，你就已经想到这一点了？但你刚才还说，他不可能这样做。况且要找的话，你也应该先在他的房间找不是吗？哪有先在自己房间找的？”

李梅无言以对了，脸上青一阵白一阵，神情极不自然。这态度明显可疑，薛飞蹙眉道：“你是不是对我们有所隐瞒？”

李梅摇头：“没有。”

“那为什么不让我们进这间屋子看看？”

“里面有一些我的……隐私，我不想让别人知道。总之，跟我儿子失踪的事情没有丝毫关系。两位警官，请尊重我的隐私。”

薛飞顿了几秒：“好吧。”他从裤兜里摸出一张卡片，上面写着他的手机号码，对李梅说：“这是我的手机号，如果范晓光回来了，或者有什么新的情况，你随时给我打电话。我这边有了进展，也会及时告知你。”

“好的，拜托两位警官了。”

“范晓光的房间，暂时别让任何人进去。保护现场，等待我们的调查结果。”

“好的。”李梅答应。

薛飞打开门，跟詹凌燕一起离开了。

四

出门之后，两位警察发现一个七十多岁的老太太站在这栋筒子楼的过道上，神情疑惑地望着李梅的家。见两个警察走了出来，她小声地问道："警官，他们家出什么事了？"

詹凌燕正想找邻居了解一下情况，便问道："老太太，您住在这旁边吗？"

"对，我姓张，是他们隔壁的邻居。"

"那我们可不可以跟您了解点情况？"

"可以呀，"张婆婆求之不得，"咱们进屋说吧。"

两名警察跟随张婆婆进了屋，老太太把门关上，请警官坐在客厅简陋的沙发上，问道："李梅家怎么了？"

"李梅的儿子范晓光，您认识吧？"詹凌燕问。

"当然认识了，这孩子是我看着长大的。他怎么了？"张婆婆急促地问。

"昨天晚上，失踪了。"

"什么？失踪？！"张婆婆吃了一惊，"怎么失踪的？"

詹凌燕不想透露太多细节，便简单说道："暂时不清楚，我们就是来调查这事的。您对他们这家人熟悉吗？"

"很熟悉，我跟他们是十几年的老邻居了。晓光这孩子打出生就住这筒子楼里，我是看着他长大的，我把他当成自己孙子一样呢！"

"那麻烦您跟我们说一下他们家的基本情况吧。"

"好的。晓光他爸叫范志军，是一家工厂的技术员。他钱虽然挣得不多，但人长得俊，前年出轨了，小三就是跟他同一个车间的年轻姑娘。李梅知道这事后，便不依不饶，把家里闹得鸡飞狗跳，非要跟范志军离婚。我去劝过，说男人哪有不偷腥的，只要他知错能改就行，何必闹到这一步？但李梅这人个性强，眼里容不得沙子，非离婚不可，谁也劝不住。范志军只好跟她离了，搬出去住，跟那小三长相厮守了。”

“孩子的抚养权方面……”

詹凌燕话还没问完，张婆婆就激动地说道：“就是这事闹得最凶，都对簿公堂了！两口子都想要孩子！法官也很难办，因为他们俩各方面的条件都差不多。最后法官只能遵循孩子自己的意愿。”

“范晓光是怎么选择的？”

“这事真是难为晓光了。其实他跟父母的关系都挺好，谁也舍不得。但他还没来得及表态，李梅就在法庭上说：‘晓光，如果你选了你爸，就再也见不到我这个妈了。我今天就去死！’听了这话，晓光当然只能选择李梅了。”

“那之后，范晓光跟他爸接触得多吗？”

“按理说，范志军是有探视权的，但他每次来看孩子，李梅都不给他开门，也不准晓光开门。有的时候我都看不下去，帮着在门口劝，可李梅死活不开门，就是不让范志军看孩子。法院的人都来找过她，说即便离婚，父亲也是有权利来看孩子的，但李梅这人倔得很，谁的话都不听，就揪着范志军是过错方这一点不放，说他没资格来看孩子。”

“看来，这李梅还是个厉害角色呀。”

“可不是吗？她不但不准范志军来看晓光，也不准晓光去他爸家。所以这父子俩虽然在同一座城市，要见个面还真不是件容易的事。”

詹凌燕跟薛飞交换了一个眼神，詹凌燕把这条重要的信息记录在了本子上。

“李梅长期阻隔他们见面，这父子俩肯定很有意见吧？您不是说，范晓光跟他爸关系不错吗，范志军肯定也想念儿子呀。”

“那是肯定的，骨肉相连嘛。李梅是开网店的，一天到晚都守着个电脑。晓光其实跟他爸还亲些，小时候，他爸经常带着他下河游泳，给他买好吃的，父子俩亲着呢。”

“这么说，范志军肯定很想把儿子的抚养权夺过去吧？”詹凌燕问。

“你说对了，范志军吃了好几次闭门羹后，怒气冲天，说一定要请全市最好的律师，再打抚养权的官司，还说李梅不准他见儿子是违法的，总之气得不行。”

“打了吗，这官司？”

“估计还没有吧。请律师打官司得花不少钱呢，范志军当时是净身出户的，要打官司，也得把钱攒够了才行。”

詹凌燕点了点头，又问：“那范晓光，平时跟他妈妈关系好吗？”

张婆婆咂了咂嘴，摇头道：“我觉得不太好，李梅的性格有点阴晴不定。好的时候吧，对孩子特别好；动起怒来，打孩子就跟不是亲生的一样。关键是她不大尊重孩子，都十四岁的大男孩了，还老把他当小孩，动不动就抄起棍子打，我前不久才去劝过一次呢。对了，她还在晓光的房间里装了一个监控器，说是监督他做作业，实际上就是方便随时监视。这么大的孩子了，合适吗？”

“范晓光对这事抵触吗？”

“怎么不抵触？往你房间里安一个摄像头，你乐意吗？他们那天就是因为这事大吵起来了，然后李梅就打孩子，晓光迫于无奈，才答应了这事。”

“听你这么说，这个范晓光还是不错的嘛。他妈这么强势，各方面都商量不通，他虽然不乐意，最后还是妥协了。”薛飞说。

“晓光本来就是个好孩子！他成绩是差了点儿，但懂事、有礼貌、心眼儿好，知道他妈一个人开网店不容易，所以体贴他妈，周末都会帮着做家务呢。”

詹凌燕也有一个四岁大的儿子，她感慨地说：“那这孩子还是挺不错的，学习成绩不能作为衡量一个孩子的唯一标准。”

“可不是吗！所以两位警官，拜托你们一定要找到晓光呀。”张婆婆眼泛泪光地说，“晓光这么乖，要是出点什么事，别说他爸妈，就连我都……”

说到这儿，张婆婆倏然停下，似乎想起了什么事。詹凌燕捕捉到了这个细微的表情变化，问道：“怎么了，张婆婆，您想起什么了？”

“嗯……我刚才突然想起一件事。”

“什么事？”

“但是，我不知道方不方便说……”

“没关系，您说吧。”

“好吧，”张婆婆说道，“刚才提到出事，我才想起，李梅给晓光买了一份价值一百万元的人身意外险。”

薛飞和詹凌燕同时一怔，显然这是一个重要信息。詹凌燕一边记录，一边问道：“什么时候买的？您怎么知道这事呢？”

张婆婆说：“就是半年前买的吧。晓光自己跟我说的。我那天做了晓光喜欢吃的锅贴，就叫他过来吃。晓光一边吃，一边得意地跟我说，他妈嘴上说不在乎他，其实在乎得很呢！省吃俭用地给他买了价值一百万的意外险！”

詹凌燕说：“可是，意外险这东西……很多时候，是对受益人才有用吧？”

“是啊，我当时也是这么想的呀！但晓光这孩子思想单纯，我看他又那么开心，就不好点破。”

“这份保险的受益人是谁？”薛飞问。

“这还用问吗？难不成李梅还会写范志军的名字呀？”

情况了解得差不多了，詹凌燕说：“好的，张婆婆，谢谢您，您提供的这些信息对我们很有帮助。对了，这栋楼，还有哪些住户跟李梅关系比较近，了解她家的情况？”

张婆婆摇头道：“咱们这栋老筒子楼，现在没剩几家人了。这是以前的老廉租房，旧得不像话。条件好点儿的，都买了新房搬走了。”

詹凌燕点了点头，表示明白了。她和薛飞一起站了起来。张婆婆送他们到门口，又说了几句拜托的话，目送他们离开。

两个警察从三楼走楼梯下楼，薛飞检查了楼梯间和过道，均没有安装监控摄像头。这种几十年房龄的老筒子楼，很多都是没有安装监控设备的。下楼后拐弯就是大街，没有什么小区大门、门卫之类的，这为侦破带来了困难。好在街道上是有监控的，各家店铺门口也有，只要查看昨晚的监控录像，也许就能发现范晓光和那个神秘人朝哪个方向去了，可以按图索骥搜寻踪迹。

于是，薛飞摸出手机，打电话给警队的两个实习警员，让他们到这条街来搜集监控录像信息。两个实习警员表示立刻就到，薛飞和詹凌燕坐进了警车。薛飞坐在驾驶位，暂时没有发动汽车，显得若有所思。坐在副驾的詹凌燕问道："你有头绪吗？"

薛飞托着下巴说："一开始有，后来千头万绪，反倒理不清了。"

"怎么说？"

"这件事情，本来我以为很简单，无非就是孩子贪玩，或者故意气母亲这两种可能性。后来发现可能没这么简单，李梅为什么要阻止我们进她的房间？你看到她当时的神情了，这里面肯定有问题。"

"是的。"

"可惜我们没有搜查证，不然我真想硬闯进去看看。你说她在隐瞒什么？会不会跟范晓光的失踪有关系？"

"从逻辑上说，不太可能有关系。要是范晓光藏在她的房间里，她干吗报警呢？"

"对，所以我认为，是我提出搜查一下家里的时候，她突然想到自己的房间里有什么东西，不能让人看到，或者不能让警察看到，才阻挡我们进去。"

"对，她报警的时候估计没有想到这一点，所以她的卧室门是敞开的，这说明她之前的心思全都放在了儿子失踪这件事上，无暇顾及别的事情。"

"你的意思是，范晓光失踪的事情，她真的毫不知情？"薛飞问。

"你该不会觉得这是她自导自演的一出戏吧？那个神秘的黑影，其实就是她自己？"

"不排除这个可能性。难道你不觉得可疑吗？学校是会为每个学生买意外险的，那李梅为什么还要给范晓光买一百万的人身意外险？以他们的家庭条件来说，增加这种开销，完全没有必要。"

"我承认是有些可疑，但我不相信一个母亲会为了一百万算计自己的儿子。"

"通常情况下是不会，但李梅跟范晓光的关系不太好，加上孩子的父亲又一直想要争夺抚养权，她会不会一怒之下，干脆鱼死网破，同时，自己还能从中获益？"

詹凌燕摇头道："不可能。"

“你凭什么这么肯定？”

“凭一个女人以及母亲的直觉。我觉得李梅不可能做出这样的事情来。”

“那你觉得，那个半夜把范晓光叫醒并带走的人，会是谁？他爸？”

“范志军肯定是有嫌疑的。但如果真是他，只能理解为范晓光是自愿跟他爸走的，并且之前就约好了。不然，他爸半夜三更出现在他面前，他不可能一点儿都不惊讶，直接就跟他爸走了吧？”

“嗯，但还是有点奇怪。如果是范志军偷偷带走了儿子，怎么可能一直把他藏起来，连学都不让他去上？”

“说不定是思念心切，只想跟儿子相聚几天，也就顾不上上学的事了。谁让李梅一直不让他跟儿子见面呢！”

“如果是这样，那就是他们的家务事了，根本不用我们警察介入。”

詹凌燕思忖一刻，说：“但还是有一点说不过去，如果范志军思念儿子心切，想跟儿子见面，而范晓光也有此意，他们只需要约好，范晓光晚上偷偷溜出来就行了，用得着范志军半夜三更像做贼一样溜进家来，亲自把范晓光带走吗？而且，**他为什么要戴上帽子，把自己的脸遮得严严实实呢？**能弄到这个家的钥匙，并且把范晓光轻易带走的人，除了他，好像也没别人能做到了。那还有什么必要欲盖弥彰地遮住脸呢？”

“遮住脸，说明他知道范晓光的卧室有摄像头。而这件事，只可能是范晓光告诉他的。”

“对，所以我觉得，**这就是不合理的地方。**范志军如果知道儿子房间有摄像头，压根儿就不会进来，直接让儿子夜里出来见他就行了。”

“会不会是这样——范晓光本来是跟父亲约好半夜见面的，结果范晓光当晚喝醉了酒，没能按时起来赴约，范志军才被迫到家里来找他？”

“**钥匙呢？**范志军怎么会有这个家的钥匙？难不成他未卜先知，算到儿子会喝醉，从而事先就让他把房门钥匙给了自己？”

“有可能。父亲要弄到儿子的钥匙，配一把新的，是很容易的事。”

詹凌燕却摇头道：“范晓光知道母亲对父亲的排斥和厌恶，他会或者说他敢让父亲有这个家的钥匙吗？我觉得不太可能。”

“照你这么说，这事就有点扑朔迷离了。”

“对，带走范晓光的，也许根本就不是范志军，而是另有其人。”

薛飞深吸一口气，说道：“我们也别在这儿瞎猜了，还是等小许他们弄到这条街的监控录像再说吧。说不定通过监控录像，直接就能看出带走范晓光的人是谁了。”

詹凌燕点了点头。薛飞发动警车，朝公安局开去。

五

李梅在家里坐立不安地等了一个多小时。今天，她显然没心思经营网店了。警察走后，她想了各种可能性。最后，她跟警察一样，想到了一个可疑的人——前夫范志军。

自己数次将他拒之门外，范志军内心积怨，会不会干脆把儿子“拐”走了？警察说了，把范晓光叫醒并带走的人，极有可能是他认识并熟悉的某个人，不然他不会毫无抗拒地乖乖跟对方走。如此说来，除了范志军，还能是谁？！

想到这里，李梅再也按捺不住，也不愿等待警察的调查结果了。她拿起手机，拨打前夫的电话。

“喂，范志军，你在哪儿？”她毫不客气地质问道。

“我在家，怎么了？”

“在家？今天是周四，你不上班吗？”

“今天我休假。你有什么事吗？”

李梅心想，他半夜三更悄悄摸进来把儿子带走，如果在电话里质问，他指定是不会承认的。于是她挂了电话，立即出门，打了一辆出租车，前往范志军的新家。

那个地方，她之前去过一次，一辈子都忘不了。那套房子其实是何桂瑶的。关键是，李梅就是在那套房子里把这对奸夫淫妇捉奸在床的。那龌龊的一幕，她至今难忘。所以在她心目中，那套房子是脏的，如果不是今天出现了这种特殊情况，她一辈子都不想踏足，更不希望儿子踏足。当然，她最不能接受的是儿子跟何桂瑶在一起，哪怕他们只是一起吃顿饭，都让她觉得恶心。

这座四线小城市本来就不大，十多分钟后，李梅就来到了这个老小区的门口。她径直走了进去，找准单元楼后，蹬蹬蹬爬了上去，在 501 的房门前，猛烈地捶门。

门很快就打开了，来开门的何桂瑶一怔，明显没想到来者会是李梅。她问道："你来做什么？"

李梅不客气地把她往旁边一掀："你给我闪开！"冲进了屋内。

何桂瑶气急败坏地嚷道："你干吗呀？你们俩都离婚了，你还要来干吗呀？"

踏进这套房子，李梅还真找到了一年前的感觉，她回过头指着何桂瑶的鼻子骂道："瞧瞧你这个贱货说的话！你们是奸夫淫妇，这房子我看着都恶心！"

何桂瑶不示弱地说："瞧瞧你这个样吧！疯子、泼妇！你老公就算不跟我好，守着你这个母夜叉，出轨也是迟早的事！"

"好啊，那老娘就泼给你看！"李梅气得七窍生烟，像野兽一样扑了上去，抓住何桂瑶的头发。何桂瑶也不是省油的灯，立即抓住了对方的头发，开始拳打脚踢。两个人撕扯在一起，场面混乱不堪。

范志军裤子都没提好就从厕所里冲出来，赶紧上前拉两人，费了九牛二虎之力，才把这两个女人给拉开。但两个人已经抓扯得披头散发了，彼此怒目而视。范志军把李梅拉到一旁，问道："你干什么？咱们都离婚一年多了，当初也是你非要离的，现在又跑来闹什么？"

"你以为我是为了你呀？"李梅冷哼一声，"儿子呢？你把范晓光藏哪儿了？"

"藏……什么意思？晓光怎么会在我这儿？"

李梅懒得跟他说了，她冲进各个房间，一边喊范晓光的名字，一边兀自找了起来，把能藏人的柜子全都打开了。何桂瑶气愤地指着她说："范志军，你就眼看着这疯婆子来咱们家撒野呀？她有病吧，儿子丢了，跑到我们这儿来找！"

范志军急了，快步走过去一把抓住李梅的胳膊，瞪着眼睛问道："晓光丢了？！"

李梅把几间屋都找过了，没见到人。此刻，她接触到范志军焦急的目光，以她对前夫的了解，知道他是没法演得这么逼真的，顿时气势全无，眼神黯淡下去。

"到底怎么回事？！"范志军吼了起来，"晓光是怎么不见的？"

李梅黯然道："昨天晚上，他失踪了……被一个人带走了。我以为是你把他带走的。"

范志军现在没工夫跟李梅计较了，急促地问道："你看见他被一个人带走的？"

"算是吧。"

"什么叫'算是'？到底看没看到？"

"他是半夜失踪的，凌晨三点多。我早上起来，发现床上没人了，晓光也没去上学，就调了监控来看，发现……"

"等一下，监控？那栋老筒子楼现在装监控了？"

"不是，我在晓光的房间里装了个监控，监督他做作业的。"

"……那，你通过监控看到什么了？"

"黑夜里一个人走进了晓光的房间，凑到他耳朵边上说了几句话，晓光就从床上起来跟着那个人走了。警察看了这段录像后，说带走晓光的应该是他认识的某个熟人，我就以为是你……"

"你已经报警了？"

"对。"

"现在有结果了吗？"

"还没有。"

范志军烦躁地抓着一头乱发，说道："你可真行呀，李梅。儿子睡在家你都能把他弄丢了，然后不分青红皂白跑到我这儿来找人。我告诉你，我有好几个月没见过晓光了，都是托你的福！结果你今天来告诉我，他失踪了！"

李梅埋着头不吭声。范志军说："你脑子是怎么想的，以为是我带走了儿子？我平时想看他一眼你都不让，我要是直接把他领我这儿来，你还不把这儿掀个底朝天呀？我惹得起你吗，李梅？不只我，你那个性谁都受不了。没准儿晓光就是受不了你，才跑了的！"

何桂瑶在旁边若有似无地冷哼了一声。

李梅猛地抬起头来，说道："不是！晓光昨天好好的，根本就没跟我吵架，也没闹矛盾！"

"就算昨天没有，以往呢？你不知道有些东西是累积起来的吗？如果他长期生活在压抑的环境下，聚集在心里的怨气和不满就会越来越多。最后，可能只需要一点儿小小的刺激，就能让他彻底崩溃，离家出走！别的不说，就说你在他房间安监控这事吧，亏你想得出来！晓光都十四岁了，又不是两三岁的小孩儿！整天被人监视着，他能不压抑吗？换成谁，恐怕都想逃离这个家吧？！"

李梅呆住了。会是这样吗？这个问题她之前没有仔细思考过，此刻她也有点含糊了。难不成，晓光真是因为受不了她，受不了这个缺失父爱的单亲家庭，才离家出走的？可为什么会选在同学过完生日那天呢？难不成在生日宴上，练俊峰的父母对儿子完整的爱，刺激到了他？

兀自猜想的时候，手机响了。李梅拿起电话一看，是那位叫薛飞的警察打来的。难道他们找到晓光了？她迅速接起电话："喂？"

"李梅，你现在在不在家？"

"我不在家，薛警官。晓光找到了吗？"

对方沉默片刻，没有回答这个问题，而是问道："你在哪儿？"

"我在范志军——就是我前夫的家里。"

"你去那里找范晓光了？"

"对。"

"肯定是没找着吧。"

听这口气，警察似乎十分确定范晓光不会在他父亲这里。李梅急迫地问道："警官，你们到底找到晓光没有啊？”

薛飞又顿了一下，说道：“这样，你来一下市公安局城南分局吧。范志军跟你在一起吗？让他跟你一起来吧。”

这口气听起来有点不对劲，性急的李梅说道：“薛警官，我马上就去，你能不能告诉我，晓光到底怎么样了？”

“电话里说不清楚，你们先来吧。这件事，我需要跟你们俩当面说。”薛飞挂断了电话。

李梅拿着发出“嘟嘟嘟”忙音的手机发愣。范志军在一旁问道：“警察打来的吗？说什么了？晓光找到了吗？”

李梅茫然地摇着头：“不知道，警察含含糊糊地不肯说。他让我跟你一起去一趟公安局，要当面跟我们说。”

“当面说？为什么不能在电话里说？”范志军皱起眉头，心中生起不祥的预感。

李梅没有搭话，径直朝门外走去。范志军紧跟其后。何桂瑶在他身后说道：“欸……那我们说好的，今天去……”

“还去个屁！”范志军黑着脸说，“我儿子都丢了，哪还有心情去游山玩水呀？”

“砰”的一声响，这对父母急匆匆地摔门而去。

半个小时后，李梅和范志军心急火燎地赶到了市公安局城南分局，在一间办公室里，见到了负责此案的薛飞和詹凌燕两位警察。

“请坐吧。”詹凌燕招呼他们坐在办公桌对面的椅子上。她关上办公室的门，跟薛飞一起坐在了这对父母的面前。

“两位警官，请问你们有线索了吗？晓光他现在在哪里，你们知道吗？”

詹凌燕望了一眼搭档：“我来跟他们说这事，好吗？”薛飞点了点头。

詹凌燕望向这对父母，抿了一下嘴唇，对他们说：“我接下来要跟你们说的事情，希望你们做好心理准备。”

听到这句话的一瞬间，李梅的心脏仿佛暂停了跳动。她看电视，也看电影，知道这句话意味着什么，后面往往会接怎样的内容。但她告诉自己这不可能，那毕竟是影视中戏剧化的处理，现实生活中，所谓“做好心理准备”也许就是孩子暂时没找到的意思。她用眼角的余光瞄向了旁边的范志军，发现他也是一脸呆滞，仿佛呼吸都停滞了。他们俩的喉咙中，都没有发出一丝声音。

詹凌燕对李梅说：“是这样的，我们早上离开你家后，立刻让实习警员把整条街的监控录像调出来看。这些录像，我可以播放给你们看。”

说着，詹凌燕打开办公桌上的电脑，示意他们俩坐过来。她点击桌面上的一个文件夹，播放其中一段视频。从拍摄角度来看，这段视频应该是街道对面的摄像头拍到的。那个穿着一身黑色套头衫的神秘人和一个穿着卫衣、休闲裤的男孩从筒子楼里走了出来。詹凌燕按下暂停键，问李梅：“你看，这个男孩是范晓光吗？”

虽然由于是夜里，路灯有些黯淡，加上两个人都是埋着头走路的，看不清脸，但李梅仍然一眼就认出了自己的儿子，指着屏幕说道：“对，这是晓光！他昨天晚上喝了酒，衣服都没脱就睡了，穿的就是这套衣服！”

詹凌燕点点头：“你家里的监控视频显示，范晓光和那个神秘人是凌晨三点四十一分五十六秒离开房间的。而这段视频，是凌晨三点四十六分拍到的，时间上吻合。也就是说，他们俩离开家之后，就下了楼，走到了街上。”

范志军说：“能把画面放大些，看看这个跟晓光在一起的人是谁吗？”

薛飞说：“我们和技术部门的人早就把画面放大看过了，但光线太暗了，这个人又戴着帽子，全程低着头走路，所以我们无法辨认他的长相。从身高和体形来看，此人身高一米七左右，体形匀称，不胖也不瘦。从衣着来看，初步判断是男性，但由于他穿的上衣和裤子都是宽松样式的，身体轮廓不明显，所以也不排除是女性的可能性。”

李梅更关心的是儿子的去向，问道：“只有这一段监控录像吗？他们朝哪个方向走去了，知道吗？”

詹凌燕说：“我们的实习警员非常认真负责，根据监控录像上显示的他们行走的方向，把相应街道的监控录像都调出来了。结果发现，他们一共走过了五条街，步行了大约四十五分钟。最后，沿着顺河街的一个梯坎走到了江边。摄像头能拍摄到的，就到这里了。江边是没有摄像头的，所以监控录像到此为止。”

“顺河街的梯坎……”范志军说，“晓光小时候，我经常带他下河游泳，就是从这里走到江边的。”

“是吗？如此看来，范晓光对这个地方是有感情的。”詹凌燕说。

“就是说，晓光和另外那个人在凌晨四点半左右到了江边？那我们赶快去江边找呀，看他们还在不在那里！”范志军说。

詹凌燕说：“我们已经找过了，没有在江边发现他们。”她顿了一下，“但是，有人看到了他们。”

“谁？”李梅和范志军一起问。

“顺河街一家面馆的老板和两名员工。他们是卖早点的，四点多就起床做准备工作了。这家店一面临街，一面临江。当时老板和员工在临江这边的露台上准备食材，听到江边有说话的声音觉得有点奇怪，心想这大半夜的江边怎么会有人，就循声望去，发现黑黢黢的江边果然站着两个人，他们拥抱在一起，似乎说着情话。其中一个人举着手机，不断地给他们俩自拍。手机的闪光灯闪了好多次，说明他们拍了很多张照片。”

这段叙述令李梅和范志军目瞪口呆。李梅不敢相信这是事实，瞠目结舌道：“你是说，晓光跟那个人……跑到河边来……幽会？”

“而且还有可能是跟男人？”范志军更加不能接受。

“根据面馆老板的描述，似乎是这样的。当然这是他的猜测，因为他实际上没听清他们俩具体说了些什么。但他能肯定他们是抱在一起的，并且十分亲密。从这一点来看，范晓光跟这个人一定不是普通的关系。”詹凌燕说。

范志军瞪着眼睛望向李梅：“我才离开你们一年多，你把晓光教成什么样了？他半夜三更跑出来，跟一个男人……好吧，也有可能是女人。但这也太荒唐了！一个初二的孩子，就会做这种事了？！”

“什么叫我把他教成这样？”李梅愤慨道，“我一个人带孩子，还要开网店，我容易吗？再说我也没有不管他呀，监控都装到他房间里了，还要我怎么样？”

“你还好意思说这事！说不定就是因为你装监控，激起了他的叛逆心理，他才做出这些离经叛道的事！你一个人带孩子不容易，我让你一个人带了吗？我倒是想接过去住一阵，你让吗？！”

“哎哎，好了，这是公安局，别在这儿大声嚷嚷。你们不关心后面发生了什么事吗？”薛飞说。

两人停止吵架，望向两位警察。詹凌燕沉吟片刻，说道：“接下来发生的事，就是我希望你们做好心理准备的。”

李梅的心再次被攥紧了，她盯着这位女警官。詹凌燕说：“据目击者，也就是面馆老板和那两名员工说，五点左右，范晓光和另外那个人，手牵着手朝江水中走去，然后……”

李梅的心脏都快从嗓子眼里跳出来了：“然后什么？他们在江里游泳？”

“不，他们一直牵着手朝江中心走去，直至……江水没过了他们的头顶，然后就再也没有浮出水面了。”

办公室里，静默了十几秒。

“不！这怎么可能？！”李梅嘶吼起来，泪水溢出眼眶，“他们是不是看错了？晓光怎么会……他平时很活泼开朗的呀！他不可能……不可能轻生的！”

范志军也浑身颤抖起来：“对，他们看到的这两个人，真的是晓光……和那谁吗？那时天都没亮，他们看清楚了吗？”

詹凌燕说：“这件事，我们已经证实过了。面馆老板和员工看到这一幕后惊呆了，他们拼命在露台上喊，希望能劝阻他们。但这两个人似乎心意已决，根本没有回头的意思，径直走入了江中。面馆老板等人盯着水面看了许久，确定他们不可能浮起来之后，赶紧打电话报了警。公安局的另外两位同事，就立刻赶去现场了。

“当时，我和薛飞警官是不知道这件事的。后来到你家了解到范晓光失踪的事情，回到公安局，听到同事说凌晨五点多的时候有两个人溺水自杀了，才把这两件事联系了起来。然后，我们把面馆的三位目击者请到公安局来，让他们看监控录像。他们三个人十分肯定地说，这就是他们看到的溺水自杀的两个人。”

薛飞补充道：“并且，面馆的一个员工还用手机拍下了几张照片。我们比对过了，确实就是监控录像中的范晓光和另外那个人。”

“可是……晓光是会游泳的呀！他四五岁的时候我就教会他游泳了！书上不是说，会游泳的人是没法溺水自杀的吗？他们会出于求生的本能，浮出水面呼吸空气呀！”范志军焦急地说。

“那是一个人的时候吧。但他们是两个人一起牵着手入水的，如果心意坚决，加上有另外一个人攥着自己的手，恐怕就很难再浮上来了……”詹凌燕露出遗憾的表情。

李梅身体摇晃，几欲昏倒。詹凌燕赶紧把她扶到椅子上坐好。范志军掩面痛哭，泣不成声。两位警察也没有安慰，他们经历过类似的事情，知道在这种时候任何安慰都没有意义。

良久，范志军抹掉眼泪，说道：“那么警官，请问你们组织打捞队进行打捞了吗？”

“当然，另外两位负责此事的警察赶赴现场后，就立刻组织江边的渔船进行打捞了。目前正在进行中，有了结果，我会立刻通知你们的。”薛飞说。

“那我……现在就去江边……”李梅有气无力地站起来。

“我建议你们不要去。”詹凌燕说，“被江水泡胀的尸体，会惨不忍睹。相信我，你们会受不了的。”

李梅站在原地，像风中的稻草人一样僵硬、木讷，摇摇欲坠。范志军却再也按捺不住，爆发了，吼道：“李梅，才短短一年多的时间，你就逼死了我儿子！你不让我跟他见面；在他房间里安监控，像对待犯人一样监视他；还逼着他给你当什么内衣模特！你做的事情哪一件不是在伤害他？！晓光这孩子我是知道的，他表面上看起来嬉皮笑脸、没心没肺的，但实际上，他内心也有脆弱的一面。你一天到晚忙着开你的网店，跟他好好地沟通过，了解过他内心的想法吗？以前他还能跟我说上几句心里话，可你不准他跟我见面，他要是有什么心事找谁说？李梅，当初是我对不起你，但我也净身出户了，儿子也判给你了，你还要怎么样？你为什么要一直折磨我和儿子！现在逼死了他，你罪该万死！”

情绪失控的范志军指着前妻的鼻子一通臭骂，恨不得抽上她几耳光。李梅一声不吭，默默受着，等他骂完了，她抬起头来，一双泪眼望着前夫。范志军以为她要发作，或者跟自己拼命，不料，李梅跟他鞠了个躬，哽咽着说道：“是我对不起你，也对不起晓光。我会给你们一个交代的。”

说完这句话，她擦干眼泪，头也不回地走出了警察的办公室。詹凌燕觉得她情绪有些不对，跟范志军说：“你说得太过分了，她纵有千错万错，始终是孩子的母亲。现在孩子出事了，她心里能好过吗？你这么做，算什么男人！俗话说，一日夫妻百日恩，你要是个爷们儿就赶紧追上去说几句好话，别再闹出人命来！”

范志军点头，自觉刚才那番不留情面的指责的确是过分了些。要是李梅真的想不开，做出什么极端的事来，实非他所愿。于是，他快步追了上去。

李梅是跑着离开公安局的，没注意到公安局的门口站着一个认识的人，范志军追出来的时候，她已经跑远了。范志军正打算撵上去，一个人突然拉住了他的胳膊，那人正是跟着他们来到公安局的何桂瑶，她说：“干吗呀，你想跟她重归于好呀？”

范志军甩开何桂瑶的胳膊：“你少在这儿说风凉话，晓光他……跳河自杀了！”

“啊？”这事出乎意料，何桂瑶也呆住了。

“我刚才一时没忍住，痛骂了李梅一顿。她表现有些反常，也没跟我吵，还说会给我个交代。我怕她做傻事，还是上去说两句好话吧。”

“不用了，”何桂瑶指着街边说，“你看，她已经打车走了。”

范志军一看，果然如此。李梅刚好钻进了一辆出租车。但他心里始终有些不安，说道：“我还是到她家去一趟吧，万一……”

何桂瑶再次拉住了他："志军，相信我，这种时候，她只想一个人待会儿。她是成年人，做事有分寸的。你要是去了，更给她心里添堵。晓光是你们俩的儿子，你现在的情绪也不比她好，又能说出什么安慰的话来呢？"

范志军叹了口气，眼泪再次夺眶而出："是啊……晓光这么乖的孩子，我一想到他已经不在这世上了……"他说不下去了，喉咙仿佛被一团又干又涩的棉花堵住了。

何桂瑶抚摸着范志军的背，说着宽慰的话，然后打了辆车，带着悲伤不已的丈夫回家了。

回到家中的李梅，扑在床上哭得肝肠寸断。她哭了足足一个多小时，把眼泪都哭干了，身体几近脱水。昏厥过去之前，她挣扎着走到厨房，给自己倒了一大杯凉白开，喝了下去。然后，她深吸一口气，做了一个决定，走进自己的房间。

她趴下去，拿出床下的一个铁盒子，打开之后，从里面取出一个密封袋，里面装的是违禁物品——大麻。

这是她的秘密，也是那天不让警察搜寻房间的理由。离婚之后，一个人经营网店并照顾儿子的她身心俱疲，生活和工作的双重压力，让她需要一种排遣的方式。一天晚上，情绪近乎崩溃的她跟一个朋友哭诉了自己的遭遇和现状。那个朋友为了让她"好过点儿"，给了她一支含有大麻的烟卷，这仿佛为她打开了另一个世界的大门。从此之后，李梅一发不可收拾，一周不抽上几次就浑身难受。当她意识到上瘾的时候，已经迟了。

以前每次抽大麻，李梅都把卧室门紧闭，打开窗户，抽完之后等气味全都散去，才打开房门，生怕范晓光知道这事。但现在，这些空荡荡的房间就像她空旷的内心，她突然意识到，自己已然失去了一切：婚姻、丈夫、儿子都不复存在。更关键的是，她觉得范志军骂得有道理——儿子也许真是被自己逼死的。她是个不称职的母亲，更是一个失去了一切的失败的女人。她本来就活得很累。结束吧，这样的人生，没有苟延残喘的必要了。

李梅把烘干的大麻叶子捣碎，从烟盒里取出一支普通的香烟，取出一些烟丝后，把碾碎的大麻混入香烟中，用打火机点燃，深深地吸了一口，吐出青色的烟。自我麻痹之下，她内心的伤痛得到了暂时的缓解。

抽完这支烟，她掐灭烟头，打算离开这个世界了。至于方式，就跟儿子一样吧。一个十四岁的孩子都能做到的事，她又有什么做不到呢？

就在李梅打算离开家，去往江边的时候，她忽然想起一件事——之前向好朋友焦春燕借的三万元，还一直没还呢。其实她的支付宝上是有两万多元的，之所以迟迟未还，是因为网店需要流动资金。但现在，这些都不重要了。如果她死了，这笔钱将不了了之——不能对不起最好的朋友。所以，李梅把支付宝上所有的钱——24538.5 元，全部转给了焦春燕。

对方收到钱后，秒回了一条微信：“什么意思？”

李梅：“还钱呀。我不是欠你三万元吗。”

焦春燕：“那你倒是凑个整数还我呀。哪有把这几毛几分都打过来的？”

李梅：“对不起，这是我的全部家当了，就这么多了。哦，对了，微信零钱里还有一千多元，我全都转给你吧。”

焦春燕感觉不对，没有再发微信了，而是打了电话过来，说道：“李梅，你什么意思呀？我又没催你还钱，你干吗把全部家当都打给我？把我弄得跟黄世仁似的。你把钱都打给我了，你不过了？”

李梅心力交瘁，不想多做解释，说道：“没有，就是觉得这钱欠了这么久了，也该还了。你就收下吧，别问那么多了。”

焦春燕跟李梅是高中同学，也是二十多年的好朋友，十分了解李梅。她听李梅说话这口气就觉得不对劲，加上对方的反常举动，更是引起了她的猜疑。她说："李梅，你听我说，十分钟内我会到你家来。你在家乖乖地等着我，别做傻事啊，听到没有？"

李梅有气无力地说："你来干什么，我忙着呢。"

"有什么好忙的？听我的啊，等着我来！"

"…………"

"你跟我保证，李梅！我现在就出门，你等着我啊！"

焦春燕挂了电话，李梅这边也放下了电话。怎么办呢？她也没主意了。本想安安静静地离开这个世界，偏偏又有人洞悉了自己的意图……现在离开家吧，估计焦春燕肯定会报警，又要劳烦警察展开搜寻。算了，别再给人家添麻烦了。要死，也等焦春燕走了之后再说吧。

果然，十分钟内，焦春燕就赶到了李梅家，"砰砰砰"一阵敲门。李梅把门打开了，焦春燕瞪着眼睛问道："李梅，出什么事了？"

李梅一脸憔悴，一言不发地转过身，瘫坐在沙发上。焦春燕进屋后，关上房门，看到茶几上的烟蒂，也闻到了空气中残余的味道，皱着眉头说："你抽烟了？不对……这是，大麻？"

李梅不置可否，死人一般地坐着，眼神空洞。焦春燕知道肯定出事了，再次问她发生了什么事。多次询问后，李梅终于忍不住了，放声痛哭，说道："晓光他……自杀了！"

"什么？！"焦春燕大吃一惊。范晓光是她看着长大的，她与那孩子感情深厚，突然听闻这样的噩耗，她也感到难以接受，眼圈立刻就红了，问道，"怎么会这样？"

李梅掩面大哭，焦春燕也跟着哭了起来。两个女人抱在一起，涕泗滂沱。哭了好一阵之后，焦春燕追问详情，李梅才哽咽着把整件事情的经过告诉了她。

不知道是不是旁观者清的缘故，焦春燕听完李梅的叙述后，并没有像她一样陷入悲伤之中，而是眼珠一转，说道："你确定溺水死的，一定是晓光吗？"

李梅说："不是他还能是谁？警察都调查清楚了，也有监控视频和照片。"

焦春燕想了想："可是，有个问题说不通呀。如果是两个人一起溺水，不就还有一个人也失踪了吗？警察为什么没有提到，另一个失踪的人，或者另一个死者是谁呢？”

李梅说：“估计警察也不知道。那人很神秘，一直戴着帽子，把大半张脸都遮住了，可能不想让人知道他的身份。”

“这就是问题所在呀！一个打算自杀的人，还用得着隐瞒身份吗？况且隐瞒也没有意义，尸体打捞上来之后，或者警察一查失踪人口，不就知道他是谁了吗？”

这个问题，李梅倒是没有思考过。因为她关心的是范晓光，另外那个人是谁，她并不在乎。人都死了，弄清他是谁又有什么意义呢？

但焦春燕不这么想，她说：“李梅，我要是你，就一定要弄清楚这是怎么回事，特别是这个人到底是谁，他是怎么进入你家的，为什么要带走晓光，以及他们为什么要投河自尽。不把这些事情搞清楚，我死都不会瞑目。另外还有最关键的一点——晓光是不是真的死了？万一他被人救起来了呢？别跟我说不可能，在尸体被打捞起来之前，什么情况都是有可能的！”

李梅望着焦春燕，突然觉得她说得很有道理，于是点着头说道：“对，我现在还不能放弃希望！”

“可不是嘛，所以你要振作起来！另外，我告诉你，我觉得这件事有点蹊跷——我不相信晓光会投河自尽。”

“为什么？”

“因为他昨天晚上八点左右的时候，给我发了一条信息，说他这个周末想到我家来玩。李梅，你想想，如果他打算当晚就投河自尽，怎么会给我发那条信息？”

李梅呆住了，有两件事情让她感到吃惊：“晓光昨晚给你发了信息？八点左右……应该正好是他参加完同学的生日宴后，在回家的路上。可是，他怎么会给你单独发信息？”

“他为什么不能给我发信息？他都十四岁了，难道什么事都非得通过你来转述吗？像小朋友一样非得妈妈带他去别人家串门？”

“可是……他怎么会想到你家去玩呢？你家有什么好玩的？”

焦春燕苦笑了一下：“你呀，真是不了解孩子的心性。周末他在家的时候，你同意他玩手机或者电脑游戏吗？肯定不准吧。但是到我那儿去，就可以玩这些了。”

“他以前就去你家玩过电脑游戏？”

“是啊，你不知道吗？”

李梅摇头：“周末，他有时会跟我说想去外面散散步或者踢会儿球什么的，没想到他居然是跑你那儿去了。”

“也不是每次都到我家来，偶尔而已。孩子大了，他去哪儿是他的自由，你就别管这么多了。”

“我倒是想管，还有机会吗？……”说着，李梅的鼻子又酸了。

焦春燕怕她又要哭天抹泪，赶紧岔开话题：“总之，李梅，你现在不能放弃希望。这件事情，还没有到盖棺论定的地步。”

李梅点了点头：“那我现在该怎么办？”

焦春燕说：“你先等候警察的通知，看他们是不是真的从江里打捞出两具尸体。假如没有的话，那这事就肯定有蹊跷。你把晓光昨晚给我发过信息的事告诉警察。警察结合各种疑点，一定会再次展开调查的。”

“行，”李梅点着头说，“我听你的。”

为了防止李梅又想不开做傻事，焦春燕决定留在这里陪她住几天。焦春燕是个闲人，老公在异地工作，一年回来不了几次。两口子长期聚少离多，感情淡漠如水。焦春燕猜老公在外面肯定有女人，但她跟李梅不一样，选择睁只眼闭只眼，没去计较。因为老公每个月给她打一万元的生活费，也不要求生孩子什么的，焦春燕觉得这种状态也蛮不错，大家都自由，互不牵绊，各自洒脱。

虽然詹警官建议李梅别去江边，但她还是忍不住，在焦春燕的陪伴下去了。她们看到了江里几艘负责打捞的渔船，也看到了站在江边的警察，便站在远处等待，随时注意动向。李梅在心里祈祷着，希望这些渔船没有打捞起尸体来，因为这样的话，儿子就还有一线活着的希望。

几个小时过去了，到了傍晚时分，打捞的渔船纷纷收工了，看样子，果然没有打捞到尸体。这时候，薛飞和詹凌燕两位警察也来到了江边，显然他们也很关心打捞的结果。李梅一阵心悸，走了过去，说道："警官，江里没有打捞出尸体，对吗？"

"你还是到江边来了呀。"詹凌燕说，"对，我们接到同事的电话，说打捞了一整天都没有发现尸体，就过来看看。"

"没打捞出尸体，是不是说明我儿子有可能还活着？"李梅充满希冀地问道。

薛飞沉默一下，说道："有两种情况。一是他们俩没有淹死，获救或者游上岸了。但目前，我们没有收到明确的消息。二是尸体被冲到下游去了，所以我们没有打捞到。"

"那么，有没有第三种情况呢？就是溺水自杀的人并不是我儿子。"李梅说。

"为什么这么说？"詹凌燕问。

李梅把范晓光昨天晚上八点左右跟焦春燕发过信息的事告诉了两位警察。焦春燕把手机给警察看，证实了此事。薛飞说："这的确有些可疑，一个打算自杀的人是不可能跟别人约周末的安排的。"

"是啊，而且你看晓光说话（打字）的口气，还有配的表情，都是很轻松的，哪里像要轻生的人？"李梅说。

薛飞点头："如此看来，这件事我们要展开新的调查。"

"拜托了，警官！"

"对了，警官，跟晓光在一起的不是还有一个人吗？不管这个人是谁，他现在应该也失踪了吧？你们知不知道他的身份呢？"焦春燕问。

薛飞说："这也是一个奇怪的地方。我们打电话去学校问过了，老师说今天全校没来上课的只有范晓光一个人，这说明这个人不是学校的某个学生。本市目前也没有发现别的失踪人员。我们的调查范围，只能集中在本市，如果这个人是从外地来的，我们就很难确定他的身份了。”

詹凌燕问李梅：“范晓光之前有没有跟外地的什么人接触过，比如网友之类的？”

李梅茫然地摇着头。她发现，自己真如范志军所说，虽然很多时候都跟范晓光在一起，但并不真正了解自己的儿子。“我不知道……我没有听他说起过。”李梅喃喃道。

“他平时使用手机吗？”

“不怎么使用，学校是不准带手机的。只有在他不去学校的时候出门，我才让他带上手机，方便联系。”

“昨天范晓光去参加了同学的生日聚会，也就是说，他昨天是带了手机出去的？”

“是的。”

“他的手机，现在在家里吗？”

“在。”

薛飞说：“那我们现在就去你家一趟，看看能不能在手机中发现什么有用的信息。”

“好的。”

李梅、焦春燕和两个警察一起离开江边，乘坐警车回到了李梅家。李梅从自己的房间里拿出一部手机，说道：“这是晓光的手机，他昨天回家之后，就交给我了。”

薛飞接过手机，发现需要指纹或者密码才能解锁，便问道：“你知道锁屏密码吗？”

李梅摇头：“我跟他约好了的，手机平时由我保管，但是密码由他来设置。所以即便手机在我手中，我也打不开。”

薛飞把手机交回李梅：“你试试生日之类的数字。”

李梅输入范晓光的生日、自己的生日和范志军的生日，试了好多次，都不正确。她说：“看来，他不是以生日来设置的。那我也猜不到是什么了。”

“没关系，我们警方的技术部门能解决这个问题。”詹凌燕说，“这部手机，我们就带回去了，如果查到什么有用的内容，会立刻跟你说。”

“好的。”

“另外，昨天我们来的时候，没有仔细地检查范晓光的房间。今天既然又来了，就认真检查一遍吧，看能不能有所发现。”詹凌燕说。

李梅点头表示同意，心想，还好她之前已经把抽大麻的痕迹处理干净了，原本藏在卧室里的大麻，也早就转移到了另一个更隐秘的地方。就算警察再次提出要搜查她的房间，也是无所谓的。

两位警察走进了范晓光的房间。李梅和焦春燕也跟着进来了。詹凌燕说：“你们就在门口等吧，搜查的工作交给我们警察来做。”

“我们可以帮忙吗？如果找到有价值的东西，会立刻交给你们的。”焦春燕说。

“不用了。哪些东西是有价值的，由我们来判断。”詹凌燕说。

“好吧……”焦春燕没有再坚持。

薛飞和詹凌燕在范晓光的房间里仔细搜寻起来。他们打开柜子和抽屉，没有发现什么特别的物品。再打开范晓光的书包，找到了一些笔记本、日记本之类的物品。他们翻开本子，试图通过范晓光的日记和文字了解他思想方面的动态。但遗憾的是，这些本子上写的都是应付老师的作业，似乎没有什么价值。

詹凌燕正在翻看范晓光的另一个本子的时候，突然发现焦春燕跨进房门，跪了下来，头伸到床下，似乎在找什么东西。她和李梅一起问道：“你在找什么？”

“啊……没什么，我就是帮你们找找，看床下有没有什么东西……”

詹凌燕严厉地说：“我刚才已经说过了，搜查的工作由我们警方负责。现在是警方办案，闲杂人等不能入内，你听不懂吗？”

焦春燕尴尬地站了起来：“不好意思，我只是想帮帮忙。那什么……我这就出去。”说完后，她拉着李梅的手，两人一起走到了客厅。

詹凌燕望着焦春燕的背影，微微蹙眉，若有所思。她关上范晓光房间的门，趴下来检查床下，并未发现什么特别的东西。她把手伸到床下一摸，看了看手指，站了起来，喊道：“李梅，你进来一下。”

李梅从客厅走回这间屋。焦春燕跟在李梅身后，这次她不敢再进来了。詹凌燕问道："你平时工作很忙，对吧？"

"嗯。"

"那你多久打扫一次房间呢？"

"这个……不一定，反正脏了就打扫一下。"李梅不明白警察为什么要问这个问题。

"范晓光的房间，是你帮他打扫，还是他自己打扫？"

"我帮他打扫。"

"你打扫得还真是彻底，连床下都一尘不染。"

"这有什么不对吗？"

詹凌燕沉吟一下："没有。只是没想到，你在这么忙的情况下，还能把床下这种一般人都不怎么在意的地方打扫得这么干净。"

李梅岔开话题："警官，你们找到什么线索了吗？"

"暂时没有。"

李梅露出失望的神情："什么信息都没有吗？"

詹凌燕说：**"什么都没发现，其实也是一种信息。"**

李梅没听明白这句话的意思，下意识地问道："什么？"

詹凌燕说：**"范晓光没有留下任何纸条或者信息，也没有带走什么物品，有可能说明，他遭遇的是一次突发事件。"**

"突发事件？"李梅愕然道，"你的意思是，他并不是事先跟某个人约好，半夜离家出走？"

"是的。"

"但你们之前说，那个神秘人把晓光叫醒后，他乖乖地跟着这人走出了房间，说明他们是认识的，并且有可能是约好了的。"

"对，我们一开始是这样判断的。但这件事情现在变得有点扑朔迷离了，所以我们必须思考其他的可能性。"

"什么可能性？"

"暂时没有想好。但是，我们肯定会持续调查下去的。特别是，如果明天、后天，范晓光和那个人既没有现身，我们也没有在下游发现他们的尸体，这件事就更可疑了，就不是我们想象中这么简单了。”詹凌燕说。

“对！”李梅激动地说，“这里面可能有什么隐情，晓光也许并没有死！”

“希望如此吧。”薛飞对搭档说，“今天晚了，我们先回去了。有什么情况，随时保持沟通。”

“好的。”

两位警官走出范晓光的房间。詹凌燕关上房门，问道：“这个房间有钥匙吗？”

“有的。”李梅说。

“用钥匙把门反锁。保持房间的原状，这个很重要。”詹凌燕盯着李梅的眼睛，强调道，“没有我们警方的许可，任何人都不能进去。”

说完，她特别望向了焦春燕。对方有意无意地避开了她的目光。

李梅没有注意到这一细节，她用钥匙锁上了儿子的房门，并跟警察保证，就算是她本人，也不会进入这个房间。

警察走后，焦春燕对李梅说：“看来这事的确有蹊跷，警察也发现不对劲了。”

李梅焦急地在房间里踱步：“如果晓光真的没有死，他现在会在哪儿呢？”

“你急也是没用的，耐心等待警察的调查结果吧。”

“不，你不明白我现在的感受。如果晓光真的死了，那我也就死心了。但现在很多迹象表示，他可能还活着！我没法在家里干等了，必须做点儿什么！”

“可是你能做什么呢？你只是一个普通人，不可能比警察还会破案呀。”

“不，就这件事而言，我不是一个普通人。我是一个母亲，我现在有一种强烈的感觉——我儿子还活着，他需要我的帮助！”

焦春燕望着李梅，她没有当过母亲，无法理解李梅的感受，但她觉得李梅应该保持冷静：“不管你打算做什么，至少等到明天吧。现在都晚上八点多了，我们俩连晚饭都没吃呢。”

“你去吃吧，我没什么胃口。”

“不行，你必须吃东西。不然的话，你身体会垮的。想找到晓光吗？那你就必须储备体力，保持充沛的精力！”

李梅点点头，承认朋友说得有道理。她们离开了家，到外面吃饭。这附近有一家很有名的烧烤店，焦春燕早就饥肠辘辘了，她拉着李梅进了这家店。店员递上菜单，焦春燕看菜单的时候，李梅兀自思忖着。过了一会儿，焦春燕点了一些烤串，又说：“再来两瓶啤酒，一条孜然烤鱼。”

店员说：“烤鱼是现杀现烤的，可能要四十多分钟，请问你们能等吗？”

“我等不了。”李梅突兀地开口。

“你要干吗呀？”焦春燕问。

“晓光现在处在危险之中，如果迟了的话，就来不及了！”李梅说。

“啊？”店员呆了。

焦春燕对店员说：“你去吧，就我刚才点的那些菜，没问题的。”

店员离开后，焦春燕说：“你这哪儿跟哪儿呀，人家问的是烤鱼。”

李梅没接茬，全部心思都在范晓光的事情上：“真的，我一想到晓光可能还活着，而且身处危险之中，就觉得坐立不安。我现在哪有心情吃烤串、喝啤酒？”

“我知道你没心情，但你告诉我，现在都快九点了，你打算做什么？不管怎么样，也得等到明天再说呀。”

店员拿着两瓶啤酒过来了，用起子撬开瓶盖。焦春燕倒了两杯酒，递了一杯给李梅，说：“你冷静下来，仔细想想，哪些人是跟晓光关系比较密切的，或者事发前跟他接触过的。明天，你挨个儿去找这些人了解情况。”

李梅说："晓光会接触到的人，除我之外，就只有学校的老师和同学了。可问题是，老师说了，除他之外，其他同学都去上课了，没有人跟他一起失踪。"

"没有人跟他一起失踪，不代表他们跟这起失踪案就没关系呀。"

"什么意思？"

"我的意思是，晓光参加完生日宴会就失踪了，这两件事之间也许有关联。会不会是生日宴会上发生了什么事情，导致某人盯上了晓光，就在当晚用计策把他弄走了？"

李梅呆了半晌，喃喃道："对……有这种可能性。但是，警察难道没想到这一点吗？"

焦春燕说："警察办案，得按照程序来。比如说，他们现在还不能确定，晓光是不是还活着。万一明天，从下游打捞出了……呸！不可能的！总之，我的意思就是，警察估计还没有调查到那儿去。"

李梅说："我明白了。那我不能单纯地依靠警察，得自己去了解情况才行！"

"这个我支持你。那这样，吃完饭，你回家好好睡一觉。明天一早，我陪你去学校找老师和同学了解情况。"焦春燕端起酒杯跟她碰了一下，两人把杯中酒一饮而尽。这时烤串也端上来了，李梅抓起两根羊肉串，把肉从铁扦上撕咬下来，用力地咀嚼，狠狠地吞咽下去。

翌日，李梅和焦春燕早早地起来。吃完早饭后，她们来到了范晓光就读的初中。早读刚刚结束，在办公室里，她们见到了班主任肖老师。

"范晓光还没找到吗？"肖老师问。

"是的。"李梅说。

"唉，这孩子跑哪儿去了？"肖老师叹息一声，"昨天上午警察也来学校了解过情况了。还找了班上的七个男生谈话。"

李梅和焦春燕同时一愣，这才知道她们估计错了，原来警察早就来学校调查过了。李梅问："警察找了哪七个男生谈话？"

"就是前天参加练俊峰生日宴会的那几个同学——当然也包括练俊峰本人。"

"那警察问出什么线索了吗？"

"应该没有吧。当时我也在场，警察就问了一下他们，生日聚会上有没有发生什么特别的事，范晓光的情绪、状态，等等。孩子们说，范晓光那天情绪很好，没有跟任何人闹矛盾，更没有提到离家出走之类的话。所以他们完全不清楚范晓光为什么会失踪。”

李梅露出失望的表情。片刻后，她问道：“那天跟晓光接触过的人，除了这些学生，还有没有其他人呢？”

肖老师说：“警察也问了这个问题。这些孩子说除了他们，就是练俊峰的父母了。但他们一开始没有参加生日聚会，是后面才来的，主要是负责把学生们全部送回家。”

“练俊峰请了七个同学，他们全都挨个儿送回家了？”

“对，他们比较重视安全问题，担心让孩子们自己回家路上会出事，所以练俊峰的爸妈各开一辆车，把七个孩子分别送回了家。听学生们说，范晓光是坐练俊峰他爸的车回去的。”

“同坐这辆车的，还有哪几个学生呢？”

“这我就不知道了。这个重要吗？练俊峰他爸是把范晓光安全送到了家的。而范晓光失踪，发生在半夜，怎么都跟练俊峰他爸扯不上关系吧？”

李梅想了想，说：“肖老师，昨天警察见过的那七个孩子，我能再跟他们谈谈吗？”

肖老师看了下手表：“还有两分钟就上课了。今天上午是语文和数学两科的月考。现在叫孩子们来办公室，会影响他们考试。再说了，昨天警察已经问过他们一次了，你无非也是问差不多的问题，又有什么意义呢？”

“警察问的和我问的，应该有差别吧。”

“什么差别？”

“角度不同。”

“什么？”

“警察是办案，我是找儿子。”

肖老师愣了。这时，上课铃响了，第一场考试即将开始。肖老师说：“对不起，我要去监考了。有什么事，以后再说吧。”说罢，匆匆忙忙离开了办公室。

李梅不死心地想追上去，被焦春燕拉住了：“算了，李梅。老师已经说得很清楚了，再说警察也来调查过了，这些孩子可能真的不知情。不然，警察会不持续调查他们吗？”

李梅颓丧地点了点头，焦春燕说：“走吧。”

两人离开办公室。焦春燕正准备下楼，李梅说：“我想去晓光班上看看。”

“人家在考试，你去看什么呀？”

李梅没有回答，朝教室走去。焦春燕只有无奈地跟了过去。

来到教室门口，李梅隔着窗玻璃往里看。学生们正埋头做着试卷，几十个人的教室里，只有范晓光的桌子是空着的。目睹此景，李梅悲从中来，不禁黯然泪下。

焦春燕能想象李梅此刻的感受，于是拖着她的手臂说：“走了，咱们再想想还有哪些人可能跟晓光接触过吧。”

李梅被焦春燕硬拖着离开了教室门口。刚走几步，她突然驻足，甩开了朋友的手，朝教室跑去。焦春燕吃了一惊，叫道：“你干吗？”

话音未落，李梅已经冲进了教室。正在监考的肖老师从椅子上站起来，说道：“唉，你怎么……”

李梅没有搭理老师，望着一屋表情惊讶的学生说道：“同学们，我是范晓光的妈妈。估计你们也知道，晓光失踪两天了，我心里乱得很，不知道该做什么，只有到学校来求大家了。如果有哪位同学知道晓光的下落，或者知道跟他有关的线索，请你们告诉我，好吗？”

肖老师说：“晓光妈妈，孩子们现在在考试，请你不要影响他们，好吗？有什么事，等他们考完再说吧！”

“不，我等不了了。多耽搁一分钟，晓光就多一分危险。同学们，求求你们了，有任何关于晓光的情况，都请告诉我吧！”

“晓光妈妈！”肖老师明显有些生气了，“你不能强人所难呀！你要孩子们告诉你什么？他们如果了解情况的话，昨天就跟警察说了！晓光失踪，大家都为他担心。但你也不能因为这个，就不让大家考试了呀！”

焦春燕走进教室，一边跟老师和同学们道着歉，一边强行拖李梅出去。不料，李梅甩开她的手，做出了一个惊人的举动——她走到讲台上，双膝跪了下来。

然后，她流着泪说道：

“我不是一个称职的妈妈，平时没怎么关心自己的儿子，他失踪了，我都不知道是怎么回事。有时候他调皮捣蛋、考试最后一名，我甚至想，要是没这个儿子就好了。但他现在真的不见了，我才知道他对我来说有多重要。我知道，我厚着脸皮在这里胡搅蛮缠，影响同学们考试了。但我除了求你们帮忙，真的想不出别的办法了。我想，晓光失踪前总该有点什么迹象吧？哪怕只有一个同学知道都行，求你们告诉我，好吗？”

说着，她似乎想跟全班学生磕头。肖老师、焦春燕和前两排的几个学生赶紧上前，众人一起把她扶了起来。李梅还在不住地道着歉，班长被她的行为感动哭了，说道：“阿姨，您把您的手机号码写在黑板上吧，如果有同学想起了什么，他们一定会跟您联系的！”

“对，这主意不错。”肖老师从讲台上拿了一根白粉笔，递给李梅，“你把手机号写在黑板右侧吧。最近几天，我让值日生不要擦掉。”

“好的，谢谢老师，谢谢同学们了……”

李梅把手机号写在了黑板上，再次跟同学们鞠躬道歉，然后跟焦春燕一起走出了教室。

出学校后，焦春燕叹息道：“李梅，你这片苦心也真是感天动地了。我没当过妈，但我当过女儿，所以你的心情我多少能够理解。说吧，我们现在干吗，你做什么我都陪你。”

李梅感动地说：“春燕，还好有你在我身边。不然的话，我可能已经不在这个世上了。晓光，就更不知道还能不能找到了。”

“你跟我说什么客气话？咱们多少年的姐们儿了？晓光也是我看着长大的，是我半个儿子了。这事我能不管吗？”

“谢谢你，春燕。”

“好了，接下来去哪儿，你有主意了吗？”

“有。我打算去见见练俊峰的家长。刚才老师不是说了吗，前天晚上，是练俊峰他爸开车把晓光送回家的。”

“你去见他们，我不反对。但你真的觉得有意义吗？一个学生的家长，跟晓光会有什么关系？况且就像老师说的，人家当晚是开车把晓光送回了家的，已经尽到义务了。晓光夜里失踪，跟人家没关系呀。”

“我知道没关系，我也不是去兴师问罪的，只是想了解下当晚的情况。毕竟他们俩是成年人，说不定观察到了一些孩子们没有注意到的细节呢？”

“行。但今天是周一，人家现在应该在上班吧？”

“我有练俊峰他爸的手机号，我打电话问问他。”

李梅摸出手机，从电话簿里找到练俊峰爸爸的号码，拨打过去。对方很快就接起来了，说道：“你好，是晓光妈妈吗？”

“是的，练局长，真是不好意思，打扰你了。请问你现在是在单位吗？”

“对。我听俊峰说，范晓光离家出走了？他现在回来了吗？”

李梅心中一震，说道：“俊峰跟你说，晓光是离家出走的？”

“对呀，他是这么跟我说的。”

“练局长，我现在过来找你，好吗？”

“现在……我在单位呀，谈私事的话不太方便吧。要不，等我下班再说？”

“练局长，不是我要强人所难……主要是晓光失踪两天了，我担心得不得了，所以……”

没等她说完，对方便表态了："好的，我也是当家长的人，完全理解你的心情。那这样，你现在到富华路来，那里有一家咖啡馆，就在我单位旁边。我抽空出来，跟你见一面。"

"好的，太谢谢你了！"

李梅挂了电话，激动地跟焦春燕说："练俊峰的爸爸刚才跟我说，练俊峰告诉他，晓光是离家出走的！"

"你的意思是，练俊峰明确地知道，晓光是离家出走？也就是说，他可能知道这件事的真相？"

"对，有这个可能！他俩是好哥们儿，晓光说不定之前跟练俊峰说过什么！"

"那练俊峰怎么没跟警察和老师说？"

"我不知道，也许是晓光叫他保密，或者他知道得没那么清楚？总之，我们马上去见练俊峰他爸吧！他跟我约在富华路的咖啡馆见面！"

"行，走吧！"焦春燕抬手招了辆出租车，两人钻进车内。李梅告诉司机目的地，二十分钟后，她们就来到了这家咖啡馆。两人选了个位置坐下，不多时，练局长带着一个年轻的下属来了。他以前跟李梅见过面，打了个招呼便坐了下来。李梅介绍焦春燕，说这是自己的好朋友，练局长点了点头，然后问："两位喝点什么？"

李梅哪有品咖啡的心情，说："随便。"焦春燕亦然。练局长派头十足地对下属说："你去买三杯拿铁吧。"

下属买咖啡去了，李梅迫不及待地问："练局长，俊峰是怎么跟你说的？"

"昨天晓光不是没去上课嘛，之后警察又去了学校，把俊峰和那天来参加生日聚会的几个同学全叫到办公室询问，俊峰有点被吓到了，回来就跟我说，范晓光可能离家出走了，警察都跑到学校去调查了。"

李梅的心一下沉了下去："这么说，俊峰说晓光离家出走，是猜的？"

"肯定呀，他不可能准确地知道晓光去哪儿了。"

"他们俩是好朋友，晓光失踪之前，会不会跟俊峰说过什么？"

"我估计没有。如果说过什么的话，俊峰早就跟我说了，也肯定会告诉警察。他们俩是好哥们儿，他肯定希望警察能找到晓光。”

李梅垂下头，失望之情溢于言表。练局长说：“晓光到底是怎么失踪的？警察到学校来问俊峰他们，只说范晓光失踪了，却没透露细节。现在班上的孩子们都在猜测，范晓光到底遇到了什么事情。”

李梅不知道该不该把范晓光失踪的详情告诉对方。但仔细一想，既然警察都没说，肯定就有不说的道理，便含糊其词地回答道：“我也不知道，所以才到处打听他的消息。”

练局长说：“怎么会打听到我这儿来了呢？难不成你觉得这事跟我有什么关系？”

李梅赶紧摇头：“不是，我跟您打听，是因为晓光失踪那天参加了俊峰的生日宴会。您当时也跟他有所接触，所以就想问问您，当时有没有观察到晓光的异常表现。”

练局长摩挲着下巴上的胡茬，开始回忆。这时下属端着三杯咖啡过来了，他说：“小黄，你先回去吧。”

“好的，练局，那我先走了。”下属把三杯咖啡放在桌上，离开了咖啡馆。

练局长喝了一口咖啡，说道：“晓光妈妈，是这样的。俊峰这孩子呢，一直喜欢交朋友，每年的生日都喜欢请同学来热闹一下。而且他不喜欢我们大人在场，所以很多时候，我都是帮他定好一家餐厅的包间，等孩子们吃得差不多了，我才过去结账。

“这次跟以往有所区别，俊峰说想吃自助餐。于是我就帮他联系了一家自助餐厅，让他跟同学们吃个痛快。这顿饭是五点开始吃的，七点多的时候我和他妈妈来到餐厅，发现孩子们已经吃得差不多了，在玩什么游戏，惩罚是喝酒。虽然喝的是度数不高的现调鸡尾酒，但毕竟都是些十四岁的孩子，还是不合适。于是我和他妈妈就制止了他们继续喝酒，并打算开车把俊峰请的七个同学全部送回家。”

“他们当时应该正在兴头上吧？您打断了他们，他们有没有表现出不高兴？”焦春燕问。

“俊峰有点不高兴，其他孩子可能也觉得有点儿扫兴吧。但这事我没法由着他们，未成年人本来就不该喝酒，要是喝得醉醺醺地回家，我怎么跟他们的家长交代？”

“您当时觉得，晓光喝醉了吗？”李梅问。

练局长沉吟片刻，有些不好意思地说：“晓光妈妈，不瞒你说，我是经常喝酒的人，当时一看他们的状态，就知道有两个人是喝得最多的——正是晓光和俊峰。”

“啊……可是晓光回家的时候，我觉得还好呀，不像喝醉的样子。”李梅说。

练局长苦笑道：“那是因为，我叫服务员拿了酸奶和热茶来，让他们喝了醒酒，俊峰妈妈又让店员拿来热毛巾给他们擦脸，一番操作之后，他们才清醒了许多。”

“原来是这样……那当时，喝醉的晓光有没有说什么酒话？”

“好像没有吧，我记不起来了。”

“然后呢？他们酒稍微醒了一些之后，您和您夫人就分别开车送他们回家了？”

“是的，当时我开车载四个孩子回家。另外三个孩子坐的是我老婆的车。”

“晓光坐的是您的车吧？”

“是的。这四个孩子，我问了他们的住址，然后规划了一条路线，把他们先后送回了家。”

“晓光是第几个下车的？”

练局长回忆了一下：“应该是第三个。在他之前，我先送了两个孩子回家。”

“他们在车上，有没有聊什么话题呢？”李梅问。

“好像没有……哦，对了，他们彼此问有没有做完作业。”说到这里，练局长微微一怔，似乎想起了什么。

李梅观察到了他的表情变化：“您想起什么了吗？”

“嗯……我想起，另外三个孩子都说自己的作业做得差不多了，只有范晓光满不在乎地说，这个星期的作业他基本上没碰。有个同学说：‘你不怕老师明天惩罚你吗？’他笑了一下，说了一句话。现在想起来，这话有点可疑……”

“他说了什么？”李梅急促地问。

“他说：‘我才不在乎呢，无所谓了。’我听了这话眉头一皱，心想这孩子怎么能完全无视老师和作业呢。现在一想，他说这话，会不会是因为他知道，自己第二天是不会出现在学校的，所以才完全无视作业？”

李梅张着嘴愣了半晌：“可是，他回家之后说作业还没有做完，就回房间做作业了呀……”

“那他做了吗？”

李梅摇了摇头：“他坐到书桌前，不一会儿就睡着了。”

“那应该是敷衍你的吧……范晓光当时的酒是醒了一些，但我不认为以他那样的状态，还能够写作业。”

焦春燕望向李梅：“照练局长这说法，晓光很有可能是自己离家出走的，或者跟另外那个人约好的。”

“另一个人？”练局长有些惊讶，“范晓光不是一个人失踪的，还有别人跟他在一起？”

李梅轻轻“嗯”了一声。

“谁呀？”

“不知道。警察正在查。”

练局长皱起眉头：“两个人一起失踪，肯定是有预谋的呀。”

李梅抬头望着他：“您是这么觉得的吗？”

“肯定呀，这么大的孩子，又不可能被人拐卖。如果范晓光是跟另一个人一起失踪的，只能是他们约好一起离家出走。”

“可是，他什么都没带，而且……”李梅把后面半截话——而且走到了河边，沉入了江中——咽了回去。

“而且什么？”

李梅站了起来：“没什么。练局长，谢谢您告诉我这些信息，耽搁您这么长时间，真是不好意思。”

练局长也跟着站了起来：“别客气，晓光是俊峰的好朋友，我当然应该尽力。”

“谢谢。”李梅忽然想到了什么，“对了，如果这两天，晓光跟俊峰联系的话，请您务必告诉我。”

“那当然。但是，这可能吗？”

“我不知道……但我想，晓光如果真的离家出走，他在外面遇到什么困难，也许会跟俊峰联系吧。他们俩关系真是挺好的。暑假的时候，我去外地进货，晓光还在你们家住过几天呢，跟俊峰睡一个房间，亲如兄弟。”

“是啊，”练局长叹息道，“晓光现在不见了，我们也挺揪心的。有什么能帮上忙的地方，你尽管说。”

李梅再次道谢，三个人一起离开了咖啡馆。

跟练俊峰的爸爸见过面之后，李梅想不出还有谁能跟这事扯上关系了，只有和焦春燕一起回家。下午，范志军打来电话，说他刚才去公安局问过了，江里没有发现溺水者的尸体。警察说这事有点儿不寻常，因为按理说，溺水的尸体通常一天左右就会浮起来，上下游警方都派了渔船进行搜寻，但直到现在都没找到尸体。所以他们认为，范晓光和另外那个人也许没有淹死。但如果他们还活着的话，他们去哪儿了呢？怎么到现在都下落不明？

李梅问：“那警察的意思是什么？”

范志军说：“警察认为，这起案件也许另有隐情，他们会继续展开调查。”说到这里，他激动起来：“不管怎么说，晓光有可能还活着！”

李梅说：“对，我也觉得他还活着！”

范志军说：“我这几天跟厂里请了假，拿着晓光的照片到沿江一带去打听，看有没有人见过他。”

李梅说："太好了！我也在想各种办法打听晓光的下落。我们兵分两路，有什么消息，随时联系！"

"好！"

李梅挂了电话，守在她旁边的焦春燕盯着她的脸，问道："你后悔吗？"

"什么？"

"我是说，你后悔跟范志军离婚吗？"焦春燕抿了下嘴，"如果你不跟他离婚，也许就不会发生这样的事。家里有个男人，也许就不会有人乘虚而入，把晓光给带走。"

李梅沉默了许久，说道："跟他离婚，我从来没后悔过。但如果我能未卜先知，知道后面会发生这样的事，当然会为了晓光做出妥协。但现在说这些，还有意义吗？"

焦春燕拿起茶几上的香烟盒，抽出两支烟来，含到嘴里，用火机点燃，递了一支给李梅，自己深吸一口，望着天花板说道：

"我真是搞不懂你，为什么非要离婚呢？拿我那个来说，我们的婚姻早就形同虚设了。但名义上，我还是他老婆，他每个月也按时打钱给我，这不就够了吗？你要一个男人自始至终对你死心塌地，会不会太幼稚了？对这世上的事，别这么认真，好吗？"

李梅不吭声，嘴里吐出灰色的烟圈。焦春燕继续道："范志军是出轨了，但他只是跟那女人玩玩而已。是你非要离婚，才硬生生把他们凑成了一对，结果搞得自己那么辛苦，晓光也缺失了父爱。你这是何必呢？"

"我受不了。"李梅说。

"受不了什么？"

"我去捉奸的时候，他们正打得火热。"李梅狠狠抽了一口烟，望着焦春燕，"但是，范志军半年没有碰过我了。"

焦春燕闭上眼睛，骂了一句脏话。

"我坚持要跟他离婚，不仅是无法原谅他，更多是觉得没劲。我为这男人当牛做马、生育儿子，然后呢？我刚刚年老色衰一点儿，就被人家抛到脑后了。所以，我是真的看透了。"她站了起来，把烟蒂掐灭在烟灰缸里，"没劲，婚姻什么的，真没劲。这烟也真没劲。"

说着，她走进卧室拿出一个小袋子。焦春燕说："喂，你又要抽大麻呀？抽这玩意儿是违法的！"

李梅没理她，鼓捣起大麻来。焦春燕皱着眉头说："你是什么时候沾染上这玩意儿的？"

"在我迷失方向的时候。"李梅说。

焦春燕无奈，只有看着她一番操作之后，再次吞云吐雾。

正抽得过瘾，门外突然响起了敲门声，接着是警察的声音："李梅在家吗？"

李梅吓得一个激灵，骤然坐了起来。由于动作太猛，她被烟呛到了，咳嗽起来，正好暴露了家里有人。她赶紧掐灭手里的烟，对焦春燕说："快拿到厕所去倒掉，用水冲干净！"

焦春燕慌忙去了。李梅抓起茶几上装着大麻的小袋子，在屋子里来回打转。最后，她跑进厨房，把袋子塞到橱柜的角落里。这时焦春燕也处理好烟蒂了，两个女人拿起枕巾、靠垫拼命扇风，想驱散空气中残留的大麻烟草味。门口的警察问道："李梅，你在做什么？"

"没，没什么……我在换衣服，马上就开门！"

她们不敢拖延太久，怕警察生疑，两分钟后打开了房门。经验丰富的詹凌燕一下就闻到了空气中挥之不去的大麻味，厉声道："你们抽大麻了？"

李梅傻了，她没想到警察这么厉害，一下就闻出来了。她想要否认，但脸上惊惶的表情已经暴露了一切。薛飞和詹凌燕迅速走进屋中。薛飞拿起茶几上的玻璃烟灰缸一闻，说道："没错，烟灰缸里还残留着大麻的味道。"

"大麻在哪里？马上交出来！"詹凌燕命令道。

"我……没有……"

"李梅，我警告你。如果你主动交出大麻，我们可以从轻处理。但如果是被我们搜出来，性质会更严重。你确定要选择后者？"

李梅脸都吓白了，只好走进厨房，把那个小袋子拿出来，交给警察。薛飞问："就这些了吗？"

"对，只有这些了。"

"大麻是谁卖给你的？"

"黑……黑市上买的。"

"你参与贩卖没有？"

"没有！"

詹凌燕望向焦春燕："你也抽了？"

"不，我没抽！"焦春燕赶紧否认。

詹凌燕走到她面前："你哈一口气出来。"

焦春燕照做了。詹凌燕对薛飞说："她确实没有抽大麻，抽的是普通香烟。"

薛飞说："根据《中华人民共和国治安管理处罚法》，吸食毒品处十日以上十五日以下拘留，并处二千元以下罚款。李梅，跟我们走一趟吧。"

李梅呆若木鸡，站在原地。警察正要把她带走的时候，她说道："两位警官，你们到我家来，肯定不是冲着这事来的吧？是不是晓光有什么消息了？"

"到了公安局，我们会跟你说的。"

"不！你们刚才说，我会被拘留十到十五天？不行，现在不行！"

"李梅！你以为我们是请你去做客吗？还要经得你同意？！"

"不是，警官。我刚才听范志军说，你们没有在下游发现溺水者的尸体，对吧？现在，我和范志军都相信晓光还活着！我们打算想尽一切办法找他！抽大麻是我不对，我认罪！但是，请你们宽限我几天好吗？只要找到晓光，我马上接受惩罚。到时候，你们关我半年、一年都行！"

薛飞和詹凌燕对视一眼——他们以前没有开过这样的先例。犹豫片刻后，考虑到这起事件的特殊性，詹凌燕说道："好吧，我们暂时不抓你。但是大麻必须没收，且前提是这段时间，你找一个担保人，保证你绝对不再碰大麻，能做到吗？"

"能，我肯定能做到！谢谢两位警官开恩！"

“别谢我们，只是暂缓几日执行而已。一个星期后，不管有没有找到范晓光，你都必须跟我们去公安局！”

“行，可以的！”

詹凌燕说：“那么，我现在告诉你，我们来这里的原因。”

“好的，警官，请说吧。”

“由于目前上下游任何流域都没有打捞到尸体，所以我们认为，范晓光和那个神秘人，可能还活着。”

“对，我们也是这么认为的！警官，请坐下说！”

薛飞和詹凌燕坐到沙发上。后者说道：“现在，我们打算对此案进行新一轮的调查。之前拿回局里的手机，技术部已经解开密码了，我们查看了范晓光近期的聊天记录，没有发现什么特殊的内容。但我们发现了一件不太寻常的事。”

“是什么？”

“你之前说过，范晓光喜欢玩电脑游戏和手机游戏，对吧？”

“是的。”

“但是在这部手机上，没有安装任何一款游戏。并且从手机内部的下载记录来看，他半年内都没有下载过任何游戏。”

李梅愣了半晌，说：“我不让他玩游戏，也许他把游戏删除了吧。”

“当然也不排除这种可能性，但我个人认为，这种可能性很低。”

“为什么？”

“因为现在的中小学生，几乎没有完全不玩游戏的。别说范晓光本来就不是优等生，就是那些学霸，有时也要玩游戏放松。你之前不是也说，范晓光本来就有点迷恋游戏吗？那么，他的手机上一款游戏都没有，这显然是不正常的。”

李梅狐疑地皱起眉头：“那警官，你觉得这是怎么回事呢？”

“我认为，他有别的渠道可以玩游戏，所以不用在这部受到你管控的手机上玩。”詹凌燕说。

“别的渠道……”李梅望向了焦春燕。后者说：“警官，周末的时候，晓光偶尔会到我那里去玩游戏。”

“仅限周末？”

“是的。平时他要上课，而且他也不是每个周末都去我家。”

“那我觉得，这点小小的‘补充’，并非他不下载和安装游戏的理由。他应该还有别的途径能玩到游戏。”詹凌燕说。

“这件事，跟他失踪有关系吗？”李梅问。

詹凌燕没有回答这个问题，而是对李梅说：“现在，我来问你几个问题，请你如实回答。”

“好的。”

“你抽大麻，有多久了？”

“一年左右吧。”

“也就是说，是从离婚后开始的？”

“是的。”

“抽的频率高吗？”

“一周……大概一两次。”

“范晓光知道这事吗？”

“不知道。”

“我们上次来你家，想进你房间搜查一下，被你拒绝了，就是因为房间里藏了大麻？”

“是的……”

“听说你为范晓光买了一份保额为一百万元的人身意外险，对吗？”

面对这个突兀的问题，李梅一愣：“什么？”

詹凌燕盯着她：“你不知道这事？”

“不知道！我什么时候给晓光买过保险呀？还价值一百万！这怎么可能？学校不是给每个学生都买了保险的吗，我干吗还要再买一次？”

詹凌燕和薛飞对视了一眼。薛飞说：“你确定没买过？”

"是的！"李梅十分笃定地说，"一百万的保险不是小数目。如果我买了的话，会不记得吗？再说了，我也没那闲钱去买保险。警官，这事你们是从哪儿听说的，会不会搞错了？"

"好吧，也许是我们搞错了，这事就暂且不提了。"詹凌燕说，"我再问你，你觉得你了解自己的儿子吗？"

这问题把李梅问得又是一愣。半晌后，她缓缓摇头，说道："也许，我是真的不太了解他。"

"为什么呢？范晓光应该从小就跟你生活在一起吧？你和他爸离婚之后，他也跟你生活在一起，按理说，你应该是了解他的。"

"我也不是完全不了解……只是，我工作很忙，有的时候难免会忽略晓光，对他关心不够。特别是离婚后，我的压力更大，很多时候顾不上管儿子。他在做些什么，我并不是特别清楚，也很少找他谈心，总是还把他当成个小孩子……"

詹凌燕似乎捕捉到了某个重要信息，她打断李梅的话："你刚才说，很多时候，你并不清楚范晓光在家做了些什么？"

"嗯……因为我总是在房间里忙我的事，他在自己的房间，我没法随时盯着他。后来实在没办法，才在他房间里安装了监控器。"

"范晓光失踪后，这个监控器还开着吗？"

"没有了。他房间里都没人了呀。"

"从今天起，你把监控器打开，二十四小时开启。然后每隔一天，我会来你家看一次监控视频。"詹凌燕说。

李梅和焦春燕愣住了。薛飞也有些不解地望向了搭档，似乎他也想不到此举有何意义。李梅问道："詹警官，难道……你觉得晓光会偷偷溜回来？"

"你别管，我自有用意。照我说的做就行了。"

"好吧。"

"行，那我们先告辞了。后续有什么情况，会再跟你联系。"

詹凌燕和薛飞走出李梅的家。他们俩默契地对视了一眼，来到隔壁，轻轻敲门。

门开了，张婆婆站在门口，看到是两位警察，于是问道："警官，晓光找到了吗？"

"还没有。"詹凌燕说，"有件事，我们想再跟您确认一下。"

"好的，请进吧。"

两个警察进门后，张婆婆请他们坐下聊。詹凌燕说："不必了，几句话，问完我们就走。"

"啊，好的。"

"您上次跟我们说，李梅给范晓光买了保额为一百万元的意外险，这事属实吗？"

"当然属实呀！这是晓光亲口告诉我的。我一把年纪的人了，难道还会说谎骗人吗？我骗谁也不敢骗警察呀！"

"那么，您觉得范晓光有没有可能撒谎呢？"

张婆婆立即摇头道："不会的，晓光这孩子不会说假话。而且他那天跟我说这事的时候，整个人喜形于色，绝对不像装出来的。"

"那这事，你后来问过李梅吗？"

"没有。"

"范晓光有没有说，这份保险是在哪家保险公司买的？"

"哎呀，这个我就没问那么细了。他也没说。"

"总之就是，您确定他是跟您说过这事的，对吧？"

"对，我可以为我的话负法律责任！"张婆婆信誓旦旦地说。

詹凌燕点了点头："好的，谢谢您了张婆婆，不打扰了。"

两个警察走下楼，进入警车。薛飞问："你是怎么想的？"

詹凌燕说："保险这事明显是个疑点。我们得通过保险公司确认，李梅到底有没有给范晓光买过这份保险。"

"但我们不知道她是在哪家保险公司投保的，国内的保险公司有两百多家，挨个儿问的话，可不是一时半会儿的事。"

"是啊，确实很麻烦。先从最大的几家保险公司查起吧。不过，即便是保险公司还没确认，我也相信张婆婆所言非虚。"

“对，她的神情和语气，太肯定了。这么说，是李梅没说实话？”

詹凌燕望向搭档：“可问题是，你注意到了吗，李梅的神情和语气也十分肯定。况且我们既然都问到这事了，说明我们是有备而来，如果她真的买了却矢口否认，会不会太蠢了一点儿？”

“照你这么说，李梅和张婆婆说的都是实话，那就只有一种可能了——范晓光撒了谎。”

詹凌燕摇头道：“不，还有一种可能性。”

“是什么？”

詹凌燕说：“那就是，李梅的确给儿子买了这份保险，但她也的确不知道这事。”

“什么意思？”

詹凌燕拿起手机，分别展示了一下正面和背面。

薛飞立刻懂了：“你怀疑李梅有双重人格？”

“是的，其实之前听张婆婆说李梅的性格有点阴晴不定，我就产生过这样的怀疑，只是没有说出来。但刚才，我得知她已经抽大麻一年多了。一个人长期吸入大剂量的大麻，会引起中毒性精神疾病，出现幻觉、妄想和类偏执状态，伴有思维紊乱、自我意识障碍，出现双重人格。”

“嗯。”薛飞点头。

詹凌燕说：“李梅离婚后，独自经营网店和抚养儿子，精神压力肯定很大。这个时候，她开始抽大麻，长此以往，就有可能出现精神分裂和双重人格。所以，她不记得给范晓光买过保险的事——因为那可能是她通过另一个人格做的事情。而通过这个人格，她可能还做过一些别的事，比如提供手机游戏给范晓光玩。

“双重人格的人，两种人格往往截然不同。李梅正常的人格，是反对儿子玩游戏的；另一个人格，则可能恰好相反。

“所以，我们可以依此类推：正常人格的李梅，是很爱儿子的；但是另一个人格，却可能做出对范晓光不利的事情。”

薛飞说：“你的意思是，那天夜里，走进范晓光房间并把他带走的人其实就是李梅？”

“我觉得有这个可能。仔细想起来，不管是范志军，还是范晓光的某个同学，他们半夜出现在范晓光的床前，都是不合理的。唯有李梅出现在他面前，范晓光不会感到丝毫意外。”

“但是，从监控录像来看，那个人跟范晓光差不多高，应该有一米七吧。李梅的身高，目测只有一米六五左右。”

“仅仅五厘米的差别，穿双增高鞋就能弥补了。这不是问题。”

“那么，他们之后走到江边，长久地拥抱，最后沉入水中，这又怎么解释呢？范晓光不可能跟母亲做这样的事情吧？”

“对，这是一个我暂时没想通的问题。但是，你想过这种可能性没有——进入范晓光房间的那个人，是李梅；但是带他走出家门的，却是另一个人。”

薛飞吃惊地说：“你的意思是，李梅把儿子叫醒后，让另一个人带走了他？但是，那也要范晓光愿意才行呀。这么大的孩子了，总不可能让他跟谁走，他就跟谁走吧？”

“这就是目前最大的谜团了。监控器拍到的只有范晓光的房间，出了那间屋子之后发生了什么事情，我们就不得而知了。如果真是另一个人带走了范晓光，这个人会是谁呢？他跟范晓光或者李梅是什么关系？为什么能让范晓光乖乖地跟他走？”

薛飞思忖一阵后，说道：“也许，什么关系都不是。”

“嗯？”

薛飞望着搭档：“李梅不是有大麻吗？如果她或者‘那个人’让范晓光吸入了大剂量的大麻，就有可能让范晓光出现思维紊乱和自我意识障碍，从而达到精神控制的目的。”

“你是说，范晓光并不是靠自主意识走到江边的，而是被毒品控制精神后，像提线木偶一样做出了后面的一系列事情？”

“对，吸入大麻的人会出现幻觉和妄想，非常容易被控制。让他走进江中，一点儿都不难。”

“但是，如果是这样的话——就算‘那个人’是意识清醒的，可以悄悄游上岸——

范晓光可能就溺水身亡了。他的尸体，为什么直到现在都没有被打捞起来呢？”

“如果凶手在范晓光的身上绑了重物，那么范晓光即便溺水身亡，也不会浮起来。尸体沉到水深的地方，就很难打捞起来了。”

“可是，凶手这样做的意义是什么？如果是为了获得一百万的保险赔付，确定范晓光已死，显然更有利呀。”

“范晓光是会游泳的，你忘了吗？”薛飞提醒道，“如果他沉入水中的一刻，突然清醒过来，不就前功尽弃了吗？所以，只有绑上重物，才能保证他一定会被淹死。”

“天哪……”詹凌燕虽然是一个警察，但同时也是一个母亲。此刻，她感到寒意砭骨。“如果事情真是我们推测的这样，这实在是太残酷了。李梅可能做梦都想不到，是自己的另一个人格杀死了儿子。”

“是啊。正常情况下，一个母亲是不可能做出这种事情的。但吸毒后的她，会不会让心中的恶魔幻化成第二种人格，做出了丧尽天良的事情？”薛飞叹息了一声，望向詹凌燕，“但是，这毕竟只是我们的推测，没有证据来证明这一点。”

詹凌燕说：“我刚才不是让李梅打开范晓光房间的监控器吗？她显然没有意识到这样做的目的是什么。但如果我的猜测没错的话，她的第二种人格还会再次出现，从而做出一些出人意料的事情。”

“第二种人格，是不知道第一种人格打开了监控摄像头的。”

“没错。”

“我明白了。如此一来，监控器就有可能拍下一些可以作为证据的视频。但是，最先看到这些视频的人，是李梅自己吧？”

“她不一定会看。因为她可能觉得，这样做是没什么意义的。当然她也有可能看到了。如果她意识到了这件事是怎么回事，也许会当场崩溃，从而投案自首。总之，这段时间我们密切注意李梅的动向吧，多到她家来几趟。”

“好的，先回局里吧。”薛飞发动警车，疾驰而去。

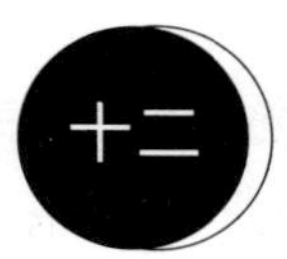

“春燕，你回去吧。”李梅说。

“什么意思，赶我走呀？”

李梅说：“刚才差点儿把你坑了，还好警察有分辨的方法。不然，他们如果坚持认为你也跟我一起抽了大麻，你也没法辩解了。”

焦春燕拨了一下头发，说道：“那我就跟你一起进局子待几天呗。我这种闲人，又不用担心丢工作、挨处分，怕什么？”

“真的，你回去吧。我不会想不开了，你也没必要在这儿陪我了。”

“我知道你不会想不开。但这事既然我都掺和进来了，就参与到底吧。多个人帮你出出主意，总是件好事。你烦闷的时候，身边好歹有个人陪你说说话，抽支烟——不过大麻那玩意儿，你是真的别碰了。”

“我知道。春燕，谢谢你。”

“好了，都说了别跟我客气。”焦春燕看了眼手表，“都六点多了，咱们去吃东西吧。”

“行……对了，我得把晓光房间的监控器打开，警察让我这样做的。”

“没必要吧？警察也不知道怎么想的，晓光要是会回来，说明他回心转意了，又怎么会偷偷地回来呢？”

李梅叹息一声：“不管怎么说，还是打开吧。警察不是说每隔一天要来看监控视频吗，我总得有东西给他们看呀。”

“这东西怎么打开？得去晓光房间打开吗？”焦春燕问。

“不用，在电脑的软件上就可以操控。”李梅走进工作间，打开电脑，开启摄像头。焦春燕站在她身边，等她操作完后，说道：“走吧，吃东西去。”

两人来到附近的一家餐馆，点了几道菜，正吃着，李梅的手机响了。她拿起一看，是一个陌生号码发来的短信，内容是：“阿姨，我是范晓光的同学。今天上午您不是来我们学校，问有没有同学知道一些线索吗？有一件事，我不知道该不该跟您说。”

李梅立刻停止吃饭，表情严峻。焦春燕见她神色有异，问道：“怎么了？”

李梅把这条短信给焦春燕看。焦春燕也没心思吃饭了，她放下筷子说道：“你赶紧回复他，要不别发短信了，直接打电话吧！”

李梅点了点头，照这个号码拨打过去。对方拒接了。不一会儿，他又发来一条信息：“阿姨，我不能接电话，只能发短信。因为我不希望您知道我是谁。”

李梅赶紧回复：“好的，那就发短信。我也不打听你是谁。你知道什么，请告诉我吧！”

同学：“您能答应我一件事吗？这件事，您别跟任何人说是我告诉您的。因为我不太确定，这事跟晓光失踪是不是有关系，怕造成误会。”

李梅：“好的，阿姨答应你，你尽管说吧。”

同学：“练俊峰前天过生日，请了七个同学，我就是其中的一个。这顿饭吃到中途的时候，有同学发现这家自助餐厅提供现调的鸡尾酒，就拿了酒来喝。我们喝了一会儿，有人提议玩‘真心话大冒险’的游戏。”

李梅望向焦春燕：“真心话大冒险？什么意思？”

焦春燕说：“哎呀，你怎么连这个都不知道？我们以前读书时就玩过了。一群人猜拳或者抽牌，输了的人选择‘真心话’或者‘大冒险’。选择真心话，则由赢了的人随意问一个问题，输的人必须如实回答；选择大冒险，输了的人必须按规定做一件事情。”

李梅点头表示明白了。这个男生又发来了新的短信：“几个选择大冒险的同学，都被捉弄了。轮到范晓光的时候，他选择了真心话。这时赢的那个人要求——说出一个你知道的惊天大秘密。范晓光当时喝了酒，有点儿晕乎乎的，开始思索。这时，练

俊峰突然紧张起来，在旁边小声地提醒了一句：'别把那件事说出来。'范晓光回答道：'不会的。'

"同学们便起哄，说他们俩作弊。练俊峰便跟他们打闹起来。最后，范晓光说出的秘密是他上课的时候偷看了班上一个女生的裙底。看练俊峰的样子，他明显松了口气。

"阿姨，这事是吃饭时发生的一个小插曲。后来练俊峰他爸妈来了，我们就没有继续玩下去。我不知道这事跟晓光失踪有没有关系，只是本能地觉得，他跟练俊峰之间也许有什么不可告人的秘密。不知道这算不算线索、能不能帮上您，但我知道的就只有这些了。您如果要去问练俊峰的话，别说怎么知道这件事的。毕竟我跟他也是好朋友，不想让他觉得我在背后说他。"

李梅回复："好的，孩子，谢谢你告诉我这件事。我不会去追问你的身份，阿姨保证。"

同学："好的，阿姨，希望您能找到晓光。我们都挺想他的。"

短信聊天结束了。焦春燕一直偏着脑袋跟李梅一起看这些信息。她揉了揉酸痛的脖子，说道："这肯定是晓光的一个同学放学回家之后，用家长的手机给你发的信息。只要告诉警察，很容易就能查到是谁的手机号了。"

李梅说："我答应了他的，不去查他的身份。再说他是谁也不重要，重要的是他提供给我的这条信息。"

"如果这个学生说的是真的，那晓光和练俊峰之间可能真的有什么秘密。"

"这个秘密，跟他失踪有关系吗？"

"这我就不知道了，只能去问练俊峰了。"

李梅站了起来："我现在就去问他！"

焦春燕说："你别这么气势汹汹的，感觉就像兴师问罪一样。小孩之间的秘密，也许不是你想的那么回事，也可能跟晓光失踪一点儿关系都没有。你态度好点儿，把事情问清楚就行了，别吓着孩子。"

李梅觉得焦春燕说得有道理，她吁了一口气，平复了一下心情，招呼老板买单，然后跟焦春燕一起走出了餐馆。

出了门，李梅抬手招出租车。焦春燕问："你知道练俊峰家在哪儿吗？"

"知道。晓光以前去他家玩过很多次，我去练俊峰家接过他，知道他家在哪儿。"

说话之间，一辆出租车在她们面前停了下来。两人上了车，李梅告诉司机目的地。现在是晚高峰，路上有些堵，她们俩坐在后排，焦春燕犹豫片刻，小声道："李梅，我说句话，你别不爱听啊。"

"你想说什么？"

"……算了。"

"吊什么胃口，你说呀。"

"不是，我是怕你接受不了。"

李梅望着她："我儿子失踪三天了，生死未卜，你觉得还有什么事是我接受不了的？"

"好吧，那我就说了。"焦春燕把身子侧过来一些，面向李梅。"你有没有想过，两个十四岁的男孩子之间会有什么秘密？"

李梅茫然道："我就是想不到呀。怎么，你能想到？"

焦春燕："我先问你，晓光和这个练俊峰，关系好到何种程度？"

"就是好朋友吧。你说的何种程度是什么意思？"

"晓光在练俊峰家住过几天，还同睡一张床——除了这个，他们俩平时还有哪些亲密的举动，你知道吗？"

"我怎么会知道，我又没一天到晚跟在他们屁股后面。"

"那晓光回家之后，总跟你提起过跟练俊峰有关的事吧？"

李梅想了想："是提起过。但就是一些平常的内容，没什么特别的。练俊峰这孩子好像挺大方的，本来家里条件也好，估计父母给的零花钱也不少吧。晓光说，练俊峰放学后经常请他吃东西。暑假的时候，和晓光出去玩，基本上也都是练俊峰请客。"

"他们一般去哪玩？吃些什么？"

"我哪知道得这么详细？暑假天气热，估计就是去商场之类的地方吧，有空调，也有好吃好玩的。对了，晓光说练俊峰喜欢吃冰激凌，经常请他去哈根达斯吃冰激凌……”

“等一下，哈根达斯？你说他们俩经常去吃哈根达斯？”

“对呀，怎么了？”

“李梅，你去哈根达斯消费过没有？”

李梅摇头。

焦春燕说：“你知不知道，哈根达斯的冰激凌属于奢侈品，这个品牌一般的冰激凌都好几十块钱，在那儿喝个下午茶至少得两三百。这种地方，不是一般初中生会去消费的场合，更不可能经常去。他们这个年龄段的孩子，一般都是去肯德基、麦当劳吧？”

李梅呆住了：“这家店这么贵？我还以为吃个冰激凌无非就是十多块钱的事呢。”

“贵是一方面。人家家里有钱，父母宠孩子，给的零花钱多，这个咱们管不着。但你知道吗，去哈根达斯消费的一般都是恋人。”

李梅皱起眉头：“你什么意思？”

焦春燕叹了口气：“我也不跟你打哑谜了。这么说吧，我觉得从目前的迹象来看，这俩孩子多多少少可能有点超越友谊的关系。现在的孩子，把耽美什么的当作一种时尚。特别是他们这种长相英俊的小帅哥，本来只是好朋友，结果经常被身边的人开玩笑，说他们 CP 感强之类的，在好奇心的驱使下，可能去尝试一些新鲜刺激的东西，渐渐就有点假戏真做了。这种心智不成熟的时候，性取向就有可能发生变化。”

“不会吧……”

“警察不是说，有人看到晓光跟一个疑似男生的人抱在一起吗？”

“但那也不会是练俊峰呀，他又没有失踪。”

“他没有失踪，不代表他一定不是那个神秘人。别忘了，警察没有在江里打捞到尸体。”焦春燕提醒道。

“你是说，那天晚上到我们家来把晓光叫醒并带走的人，可能是练俊峰？”

“我可没这么说，我只是在做假设。”

李梅不再说话了，她眉头紧蹙，望着车窗外，若有所思。

半个小时后，出租车开到一个繁华地段的小区门口。李梅和焦春燕下车，在门卫那里做了访客登记，进入其中。她们走到某个带花园的一楼，李梅按下门铃。

“谁呀？”里面的人问道，听声音，正是练俊峰的爸爸。

“练局长，是我，李梅。”

门开了，练局长上午才跟她们见过面，问：“晓光妈妈，有什么事吗？”

“练局长，俊峰在家吗？”

“在啊，在他房间里做作业呢。”

“我能跟他聊几句吗？”

“是为了晓光的事吧？”

“是的。”

“好的，请进吧。”

“打扰了。”

两人戴上鞋套进了屋，坐在客厅的沙发上。练俊峰的爸爸喊道：“俊峰，你下来一下，晓光妈妈来了。”

不一会儿，一个模样清秀的男孩“噔噔噔”从二楼跑下来，喊道：“李阿姨好。”他妈妈跟在后面，跟李梅和焦春燕打了个招呼，到厨房沏茶去了。

练俊峰坐在李梅和焦春燕二人的对面，他妈妈端着两杯清茶过来，放在茶几上，请客人喝茶，然后跟丈夫一起坐到沙发上。对方以礼相待，李梅当然不好直接质问，只好迂回地说道：“俊峰，今天阿姨到你们班上来，打扰到你们考试了，真是对不起。”

练俊峰这孩子挺有礼貌的，他说：“没事，李阿姨，您的心情我们都能理解。您知道晓光是我的好兄弟，他现在下落不明，我也为他担心。”

他这么说，李梅真有点不知道怎么开口了，犹豫了好一会儿，她说：“俊峰，我就是知道你们是好朋友，才到你家来跟你打听点事的。”

“阿姨，其实您不用打听。我要是知道晓光的任何一丁点儿消息，早就跟您说了，不会等到您来问我的。”

“……这么说，晓光的事，你真的一点儿都不知道？”

这话倒把练俊峰问糊涂了：“晓光的什么事？”

“就是他失踪的事。”

练俊峰苦着脸说：“我只知道他失踪了，至于他为什么会失踪，是怎么失踪的，我就不知道了。”

“晓光跟你关系这么好，他之前没跟你说过什么吗？”

“没有。”

“他之前，有没有表现出想离家出走的想法？”

练俊峰想了想：“他倒是跟我抱怨过您在他房间里安监控器的事，但也就是吐槽罢了，说您不尊重他的个人隐私什么的。因为这事就离家出走，我觉得不至于吧？您安这监控器也有一个月左右了，他要离家出走也不会等到现在才离家出走。”

“那他失踪前的几天，有没有什么情绪上的变化？”

“没有。我觉得挺正常的。”

“可他是在参加完你的生日聚会后就失踪了。”

李梅说的这句话，让练俊峰的妈妈有些不满了，她说道：“晓光妈妈，你这话就带有暗示性了。对，那天晓光是来参加了俊峰的生日聚会，但我们是把他安全送回家了的。他后来失踪，跟我们，或者跟俊峰又有什么关系呢？”

“不是，俊峰妈妈，我不是那个意思……”

不料，李梅话还没说完，练俊峰居然顶撞起他妈来：“妈，你说的这叫什么话？什么叫跟我们没关系？晓光是我最好的兄弟，他也确实是在参加完我的生日聚会后失踪的。阿姨说错什么了？虽然他不是在我的生日宴上失踪的，但就凭他是我哥们儿这一点，就跟我有关系！”

李梅望向这个义愤填膺的少年，看到他稚气未脱的脸上显露出的不满，感动的同时，想起了刚才焦春燕在车上说过的那些话，心情又变得复杂起来。

“俊峰，阿姨知道你跟晓光是真正的好朋友。你肯定也希望晓光能回来，对吧？”李梅说。

“当然了。”

“那么，你能如实回答阿姨一个问题吗？”

“李阿姨，您问吧，我一定知无不言。”

李梅沉吟一下，望着他的眼睛说道：“你能告诉我，你和晓光之间究竟有什么秘密吗？”

练俊峰毕竟是个十四岁的孩子，估计他完全没想到李梅会问出这样一个问题来，内心的情绪毫无保留地浮现在了脸上——他的眼睛忽然睁大了，一张脸瞬间涨得通红，窘迫到了极点。如果李梅没有看错的话，他的眼神中还流露出了难以掩饰的恐惧。

练俊峰面对这个问题出现的反应，在场的四个人都看到了。不仅是李梅和焦春燕，练俊峰的父母也被儿子的反应惊到了。见四个大人都直愣愣地盯着自己，练俊峰更加窘迫了，他低下头，盯着自己的脚尖，缄口不语。

“俊峰，你刚才说了的，会如实回答阿姨的问题，对吗？”李梅说。

练俊峰紧张不安的神情已经无法控制了，他沉默半晌，吞吞吐吐地说道：“李阿姨，你怎么知道……我跟晓光之间……有秘密？”

“有人告诉我了。”李梅避重就轻地说道。

冷汗从练俊峰的额头上渗出来，他垂着脑袋，眼珠转动，似乎在思索着什么。片刻后，他的身体竟然不由自主地颤抖起来。他妈妈站起来，走到儿子身边，抱着他说：“俊峰，你怎么了？”

练俊峰没有说话，脸色却苍白如纸，牙齿上下打架，内心的恐惧似乎正在不断升级。这样的状况把李梅和焦春燕都吓到了。一时之间，李梅不敢再追问他什么了。

练局长瞠目结舌地望着儿子，看得出来，练俊峰的反应也令他震惊不已。当他观察到儿子不住颤抖的时候，他对李梅说：“晓光妈妈，不好意思，请你改天再来吧。”

真相近在咫尺，李梅十分不甘心：“练局长，您也看到了，俊峰的反应表示他明显是知道什么的。”

“他知道的只是他和范晓光之间的一个‘秘密’，而不是范晓光为什么会失踪。”

“万一这个秘密，就是晓光失踪的原因呢？”

“好了！”练局长似乎忍无可忍，“晓光妈妈，你难道看不出来，我儿子现在的状态已经不适合再谈论这件事了吗？不管怎样，等他缓过来再说吧！请不要逼我下逐客令，好吗？”

焦春燕拉了李梅一下，示意她不要强人所难。李梅也做不到再追问这个浑身发抖的孩子了。在焦春燕的拖拽下，她百般无奈地离开了练俊峰的家。

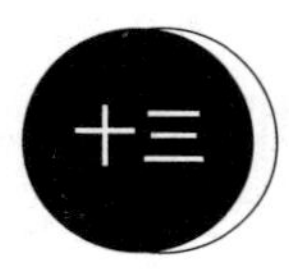

出了对方的家门，李梅仍站在小区里面不肯走。焦春燕问：“你还想做什么？”

“你看不出来练俊峰有问题吗，他肯定是知道什么的？！”

“我看出来了，可他吓成那样，整张脸都白了，他爸也明确要求我们离开，难道你还要厚着脸皮待在那里？”

“脸皮有什么重要的，只要能找到晓光，我才不在乎这些呢！”

“李梅，你得让练俊峰缓缓。他毕竟只是个十四岁的孩子，要是把他逼出什么问题来，你负得起责任吗？”

李梅沉默片刻，看了看手机上显示的时间，说：“现在八点四十，我在这里等一个小时。九点四十，我再去一趟他家。”

焦春燕说：“你逼得这么紧，人家未必会给你开门。到时候让你吃闭门羹，你又能怎么样？那是人家的私人住所，你还能硬闯呀？”

“他们要是不让我进屋，我就报警！”

焦春燕闭上眼睛，叹息一声：“亏你想得出来。报警？你跟警察说什么？说练俊峰拐走了你儿子？他刚才的反应，只能证明他跟晓光之间确实有什么不可告人的秘密。但没有证据表示，这个秘密一定跟晓光失踪有关。”

“那你觉得我该怎么办？”李梅问。

焦春燕想了一会儿，说：“我觉得吧，有些话，孩子当着父母的面可能不太好说。但如果找他单独谈话，就不一定了。你看这样好吗，明天一早，我们去学校，单独找一次练俊峰，看能不能从他嘴里问出什么来？”

李梅觉得焦春燕说得有道理。她今天就算再次去练俊峰家，也只能当着这对父母的面跟练俊峰谈话。如果涉及某些隐私话题，孩子就会遮遮掩掩。而自己在别人家里，也不好咄咄逼人。但如果是跟练俊峰单独谈话就不一样了。她可以跟对方保证，不会把他们的秘密说出去。这样，练俊峰也许更愿意敞开心扉。

于是，李梅听从了焦春燕的意见，两人坐车返回家中。李梅洗漱后躺在床上，回想着练俊峰的异常表现，她心想，晓光也好，练俊峰也罢，不过是十四岁的少年，孩子之间能有什么大不了的秘密呢？就算如焦春燕猜测的那样，他们俩有着超越友谊的关系，可那无非让人尴尬罢了。但之前练俊峰的表情分明是恐惧万分，这就令人不解了——他们俩到底一起经历了什么，会让练俊峰吓成那样？

辗转反侧许久，李梅才睡着。但她心里有事，睡得并不踏实。半夜醒来，李梅发现焦春燕没睡在自己身边，猜想她是不是上厕所去了，等了许久，也不见她回来，就有些担心了。

李梅披上衣服，走出卧室去找。她先去厕所，没看到人；又到另外的房间看了看，也没发现焦春燕，心中越发好奇了——这大半夜的，她能去哪儿呢？

李梅打开房门，走了出去。她在走廊上站了一会儿，听到楼梯口发出声音，扭头一看，果然是焦春燕回来了。

“半夜三更的，你上哪儿去了？”李梅问。

焦春燕说：“你一直辗转反侧，搞得我也没睡安稳，就干脆起来了，想看看楼下还有没有消夜摊之类的。”

“有吗？”

“没有了，现在三点多了，小吃摊都收了。我就抽了支烟，回来了。”

“你饿吗？家里有方便面，我给你泡一碗吧。”

“不用，我不饿，就是睡不着，出来散散心。”

李梅叹了口气：“我也睡不着。”

焦春燕点了两支香烟，递了一支给李梅。两人背靠着走廊的护栏抽烟。焦春燕仰着头说：“你知道，我们为什么一直不要孩子吗？”

“知道呀，你老公不是身体有点问题吗，输精管堵塞还是什么的。”

焦春燕点头：“对，但我一直没告诉你，这病是可以治的，做个手术就行了。”

“啊？”李梅望向焦春燕，“那你们为什么不去做这个手术，还一直对外说你们俩不孕不育。”

焦春燕淡然一笑：“你还没明白吗？我们就是故意不去做手术的，有了这幌子，不就可以名正言顺地不要孩子了吗？”

“你们压根儿就不想生孩子？”

“对。”

“为什么呀？不是说，没生过孩子的女人，人生是不完整的吗？”

焦春燕冷哼一声：“什么叫完整，你告诉我？有些人，有了儿子想要女儿，觉得这才叫完整；老了之后，又觉得要有孙儿、孙女才叫完整。这些规矩都是谁定的？谁规定一个人必须生儿育女、儿孙满堂？没生过孩子的女人是不完整的——这话就是为了让咱们女人成为传宗接代的工具。”

李梅觉得焦春燕看待这事的态度有点偏激，她也不想因此争执，便问道：“那你老公也不想要孩子吗？”

“对，我跟他商量好了的。”

“结婚之前就商量好了？”

“那倒不是，是后面达成共识的。”

“为什么会达成这样的共识呢？”

焦春燕猛吸了一口烟，吐出烟圈：“因为我跟他经历了一件事。那件事之后，我们就决定不要孩子了。”

“什么事？”

“没什么。”焦春燕把烟头掐灭在水泥护栏上，望着李梅，“相信我，你不想知道——特别是现在这种时候。”

李梅没有再追问了。焦春燕说：“回屋睡觉吧。”

“你先睡吧，我在这里吹会儿风，还挺舒服的。”李梅说。

焦春燕回了屋。李梅站在走廊上，望着夜空中的星星出神。有那么一会儿，她的思维放空了一刻。觉得什么都不用想，真好。

第二天早上，李梅和焦春燕来到学校。她们约好了，这一次，连老师都不惊动。选择一个课间，单独找到练俊峰，把他叫到操场去聊一会儿，希望能获知一些有用的信息。

她们俩是算好了时间的。来到班上的时候，正好第一节课下课。老师从正门离开了教室，李梅从后门进去。一些同学认出了她，关心地问道：“阿姨，晓光回家了吗？”

“还没呢……嗯，我今天是来找练俊峰的，想跟他了解点情况。他坐哪儿呢？”李梅一边问，一边在班上搜索练俊峰的身影。

一个男生说：“练俊峰今天没来，不知道怎么回事。”

“啊？他到现在都没来上学？”

“是啊。”那男生指着第四排的一张空桌子说，“那就是练俊峰的座位。”

李梅抬眼望去，果然发现那张桌子上空空如也。现在这个班上有两张空桌子了，另一张自然是范晓光的。

焦春燕不是这个班的家长，没有进去，站在教室后门等。她看到李梅一个人出来了，问道：“练俊峰呢？”

李梅说：“班上同学说，他今天没来上学。”

“这都八点五十了，迟到的话，也不会这么久吧？”

“我觉得他不是迟到。”

“你觉得跟我们昨晚去找他有关系？难不成过了一夜，他还没缓过劲来？”

李梅蹙起眉头，闭口不语。

“那我们怎么办呢？去问一下老师？”

李梅想了想：“要不我们在这里等等吧，看他过会儿会不会来上学。”

“行。”

两人站在走廊上等。几分钟后，上课铃声响起了，学生们纷纷回到教室，那节课的老师也带着教具和书本走进教室。第二节课是物理，李梅透过窗玻璃往里看，练俊峰的座位始终是空着的。她在教室侧面窥视了十几分钟，一个负责巡视的主任从这儿路过，说道：“这位家长，你是来找学生还是找老师？”

李梅回过头，有些尴尬地说：“我……我来看我儿子。”

“如果没有特别的事，就请回去吧。学校有规定，上课时间原则上家长是不能观摩的。有什么事情，可以跟班主任联系。”

“好的……”

这位主任望着李梅，看样子要监督她离开。李梅没办法，只好从楼梯下去了。焦春燕坐在操场的一棵树下等，李梅把刚才的情况告诉了她。焦春燕说：“我也觉得你一直在这儿等下去不是办法，要不就问问老师，或者打电话问问练俊峰他爸吧？”

李梅正在思考怎样做更好，手机响了起来，是詹凌燕打来的。她接起电话：“喂，詹警官。”

“李梅，你现在在家吗？”

“我在晓光他们学校。警官，晓光现在有消息了吗？”

“你现在马上回家一趟，我们在你家当面说吧。”

“好的，我马上就回去！”

挂了电话，李梅对焦春燕说：“警察说马上到我家去，听口气似乎有什么新情况，不会是找到晓光了吧？”

“那咱们赶紧回去吧！”

两人赶紧离开学校，打了辆车，火速赶回家中。

李梅和焦春燕快步上楼，看到两位警察已经等候在她家门口了。李梅用钥匙打开房门："警官，进来坐下说吧。"

四个人一起进了屋。刚刚坐下，警察还没来得及开口，门外便传来一阵急促的敲门声。李梅觉得奇怪——这个时候还有谁会来？她打开房门，惊讶地看到，练俊峰的爸爸气喘吁吁地站在门口。

"练局长，您怎么到我这儿来了？"

练俊峰他爸喘着气没说话，薛飞说道："我刚才不是跟你说了，这件事我们会调查吗？你过来干什么？"

练局长终于顺了口气，说道："警官，可怜天下父母心呀。我没法待在单位或者家里，心里乱得很。也不知道该干什么，就只有到这里来了。"

李梅和焦春燕诧异地对视一眼，不知道发生了什么事。她们一起望向警察。詹凌燕站了起来，说道："你们不知道吧？练俊峰昨天晚上也失踪了。"

十四

李梅和焦春燕呆若木鸡，同时说道："练俊峰也失踪了？"

"是的。"回答之后，詹凌燕对练俊峰他爸说，"既然你来了，就坐下来一起说吧。"

练局长进了屋，几个人分别落座。薛飞说："是这样的，今天早上，我们接到练局长打来的报警电话，说他们夫妻俩早上起床，就看到儿子的床上没人了，书包、校服、零用钱什么的全都在，就是人和手机不见了。鉴于几天前发生了范晓光失踪的事件，所以他们夫妻俩担心同样的状况发生在了他们儿子身上，就立即报警了。

"我们接到电话后，十分重视，立刻到现场进行勘查，并调了小区内的监控来看。昨天夜里下了雨，练俊峰在凌晨三点四十五的时候，打着一把伞走出了小区。接着，我们又像上次那样，调了街道的监控来看，发现练俊峰的行为模式跟几天前失踪的范晓光十分相似。”

“十分相似是什么意思？”李梅问道。

薛飞说：“他离家之后，穿过几条街，也去了顺河街，沿着梯坎走到了江边。监控录像就只拍到那里了。”

李梅惊恐地捂住了嘴，不敢相信同样的事件居然又发生了一次。而这次失踪的人，正是儿子最好的朋友练俊峰！这两起事件自然是有关联的，这一点毫无疑问。

“我刚才和他妈去江边找过了，四处打听，但没有人看到俊峰……”练局长带着哭腔说，“昨天晚上的雨不小，我不知道他半夜跑到江边去做什么……现在是不是还活着……”

“练局长，你先别着急。”詹凌燕说，“我们的同事现在正在沿江搜寻，包括顺河街和滨江路一带。如果有练俊峰的消息，他们会立刻跟我们联系。现在，我们需要冷静地分析一下这两起事件。”

“对，我到这里来也是这个目的。俊峰失踪，肯定跟范晓光失踪有关系！特别是昨天晚上，晓光妈妈来了我们家之后，俊峰的情绪就变得很不对劲。她走之后，我们试着询问俊峰是怎么回事，他却一言不发地进了屋，关上了门。我们只好作罢。但我们怎么都没想到，他半夜的时候居然冒着雨出去了，而且到了江边！”

“好了。现在由我来提问，问到谁，谁就回答问题。”薛飞说。

李梅、焦春燕和练局长一齐点了点头。

“李梅，昨天晚上，你去练俊峰家做什么？”

“我和春燕一起去的，目的是想问一下练俊峰，他知不知道晓光失踪的事，或者晓光失踪前有没有跟他透露过什么信息。”李梅说，“晓光跟俊峰是好朋友，而且他失踪之前，参加了俊峰的生日聚会。”

“你问了练俊峰什么问题，导致他‘情绪变得很不对劲’？”

“我问他：‘你和晓光之间是不是有什么秘密？’”

“你为什么会认为他们俩之间有秘密？”

李梅只有老实交代了："是他们班的一个同学说的。说生日宴会的时候，他们玩'真心话大冒险'的游戏。结果轮到晓光说真心话的时候，俊峰在旁边提醒他，让他别把'那个秘密'说出来。那几个同学便由此得知，他们之间有某个秘密。"

"这件事，你怎么没跟警察说？"薛飞严厉地望着她。

"我也是昨天才知道的。而且那位同学让我不要告诉别人这件事是他透露的。"

"那么，你问了练俊峰这个问题后，他当时是什么反应？"

"他显得很窘迫，又很害怕。一张脸涨得通红，很快又变得苍白，似乎想起了什么让他害怕的事。"

薛飞扭头问练局长："你儿子为什么会出现这样的反应？"

"不知道。我后来问过他妈，她也觉得莫名其妙。"

"但是你们也认为，他和范晓光之间肯定有什么秘密，对吧？"

"应该是的。他当时的反应的确很不正常。"

"你们对这个秘密，有什么猜测吗？"

"我们完全想不到是什么。其实，昨天晚上我们就探讨过这个问题了，但是毫无头绪。"

薛飞望向李梅："你呢？对于这个秘密，能猜到一星半点吗？"

李梅迟疑地望向焦春燕，不知道该不该把她们之前的猜测说出来。这个细小的举动和微妙的表情立刻被经验丰富的警察捕捉到了，薛飞说："你们知道点儿什么，对吧？"

"不，谈不上'知道'……只是，猜测过。"李梅说。

"什么猜测，说出来听听。"

李梅再次望向焦春燕，后者说："是我根据一些迹象推测的……我觉得，晓光和俊峰，可能有超越友谊的关系。"

"同性恋倾向吗？"

"是的……但是，仅仅是猜测而已。"焦春燕说。

练俊峰的爸爸似乎无法接受，瞪大眼睛说："俊峰有同性恋倾向？这怎么可能？

你依据什么做出这样的猜测？”

焦春燕觉得当着对方家长的面谈论这个话题有点尴尬，便闭口不提了。

“好了，这个问题暂且不说。我根据目前收集的情况来总结一下这两起失踪案吧。”薛飞说，“相似之处是，他们俩都是在凌晨三点四十分左右离家的，并且目的地也一样，都走到了江边。不同之处是，范晓光是跟另一个人一起失踪的，而练俊峰是自己一个人离开了家。”

练局长似乎想到了什么：“警官，他们为什么都要去江边呢？会不会，他们的那个‘秘密’跟江边的某件事物有关系？”

“这个问题，我们也想到了。目前暂时没有发现江边有什么可疑之处。但这两起失踪案扑朔迷离，互相关联，绝对不是简单的离家出走。这两起事件背后，肯定隐藏着某个不为人知的秘密。公安局现在加大了调查力度，要求必须尽快破案。你们不用太紧张，找寻孩子的事，交给我们来办。”

说着，薛飞和詹凌燕一起站了起来，后者望向李梅，说道：“我上次让你把范晓光房间的监控打开，你照做了吗？”

“嗯，我打开了。”

“那你看过监控吗？”

“还没有。”

“我们现在看看吧。”

“好的。”

李梅把两位警察带到工作室，打开电脑，调出最近两天的监控视频。詹凌燕选择最快倍速播放。范晓光的房间里没有什么异样，也没有人进去过。看完视频后，詹凌燕说：“目前暂时没有发现什么情况，监控继续开着，不要关闭。”

李梅点头应允，两位警察离开了她家。练局长不断跟警察说着“拜托了”之类的话。李梅亦然。临走之前，练局长加了李梅的微信，说“有什么情况的话随时联系，互通有无”。李梅当然是求之不得。

警察和练俊峰爸爸走后，屋子里只剩李梅和焦春燕两个人。目前的状况，让事情越发扑朔迷离起来。两个孩子为什么会接连失踪，并且活不见人、死不见尸？这显然已经不是她们坐在家里就能想明白的事了。但李梅现在没心思做任何事情，她坐立不安地思忖了一阵后，对焦春燕说：“江边到底有什么？”

“我怎么知道？应该没什么吧，如果有的话，警察肯定会发现的。另外，范志军不是也在沿江一带打听晓光的下落吗，有没有什么消息？”

李梅沮丧地摇头：“昨天范志军给我发了好几次信息，说他一无所获。”

“既然警察和范志军都找过了，就说明江边确实没有什么可疑的事物。”

“但是江这么长，还有渔船、趸船什么的，他们真的仔细找过了吗？”

“这么多艘船，谁也没法挨个儿去问呀。再说他们会在船上吗？”

“不管怎么样，我做不到在家里等。春燕，要不你先回去吧，我自己去江边……”

“别说了，都到这份儿上了，我怎么可能现在回去？走吧，我跟你一起去江边。”

两人一起走出家门，打车来到顺河街，沿着梯坎来到江边。昨天晚上下了雨，江水涨了一些，看上去比平时更湍急了。放眼望去，从上游到下游至少停了十几艘大型趸船，有些还是对外营业的，可以上船吃河鲜、鱼火锅什么的。还有一些小型的渔船，在江里捕捞着鱼虾，大大小小的船加起来，估计有几十艘——这还是目所能及的。往下游的方向走，更是不计其数。焦春燕心想这怎么找呀，但李梅已经朝第一艘趸船走去了，她也只有跟了上去。

两人踩着跳板上船，李梅找出范晓光和练俊峰的照片（之前班级活动时的合影），拿给船上的人看，问他们有没有见过这两个孩子。得到否定的答复后，她又不死心地在船上转悠，就像人家藏匿了这两个孩子似的。船夫们也不跟她一个女人计较，任由她找。最后她实在是连自己都不好意思了，才悻悻然地下船。

就这样，李梅和焦春燕一艘船一艘船地询问、寻找，一上午的时间很快就过去了。这种大海捞针似的找法，自然是没有什么意义的。到了中午，两人口干舌燥、饥肠辘辘，正好面前有家经营河鲜、中餐的水上餐厅，焦春燕说：“咱们吃点东西，休息一下吧，下午再接着找。”

上了船，两人找了张桌子坐下，焦春燕点了水煮鱼片和红烧鱼。等待上菜的时候，李梅的手机响了，拿起一看，是一个外地的陌生号码。李梅接起电话："喂？"

"你是小光男装的客服吗？"一个女人的声音。

"对。"

"我在旺旺上给你留了十多条言，你怎么不回复我？"

"啊，不好意思，最近有点事，没空看信息。"

"没空？少来这套！你是故意不理我吧？我在你店里给我儿子买了四件衣服，有两件都脱色了，把我儿子的背染得青一块紫一块的，我申请退款，你就不理我。你们老板是这么教你做生意的吗？我要打电话给他投诉你！"

"实在是对不起。其实，老板就是我，我现在就给你退款，好吗？这个厂家的衣服，我也不会再卖了。"

"少把问题推给厂家！你自己进的货，心里没数吗？像你们这种无良商家，卖了次品就不管了，我除了给差评，还要跟淘宝的客服投诉！"

李梅举着电话愣了半晌，突然爆发了："不就是衣服脱色这点屁事吗？你去投诉吧！"

她的声音把餐厅里的人吓了一跳，大家全都望了过来。李梅也没想到，忍了这么久都没有情绪崩溃的她，居然因为这样一件小事而失控了。她双手捂着脸，大哭起来。焦春燕知道她是憋了许久终于按捺不住了，也没有制止她，而是说道："哭吧，哭出来就好受了。"

不一会儿，两份鱼端上来了。李梅擦干眼泪，叫服务员端了一份米饭，夹着鱼大口大口地吃起来，吃完之后，又喝了一大杯水。稍事休息后，继续沿着江边打听两个孩子的消息。

下午六点多，一无所获的李梅终于精疲力竭了。天色暗下来，淅淅沥沥的雨又下了起来。两人离开江边，到路边的馆子吃了碗热汤面，返回家中。

这一天下来，两个人都疲惫不堪。李梅洗了澡之后上床睡觉，她的脑袋几乎刚刚挨着枕头，就发出了均匀的鼾声。

焦春燕也洗了个澡，她走出卫生间，用一条干毛巾擦着湿漉漉的头发。李梅卧室的桌子上有吹风机，她本想插上电吹头发，发现李梅睡着了，就放下了吹风机。

焦春燕打量着李梅熟睡的脸，片刻后，她走出了卧室，将门轻轻带拢。

然后，她走进了另一间屋，坐在办公桌前，打开了李梅的电脑。

十五

经过这几天的默默观察，焦春燕已经掌握了用电脑上的软件来关闭或开启监控器的方法。今天早上，她悄悄站在两个警察身后，目睹了他们浏览监控视频的全过程。几十个小时的录像，显然不可能花同样的时间来看一遍，用快进或者倍速是必然的。

也就是说，即便中间少录了一段，也不可能看得出来。

焦春燕在软件上选择“关闭监视器”，电脑屏幕上的监控画面，变成了一片漆黑。她站起来，蹑手蹑脚地走进李梅的房间，轻轻拉开床头柜的抽屉，从里面拿出范晓光房间的钥匙，然后离开这间屋，再度将门关上。

她来到范晓光的房门前，把钥匙插进锁孔，旋动之后，门开了。她像幽灵一样钻了进去，将房门虚掩，然后打开台灯，在房间里搜寻起某样东西来。

范晓光的房间只有床、床头柜、书桌和衣柜四样家具。其中，床头柜和书桌是紧挨着的。焦春燕从书桌开始找起，她打开抽屉，仔细翻看里面的每一样物品。之后，她又仔细地搜查了床头柜，甚至趴到床下查看，仍然没有找到“那样东西”。

焦春燕打开了范晓光的衣柜。男生的衣柜乱得很，完全没有整理。外套、裤子、秋衣、内裤……乱七八糟地堆在一起。这无疑增加了搜寻的难度，但焦春燕仔细地在这堆衣物里翻看、寻找着。最后，她在衣柜的角落里发现了一堆袜子。摸到其中一只袜子的时候，她的眼睛突然睁大了，然后，她从这只袜子里摸出一样东西来——一部手机。

焦春燕长长地吁出一口气，显然，这就是她要找的东西了。她拿着手机转过身，打算离开范晓光的房间。刚刚回头，猛然发现一个人站在门口，直视着她——正是李梅。

“啊！”焦春燕吓得惊叫一声，手机从手里滑落下去，“啪”的一声摔在了地上。她脸色苍白地望着李梅，结结巴巴地说道：“你……你怎么起来了？”

李梅望了一眼掉在地上的手机，再望向焦春燕，眼神像一把闪着寒光的尖刀。她朝焦春燕走过来，一字一顿地问道：“你在晓光的房间里做什么？”

焦春燕无法解释自己当前的行为，惊惧万分地望着李梅，说不出话来。李梅俯身捡起地上的手机，伸到焦春燕面前，问道：“这是谁的手机？”

焦春燕嘴唇张了张，惊惶地摇着头。她的行为、神情毫无疑问地说明了一点——她有事瞒着李梅。

李梅瞪着自己的好朋友，把她逼到墙角，厉声说道：“焦春燕，你老实告诉我，这到底是怎么回事？你把晓光弄到哪里去了？”

“不，李梅，不是你想的那样……晓光失踪跟我没关系……”

“住口！你以为我会相信你吗？你趁我睡着悄悄关了监控，鬼鬼祟祟地溜进晓光的房间来，从他的柜子里找出这个我根本不知道的手机。你以为我睡得很熟，是不是？但你不知道，自从晓光失踪后，我就没有睡过一个安稳觉！任何风吹草动都能让我醒过来。这几天，你一直陪在我身边，就是在寻找机会找这东西吧？现在你告诉我，这手机里有什么？你为什么非得找到它不可？还有，昨天夜里，你说你下楼去吃消夜，实际上你去哪儿了？”

“李梅，我不知道该怎么跟你说……但请你相信我，事情不是你想的那样。”

“那是怎样？！”李梅嘶吼起来，“直到现在，你还不跟我说实话？那我马上报警！”

李梅冲进自己的房间，拿起床头柜上的手机，打算拨打詹凌燕的电话。焦春燕跑过去抢夺她手里的手机，说道：“不要，李梅！别报警！我……我告诉你就是！”

李梅瞪着焦春燕，后者正要开口，突然，门外传来了敲门声。

“谁？”李梅问道。

“晓光妈妈，是我！”

李梅听出来这是练俊峰他爸的声音。在这节骨眼上，她实在是不想被别的事情干扰。但她从练俊峰他爸的语气中听出一丝焦灼，不知道他这边又有什么要紧的信息。加上对方不断地捶门，实在是不能置之不理。无奈之下，她只有暂时放过焦春燕，走到门口，打开了房门。

练俊峰他爸跨进门来，急促地说道：“晓光妈妈，我刚才收到了信息，是俊峰发给我的！”

“什么？”李梅大吃一惊，“他说什么？”

“你自己看吧。”练局长把自己的手机递给李梅。

李梅接过手机，看到了如下聊天记录：

“爸，我现在在外地，你和妈妈不必担忧。我很好，也很安全。”

“俊峰，你跑哪儿去了？为什么要离家出走？”

“爸，我不想解释，这件事情很复杂。”

“你总要给我个理由呀！我们养你十四年，各方面都对得起你，难道你就这样一声不吭地走了吗？”

“我没说不回去呀。过段时间，我再回去跟你们解释这一切吧。”

“俊峰，你别这样，有什么事说给爸爸妈妈听好吗？爸爸向你保证，一定不会怪你的！”

“爸，我说了，这件事情很复杂，我现在没法跟你们解释。你等我冷静一段时间再说，好吗？别再逼我了。”

“好吧……那你打算什么时候回来？”

“不知道，短则几周，长则几个月吧。”

“俊峰，你一个人在外面，怎么生活呀？你只是一个十四岁的孩子呀！”

“爸，我不是一个人。晓光跟我在一起。还有另一个人跟我们在一起。”

“另一个人是谁？”

“爸，我不能说。好了，我不能再聊下去了。对了，你转告一声李阿姨吧，就说晓光没事，让她不必担心。”

“行，俊峰，我听你的。但你记住，一定要跟我保持联系，听到了吗？不管你在外面遇到了什么，有什么困难，告诉爸爸！”

聊天记录到这里就结束了。练俊峰没有回复父亲发的最后一句话。李梅看完这些信息后，激动得全身颤抖：“晓光跟俊峰在一起，他们俩都没事？”

“对，俊峰是这么说的！”

“可是……他们究竟在外面做什么呢？”

练局长悲哀地摇着头，表示他也不得而知。

“练局长，我们现在该怎么办？”

“我也不知道，所以才来找你商量。”

“报警吧。把这些信息给警察看，俊峰手里既然有手机，警察就能通过手机追踪到他们的位置！”

“我刚才也这么考虑过。但是，俊峰说他们现在跟另一个人在一起。这个人，可能就是把晓光带走的那个人，他们会不会受到了那人的胁迫？如果我贸然报警，会不会对他们不利？”

李梅思索一阵，说：“应该不会吧？如果这个人控制了他们，还会让俊峰跟你发信息？而且俊峰也说了，他和晓光没有危险。”

“对……你说得有道理。那我马上去一趟公安局，把这个情况告诉他们。看他们能不能追查到这部手机的位置！”

“我跟你一起去！”

“你就别去了，留在家里吧。有什么情况，我会及时跟你说的。”

按说现在让李梅待在家，她肯定是坐不住，也不可能睡得着觉的。但她突然想起，之前跟焦春燕的事还没完——不知道焦春燕有什么事情瞒着自己，而这事可能跟这两起失踪案有关，便决定留在家里继续和焦春燕对峙。她点了点头，说：“行，那就拜托您了，练局长。如果警察追查到了他们的位置，你马上跟我说啊！”

“没问题。”练俊峰他爸拉开门，走出了李梅的家。

李梅转过身，逼视焦春燕：“说吧，这到底是怎么回事？”

焦春燕说：“李梅，刚才练局长不是把他儿子发来的信息都给你看了吗？他们跟另一个人在一起，和我没关系！你怎么还问我呀？”

“因为你的行为太可疑了。不管怎么说，你都要跟我解释清楚，这手机到底是怎么回事！”

焦春燕说：“李梅，我们这么多年的朋友，你把我当成什么人了？我会拐走你儿子吗？就算我从晓光的房间里找出了一部手机，但一部手机又能说明什么呢？”

“说明你有事情瞒着我！而这件事……”

话说一半，李梅突然停住了。一瞬间，她猛地想起了什么。几秒后，她对焦春燕说：“我突然想到一件事，得马上跟练俊峰的爸爸说！”

“什么事呀，哎……”焦春燕话没说完，李梅已经冲出了家门。

李梅迅速跑下楼，按照她的推算，练俊峰他爸应该还没走远。但她下楼后，已经看不到人了。她有点纳闷，心想自己才跟焦春燕说上两句话，耽搁了最多十几秒的时间，他就走得无影无踪了，难不成他也是跑着下楼的？

李梅朝街道两边张望，既没有看到练俊峰他爸，也没有看到疾驰而去的车辆。按理说，练俊峰他爸要打车去公安局，必须走到街对面去才行。短短十几秒，他就跑下了楼，冲到街对面去打了一辆车走了？从时间上来说，似乎是办不到的。这就奇怪了，他去哪儿了呢？

李梅想给练俊峰他爸打个电话，却发现跑出来的时候忘记拿手机了。她茫然地站在街边四顾了一会儿，确定练俊峰他爸没在这条街上，只有返回家中拿手机给他打电话。

不料，沿着楼梯上楼的时候，从楼上迎面下来一个人，正是练俊峰他爸。李梅诧异道：“咦，练局长，你还没走？”

“啊，是的，刚从你家出来，我突然又收到几条信息，就站在走廊上回复了，这才下来的。”

“是俊峰发来的信息吗？”

“不是，是亲戚朋友发来的。我之前拜托他们一起帮忙找俊峰。”练局长问，“你出来做什么？”

“就是找你。”

“找我什么事？”

李梅说：“我刚才突然想起一个问题——俊峰发给你的这些信息，你怎么知道一定是他本人发的呢？”

练局长一愣：“你觉得，有可能是别人拿他的手机，假装俊峰的口吻给我发的？”

“对，完全有这个可能。比如挟持了他们的人，会不会故意误导你，让你以为俊峰很安全，从而放弃寻找他？”

“这……确实有这个可能。”

“如果真是这样的话，那这个人的话就不可信。俊峰不一定跟晓光在一起，他们也未必是安全的。”

“你说的对，我现在马上去公安局，把这些情况告诉警察！”

“好的。”

练局长点点头，快步下楼。李梅望着他的背影出了会儿神，走上三楼，回到家中。

十六

焦春燕坐在沙发上，忐忑不安地望着李梅。李梅径直走到她身边，把她手里的手机抢了过来，问道：“这手机里有什么？”

焦春燕没说话，李梅也懒得问她了，按住手机的开机键，打算开机后自己看里面的内容。但是按了半晌也没有反应，她这才想起，这手机在晓光的衣柜里放了这么多天，不可能还有电。于是，她找了一个充电器为手机充电。但是，仍然无法开机。

“我刚才试过了，这手机好像摔坏了。”焦春燕说。

李梅回过头，望着焦春燕道：“就摔那么一下，就坏了？”

“电子产品，本来就是这样的……”

“不，这个品牌的手机不会这么容易摔坏的。是我刚才出门那一会儿，你故意把它弄坏了吧？”

“…………”

“你不说话，就是承认了？焦春燕，你告诉我，这个手机里到底有什么见不得人的东西？如果你不说，我就把它交给警察。就算摔坏了，警察也能修复，并且能看到里面的内容。”

“别！好吧……李梅，我告诉你。但是，你不要怪我……”

李梅瞪着焦春燕的脸。

“这个手机，是我送给晓光的。”焦春燕说。

“什么时候的事？”

“大半年前吧。”

“你为什么要送他手机？”

“他说你老是管着他，不让他玩手机游戏，我就买了一个……送给他。”

李梅仔细看了下这款手机说：“这个型号的手机至少要三千多元吧？你为什么买这么贵的手机送给晓光？”

“我……”

“说呀！”

“是为了……方便联系。”

“方便你们俩联系？你为什么要跟他单独联系？”

焦春燕咬着嘴唇，实在说不出口了。李梅眼珠一转，突然想到了什么：“焦春燕，你说晓光周末的时候会时不时地到你那里去玩，而且是背着我。他到你那里去，不仅仅是玩游戏吧？”

“…………”

李梅冲到焦春燕的面前，双手抓着她的肩膀，嘶吼道：“你说呀！”

“李梅……晓光，我确实挺喜欢他的……”

“哪种喜欢？”

“就是……你非要我说出来吗？”

李梅瞪着一双布满血丝的眼睛，这一刻，她终于明白了。

“你们，做了那事？”

“没有！……”

“那你们做了什么？”

“我只是……”

李梅顿了几秒，突然一把抓住焦春燕的头发，疯狂地拽扯着，两个女人扭打在一起。

筋疲力尽后，两个披头散发的女人停了手，默默对视着，喘着粗气。

这时，门外传来敲门声，是隔壁张婆婆的声音：“李梅，你这又是咋了，在跟谁闹架呢？”

李梅正在气头上，懒得理这爱管闲事的老太婆，不耐烦地说：“没什么！”

“那你倒是小点声呀，这大晚上的吵得那么厉害，不影响楼上楼下的邻居吗？”

李梅实在是烦这总拿别人来说事的老太婆，呛声道：“张婆婆，你就直说我吵到你不就行了吗？咱们这栋烂筒子楼，还有几家人住在这里？楼上楼下有人吗？！”

张婆婆不开腔了，离开了李梅的家门口，回自己家去了。

李梅用手整理了一下头发，也懒得理杵在她面前的焦春燕了。她本想回屋，看到晓光房间的台灯还亮着，就走过去拉了一下台灯的拉绳。

“啪嗒”一声，台灯熄灭了。

李梅正要转身离开这个房间，突然愣住了。

她猛然想起了一件事。

晓光失踪的那天早上，她进屋来叫儿子起床，发现他不在房间里。她在家里找了一圈之后也没见到人，就返回儿子的房间，坐在他的床上。这时，她下意识地做了一个举动，把开着的台灯关上了。

没错，她清楚地记得，台灯发出“啪嗒”一声脆响。也就是说，那天早上，台灯是开着的。

焦春燕见李梅进了范晓光的房间后，半天没出来，也没发出声音，便走过去看。她发现李梅直愣愣地站在没开灯的房间里，吓了一跳，说道：“你中邪了？”

李梅抬起头来说道：“我刚才想起了一件很重要的事。”

“什么事？”

“晓光失踪那天早上，他的台灯是开着的！我当时下意识地关了，现在才想起来！”

焦春燕一时没反应过来：“那又怎么样？”

“监控视频里，晓光跟着那人走出房间的时候，他是没开灯的！那早上的时候，台灯怎么会亮着？”

“啊……”焦春燕惊恐地捂住嘴，“难道……之后又有人进过他的房间？”

“怎么会有人专门进他的房间，去打开台灯？”

“那……会不会是你记错了？对了，不是有监控视频吗？”

“晓光失踪那天，警察来我家看了监控视频。但是他们看到晓光和那人一起走出房间后，就没有再看下去了，我也没有往下看。后来警察拷贝了一份视频录像回公安局。但是，估计他们也只拷贝了晓光他们走出房间那一段。后面的视频，谁都没有看！”

“那现在还能看吗？”

“能，我把那天晚上的监控录像，保存在了一个文件夹中！”

李梅冲进客房，打开电脑找出了那个文件夹，点击播放。焦春燕站在她背后看。

李梅快进到三点四十二分，屏幕上出现了晓光被那个神秘人叫醒并带走的画面。他们俩走出房间后，李梅继续播放，选择快进。播放到凌晨五点十六分的时候，她们清楚地看到，范晓光房间的台灯亮了起来。

“这是怎么回事？台灯自己亮了？”焦春燕感到诧异，并迅速想到一种可能性，“是不是半夜的时候，停电了？”

“对……的确停过电。”李梅回忆起来了，“那天早上，我打算唤醒休眠状态的电脑，却发现电脑关机了，只好重新开机。只有断电才会出现这样的情况。”

“你们这老筒子楼，经常停电吗？”

李梅摇头。“这栋楼没有几家住户，也没人使用大功率电器，一般情况下是不会停电的。”

“那……难道这次停电，是人为的？”

“我也这么想！那人进屋的时候，恰好就停电了，哪有这么巧的事情？”

“会不会是这个人拉下了电闸？你们家的电闸在哪里？”焦春燕问。

“在楼下，整栋楼的电闸都在一楼的一个配电箱里。打开配电箱就能控制电闸！晚上的时候，大家都关灯睡觉了，就算有人关了电闸，只要他之后又把电闸推上去，就不会有人察觉到夜里停电了一个多小时！”

“如果是这样的话，这个人……”

“这个人晓光肯定不认识！”李梅叫了起来，“他走进我们家，乃至晓光的房间之前，故意拉下电闸，就是害怕晓光突然看到一个陌生人出现在自己床前！”

“等一下，如果是这样的话，还有个问题无法解释呀。”焦春燕说。

“什么问题？”

“台灯。晓光睡觉的时候，肯定是关了灯的吧？他半夜起来的时候，也没有开灯，那这盏灯怎么会在五点多自己亮起来呢？”

李梅想了想，然后她把手伸到范晓光的枕头下，摸出一个线控的开关，“啪”的一下关掉了灯，再度打开灯。她说道：“这盏台灯，是有两个开关的！一个是拉绳开关，一个是线控开关，我们当时买这盏台灯的时候，就是因为它很方便。书桌是挨着床的，把线控开关放在枕头下面，这样晓光半夜起来上厕所就不必在黑暗中摸索桌子上台灯的开关，只要把手伸到枕头下面，按下线控开关，就可以打开台灯了。”

“那你再看看监控录像，放慢速度看！看晓光当时有没有把手伸到枕头下面去开灯！”

李梅点击鼠标，调出这段视频，放大画面，用慢速度播放。视频中，那个穿着套头衫的人俯下身去，在范晓光耳边说了几句话。范晓光似乎迷迷瞪瞪地醒了过来。这时，李梅和焦春燕清楚地看到，范晓光的右手伸到了枕头下面——很显然，他是在摸台灯的线控开关！

李梅按下暂停键，激动地叫了起来：“你看，晓光是伸手去按了开关的！他打算开灯，但电闸被拉下来了，所以台灯没亮！”

“既然如此，他为什么还要跟着那人走出房间呢？”

“黑暗之中，他又睡得迷迷糊糊，也许根本就没有看到身边有人！”李梅点击播放键，继续播放这段视频，“你看，这人把晓光叫醒后，转身走出了房间，晓光跟着起了床，走出了这间屋子！”

说到这里，李梅突然浑身颤抖起来：“也许，晓光根本就不是被这个人‘带走’的！他只是在熟睡中被人叫醒了，想要上厕所而已，才走出了房间！”

焦春燕惊恐地捂着嘴：“你的意思是，我们——包括警察——从一开始就被这个人误导了？他其实是用了一种障眼法，制造出一种晓光是被他叫醒并跟着他走出了房间的假象。但实际上，晓光走出卧室后，这个人就挟持了他？”

“对，他知道晓光的房间里有监控器，也知道我们之后会看到这段监控视频，所以故意误导我们的！”

“那这个人到底是谁？”

李梅闭上眼睛，之前发生过的事和一些人说过的话，此刻像走马灯似的出现在她的脑海中——

那你倒是小点声呀，这大晚上的吵得那么厉害，不影响楼上楼下的邻居吗？

俊峰说他们现在跟另一个人在一起。这个人，可能就是把晓光带走的那个人。

你觉得，有可能是别人拿他的手机，假装俊峰的口吻给我发的？

他们看到的这两个人，真的是晓光……和那谁吗？那时天都没亮，他们看清楚了吗？

轮到范晓光的时候，他选择了真心话。这时赢的那个人要求——说出一个你知道的惊天大秘密。

…………

许久之后，李梅睁开了眼睛，身体颤抖起来。焦春燕问："你怎么了？想到什么了吗？"

"我想到了一种可能性……"李梅神色惊惶地说，"会不会……"

"会不会什么？"焦春燕焦急地问。

李梅来不及跟她解释了，她打开房门冲了出去，三步并作两步，沿着楼梯朝四楼跑去。

这栋老筒子楼一共只有四层楼，每层楼六户人。顶楼漏雨严重，每逢下雨天，雨水顺着墙面的缝隙滴落到屋内，宛如水帘洞。这样的房子当然不适合住人，以前的老住户全都搬走了，年轻人更不愿意住这种破旧的老廉租房，整个四楼便全部闲置了下来。

焦春燕跟着李梅跑上了四楼，气喘吁吁地问道："你上楼来做什么？"

李梅没有说话，而是一间屋一间屋地挨着捶门，喊着范晓光的名字。焦春燕惊讶地说："你疯了？晓光怎么会在这里面？"

李梅真的像疯了似的，不理睬焦春燕，只顾捶门和呼喊。然而，一层楼的六扇门被她敲了个遍，里面也没传出任何回应和声响。李梅失落地站在过道上，神色低迷。

"李梅，你为什么会觉得晓光在这里面？"焦春燕说，"你看看这些门和窗台上积的灰，都多久没住过人了！"

这话却提醒了李梅。她打开手机上的手电筒，一扇门一扇门地挨个儿观察，走到右侧第二间的时候，她“啊”的一声叫了出来，说道：“你过来看！”

焦春燕赶紧跑过去：“怎么了？”

“你仔细看这扇门锁的周围，灰尘是不是比另外那些门上的要少些？”

焦春燕蹲下来仔细观察，须臾，她不太确定地说道：“我觉得……好像差不多吧。”

“不，我刚才仔细对比过了，这扇门锁周围的灰尘，确实要少一些！”

“是吗？会不会是你的心理作用？”

李梅站在门口思量了片刻，然后用巴掌猛烈地拍门，大声喊着：“晓光，晓光！你在里面吗？如果在的话，你吭个声呀！”

这大晚上的，李梅剧烈拍门的声响，加上她声嘶力竭的呼喊，早已惊动了四周。焦春燕不由得捂住耳朵，一瞬间，她怀疑李梅已经疯了。

李梅哭喊着敲了许久门，终于累瘫了。她停下来喘息的时候，焦春燕打算劝她放弃，就在这时，她们俩清楚地听到，这间屋子里传出“咚”的一声闷响。

两人一惊，对视一眼，全身冒起鸡皮疙瘩。李梅大喊着范晓光的名字，开始用肩膀撞门，焦春燕也配合着她一起踹门。终于，这道本来就有些腐朽的木门“轰”的一声被撞开了。两人冲了进去，李梅举着手机电筒照射屋内。她们没有在客厅见到人，便冲进一间卧室，映入眼帘的一幕令李梅发出激动而惊骇的尖叫：“啊——晓光！！”

一张破旧不堪的铁床上，范晓光被五花大绑在床头的铁架上。他全身上下只穿了一条内裤，身体被捆绑着，仿佛一个人肉粽子，仅头部能勉强活动。他的嘴被毛巾堵住了，发不出声音。刚才那一声闷响，似乎是他耗尽全力，用后脑勺猛烈撞击后面的墙壁而发出的声响。但这一撞，让本来就虚弱不堪的他彻底昏了过去。

李梅哭喊着冲到儿子面前，扯掉了他口中的毛巾，拍打着他的脸颊，试图将他唤醒。她在范晓光身上闻到了一股熏人欲吐的臭味，显然是被绑的这么多天里，他在屋子里便溺了。李梅现在顾不上这么多，只求儿子能苏醒过来。

焦春燕相对要冷静一些，她走过来说道：“李梅，先给晓光松绑呀！他被绑了四天，不吃不喝，身体早就虚脱了！我们得赶快带他去医院！”

“对……对！”李梅手忙脚乱地解绳子，但这些绑在他身上的麻绳又多又紧，很难解开。她焦急地叫道，“春燕，去楼下帮我拿把刀或者剪刀上来，我马上给警察打电话！”

“好！”焦春燕正要转身离开，头部突然遭到一记重击，她惨叫一声，倒在了地上。

李梅猛然回头，全身的血液仿佛凝固了。不知什么时候，这屋子里多出来了一个人。他穿着黑色套头衫，帽子遮住了大半张脸，看不清长相。毫无疑问，他正是将晓光带走的那个人！此刻，他手持一把铁锤，袭击焦春燕之后，又朝李梅走了过来。

李梅只是一个女人，且手无寸铁，自然不是这凶徒的对手。但母性的本能让她涌出一股力量，她大叫一声，抓起旁边的一把木凳朝面前的人抡了过去。这人举起双臂来挡，凳子恰好砸在他拿着铁锤的手上，将他的手臂砸得生疼，铁锤随即掉落在地。

李梅见第一击得手，又举起凳子准备砸第二下。但这人吃了一次亏，显然有所防备。他一脚踹向李梅，把她踢翻在地，俯身去捡地上的铁锤。李梅忍着痛扑了过来，跟他争夺这把铁锤。僵持之际，她一口咬向这人的手腕，痛得对方大叫一声，铁锤再次脱手。这人恼羞成怒，也不去捡铁锤了，一双大手猛地伸向李梅的咽喉，死死地掐住了她的脖子。李梅拼命挣扎，却始终无法摆脱钳制，她的脸憋成了酱紫色，渐渐不能呼吸，力气也随之消失殆尽。

濒死之际，她的目光投向了被绑在铁床上的儿子，发现范晓光的眼睛睁开了。他虚弱地望着自己，母子俩的目光触碰在一起，眼神中折射出同样的悲哀和绝望。他们都没有想到，即便到了这一步，仍然无法摆脱死亡的命运。

这时，一声枪响犹如曙光降临。两位警察冲进了这间屋子，他们高声喊着什么，也许是命令凶徒立即住手。但李梅已经听不见了，脑部缺氧的她，昏死了过去……

李梅醒来的时候，发现自己躺在医院的病床上。守护在她身边的正是警官詹凌燕。

之前发生的一切历历在目，她立刻坐了起来，问道："詹警官，我儿子呢？！"

詹凌燕朝李梅身后的方向努了努嘴，示意她回头看。李梅迅速转身，看到了躺在左侧病床上的儿子，范志军坐在他的身边。

范晓光此时是清醒的，喊道："妈妈。"

"晓光！"李梅喜极而泣，跳下床来，跑到儿子面前，跟他紧紧相拥。

"你没事了吗，晓光？"

"嗯，没事了。"

这时，薛飞从外面走了进来，他对李梅说："你伤疲交加，昏迷了十几个小时。在这期间，医生给范晓光注射了葡糖糖，他也喝水和进食了，现在身体已无大碍，你不必担心。"

"太好了……谢谢。"李梅泪眼婆娑地向两位警官道谢，范志军亦然。

"范晓光被关在楼上的房间超过九十个小时，在这期间，他身体无法动弹，完全没有进食。如果不是中间下了一场雨，雨水从天花板上渗下来，浸湿了他嘴上的毛巾，让他喝到了一点儿水的话，他恐怕支撑不到现在。"

"儿子，你受苦了。"李梅抱着面黄肌瘦的儿子，难过到了极点。片刻后，她突然想起了什么，问道："对了，焦春燕呢？"

薛飞说："她头部被铁锤击打，伤势较重。医生为她做了手术，现在已经脱离生命危险了。”

李梅松了口气，想到焦春燕是因为自己的事而被连累，她心有愧疚。

“李梅，你为什么不问是谁袭击了你们？”詹凌燕问，“你当时看清楚他是谁了吗？”

李梅摇头：“没有。”隔了一会儿，她说：“但是，我猜到他是谁了——练俊峰他爸。”

“是的。我们将他抓捕后，他对自己犯下的罪行供认不讳。现在，一切我们都知道了。这件事，你想从头到尾听一遍吗？”

“当然。特别是我想知道，他为什么会对晓光下手。”

“因为范晓光无意间洞悉了练文东的一个秘密，所以他才计划杀人灭口。”

这一点，是李梅没有想到的：“这个秘密，并不是练俊峰和晓光之间的秘密，而是练俊峰他爸的？”

“是的。你记得范晓光去年暑假的时候，在练俊峰家住过几天吧？”

“记得。”

“就是在那几天，他和练俊峰一起，发现了家中的一个秘密。”

“什么秘密？”

詹凌燕望向范晓光：“晓光，你现在精神状况好些了吗？”

“好多了，警察阿姨。”

“那这件事还是你来讲吧，毕竟你才是经历这件事的人。”

“好的。”范晓光点了点头，“去年暑假，我住在练俊峰家。白天的时候，他父母上班去了，我们俩在家里玩。游戏玩久了之后，我提议玩捉迷藏。因为他家很大，适合玩这个游戏。练俊峰同意了。

“玩的过程中，我躲进他家一楼的一个储藏间里。说是储藏间，其实挺大的，里面也没有堆放太多的东西。我选了一个角落躲起来，结果无意间发现，储藏间里的一排酒柜是可以移动的。在好奇心的驱使下，我推开了这排酒柜，发现了一个通往地下室的阶梯。

“我把这件事告诉了练俊峰。他很吃惊，他说他也不知道家里居然隐藏着一个通往地下的暗室。我们俩决定下去看看，就沿着阶梯走了下去。来到地下室后，我们找到了墙上的开关，打开灯，发现这是一个三四十平方米的地下空间，里面没有别的东西，只有一排一排的柜子。我们打开这些柜子一看，惊呆了。”

“里面有什么？”范志军问。

“钱。一沓一沓码得整整齐齐的现金，像银行的金库一样。我们从没见过这么多的钱，被吓到了。”

詹凌燕对李梅和范志军说：“练文东是本市规划局的局长。据他交代，这套房子的地下室，是他当初请人秘密建造的。为什么需要这样一个隐秘的地下金库，你们肯定猜到了吧？”

范志军颔首表示明白：“这家伙肯定是个大贪官。”

“纪委的人清点了里面的钱——粗略估计，至少有三亿元。”

李梅和范志军露出惊讶的神情。

詹凌燕望向范晓光：“你们两个小孩发现这些钱的时候，有没有意识到，这不可能是正常收入，而是不义之财呢？”

范晓光说：“我们隐约猜到了一些。特别是练俊峰，他当时吓坏了，反复嘱咐我，这件事一定不能让他爸知道。”

“那练俊峰他爸后来怎么知道你们发现了他的秘密？”詹凌燕问。

范晓光说：“因为……练俊峰看到这么多钱，心动了。他对我说：‘我们拿一些来花，我爸应该也看不出来吧？’于是，他拿了两千元出来用，我们去游乐场玩，然后吃好吃的。”

“从去年暑假到现在，都快一年了，这么长的时间，练俊峰肯定不止一次地从这个地下金库里取出钱来花吧？”詹凌燕问。

“应该是的……”

“他很大方，加上你也是知道这个秘密的，所以你们俩去了很多高消费场所，比如哈根达斯。”

“嗯……”

范志军说：“练俊峰多次拿地下金库的钱来用，这事后来肯定被他爸发现了。”

“是的。练俊峰取出的钱，虽然只是九牛一毛，但练文东的缜密程度超出了一般人的想象。这家伙对于自己贪污了多少钱，了如指掌。所以他不久后，就发现金库的钱被动过了。”詹凌燕接着说道。

“他质问练俊峰了吗？”

“没有。他装作不知道，让练俊峰继续从里面拿钱出来用。他说，如果跟儿子解释这事，只会越描越黑，不如让儿子一直尝到甜头，反而会永远给自己保密。”

“既然他没有跟练俊峰当面对质，怎么会知道这件事跟晓光有关系？”范志军不明白，“他不可能立刻就想到，地下室的秘密是晓光发现的吧？”

“是的，练文东确实不知道这事。直到几天前练俊峰过生日，席间，孩子们玩了‘真心话大冒险’的游戏……”

詹凌燕刚说到这里，李梅一下明白过来了：“啊！当时轮到晓光，练俊峰担心他酒后失言说出他爸的秘密，就在一旁提醒道‘别把那件事说出来’。这句话，可能恰好被前来买单的练文东听到了。他一下猜到，知道这个秘密的除了儿子，还有一个人！”

“没错，就是这样。而且他之后照顾喝醉的范晓光，发现这孩子面对自己时态度很不自然，更加肯定了这一点。于是，他起了杀心。”詹凌燕说，“在照顾范晓光的过程中，他弄到了晓光裤兜里的家门钥匙，立刻让妻子去附近配了一把一样的，然后假装捡到钥匙，交给了晓光。之后，这夫妻俩分别开车送几个孩子回家。在车上，练文东问了晓光家的具体位置，包括门牌号，默记在心。送完几个孩子后，他回到家，便跟妻子商量如何杀人灭口。”

“当天晚上，诡计多端的练文东就设计出了一个完美的杀人计划，利用人的心理盲点，把所有人——包括我们警察都蒙蔽过去了。”薛飞说。

詹凌燕说：“是的。这个计划的关键是，他知道范晓光的房间里安了监控摄像头。这一点，他当然是听他儿子练俊峰说的，因为范晓光之前跟练俊峰抱怨过这件事。于是，练文东利用这一点，跟妻子一起实施了这个计划。

“过程是这样的。练俊峰的妈妈在晚上十点左右先来到你们居住的老筒子楼踩点，当时街上还有很多人，谁也不会注意到她。走到四楼，她发现整层楼都是空着的，便打电话给丈夫，告知他这一情况。

“练文东乔装之后，来到火车站附近，联系了一个售卖非法物品的黑市商人。从他那里买了三样东西——万能钥匙、迷药和一顶跟范晓光发型十分相似的假发。这一过程中，练俊峰的妈妈一直等候在老筒子楼的四楼。

“凌晨三点多，练文东穿着黑色套头衫来到了这栋老楼。他先找到一楼的配电箱，把整栋楼的电闸都拉了下来。这样做，是为了防止醒来后的范晓光把灯打开，看到自己。接着，他跟妻子会合，用万能钥匙打开了四楼某间屋的房门。做好这些准备后，他使用之前配好的钥匙，进入你们家。

“接下来是这个计划最关键的部分。一身黑衣、戴着帽子的练文东走进范晓光的房间，来到他床前，俯身下去，贴近范晓光的耳朵，仿佛在跟他说话，叫他起床，但实际上，他只是轻轻发出‘嘘’的声音，利用条件反射原理，让范晓光产生尿意。果然，范晓光在尿意的刺激下醒来了，由于停电了，他无法开灯，只有摸黑下床，到厕所解手。练文东在把他叫醒之后，便悄无声息地走出了房间，接着，范晓光也走出了房间。身处黑暗环境，又睡眼惺忪的他，根本没注意到前方有一个黑衣人。这一幕，在所有观看监控视频的人看来，就像范晓光被一个认识的人叫醒后，顺从地走出了卧室。而范晓光刚刚离开卧室，练文东就把事先准备好的喷洒了迷药的手帕捂在了他的口鼻上，不费吹灰之力，就把范晓光迷晕了。

“练文东把昏倒的范晓光背出家门，把门关好。他把范晓光背上四楼，放在床上，脱下他身上的上衣、裤子和鞋子，让妻子换上。而在此之前，练俊峰的妈妈早就戴上那顶假发了。她再穿上范晓光的上衣、裤子和鞋子，在黑夜的掩护下，低着头行走，几乎可以以假乱真。

“在妻子换衣服的时候，练文东把范晓光五花大绑在铁床的架子上，再用毛巾塞住他的嘴，让他即便醒来，也无法动弹，更无法呼救。之后，他们关好门，从楼梯下来，走到街道上，一直走到顺河街，沿着梯坎到了江边。”

“在江边，他们故意大声说话、照相，目的就是要引起江边那家面馆老板和员工的注意。为了制造假象，他们彼此拥抱，动作亲昵。最后，更是手牵着手步入江中，仿若恋人殉情。

“练文东和他妻子都曾经是冬泳队的成员，水性很好。他们潜入水中后，憋着气，迅速朝下游游去。离开面馆老板等人的视线范围后，他们浮出水面，游向岸边。当时是凌晨五点多，江边根本就没有人。他们脱掉衣服，用口袋装好，假装成晨泳锻炼的人，沿着滨江路的梯坎走上街，再回到家中。

“如此一来，就制造出了一种范晓光和‘恋人’双双殉情的假象。即便警察无法找到他们的尸体，但利用这个心理诡计，也足够混淆视听了。关键是，由于犯罪动机具有隐蔽性，很难让人怀疑到他们头上。”

听警官说完这番话后，范晓光浑身瑟瑟发抖。虽然事情已经过去了，但一想到同学的父亲为了杀死自己，居然想出如此阴险恶毒的诡计，他就不寒而栗。李梅感觉到儿子在颤抖，她紧紧地抱住他，抚慰他那颗受伤的心。

“练俊峰知道这事吗？”范晓光问，“他爸妈计划杀了我这件事。”

“不，他不知道。或者说，他一开始不知道。后来你妈妈去他家找过他后，他突然想到这是怎么回事了。然后，他也就‘失踪’了。”詹凌燕说。

“什么？练俊峰也失踪了？”范晓光感到吃惊。

“当然不是真的失踪，而是被他父母软禁在了地下室。据练文东交代，你妈妈当时去他们家找练俊峰，问了一个问题——‘你和晓光之间，究竟有什么秘密’，就是这句话让练俊峰猛然醒悟，一下想到了你的‘失踪’可能跟这个秘密有关系，换句话说，这事有可能是他父母干的。这孩子吓坏了，他爸爸看出不对劲，怕他说出什么不该说的话，就赶紧把你妈妈打发走了。

“之后，练俊峰质问父母，这件事是不是跟他们有关系。他爸妈见儿子已经产生了怀疑，只有承认了，并让他跟他们站在一条战线上。但你这个哥们儿还真是挺仗义的，他拒绝跟父母同流合污，威胁他们，如果不把你放出来，他就把这一切告诉警察。

无奈之下，练文东只有把儿子强行关在了地下室，并故技重演，让他媳妇穿上他儿子的衣服，走出小区，造成一种离家出走的假象。

“由于当天下雨，‘练俊峰’是打着伞出门的，所以更是难于发现疑点。‘他’也从顺河街的梯坎走到了江边。之后，这夫妻俩报警，谎称儿子失踪了。”

“那练俊峰现在呢？”范晓光关切地问。

薛飞说：“练文东把一切都交代后，我们去地下室把练俊峰解救出来了。放心吧，他没事。他爸妈把他软禁在地下室，是想软硬兼施，说服他成为帮凶，不至于害他。但是对你，就不一样了。他们是真的想要你的命。练文东这个伪善的家伙说，他做不到亲手将你杀死，所以想把你困在没人的房间，活活饿死或者渴死。你应该感谢那场雨和那栋漏雨的老楼，不然，你可能已活活渴死了。”

“不，我应该感谢的是我妈。詹阿姨说，如果不是我妈锲而不舍地找我，我就没命了。”范晓光说。

李梅感慨地望着儿子，心中倍感欣慰。似乎经历这件事后，他长大了，也懂事了。

“对，你最应该感谢的就是你妈妈。”薛飞点头道，“说来惭愧，我们警察都中了练文东的计，从视频中看到‘你们’走到了江边，而且也有目击证人，便认为你们肯定在别处，怎么都没想到，你居然就在离家最近的地方。”

詹凌燕问：“李梅，你是怎么想到范晓光有可能在楼上的？”

李梅说：“练俊峰他爸来找过我后，我马上追出去想跟他说一句话，却发现他已经没影了。等我返回时，发现他才下楼。我询问原因，他说站在三楼的走廊上发信息，我一开始没有怀疑。后来想起，我推门而出的时候声响很大，如果他真的站在走廊上，不可能没看到我跑出来，我便怀疑他在撒谎。如果不在三楼，他消失的这段时间，又会在哪里呢？这时我猛然想起，四楼的房子全是空着的，再加上之前的各种疑点，我脑子里突然冒出一个念头，就不顾一切地冲上去验证，结果真是如此。”

“原来是这样。”詹凌燕点头表示明白了，“但是你知道，练俊峰他爸为什么要拿着伪造的微信聊天记录来给你看吗？”

“是为了误导我，让我相信晓光和练俊峰都在外地，并且很安全，这样我就会放弃寻找他们？”

“对，这是其中一个原因。据他交代，他一直设法把这起失踪案件朝‘离家出走’这个方向引。另外还有一个原因——他亲自到你家去，假借拿信息给你看，找你商量，实际上是以此为由进入这栋楼。他离开你家后消失的那几分钟，就是到楼上去确认范晓光有没有死。但他没想到你会出来找他，所以露出了破绽。

“之后，他心中不安，怕这个细节令你想到什么，便立刻换上黑色套头衫，再一次来到这栋楼。果不其然，你已经猜到范晓光可能在楼上，并进入那个房间了。无奈之下，他再次动了杀机，打算将你和焦春燕一并杀死在那个房间。但他不知道的是，我们当时正在对面的楼上暗中观察这边的动静。看到一个穿着黑色套头衫的人走进这栋楼后，我们就迅速展开行动。在他行凶的时候，将他当场抓获。”

“多亏了你们。”李梅感激地说，“不然，我们三个人都会死在他手里。”

“不必道谢，其实，是你帮助我们破了案。”薛飞说，“对了，还有一件事情，你想知道吗？”

“什么事？”李梅问。

“范晓光那份保额为一百万元的人身意外险，你知道是谁买的吗？”

“谁？”

薛飞望向了范志军。

“什么，是你给晓光买的？为什么受益人要填我？”李梅诧异地说。

范志军说：“李梅，不管你相不相信，我对你一直是有歉意也是有感情的。买这份保险，是因为一旦出现极端情况，你好歹能得到一笔巨额赔付。对我们彼此来说，都算是一点儿小小的安慰吧。”他马上补充道，“当然，谁都不希望出事。”

范晓光说：“妈，之前爸跟我说，这份保险是你给我买的，还让我不要问你这事。我也是今天才知道，这保险其实是我爸买的。”

李梅望向范志军，心中五味杂陈。

“好了，不打扰你们一家人了。你们好好休息吧。这种事情，虽然没有人愿意经历，但现在的结果说不定是件好事呢。”薛飞说。

李梅点头，她明白警官说的话是什么意思。这时，她想起一件事，说道："对了，警官，我答应过你们，只要找到晓光，我就一定接受惩罚。"

李梅不提的话，两位警官几乎都要忘记这茬了。范晓光茫然地问道："妈妈，你怎么了，为什么要接受惩罚？"

李梅摸着儿子的头说："我抽了大麻，这是违法的。儿子，这绝对是我的错，你千万不能学我。我愿意接受惩罚，积极配合戒毒。找到了你，我就像找到了生命中的光一样。这种感觉，跟我十四年前生下你时一模一样。妈妈会努力，你也要努力，咱们重新开始，好好地生活，好吗？"

"好的，妈妈，我相信你，你肯定能做到。"范晓光掉下眼泪，跟母亲拥抱在一起。

此情此景，令詹凌燕的眼眶也湿润了，她擦拭了泪水，对范晓光说："你妈妈当然能做到，比这困难一百倍的事情，她都做到了。"

李梅眼泛泪光，望向两位警官，露出坚定的微笑。

（《黑夜迷踪》完）

兰小云的故事讲完了，扬羽直视着她，说道："老实说，我很喜欢你这个故事——一个单身母亲顶着重重压力，锲而不舍地寻找自己神秘失踪的儿子。最后，她真的办到了，连警察都为之叹服。我也被这个故事中的母亲打动。唯一的问题是，你之前在纠结什么呢？"

兰小云眨了眨眼睛，似乎没明白他的意思。扬羽解释道："讲故事之前，你说自己准备了两个故事，举棋不定，不知道该讲哪一个，直到你问柏雷'是否愿意面对自己的过去'，得到肯定的回复后，才露出坚定的神情。如果我没猜错，你最后讲了一个根据自己以往经历改编的故事。可是听完后，我发现这个故事里，似乎没有一个角色跟你相符。"

贺亚军也说："是啊，你这个故事的女主角，是一个四十岁左右的单亲妈妈，她的好朋友也是这个年龄段的女人。另外的角色，没有哪一个跟你相似。总之听完后，我觉得这故事跟你没有半点关系。那你之前纠结什么呢？"

面对两个人的发问，兰小云抿着嘴唇，缄口不语，显然不太想回答他们的问题，似乎有什么难言之隐。

"也许，她最后还是讲了跟自己无关的'另一个故事'吧。"王喜帮兰小云打了个圆场。

兰小云仍然不置可否。她不愿意谈及这个问题，自然没人能强迫。扬羽和贺亚军讨了个没趣，不再追问下去了。就在大家以为这个话题已经结束的时候，宋伦突然说道:“你……其实是故事里的范晓光吧?”

“范晓光是个男生呀,怎么可能?”王喜说。

“这当然是改编后的结果。把故事里某些人物的性别改一下,并不影响故事的讲述。”宋伦说。

“这倒也是……”王喜点着头说,然后望向兰小云,“是这样吗,小云?”

众人本来以为兰小云又要沉默以对,或者含糊其词。不料,她却选择了直面宋伦的问题:“你为什么会这样认为呢,宋伦先生,猜的吗?”

“不,不是瞎猜的……”宋伦沉吟一下,“你讲的这个故事,让我想起了一些往事,颇有几分感慨。”

“这好像无法解释你为什么会认为我是故事里的范晓光吧?”兰小云说。

宋伦停顿了一下,说:“是的,但我就是有这样的感觉。你讲的这个故事,一定是根据自身经历改编的。而你,只可能是故事中那个受到伤害几乎丧命的孩子……”

兰小云没有说话,没有承认或者否定,但她的鼻子和眼圈却有些泛红。她深吸了一口气,控制住情绪,说道:“好了,我们不要再探讨这个问题了。”

“没错,兰小云是不是故事中的某个角色,这个问题很重要吗?”陈念提醒道,“你们没有忘记今天是‘第十天晚上’吧?”

“当然。”刘云飞说。

陈念局促不安地调整着坐姿,说道:“那我们还是关注最重要的事情吧。”

流风说:“这个,恐怕得等宋伦的分数出来之后……”

他话音未落,王喜已经指着大厅上方叫了出来:“看呀,宋伦的分数出来了!”

众人一齐抬头望向显示屏,看到了出现在屏幕上的一行字和一个分数:

第九天晚上的故事——《火锅与死神》

分数:89

“89,这是目前的第二名了呀,仅次于真琴的《蓝洞》!”王喜说。

“那又有什么意义呢？”宋伦苦笑道，“这个游戏，只有第一名才会获得一亿元奖金。第二名之后的名次，都没有太大的意义……”

说到这里，他猛然意识到了什么，改口道；“不，不是这样的。”

“我还以为你忘了‘末位淘汰’这件事呢。”陈念脸色苍白地冷哼了一声，“得了高分的人，果然是站着说话不腰疼呀。”

“对不起，我也是才想起来，并非刻意忽略你的感受。”宋伦道歉。

“按照主办者定下的规则，今天晚上，会有第二个人‘出局’。可问题是，我们之前探讨过了——这次末位淘汰，到底要不要算上第一轮的人呢？这个问题，主办者直到现在都没有给予明确答复。很显然，他是不打算将这个问题解释清楚了。”贺亚军说。

“这个狡猾的主办者，就是打算让这件事变得模棱两可。”柏雷说，“那么问题来了——假如把第一轮的人算上，目前分数最低的就是陈念（81 分）；如果不算的话，第二轮的五个人中，分数最低的是雾岛（85 分）。主办者会对他俩中的谁下手，谁也说不清楚。”

“我还是之前那句话——我们这么多人对抗一个人，不可能让他为所欲为吧？这家伙想杀谁就杀谁，把我们当成不会反抗的待宰羔羊吗？！”乌鸦吼道。

“经历了桃子的事情，你还抱着如此天真的想法，也真是难能可贵。”贺亚军挖苦道，“主办者提前想了很多方式来对付我们，我们可能采取的行动，也许都在他的预料当中。”

“吃一堑，长一智。这次我们不会再落入他的圈套了！”乌鸦不服气地说。

“那你有什么好主意？”贺亚军斜睨乌鸦一眼。

“这次‘出局’的人，无非是在陈念和雾岛当中产生。那我们今天晚上索性不睡觉了，全都待在大厅内，守着他们。这种情况下，我不相信主办者还能有机会对他们下手！”

贺亚军摇头道：“你这个方法，治标不治本。这样做的话，就算今天晚上暂时应对过去了，但是明天、后天呢？我们还要在这里待上五天，难道天天晚上都不睡觉，陪着他们？谁能撑得住？”

“是的。主办者并没有说，末位淘汰的人‘当天’就会出局。我们保护他们一晚上，意义不大。后面几天，主办者还是会找到机会下手的。”刘云飞说。

“照你们这么说，那岂不是一点儿办法都没有了？我们只能放任那主办者不管——他想对谁下手，就对谁下手？”乌鸦瞪着眼睛说。

“当然不是。”柏雷对陈念和雾岛说，“今天晚上，你们俩警醒一点吧，别睡得太死，更别像桃子那样，用东西把门堵住。假如夜里听到什么异常的声响，或者是发生了什么反常的事情，就马上冲出房间，到走廊上来求救。我们会立刻打开房门，赶过来救援的。”

流风、乌鸦、王喜等人一齐点头。陈念稍感安慰，可仍然忧心忡忡：“但是，如果照柏雷所说，我们躲过了初一躲不过十五呢？我的意思是，就算熬过了今天晚上，也无法保证能挨过后面这几天呀。”

“没有别的办法，只能多加注意，自求多福了。”柏雷说。

“我倒是有个想法……今天晚上，我到你的房间去，挨着你睡，好吗？”陈念对柏雷说。

“你这么信任我？”柏雷问。

“嗯，我觉得你不会是主办者。当然话又说回来，就算你是，你也不会在自己的房间里对我下手吧，那样就太明显了，不是吗？”

柏雷笑了一下：“话是没错。可问题是，你知道每个房间的床有多小，被子也只有一条。别说咱们两个大男人，就算是两个瘦小的女生挤在一起，恐怕也会十分拥挤。这样的结果就是，我们都会睡不好，从而导致第二天精力不足。我倒是无所谓，但是这样的状态，对你显然是不利的吧？”

“对……精神不佳、体能下降，主办者就更容易找到机会对我下手了。”陈念惧怕地说。

“所以最好的办法，还是我之前说的那个，时刻保持警觉。把房门锁好，弄点会发出声响的东西挡在门口，但是千万别用重物把门堵死。”柏雷说。

“好吧，也只能如此了。”陈念黯然道。

“其实，你不必过于担心。”雾岛突然说道。

“什么意思？”陈念望着雾岛。

雾岛悲哀地叹了一口气：“这次出局的人，是我。”

众人都露出疑惑不解的神情，片刻后，又似乎想起了什么。兰小云说：“雾岛先生，难道您预感到了，自己会……”

“是的，这次的预感，无比强烈。”

“那……您要采取措施，时刻保持戒备呀。”

“我会的，谢谢你，小云。”雾岛勉强挤出一丝笑意，随即又叹息一声，“不过，我是一个宿命论者。阎王要我三更死，恐怕很难留我到五更。分数最低是命运为我做出的选择。既然如此，我就接受这个事实好了。”

“雾岛先生，请不要说这些悲观的话。不管怎样，都不能失去活下去的信念。”兰小云难过地说。

“好的，我知道，谢谢。”雾岛再次跟兰小云道谢，然后面向众人微微鞠了一躬，说道，“跟诸位在一起的这些天，虽然不能用‘愉快’来形容，但总归是一次难忘的经历。你们讲的故事，也让我发自内心地叹服。所以出现这样的结果，我不会怨天尤人。其实经过这些天，对于死亡，我已经没有那么恐惧了。该来的总会来，我会坦然面对的。”

雾岛平静而悲哀的态度，让众人心中五味杂陈。他说出的话分明有种跟大家道别，或者跟这个世界道别的意味。一时之间，大厅里陷入了沉默。这种情况下，陈念也不好表现得过于贪生怕死，他暂时没有说话，但表情仍然是惶恐不安的。

雾岛说完道别的话，离开大厅，沿着楼梯上了二楼，回到自己的房间，把房门锁好。其他人也纷纷朝楼上走去。陈念进入自己的2号房间之前，住在他隔壁的刘云飞说：“晚上要是遇到什么情况，你就大声喊叫，我会立刻过来帮你的。”

“谢谢。”陈念感激地说，走进屋内，将房门锁好，并反复检查。之后，他决定采纳柏雷之前提出的一个建议。

洗漱台前，有一个用来喝水或者漱口的马克杯。陈念把手机充电器的线当作绳子，绑住了马克杯的杯把，再将充电器拴在房门的把手上，如此一来，便制作出了一个简易的“报警器”。如果夜里有人试图推门而入，势必会让马克杯跟门产生碰撞，从而发出声响，以此作为预警。并且绑在门把手上的杯子，又不会阻碍他迅速逃离房间——此举万无一失，没有任何弊端。桃子的惨剧发生后，他当然不能再重蹈覆辙、自掘坟墓。

做好这个简易装备后，陈念又检查了一遍室内，没有发现不对劲的地方。他稍稍舒了口气，躺在床上，打算和衣而睡。可以确定的一点是，今天晚上，他是肯定睡不踏实的。任何风吹草动，都会令他醒来。

另一边，待在 8 号房间的雾岛，则一直关注着手表上的时间。

凌晨十二点五十分的时候，他做出了一个决定。

这个决定，需要莫大的勇气，但他必须这样做。

雾岛走到门口，轻轻将房门打开一条缝，观察外面的动静。他发现，走廊和大厅的灯都已经熄灭了，外面漆黑一片。

有人关了灯。

这意味着，“死亡之夜”已经开启了。

不能再犹豫了。

雾岛蹑手蹑脚地走出 8 号房间，将房门带拢。然后，他摸着栏杆，穿过连接左右两排房间的走廊，来到了 1—7 号房间这一边。

走廊上现在只有他一个人。他站在 2 号房间前，思索着什么。几秒钟后，他移步到 4 号房间门口，深吸一口气，推开房门，进入其中。

这是桃子的房间。此刻，房间里有一具停放了五天的尸体。

翌日早晨，众人陆续下楼吃早餐，雾岛选择了一个合适的时机，从 4 号房间里迅速走出来，并沿着楼梯下楼。没有人注意到他不是从自己的 8 号房间里出来的。

看到雾岛的兰小云有些欣喜，说道：“雾岛先生，您没事，太好了！”

雾岛微笑着颔首：“是啊，谢天谢地。”

双叶却绷着张脸，笑不出来："如果你没事的话，那陈念……"

"他现在还在房间里吗？"雾岛问。

"我不知道，反正他没有下来吃早餐。"

雾岛看了一眼手表，说："现在才八点五十，也许他还没有起床，等等再说吧。"

双叶抬起头看了看楼上，没有说话。

几十分钟后，几乎所有人都从楼上的房间下来了。这时双叶注意到，**唯一没有下来的人，就是陈念了。**

柏雷几乎跟双叶同时发现了这一点，他神情严峻地说道："陈念还在房间里吗？"

真琴说："我应该是第一个下楼吃早餐的，直到现在，我都没有见到他。"

柏雷心中一沉，迅速朝二楼走去。其余的人也意识到情况不对，纷纷跟着他上楼。

来到2号房间门前，柏雷一边敲门，一边问道："陈念，你还在睡觉吗？"

没有回应。柏雷开始"砰砰砰"地捶门，大声呼喊，里面仍然没有半点声响。他回过头，跟众人说道："陈念一定出事了！他不可能睡得这么死！"

气氛忽然紧张起来。宋伦说："那我们还是像上次那样，把门撞开吧。"

"只能这样了！"

于是，柏雷开始用肩膀撞门，乌鸦、扬羽等人在旁边配合着用脚踹门。不多时，"轰"的一声，房门开了。与此同时，一个跟充电器绑在一起的马克杯摔碎在地。不过这个杯子不是他们关注的重点，因为门口的几个人，都看到了房间里触目惊心的一幕——

陈念倒在一片血泊中，看样子已经死去多时了。

柏雷倒吸一口凉气，扬羽发出惊呼。其余的人挤上前来，看到这一幕，都惊恐得捂住了嘴。

"结果……还是陈念'出局'了……"真琴惊悸地说道。

柏雷走进屋内，扬羽、乌鸦、宋伦等人跟在他身后。柏雷走到陈念的尸体前，蹲了下来，仔细观察一阵后，仿佛受到了很大的打击，说出一句让人费解的话：

“也许……是我害死了他。”

兰小云大惑不解，问道：“你为什么这样说？”

柏雷没有回答，默默站起来，走到门口，把房门关上，观察了一阵，再次打开房门。他一拳砸在墙上，懊恼地说道：“果然如此！”

“到底怎么回事？”兰小云再次询问。

柏雷回到陈念的尸体旁，黯然道：“我刚才仔细观察过了，陈念是死于刀伤，伤口在左耳附近的头部。”

“这显然是主办者干的，跟你有什么关系呢？”

柏雷叹息一声，说：“我们刚才集体证实了一点——陈念的房间是从里面被锁住的。而我们在这里住了这么多天，早就知道，每个房间都只有人在里面的时候，才能够将房门上锁。也就是说，这个房间是一个绝对的密室，主办者不可能进入房间把他杀死后，再出来将门锁上。”

“未必吧。主办者跟其他人不同，他可能有每个房间的钥匙，可以在出来之后，用钥匙将房门反锁呀。”流风说。

“是的，这的确有可能。但事实是，他（主办者）并没有进入 2 号房间，就把陈念杀死了。”柏雷说。

“这怎么可能？”

柏雷指着地上摔碎的马克杯说：“我们刚才推门而入的时候，这个用充电线绑着的马克杯摔到地上碎裂了。看起来，这是陈念昨晚制作的一个‘小机关’。他听了我的建议，在门口放了一个会发出响动的东西，只要夜里有人试图溜进他的房间，房门势必会碰到马克杯，从而发出声响，起到预警的作用。我猜，他昨晚可能整夜都保持着警惕。主办者要想悄悄进来杀死他是十分困难的。”

“那他是怎么从外面杀死陈念的？”扬羽问。

柏雷再次露出懊悔的表情：“我昨天晚上提醒陈念和雾岛的一句话，不该当着所有人的面说。主办者正是利用这句话引发的心理效应，杀死了陈念。”

“你说的哪句话？”真琴问。

“我让他们时刻保持警觉，注意夜里的时候，外面是否有异常声响。本来，我是希望他们能够尽量小心谨慎，通过听外面的声音来判断是否有危险状况。我猜听到这句话的主办者，因此想到了一个杀人妙计。

“昨晚具体发生了什么，我们无从得知，但是我可以猜到，主办者是如何利用这一点杀死陈念的。半夜的时候，主办者在黑夜的掩护下，悄悄来到了2号房间的门口。然后，他有意制造出了某种细微的、诡异的声响。这种声响一定不会太大，否则，2号房旁边的刘云飞和扬羽也会听到。一旦他们走出房间来查看情况，这个杀人计划就无法实施了。”柏雷说。

“昨天夜里，我的确没有听到什么不寻常的声音。”刘云飞说。扬羽也跟着点头。

柏雷颔首，继续道：“这个细微的声音，只有2号房间里如同惊弓之鸟的陈念才会听到。正常情况下，如果他睡熟了，也许根本就不会听到这声音。但是提心吊胆的他，昨夜一定是无法安睡的。所以，他注意到了自己的门外出现某种异常的声响。

“毫无疑问，他紧张起来。这种声响可能是不清晰的、无法判断的，但是足够引起陈念的恐惧和警觉了。为了判断这是怎么回事，他走到了门口。而主办者可能调整了音量，造成一种渐行渐远的错觉。

“这种情况下，身处恐惧之中的陈念，显然不敢把房门打开看个究竟。于是，他最有可能做出的举动，就是把耳朵贴在门缝处，仔细听外面的动静。这就给主办者提供了绝佳的杀人机会。”

说到这里，柏雷指着房门说：“也许你们都注意到了，每个房间的房门跟门框之间，并非严丝合缝的，都有一条细小的缝隙。别的东西无法伸进来，但是一把锋利而细长的尖刀，却可以轻易地从门缝插进来！另外，昨晚走廊和大厅的灯都是关了的，外面一片漆黑，担惊受怕的陈念却开着屋里的灯——这一点现在就能证实——顶灯此刻都是亮着的。

“这种情况下，门外的人可以通过门缝，轻易看出陈念是否移步到了门口，以及是否把耳朵贴在了门缝处。他抓住这个机会，将细长的尖刀猛地从门缝刺了进来，刀刃从相对脆弱的耳朵插入脑部。陈念也许都来不及惨叫出来，就当场毙命了。”

听到柏雷将主办者杀人的方式和过程还原，所有人都感到不寒而栗。双叶骇然道："这么说，主办者又像上次杀死桃子一样，提前猜到陈念的行为模式了？"

"是的，这一次，他又是利用'心理陷阱'来杀人的。正如刚才所说，如果我没有说那句话，陈念也许不会如此关注外面的声音。也就是说，他如果像以往一样安心睡觉，反而不容易遇害。"柏雷痛心而遗憾地说道，同时捏紧了拳头，"这个该死的主办者太狡猾了！"

众人皆摇头叹息，感到忧虑和惧怕。这时，贺亚军注意到站在自己身边的雾岛面色发白，是所有人中脸色最难看的。他突然想起了什么，说道："雾岛，你不是预感自己会出局吗？怎么死的是陈念？"

所有人都望向了雾岛，他咽了口唾液，说道："我之前就说过了，我的预感不是百分之百准确的。你们为什么要这样望着我？难道你们希望死去的人是我吗？"

"当然不是。但我怀疑，你那个所谓的预感，特别是预感自己会出局这件事，是你精心编排的戏码。目的是转移注意力，让大家更关注你，从而相对地忽视陈念；同时，也可以让陈念本人放松警惕，让他更容易成为主办者的袭击目标。"柏雷说。

雾岛的嘴唇哆嗦了两下，不自然地说道："我才没你想的那么居心叵测……再说了，按照你刚才的分析，陈念要是真的放松警惕，不那么风声鹤唳，反而不会被杀。他现在遇害，怎么说都不是我的错吧？"

"你不用慌着辩解，我也没怪你什么。谁出局都不是一件好事。只是每次都让主办者得逞，实在是让人窝火到了极点！"柏雷愤然道。

这话引起了大家的共鸣，似乎只要是该"出局"的人，谁都无法逃脱死亡的命运。这是让人恐惧的、难以接受的事实。

在真琴的提议下，十二个人向陈念的尸体默哀十秒钟。他们什么都做不了，只有退出他的房间，将 2 号房的门关上。接下来，每个人都怀着沉重的心情，回到了自己的房间。

这一过程中，没有人注意到，雾岛的神情，始终比其他人更为惶惑不安。

其实早上走出 4 号房间的时候，他就是如此了。

原因是，昨天夜里，他进入 4 号房间后，发现了一件惊人的事。但这件事，他不敢当着众人的面说出来。

除非，到了万不得已的时候……

他是这样打算的。

晚上七点，游戏继续。众人再次围坐在圆桌旁。今天晚上的主角是 11 号流风。他说："我讲的这个故事，你们也许会觉得不可思议，因为现实中，是不可能发生这种事情的。但这个故事，却暗示世界上存在着很多超越我们认知的事物。听完之后，你们就知道我说的是什么意思了。"

他顿了一下，开始讲："故事的名字叫'永夜'。"

第十一夜的离奇故事

永夜

晚上九点半，结束一天工作的梁亚丽拖着疲惫不堪的身体回到家中。丈夫李国平坐在客厅的沙发上，好像在发呆。电视机没有打开，他也没有看手机，似乎就连老婆回来了都没有注意到，完全沉溺在了某种遐思中。

梁亚丽觉得纳闷，走到李国平身边问道：“你想什么呢？”

李国平这才回过神来。他望着老婆，欲言又止。

他这神情明显不对，梁亚丽坐了下来，问：“出什么事了吗？”

李国平摇摇头。

“那你发什么呆呀？”

隔了好一会儿，李国平才说：“我想跟你说件事。”

“说呀。”

“但我觉得，你肯定不会同意。”

“你说说看。”

“不但不会同意，你还会觉得我疯了。”

梁亚丽想了想：“你想现在要孩子？咱们说好了的，在我三十岁之前不要孩子。”

“不是这事。再说我就算想提前两年要孩子，也不至于是疯了吧。”

“那是什么事，你倒是说呀。”

李国平揉了揉额头，露出为难的表情，说道：“要不，你先去洗个澡吧。洗完澡我再跟你说。”

“行吧，我下午帮忙卸货，累死了。”梁亚丽在镇上的一家超市上班，由于人手不够，她经常帮忙卸货、搬东西。她现在一身汗臭，早就不堪忍受了。于是她走进卧室，拿了内衣裤和睡裙，走进卫生间洗澡。

半个小时后，梁亚丽披着湿漉漉的头发，穿着睡裙出来了。洗完澡后的她神清气爽，再次坐到李国平身边，一边用干毛巾擦头发，一边问："现在可以说了吧？"

李国平点了点头，终于组织好语言了："亚丽，你知道咱们镇上那家聚缘宾馆吧？"

"知道呀，那好像是咱们镇最大的一家宾馆吧？"

"对，一共有四层楼，每层楼十个房间，总共四十个房间。"

"嗯，怎么了？"

"这家宾馆因经营不善，现在在整体出售。"

梁亚丽嗤笑一声："我早就猜到它会垮的。咱们这个镇，既没有挨着什么风景名胜区，也不是什么历史悠久的古镇，哪有什么游客和外地人来玩？之前镇上那一两家小旅馆，生意都不好做，居然有人又投资开了这么大一家宾馆，这不是有病吗？我记得它好像开了两年多吧，能支撑这么久，已经不错了。"

李国平说："那老板是县里的一个富商，之前收到消息，说县政府打算在咱们镇旁边开发一个旅游度假区出来，他便在镇上买了这块地，投资建了这家宾馆。不承想，县政府一直没有拉到投资，人家搞旅游开发的人到咱们镇来看过了，说这里的自然资源和风光都很一般，开发度假区的话有些勉强，恐怕很难吸引周边县市的人过来玩。结果投资聚缘宾馆的老板就血亏了。"

梁亚丽说："可不是嘛，就咱们镇那点儿风景，巴掌那么大块湖，加点儿竹林什么的，也想学人家搞旅游，真是不自量力。欸，这就是你要跟我说的事呀？那宾馆亏了就亏了呗，跟咱们有什么关系？"

李国平垂下头，沉默了。显然接下来的部分，才是让他难以启齿的。

"你到底说不说呀？不说我去睡觉了。"梁亚丽不耐烦了，起身准备要走。

李国平一把拉住她，说道："你知道吗？聚缘宾馆现在以超低价在出售，这么大一栋楼，四十个房间，现在才卖四百多万！"

梁亚丽眨眨眼睛，望着丈夫："李国平，你什么意思呀？"

李国平吞咽了一下唾沫说："我的意思是，咱们把这家宾馆……买下来，好吗？"

梁亚丽惊讶地望着他，坐了下来，伸手摸了摸他的额头，说道："没发烧呀。"

李国平把她的手挪开："我当然没发烧，我跟你说正经的。"

"不是，等会儿，李国平，你跟我说实话，你是不是受什么刺激了？你们厂改制，你下岗了？"

"怎么会？我们厂好好的，不关这个的事儿。"

"那你说什么胡话？刚才咱们还说聚缘宾馆的老板血亏了，下一秒钟，你就说想把这家宾馆买下来！你有病呀？人家就是开不下去了才要卖掉的，你当什么接盘侠呀？"

"我是觉得……这个价格实在是太便宜了。你想想，这宾馆四十多个房间，每个房间都是精装修的，卫生间、床、电视、空调什么的一应俱全。下面还有餐厅和茶楼。现在报价才四百八十万！这价格如果是在北京，估计也就只能买套小户型住宅吧？这可是一栋几千平方米的宾馆呀！"

"那又怎么样？咱们这穷乡僻壤的小镇，能跟北京比吗？再说我们买个几千平方米的宾馆做什么？做生意肯定是血亏，难道就咱们俩自己住呀？"

"咱们以后肯定要生孩子……"

"你打算生四十个？一人一个房间？"

李国平无话可说了，他叹了口气："所以我之前就说了，你肯定是不会同意的。"

"不，李国平，你搞清楚，不是我不同意，是换成谁都不可能同意。这摆明了是往火坑里跳呀。对，四百八十万买这么大一栋楼确实很划算，但你想过人家为什么卖这么便宜吗？贵了有人买吗？还有，这消息也不止你一个人知道吧，怎么别人就没打这主意呢？因为人家都知道，这是个烫手山芋，谁捡起来谁受伤！你清醒点好不好？"梁亚丽毫不客气地数落了李国平一大通。

李国平叹气，不打算再跟老婆说下去了，他自语道："我就知道，跟你商量就只会是这样的结果。算了，我自己想办法。"

说着，他从沙发上站起来，准备回房间了。梁亚丽拉住他的胳膊，焦急地说道：

"不是，你走火入魔了？你真想买呀！你能想出什么办法来？这是四百八十万，不是四百八十块！我们家的银行卡上，最多只有两万块钱，连零头都不够，你能想什么办法凑出四百八十万来？"

李国平说："我找人借。"

"找谁借？咱们镇谁能借给你这么多钱？谁又肯借给你这么多钱？"

"镇上的人当然不可能。但你忘了我弟弟李国军吗？"

"我就知道你要找李国军！但咱们说好了的，这好钢得用到刀刃上！"

李国军是李国平的亲弟弟，兄弟俩是一起长大的，却完全不是一路人。李国平从小老实敦厚，是个踏实孩子，但他弟弟李国军是个头脑活泛的人，颇有些经商的天赋。这小子小学六年级的时候就利用暑假在镇上卖烤玉米，本来一两毛钱一个的玉米，被炭火烤出香味之后，就能卖一块钱一个，还供不应求。一个暑假下来，他赚的钱比父母下地劳作几个月赚的钱还要多。那个时候，李国平就意识到弟弟是个经商奇才，脑瓜子也比自己好用。于是，当家里面临只有一个人能去县城读高中的时候，李国平毅然把这个机会让给了弟弟，并对他说："国军，你以后出息了，别忘了哥哥就行。"

李国军凭着自己的聪明头脑，毫无悬念地考上了一所名牌大学，读的是工商管理专业。硕士毕业后，他供职于北京的一家大型企业，不几年，就成了年薪上百万的精英阶层。他用赚到的第一桶金在北京四环内一个未来可期的商业街区买了一套商铺。结果一年之后，这个地段的房价暴涨，让李国军至少赚了三倍的钱。他把这些钱分散投资，再次赚得盆满钵满。现在年纪轻轻，总资产就已经达到好几千万了，跟生活在老家的哥哥不可同日而语。

李国军是个感恩和记情的人，他知道，自己能有今天，全靠哥哥当初的成全。他问过李国平，愿不愿意到北京来工作，他可以帮着联系一份不错的工作。李国平是个有自知之明的人，知道以自己初中毕业的文化程度，在北京这种国际大都市很难立足。北京的房价，更是望尘莫及。他也不想过多地麻烦弟弟，便谢绝了李国军的好意，并对他说："兄弟，哥在老家的镇上就挺好。北京那种大地方，适合你，不适合我。

你能混得这么出息，哥就很开心了。”

李国军听了这话很感慨，说道：“哥，你不愿意来北京，我也就不勉强你了。但你以后有什么需要兄弟的地方，尽管开口！”这话是当着哥哥和嫂嫂的面说的，掷地有声，绝非虚情假意。梁亚丽自然把这话听进去了，立马笑逐颜开，提前答谢了兄弟的一番好意。之后，她跟李国平商量好了，一般情况下，绝不轻易跟李国军开口。这份人情，一定得用在最关键的时候才行。

现在，听到李国平打算跟弟弟借四百八十万来买别人弃如敝屣的宾馆，梁亚丽气不打一处来，说道：“李国平，你要真打算跟你弟弟借钱，也别往这火坑里扔呀！他是有钱，但四百八十万也不是个小数目，你把这钱给败了，以后就甭想人家再借给你钱了！”

李国平拉着脸说：“你真当我有病，把我弟弟的钱往火里扔着玩呢？我跟你说，这钱我是找他借，不是找他要。赚到钱之后，我会还给他的！”

梁亚丽抚着脑门，露出想哭的神情：“你怎么赚钱？用这家聚缘宾馆来赚钱？李国平，你今天到底是怎么了？我一直以为，你是个无欲无求的人呢。去年我说投点小钱做做微商都被你制止了，说不靠谱。现在你居然想借四百八十万来买一家摆明了会亏钱的宾馆，你是中邪了还是被洗脑了呀？这家宾馆现在都没人住，你买了之后，难道就会有人来住了？”

“对。”李国平的回答，出乎梁亚丽预料。

梁亚丽呆了半晌，说道：“什么意思？你听到什么风声了吗？是不是政府准备打造的那个度假区，今年要开始修建了？”

李国平摇头：“怎么可能？那地方的水库都快干了，竹林也砍伐严重，打造景区是彻底没戏了。不然，老板会彻底死心，把聚缘宾馆卖了吗？”

“这样的话，这个鸟不拉屎的小镇，就更没希望了呀。咱们县本来就穷，林泉镇又是其中最发展不起来的一个镇，什么资源都没有。你掰着手指头数数，每年来咱们镇的外地人有多少，估计十个指头都能数得过来吧。开在这镇上的宾馆，不就成了聋子的耳朵——摆设吗？”

梁亚丽这话，李国平自然是没法反驳的。他叹了口气，说："行，那咱们不说这事了，我也洗洗睡吧。"

梁亚丽稍微松了口气。但是看着丈夫的背影，她隐隐有种感觉——这事，他并没有真正放弃，只是暂时不想跟自己理论而已。如果真是这样，梁亚丽就想不通了——自己踏实稳重的丈夫，到底是怎么了？他为什么非要买下这家宾馆不可呢？

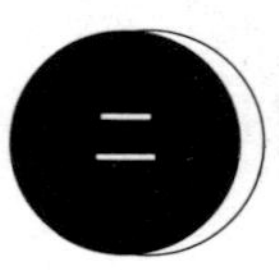

接下来的几天，李国平没有再提买宾馆的事了。就在梁亚丽渐渐忘了这事的时候，她接到了一个电话——从北京打来的，正是李国平的弟弟李国军。

看到手机上显示的"李国军"三个字，梁亚丽就猜到是什么事了。她走出超市，到外面去接电话。

"喂，嫂子，在忙吗？"

"没事，国军，现在是中午，我们超市没什么人，你说吧，啥事？"

"嫂子，我哥昨天跟我打电话，问我借四百八十万，这事你知道吗？"

梁亚丽闭上眼睛，压下心头的怒气，说道："我不知道，但我能猜到。几天前，他跟我提过这事，说想跟你借钱买宾馆。我当时劝阻了他，后来这几天他就没再提了。我以为他放弃了，结果……他还是跟你借钱了。"

"嗯，我昨天跟他聊了一会儿，感觉这事不大靠谱。以我对我哥的了解，他不是这么大手笔的人。以前花几百上千块都会深思熟虑，怎么现在突然想花几百万买一家宾馆？"

"可不是吗？你哥不知道中了什么邪，非得买那快荒废的破宾馆！老家这个小镇，你也是清楚的，哪有什么外地人会来住宾馆？之前那老板是听说政府要开发旅游度假区才开了这家宾馆。现在这个项目黄了，老板心灰意冷，才打算出售宾馆的。但镇上的人都知道，这宾馆是稳亏不赚的，没人愿意接手。偏偏你哥……唉，我也不知道他到底是怎么了！国军，你帮我劝劝他吧。实在劝不了，至少你不能借钱给他。这等于是把钱往火坑里扔呀！”

电话那头沉默了一小会儿，李国军说：“嫂子，你知道吗，这事我真是为难到了极点。”

“为难啥？”

“你知道我哥昨天是怎么跟我说的吗？他说，兄弟，哥哥这辈子都没跟你开过一次口，这是第一次，也是最后一次。你把钱借给我，不出意外的话，今年我就能把这四百八十万还给你。你要是不借的话，就是信不过我这个哥哥。你说，他都把话说到这份儿上了，我能不借吗？”

“完了，你哥他疯了。”梁亚丽悲哀地说。

“嫂子，我打电话给你，是想从你这儿了解下情况。我哥他最近是不是受了什么刺激？他为什么这么执着地想买这家宾馆呢？”

“我也不知道。他就跟我说这么大一家宾馆才四百八十万，十分划算。没说别的原因。”

“对，昨天他也跟我这么说。但我告诉他，这其实一点儿都不划算。因为任何一样事物，只要无法流通和变现，就没有经济价值。就像你拿一堆金银珠宝到无人岛生活，有什么意义呢？但奇怪的是，我哥以前都很听我的，偏偏这次他死活听不进去，非要买这家宾馆不可。说到最后我也没辙了，只好用缓兵之计，说两天后打钱给他。但我哥说，那宾馆的老板等着他回话呢，让我今天之内必须答复他。”

“他简直是走火入魔了！”梁亚丽焦急地说。

“老实说，我也觉得有点儿。他完全不清醒，也听不进劝，就像被邪教洗脑了一样。对了，有这可能吗？他会不会真加入什么邪教了？”

“不会吧？我在超市上班，跟镇上一大半的人都有接触，没听说过镇上有什么邪教之类的呀。”

“现在网络这么发达，万一他是被网上的一些犯罪团伙洗脑了呢？你想想，他明知道这宾馆是不赚钱的，却非要买，那肯定不是冲着赚钱去的，显然另有目的，他想利用这宾馆的几十个房间来干点啥。”

梁亚丽吓到了：“天哪，你这么一说，我这心里……那你哥……”

“嫂子，你先别急，这毕竟是我猜测的，不一定就是如此。但是，你能不能旁敲侧击地试探一下我哥，看看是不是我说的这种情况？”

“行，我现在就去厂里找他。”梁亚丽完全没心思上班了。

“你跟他好好说呀，嫂子，别吵架。”

“行，我知道。对了国军，你可千万别借钱给他！”

“……嫂子，如果你能劝住我哥别做这傻事，当然是最好；但如果劝不住，他非买这宾馆不可，我也只能借钱给他了。”

“为什么？你不会找个借口，说你现在没这么多钱吗？”

“不瞒你说，嫂子，我还真没这么多闲钱可以马上借给他。这些年我是赚了些钱，但这些钱全都用来做各种投资了，这年头谁会把几百万存银行活期，随时能取出来？但是，我哥第一次跟我开口，我不可能不借。当年要不是他紧着我，我估计就是个职高生，能有今天吗？所以我会想办法凑到这笔钱的。就算这钱真是往火坑里扔，我也只好让他扔着玩了。毕竟钱我还可以再赚，但哥我就只有这一个。”

梁亚丽无奈地叹气：“国军，你这个当弟弟的，也真是够意思了。那行，不说了，我现在就去找他，你等我消息啊。”

“好的，嫂子。”

梁亚丽挂了电话，走进超市。跟她一起上班的是一个三十多岁的女人，叫高小兰。两人在这家超市一起上了几年班，算是朋友。刚才梁亚丽打电话的时候，高小兰一直竖着耳朵听，听到了一点儿内容，现在见梁亚丽进来，问道：“你跟谁打电话呀，打这么久？”

“没什么，跟一个亲戚随便聊聊。”梁亚丽不想多说。

“不对吧？我听到你说什么几百万呀、借钱呀、宾馆什么的，好像是在谈什么大生意呀。”

梁亚丽冷笑一声：“我这种月薪两三千块的人，谈大生意，你信吗？”

“我信呀，怎么不信？这镇上谁不知道你老公的亲弟弟在北京是赚大钱的人。我没猜错的话，你刚才就是在跟这个小叔子打电话吧？”

梁亚丽厌烦地瞥了一眼高小兰：“你这人还能再八卦点吗？我都躲你那么远去打电话了，还是被你听到了。你这捕风捉影的本事见长呀！”

高小兰不理会梁亚丽的揶揄和讥讽，说道：“那你就告诉我呗，到底怎么回事？你说的宾馆，该不会是咱们镇上那亏死人不偿命的聚缘宾馆吧？我听说那老板打算把这宾馆低价卖掉，难不成你们想买呀？”

梁亚丽心想，这事都被她猜了个七七八八了，告不告诉她区别也不大了。但她现在必须马上去找李国平，就对高小兰说：“这样，你先帮我顶一个小时的班，我去找一下我男人。回来之后，我再跟你讲这事。”

“行行行，去吧，早点儿回来啊。”

李国平工作的地方，是镇子边缘的一家木料加工厂。厂区在一座植被丰富的山下，背后是一大片森林。伐木工人们把树木伐倒后，运送到厂里来，用机器把树木加工成各种木板、木条之类的建材，作为建筑或家具的原料。李国平就是车间里负责加工木料的工人之一。

梁亚丽从超市跑到木料厂，花了二十多分钟时间。李国平正在车间里工作，听工友说老婆来找自己，就跑了出去，在接待室里见到了梁亚丽。他纳闷地问道：“你怎么来了？”

梁亚丽说：“国军刚才给我打电话了。”

李国平眉头一皱：“这些私事还是晚上回家再说吧，我现在在上班呢。”

“李国平，你都马上是一家大宾馆的老板了，这份工作对你来说还重要吗？”梁亚丽挖苦道。

李国平赶紧把接待室的门关上，说：“你小点声行不行？”他把梁亚丽拉到沙发上坐下问道："怎么，国军答应借钱了？"

梁亚丽哼了一声："你都道德绑架了，人家不想借也不行呀。"

"国军是这么跟你说的？"

"差不多吧。他说你完全不清醒，也听不进劝，怀疑你被邪教洗脑了。"梁亚丽直视丈夫，"你老实告诉我，是不是真是这样？"

"什么乱七八糟的呀！中国现在哪有什么邪教，反正我没听说过。你们别胡思乱想了！"

"那你跟我说实话，你为什么非要买下这家宾馆？你是不是想利用那四十个房间做什么事？"

李国平眨了眨眼睛："肯定呀，不然我买它做什么？"

梁亚丽紧张了："你要在这些房间里干什么？"

李国平问："宾馆的房间是用来做什么的？"

"给客人住的呀。"

"对呀，那你问我干吗？"

"你的意思是，你买宾馆，就是用来经营，给客人提供住宿的？"

"不然呢？我把它改成人民大会堂呀？"

梁亚丽长叹一口气，疲惫地靠在沙发靠背上："聊不下去了。行，随便你要干吗吧。不过，在你买宾馆之前，咱俩去一次县里把婚离了。"

李国平急了："你说什么呀？好端端的，怎么突然提离婚了？"

"好端端的？"梁亚丽望着他，两行眼泪流了下来，"李国平，我跟你结婚八年了。从认识你那天，我就知道你是个老实本分的人，从没奢望跟着你能享什么福，只图个安稳。咱们这些年虽然不富裕，但好歹心里是踏实的，因为我们没欠过谁的债。可现在呢？你不跟我商量，就找你弟弟借四百八十万。咱们俩工作一辈子都赚不到的钱你也敢借，以后还有什么事是你做不出来的？所以我们也别互相拖累了，你走你的阳关道，我过我的独木桥吧。"

李国平说："我怎么没跟你商量？是你不同意，我才偷偷地找我弟借的。再说了，这是我弟，又不是放高利贷的。他也不会逼着我们还钱呀。”

“对，人家是做不出来。但你这当哥的，就好意思借弟弟这么多钱不还？”

“我怎么不还了？我不是跟他说了吗，最迟今年年底，就能把这四百八十万还给他！”

“李国平，你是不是疯了？现在是 4 月份，到年底，就算还有八个月吧，你把这宾馆买下来，指望在八个月内就赚到四百八十万？”梁亚丽掏出手机，点击计算器来算账，“聚缘宾馆一个房间就算一百五十块钱一天吧，四十个房间住满，一天是六千块钱。八个月我给你算二百四十天，每天爆满，算下来……是一百四十四万。这还不算运营成本。关键是，那也没有四百八十万呀。你不可能真的认为，你接手后这个宾馆会天天爆满吧？别说爆满，一天能有一个人来住都算不错了！”

李国平接过梁亚丽的手机，盯着屏幕看了一会儿，说：“你还真是算得清楚呀，我都没细算过。”

“那现在我给你细算了，你明白了吗？你还要买这家宾馆吗？”

李国平沉默片刻，说道：“老婆，本来这事我是不想提前跟你说的，但你刚才都说出离婚这种话了，我也就只好跟你说了。不过你得保证，这话不能告诉其他任何人。”

梁亚丽迷惑地望着他：“你要跟我说什么呀？”

李国平靠近她一些，小声道：“你知道吗，我说今年年底能赚到四百八十万，是保守的估计。实际上，暑假结束，我们就能赚到这么多钱了。”

“……靠这家聚缘宾馆吗？”

“对。”

梁亚丽悲哀地望着李国平。她明白了，丈夫的精神已经不正常了。

“你是不是觉得我疯了？”

“没关系，国平，我陪你去看病吧。别工作了，咱们现在就去县里，不，去市里的医院。”

“什么呀，你还真以为我有病呀？”李国平哭笑不得，“你看我像有病的人吗？”

“像。”

“这也不怪你，一般人的确很难相信这一点。”

“你不是一般人？你觉得几个月内，我们就能靠这家宾馆赚四百八十万？”

“也许还不止。”

“好吧。”梁亚丽不想再说什么了。

夫妻俩沉寂片刻后，梁亚丽说：“李国平，我把话撂在这儿，今天你要么跟我去医院，要么跟我去民政局办离婚。这日子没法过了。”

李国平摇头叹息：“咱们的好日子马上就要来了，你却跟我提离婚……如果你跟我离婚，你会后悔的。”

“后悔什么？后悔我错失了当百万富翁老婆的机会？”梁亚丽讥讽道。

“百万富翁算什么？如果不出意外，我们可能会成为中国首富，甚至世界首富。”李国平说。

梁亚丽笑道：“我都被你气笑了。”

“我知道你不会相信，那我明确告诉你好了——今年（2020 年）6 月 21 日，会发生一件事。”

梁亚丽收起笑意，望着他：“什么事？”

“你到时候就知道了。”

“这件事跟你买下这家宾馆有什么关系？”

“当然有关系，我就是因为这个才要买下聚缘宾馆的。”

“别跟我打哑谜了，到底什么事，你现在就告诉我吧。”

“不行，我答应了别人的，不能说。按理说这话都不该告诉你的，但你是我老婆，我才破了例。但你记住，这件事千万不能告诉其他人。”

“你说的‘别人’是谁？”

“这个我不能透露，我跟人家发了誓的。”

梁亚丽觉得，他们的对话越来越诡异了。她不知道该说什么好了。

李国平说：“老婆，我知道你心里有很多疑问。这些年来我什么都听你的，这回你就相信我一次，好不好？反正今天都 4 月 13 日了，到 6 月 21 日，还有两个多月。到了那天如果什么都没发生，你要带我去精神科看病，或者跟我离婚，我都没意见。至于我跟国军借的钱，跟你一点儿关系都没有，你完全不必有心理负担。”

李国平把话说到这份儿上，梁亚丽也只能妥协了，她看出来李国平是非买这家宾馆不可了。至于他说的那些话，什么两三个月赚几百万之类的，梁亚丽当然不可能相信。但她心里又有种奇妙的感觉，认为这事一定是有迹可循的，否则李国平不可能无缘无故地说胡话。除了这件事，他各方面的表现都很正常，不可能真的精神出了问题。那到底是怎么回事，她就有些好奇了。要不然，就等到 6 月 21 日那天，看看到底会发生什么事？

一边这样想着，她一边离开了木材加工厂，返回工作的超市。

高小兰一人在超市守了一个多小时，辛苦倒谈不上，主要是觉得无聊，加上她对梁亚丽打算买下聚缘宾馆的事十分好奇，便等得有点心急。两点多的时候，梁亚丽终于回来了，高小兰赶紧招呼她到收银台前面来，迫不及待地问道：“你去找李国平了？跟他商量买宾馆的事？”

梁亚丽拿起自己的水杯喝了口水，叹息一声：“没什么商量的余地了。”

“什么意思？你老公想买，你不愿意？”

梁亚丽点了点头。

“李国平吃错药了？那宾馆就是开不下去才卖的呀，我听说这两年，光运营费就赔了几十万呢。那老板就是为了止损，才把这宾馆低价出售的。李国平不了解这些情况吗？”

“怎么会不了解？这镇上谁不知道那宾馆是赔钱的呀！”

“那他还想买？而且是跟他弟弟借钱来买。缺心眼儿呀他？”

这时有人走进超市来买米，是镇上的居民张姐，梁亚丽过去帮她称米，之后拿到收银台结算。张姐走后，梁亚丽说：“这事我不想再说了，心累。反正他听不进去劝，就是非买这宾馆不可。”

“理由呢？四百多万可不是小数目，他弟弟再有钱，他也不能拿人家钱打水漂吧？”

梁亚丽苦笑一声：“他的理由我都不想说，说出来只会让你笑话。”

“说吧，什么理由呀？”

“他说，买下这宾馆后，几个月他就能赚到这四百八十万，甚至更多。”

高小兰没笑，而是露出担忧的表情，指着自己的脑袋说：“你老公这儿……是不是出什么问题了？”

“我也怀疑。”

“那你不能由着他呀！”

“我刚才去找他，就是想劝说他。但这事我已经劝不住了，他是非买不可了。还说借的是他弟弟的钱，跟我没关系。”

“这叫什么话？你们是两口子，这么大的事不该商量着来吗？怎么跟你没关系？”

梁亚丽摇头道：“他说，这辈子其他事都可以听我的，就这件事，让我相信他一次——话都说到这份儿上了，我还能说什么？”

“不是……这不是相不相信的问题，是摆明了当二百五呀！”

“可人家不这么认为。他跟我说……”

话到嘴边，梁亚丽突然想起李国平叮嘱过，这事不能告诉任何人，便倏然住口了。

“他跟你说什么呀？”高小兰问。

“算了，没什么……”

高小兰推了梁亚丽一下：“干吗呀，话说一半，折磨人呀？”

“不是，李国平不让我把这事告诉别人……”

“什么事弄得这么神秘呀？你跟我一个人说呗，我绝对不告诉其他人！”

梁亚丽是了解高小兰的，如果不告诉她，她肯定会打破砂锅问到底，说不定还会胡乱猜测，然后加油添醋地讲出去。与其如此，还不如跟她说了。正好她也想找个人倾诉一下，便说：“那你跟我保证啊，就你一个人知道。”

“行，我保证不说出去！”

梁亚丽说：“李国平跟我说，今年6月21日会发生一件事。他就是因为这件事，才要买下这家宾馆的。”

高小兰眨眨眼睛，没怎么听懂：“什么意思呀？6月21日那天会发生什么事？”

“我不知道，他没跟我说。”

“他怎么会知道两个月之后的事？他是神仙呀，能未卜先知？”

梁亚丽苦笑一下，摇了摇头。

“你老公现在怎么神神道道的，跟半仙儿似的？”

“别问我了，我也不知道他出了什么问题，反正他就是这么跟我说的。”

高小兰严肃地说：“他跟你说这些话的时候，你觉得他精神正常吗？”

“很正常。否则的话，我肯定以为他受什么刺激，得精神病了。”

高小兰思索了片刻，说：“既然他脑子没问题，那说这话就不可能是空穴来风，肯定是有什么依据的。”

梁亚丽望着她：“我也这么想。但我就是想不通，这到底是怎么回事。”

“说明6月21日发生的那件事，跟这家宾馆有关系呀。”高小兰猜测，“他是不是从他弟弟那儿探听到什么消息了，比如政府要开发咱们镇，招商引资什么的？”

“不可能。我中午跟李国军通电话，他也不明白他哥哥为什么想买这家宾馆。再说了，咱们这穷乡僻壤的小镇有什么可开发的？就算要开发，不得修建个几年吗，也不可能短短几个月就成热门景点或者繁华的商业区了吧？就算再繁华，也不可能成为天安门、故宫那样的景点吧？就算是天安门、故宫，他也不可能靠开在旁边的一家宾馆成为中国首富吧？但李国平是这么跟我说的——靠这家宾馆，他有可能成为中国首富，甚至世界首富。”

“完了，你老公疯了。”高小兰得出结论，“连世界首富这样的话都说出来了，这人还能是清醒的吗？”

“可奇怪的地方就在这儿。你要说他疯了吧，他整个人给人的感觉又很正常。这段时间我们都过的是平常日子，一个人好端端的，怎么会突然就疯了呢？”

高小兰皱起眉头思索，觉得这事有点耐人寻味了。隔了一会儿，她若有所思地说：“最关键的就是 6 月 21 日那天，到底会发生什么事……李国平如果真的知道什么，为什么不告诉你呢？”

梁亚丽想起来了：“他说，他是答应了别人的，所以不能告诉我。至于这个‘别人’是谁，他就不肯说了。”

“也就是说，6 月 21 日那天会发生一件事，是某个人告诉李国平的。他得知这个信息后，才打算斥巨资买下聚缘宾馆？”

“好像就是这样。”

“那你好好想想，这个人可能是谁？这段时间，李国平跟哪些人接触过？”

“他在那个木材加工厂上班，接触到的不就是身边那几个人吗？这些人都是镇上长大的，打了半辈子交道了，互相知根知底，怎么可能突然间变活神仙了，能预测未来会发生的事？再说就算有人在他面前吹牛，他也不至于言听计从、深信不疑呀。”

“除了厂里的人，他没跟别人接触过吗？网友呢？”

“网友我就不知道了。我又没一天到晚像个间谍似的调查他的手机。”

高小兰突然想到了什么：“对了，现在是信息时代，咱们上网查一下，看看 6 月 21 日那天是什么特殊的日子！”

说着，她拿起放在柜台上的手机，在搜索框输入了“2020 年 6 月 21 日”，搜索框下方显示出了与此相关的信息，其中第一条是：2020 年 6 月 21 日日环食。

高小兰把手机递给梁亚丽看：“6 月 21 日那天果然是一个特殊的日子，会发生日食。”

梁亚丽接过手机，点击进去看了一会儿，把网上显示的内容念了出来：“6 月 21 日，夏至日当天，环食带穿越亚非大陆，从刚果北部开始，经过中非、南苏丹、埃塞俄比亚、厄立特里亚、红海、也门、沙特阿拉伯、阿曼、巴基斯坦、印度、中国，在北太平洋西部结束。其中环食带在我国穿越西藏、四川、贵州、湖南、江西、福建、台湾等省、自治区。这些地区的环食带区域内将可见日环食，其他地区可见偏食。”

她望向高小兰：“这上面特别提到了我们所在的江西省，也就是说，6月21日那天，我们这个镇也是能看到日食的。”

“对，可这事跟买聚缘宾馆有什么关系？”

梁亚丽摇摇头，表示她也想不通了。这时又有人进超市来买东西，两人暂停了谈话，等客人买完东西后，高小兰再次拿起手机，查询跟日食有关的信息。几分钟后，她说道：“网上有篇文章，说每次发生日食时，地球上的某处都会发生一些奇特的事情。”

“是吗？我看看。”

梁亚丽拿过手机，看完了那篇文章，发现上面列举了几起号称历史上发生过的跟日食有关的“奇特的事情”，分别发生在不同的国家和地区。比如：

1954年6月30日，日全食，新疆和田地区，有巨大陨石坠落；

1961年2月15日，日全食，日本海惊现巨大海怪，目击者称，这是某种他们从未见过的恐怖生物；

1977年4月18日，日环食，北极发生不明原因的冰层融化事件，厚厚的冰层在一天内融出一个直达冰海的大洞；

2016年9月1日，日环食，印度洋发生罕见的海上龙卷风，一条巨大的水龙从海面直通云天，伴随着雷鸣和闪电，仿若世界末日。

…………

梁亚丽是一个生活在小镇上没见过什么世面的普通人，看完这些后，无法辨别真伪，明显被吓到了。她脸色发白说道：“那……6月21日那天日食，又会发生什么怪事？”

“这就只能问你老公了。但他不肯说呀。关键是，他是从谁那儿听说这件事的，为什么会深信不疑呢？”

“是啊……这事真是太神秘了，让人完全摸不着头脑。”

“亚丽，”高小兰突然严肃地说，“这件事情，只有两种可能性。一种是你老公被人忽悠了；一种就是，他真的通过某种神秘的渠道洞悉了天机。不管怎么说，两个月后你就知道结果了。”

梁亚丽跟高小兰对视一眼，露出惶惑不安的神情。

4 月 14 日中午，梁亚丽收到李国军发来的一条信息：“嫂子，我把四百八十万打到我哥账户上了。昨天晚上我又跟他聊了一会儿，算了，不说了，我哥这辈子都没有这么执着地想做一件事情，我这当弟弟的就权当支持他了吧。”

梁亚丽能感觉到李国军的无可奈何，她也不知道该回复什么。感谢的话是没法说出口的，因为这事压根儿就跟她没关系。她也不希望李国军觉得，自己是站在李国平这边的。拿着手机发愣的时候，李国军又发了一条信息过来：“我哥拿到这笔钱后，肯定马上就去买那宾馆。这是大事，你最好陪他一起去，别让他被坑了。四百八十万不是小数目，买这么大一栋楼，且不说有没有价值吧，好歹得货真价实才行，别让人拿假产权证什么的把我哥糊弄了。”

梁亚丽马上回复：“国军，要不你回来一趟吧。我和你哥连县城的房子都没买过，一点儿经验都没有，现在突然买这么大一家宾馆，哪里知道这里面的深浅呀！人家要真想坑我们，我们铁定被坑呀！”

李国军隔了几分钟，回复道：“嫂子，我最近特别忙，回不去。这样，我托朋友在南昌找一个经验丰富的律师，让他明天到镇上协助你们过户。”

梁亚丽：“好的，谢谢了，国军！”

李国军：“自家人别客气。联系好律师我跟你说啊。”

梁亚丽拨通李国平的电话，把李国军的意思说了。李国平嘿嘿一笑，说：“还是我弟弟考虑周全。对，请个懂行的人来协助我们买房，稳当多了。”

“你准备什么时候去跟聚缘宾馆的老板谈？”梁亚丽问。

“我给他打个电话，约明天吧。国军不是说，他找的律师明天就能到林泉镇来吗，明天咱们都请个假，一起去办这事。”

“行吧。”梁亚丽不想多说了，挂了电话。

第二天上午，李国军托人找的律师专程开车来到了林泉镇，跟李国平联系之后，夫妻俩跟这位律师见了面。律师姓冯，开着一辆豪车，戴副眼镜，穿着笔挺的白衬衫和休闲裤，一看就是大城市里的精英阶层。夫妻俩把冯律师请到镇上最好的饭店吃饭，好酒好菜地伺候着。午饭之后，冯律师稍微休息了一会儿，就提出去聚缘宾馆办正事了。

李国平昨天就跟聚缘宾馆的老板约好了。三个人到了聚缘宾馆，老板已经准备好地契、房产证、营业执照等资料，一一拿给律师过目。冯律师经验丰富，仔细审阅之后，告知李国平夫妇，这些东西都是真的，只需要按流程签合同、付款，再到县里的房产局去办理过户手续就行了。

李国平很开心，老板也很开心。大家各取所需，皆大欢喜。老板提议现在就去过户，李国平说：“等一下，我有几个问题想问一下。”

老板说：“好的，你问吧。”

李国平问：“这家宾馆，现在一共有多少员工？”

老板：“前段时间遣散了一些。现在留下来的，还有六个客房服务员、两个厨师、一个保安、一个保洁员、一个财务和一个前台。”

李国平：“他们的工资加起来，一个月是多少钱？”

“三万多，接近四万吧。”老板想了想说。

“四月份的工资，已经付了吗？”

“对，付到了 4 月 30 日。月底的时候，如果你要换一批人，可以把他们开了，重新招人就是。”

“这些员工都是镇上的人吧？”

“对。”

“那他们全都可以留下来，工资不变，照发。但我有一个请求。”

“你说。”

“四百八十万这个价格，我就不讲价了，可以一次性付清。就是麻烦你把这些员工的工资付到五月底，好吗？六月份和之后的，你就不用管了。”

李国平挠了挠头说：“主要是我的钱刚刚够买这宾馆，买了之后，就连他们一个月的工资都付不了了。”

这老板也是个爽快人，立刻答应下来：“没问题，我一会儿就让财务把五月份的工资提前预支给他们。”

李国平点头表示感谢。之后，老板把所有员工全都叫了过来，告知他们，这家宾馆由李老板接手了，他一个员工都不遣散，不但让他们继续在这里工作，还把五月份的工资提前发了。这些员工全是镇上的熟人，有几个还是跟李国平一起长大的小伙伴。他们本来以为要失业了，没想到李国平不但保住了他们的工作，还提前发了一个月的工资，一个个千恩万谢。李国平叫大家别客气，说了几句让他们以后好好干之类的激励人心的话，就让大伙分别做事去了。他和老婆、冯律师、老板几个人开车前往县房管局办理过户。

过程无须赘述，总之，五点下班之前，他们办完了所有过户手续。一个星期之后，直接到房管局拿新的土地证和房产证就行了。四百八十万一分不少地转了账，收到钱的老板喜不自胜，终于甩掉了这赔钱货，让他一身轻松。他邀请李国平夫妇和冯律师共进晚餐，几个人在县城最高档的餐厅点了一大桌酒菜，吃得过瘾，喝得尽兴。吃完这顿饭，已经晚上十点了。老板让冯律师别回南昌了，帮他在县城的酒店开个房间住下来。喝得醉醺醺的冯律师本来就没法开车了，欣然应允。

“你俩也别回林泉镇了，今天晚上就住县城吧。”老板对李国平夫妇说。

喝醉了的李国平咧嘴一笑：“我自己就是宾馆老板了，还去照顾别人生意？要住也住自家的店呀。”

“这倒也是，今天刚过户，特别有纪念意义。那我叫人开车送你们去聚缘宾馆！”

老板遂联系了一辆轿车，给了司机双倍的车费，让司机把李国平夫妇送到林泉镇的聚缘宾馆。梁亚丽答谢之后，跟老板和冯律师告别，扶着李国平上了车。李国平彻底喝大了，刚上车就呼呼大睡。

几十分钟后，车子开到了聚缘宾馆门口。李国平已经烂醉如泥了，梁亚丽和司机两个人都拖不动。无奈之下，梁亚丽只有叫来了宾馆里的服务员，大家一看，原来是新老板喝醉了，来住自家宾馆。几个人合力把李国平抬进了宾馆内，乘坐电梯上四楼，开了一个最好的房间。三四个服务员分别给李国平擦脸、泡茶，悉心伺候。还有一个服务员把卫生间的浴缸放满温水，说道：“梁总，让李总泡个澡吧，可以醒酒。”

“啊……”梁亚丽没能适应这个新称呼，含糊道，“行，那你们……先去忙吧。”

几个服务员离开房间，把房门关好。李国平洗完脸、喝了茶之后，清醒了一些。他望向梁亚丽，发现老婆看着他笑，便问道：“你笑什么？”

梁亚丽摇着头说：“人生还真是奇妙呀！昨天，我还是超市里的一个小员工，今天就摇身一变成梁总了。哈哈，这辈子第一次有人这么叫我呢。”

李国平也笑了：“慢慢就适应了，梁总。”

“适应什么呀？我明天不还得去超市上班吗？”

李国平眨眨眼睛：“咱们都当上这宾馆的老板了，你还去上什么班呀？这宾馆不需要人管理吗？”

梁亚丽苦笑道：“管理什么呀？你看看这宾馆里除了咱们俩，还有别的客人吗？”

李国平说：“现在没有，但 6 月 21 日之后就会有了，而且会来很多人。我跟你说，明天咱俩都去把工作辞了，然后买些酒店管理方面的书来看。从现在到 6 月 21 日的这两个月，咱们可不能闲着，必须给自己充电才行。不然，根本应付不了后面的状况。”

听到李国平又一次提到了 6 月 21 日，而且说得如此言之凿凿。梁亚丽想趁他喝醉了套话:“6 月 21 日之后，会出现什么状况？”

“客人会蜂拥而至。”李国平说。

“为什么呀？”

李国平不愿多说，看来即便是喝醉了，他的嘴仍然能把风。他岔开话题，一边脱衣服，一边朝卫生间走去，说道:“我要去洗澡了。”

一分钟后，卫生间里传来一声舒心的赞叹:“哎哟！”梁亚丽问道，“怎么了？”

“老婆，你来。”

梁亚丽走进卫生间，看到了宽大的浴室，李国平脱光了浸泡在一个圆形浴缸之中，看上去极其享受。他说:“我这辈子还是第一次在浴缸里泡澡呢。这浴缸还是有按摩功能的，可舒服了！”

梁亚丽说:“我刚才听员工说，这个宾馆只有两个豪华套房，这就是其中的一间。”

李国平招了招手:“这浴缸能容下两个人呢，你进来跟我一起洗吧。”

梁亚丽摇头:“你浑身的酒味儿，我才不想跟你一起泡呢。”

李国平站起来，拉住梁亚丽的手，也不管她还穿着衣服，硬把她抱进了浴缸，两个人一起浸入水中。梁亚丽发出尖叫，然后咯咯咯地笑……

这家宾馆能不能赚到钱，还未可知。但它带来的快感和乐趣，梁亚丽倒是在今天晚上，切实地体验到了。

李国平夫妇斥资四百八十万买下聚缘宾馆的事，在一天之内传遍了整个林泉镇。

接下来的两天，他们夫妇先后辞职，彻底投入宾馆的管理之中，更是引起一阵轩然大波。

镇上的人议论纷纷，归纳起来，这些声音无非就是以下三种：

1. 李国平和梁亚丽是不是疯了？

2. 这两口子真有钱。

3. 有个有钱的弟弟，就是任性。

不过，也有一些不同的声音，主要来源于聚缘宾馆的员工和家属，他们认为李国平夫妇有胆识、有魄力、有远见。这宾馆现在是没什么生意，说不定以后会慢慢有所好转呢。

当然，说这话的人自己心里也是没底的，只是因为自己或家人从中获益——至少是没有失业——所以必须为现任老板说几句好话。

对于这些议论，李国平让梁亚丽不必理会，做好自己的事情就行。他自封总经理，梁亚丽是副总经理，两人专门花一天的时间到市里的书店采购了一大批酒店经营管理方面的书。买回来之后，悉心钻研。时间一天天地过去，到了 5 月底的时候，两口子把这些书全都看完了，对酒店的管理自然有了不少心得。可问题是，没有多少实践的机会。这一个多月的时间，来宾馆住的人一共只有十几个，总营业额为两千一百三十元，连发一个员工的工资都不够。

跨过 5 月，梁亚丽有些着急了，对李国平说："咱们俩现在都没有工作，这家宾馆要是过了这个月再不盈利，我们就连这个月的工资都发不出来了。"

李国平不以为然地说："什么叫没工作？经营酒店不就是工作吗？你就放心吧，6 月 21 日就要到了。到时候，再多的钱都赚得到！"

梁亚丽已经不想问为什么了。她知道，问了李国平也不会说。事已至此，也没有回头路可走了，不妨就等到那天再说吧。要是什么事都没发生，至少要让李国平拿个说法出来。如果理由不充分的话，这日子也不用过了，离吧。

随着这个特殊日子的临近，梁亚丽对日食这件事也越发关注起来。她查了一些资料，发现 6 月 21 日的日食，将发生在下午两点到五点之间。云南、贵州、湖南和江西等地的天文爱好者，包括当地天文台，都发布了观看日食的最佳地点。值得注意的是，江西的一家媒体，特别提到了他们所在的市，说这里是全国观看日食的最佳地点之一，在这里能够看到标准的日环食，而不像有些地方只能看到日偏食。虽然这篇文章中没有提到林泉镇，但梁亚丽隐约有种感觉，林泉镇也许是重中之重。

很快，6 月 21 日到了。

这一天，宾馆里没有一个客人。镇上的大多数人对日食不甚关心，该工作的工作、该上学的上学、该做生意的做生意，大家仍然按部就班地做着自己的事情。没有人因为下午即将出现的日食改变原有的生活节奏——除了李国平和梁亚丽。

这段时间，他们都住在宾馆四楼的豪华套房里——反正空着也是空着，不如自己住，比家里的房子舒服。午饭过后，梁亚丽发现，李国平明显地心神不定起来。他虽然没有明说，但是会时不时走到阳台上，望着外面的天空。今天天气很好，蓝天白云，阳光灿烂，看不出什么特别的征兆。梁亚丽从新闻上了解到，今天下午，好多人会在各地的观测地点目睹这一天文奇观，但是并不包括林泉镇这个小地方。在林泉镇，关心这事的估计只有他们俩。

李国平的表现已经毫无疑问地印证了梁亚丽和高小兰之前的猜想。梁亚丽走到阳台，问道："你是在等日食出现吗？"

李国平望着老婆："你已经知道了？"

梁亚丽说："你真以为我傻呀。"

李国平尴尬地一笑："对，我之前跟你说的 6 月 21 日会发生的事，就是日食。"

梁亚丽本来很想问，日食跟这家宾馆有什么关系。但她忍住了，反正还有一个多小时，日食就开始了。悬念即将揭晓，还是亲自验证吧。

一点四十分的时候，李国平问梁亚丽："你想看日食吗？"

梁亚丽说："你以为我站在这阳台上是为了什么？"

李国平走进房间，从抽屉里拿出两副眼镜，递了一副给梁亚丽："日食是不能用眼睛直接看的，对眼睛有伤害。我之前买了太阳观测镜，你戴上吧。"

梁亚丽遂戴上太阳观测镜，两人一言不发地站在阳台上，等待着日食的发生。

两点零二分的时候，天空突然黯淡下来，倒不是日食开始了，而是乌云密布。太阳被云层遮盖，梁亚丽心想：这还能看到日食吗？

两点二十四分，云层变薄了，太阳隐隐约约地显露出来。李国平激动地指着天空说："看，日食开始了！"

果然，太阳已经出现初亏，像一张圆饼被人从下面咬掉了一小口。渐渐地，随着时间的流逝，这一口被咬得越来越大。到三点零七分，太阳变成了一把弯钩的形状。三点半，则只剩下细小的光边了。

很快，太阳就会被全部遮蔽。梁亚丽瞥了一眼身旁的丈夫，发现他身体几乎都僵硬了，表情亦然，紧张得难以形容。**毫无疑问，他在期盼着什么，而这件事，只有在太阳被彻底遮蔽的那一刻才会发生。**但是，到底会发生怎样的怪事呢？梁亚丽也不禁紧张起来。

三点五十分，月球运动到了太阳和地球中间，三者正好处在一条直线上，月球几乎将整个太阳全部遮挡住了，只剩下边缘的一圈光环，形成标准的日环食。此时暗无天日，宛如黑夜。

梁亚丽是第一次看到日环食这样的奇观，被深深地震撼了。**而这时，令她更震惊的事情发生了。**

一条红色的火龙，居然从被遮蔽的太阳里钻出来，张牙舞爪地扑向地面。

梁亚丽发出惊恐的尖叫，指着天空说："天哪！这是什么？！"

身边的李国平吓了一跳，问道："怎么了？"

"你没看到吗，龙……一条红龙！"

李国平诧异地望着天空，又望向老婆。片刻后，他明白了，用手遮住梁亚丽的眼睛："你对着太阳看太久了，出现幻觉了吧？"

梁亚丽闭上眼睛，休息了片刻，再度睁开眼睛的时候，天空中的红龙已经消失了。她叹了口气，说："可能我真的眼花了。"

"你进去休息一下吧，别再盯着太阳看了。"李国平说。

"太阳不是已经被遮住了吗，现在也看不到了呀。"梁亚丽不肯回屋。她想知道，到底会不会有怪事发生。

于是，两人留在阳台上继续望天。几分钟后，梁亚丽觉得不对劲了，说道："日食会持续这么久吗？"

李国平没有说话，也许他根本就没有听到，因为他的全部注意力都集中在了日食上，他仿佛变成了一座雕像，灵魂已经神游物外了。

梁亚丽看了看表，现在是四点钟。整整十分钟过去了，太阳仍然处于日环食状态。她的脊背渐渐泛起凉意，意识到目前的状况是不对劲的。因为她知道，太阳、月亮和地球都是不断运动着的，理论上说，日食发生之后，太阳会渐渐露出来，最终恢复成全无遮挡的状态。

"这是怎么回事？"梁亚丽恐惧地说，"日食……一直保持住？"

李国平的身体颤抖起来，嘴里不停地念叨着"天哪"，最后，他说出一句话来："真的发生了！"

梁亚丽明白了："这就是你说的，6 月 21 日那天会发生的事？你早就知道会这样？！"

"对！现在，你相信我了吧？"

梁亚丽的确相信了，同时陷入一种前所未有的迷茫和恐惧之中。她虽然只有高中学历，但是也知道目前的状况是违反物理原则的。难道……太阳、月亮和地球，在这一刻同时停止了转动？这可能吗？

这时，楼下传来一阵喧闹声，他们从阳台上探出头去，隐约看到几个员工从宾馆里走了出来，大声地议论着什么。看来他们正在集体谈论这件怪事。

"走，我们下去看看。"李国平说，梁亚丽点了点头。

两人乘坐电梯下楼，走出宾馆大门。外面现在如同黑夜，有人打着手电筒，有人用手机的背光充当照明物。看到老板和老板娘出来了，员工们迅速围了上去，负责前台接待的小江惊慌地说道："李总、梁总，出怪事了！天突然黑成这样了！"

一个男服务员说："我之前看了新闻，说今天有日食，可是这日食怎么持续了这么久呀？！"

众员工七嘴八舌地描述着这起怪事。李国平用手势示意大家安静下来，说道：“大家别慌，这可能是特殊天文现象。现在，所有人都回到自己的岗位上去，不要擅离职守，我和梁总去了解下情况。”

员工们一边答应，一边走进宾馆，情绪比之前稳定了些。保安把手电筒递给李国平，说：“李总，外面路黑，你们拿上这个吧。”

李国平接过手电筒，跟梁亚丽一起朝中心广场的方向走去。这个广场是林泉镇唯一的广场，旁边就是镇政府。平日里有什么大事或者节庆活动，大家都会聚集在广场上。

果然，他们来到广场上的时候，这里已经聚集了大半个镇子的人。虽然现在是下午，但周围的店铺和附近楼房的住户，全都把灯打开了。灯光照耀着广场，让人们彼此能看清对方。李国平和梁亚丽融入人群，不用听也知道周围沸沸扬扬说着什么。所有人都望着天，指着天上只剩下一个光圈的太阳，流露出不安的情绪。

梁亚丽刚刚站定，突然旁边伸出一只手来，抓住了她的胳膊。她吓了一跳，回头一看，是一脸惊恐的高小兰。她们的目光对视在一起，梁亚丽知道高小兰想说什么，两人迅速走到一个人少的角落。高小兰睁大眼睛说：“亚丽，我的天哪……6 月 21 日这天，真的出怪事了！”

梁亚丽说：“我也被吓坏了，真的，李国平知道要发生这样的事，但他一直没跟我说！”

“日食不可能持续这么久……这太不正常了！”

梁亚丽当然知道这样的状况不正常，但她也跟所有人一样摸不着头脑。就在这时，木材加工厂的十几个工人慌慌张张地跑到广场上来，为首的一个气喘吁吁地说道：“喂，你们快去镇子边看看！”

“看什么？”有人问。

那人喘着气说：“我不知道该怎么说，你们去看了就知道了！”

人们面面相觑，然后，都朝镇子边缘蜂拥而去。李国平、梁亚丽和高小兰自然也在其中。

从镇中心广场到木材加工厂，只要十几分钟。木材厂的位置，就在镇子旁边。这一点，李国平当然是再清楚不过了。一群人黑压压地赶过来，还没到木材加工厂，所有人就惊呼了起来。

因为他们清楚地看到了一幕奇景——镇子的边缘，出现了一道黑白分明的“线”。这根线是圆弧形的，把镇子和镇外的木材加工厂隔绝成光明与黑暗两个世界。镇子里漆黑一片，镇外的厂房、森林、高山却沐浴在温暖的阳光之中。身处黑暗中的他们，仿佛在看一部真实的球幕电影，离“线”最近的人，跟“银幕”仅仅隔着十几米的距离。

毫无疑问，人们惊呆了。他们从来没有遇到过这样的怪事，宛如置身梦幻之中。这里面，甚至包括了李国平。他张大了嘴，瞪大眼睛，显然，这一幕是他怎么都想不到的。

“天啊，这是怎么回事？！”有人吼了出来。随即，人群中爆发出浪潮般的惊呼。

带领他们来到这里的工人说：“我们在厂里上班，两点多的时候，出现了日食，因为这是难得一见的奇观，所以大家都走出厂房来看日食。大概三点五十分，日食渐渐结束，周围恢复光亮。但我们看到，镇子那边居然还笼罩在一片黑暗中，就像一个没开灯的房间一样！我们吓坏了，就一齐冲到广场上来，叫你们也来看！”

“不，这跟没开灯的房间不一样。”镇上的一个男人盯着边缘清晰的那条分界线说，“如果一个房间开灯，一个房间不开灯，光会透到那个不开灯的房间，照亮前面的部分。但你们看，这条分界线，把镇子和外面分割成了两个世界！”

人们发现他说的对。形象比喻的话，整个镇子仿佛被一个巨大的、圆形的黑色罩子罩起来了。罩在里面的部分，是黑夜；外面，则是白昼。两个世界，划分得整整齐齐，交界处就像黑白两张纸拼接在一起，十分清晰。

“你们……是从白天那边跑进黑夜来的？”有人问。

“对。”

“那么，我们也可以走到外面去吧？”

“当然可以，你们现在就可以走出来试试。”

木材厂的工人带头走到阳光之中。人们也纷纷跨越黑白的边界，仿佛穿越到了另一个世界。这样的感觉真是奇妙到了极点。甚至有人站在边界中间，一半身处黑暗，一半身处光明，他激动地喊道：“快看呀，我就像个阴阳人！”

一些年纪小点儿的孩子，居然在两个地带间跳进跳出地玩了起来，甚至发出欢声笑语。他们出没于黑夜和白昼，仿佛在短短几分钟内，就轮回了无数个日夜。

大人们自然没那么乐观，有人不安地说：“这是怎么回事？难道我们的镇子陷入永夜了吗？”

镇长不知何时出现在了人群之中，他举起双手示意大家少安毋躁，说道：“乡亲们，我刚才跟县委的领导打了电话，把我们镇发生的怪事告诉了他们。县委又通知了市委，他们马上就会派专家到我们镇来考察，相信很快就会给大家一个解释的！”

“那我们现在做什么呢？”一个女人问。

“还是跟往常一样呀。”镇长说，“镇里虽然天黑了，但是又没停电，大家把灯打开，当作这是晚上不就行了吗？”

“我们待在黑暗中，不会有什么危险吧？”又有人问。

“怎么会有危险？难道你们没见过夜晚吗？”镇长说。

“可是这不一样呀，现在明明就是白天，只是镇上变黑了！”

“不是镇上变黑了那么简单。”一个站在镇子里的人指着天上说，“你们看，从镇子里面看的话，现在都还是日食的状态！”

“对呀……外面都已经能看到太阳了，镇子里怎么会有另一个被遮挡住的太阳？”

“难道黑暗，被固定在我们镇的上方了？”

“怎么可能？日食又不是手机壁纸，还能一直保存下来呀？”

“是啊，这是什么状况，太可怕了！”

人们你一言我一语，再次陷入恐惧焦躁的情绪中。镇长为了稳定人心，说道：“那这样，今天这种特殊情况，不强制大家待在镇子里，工作之类的都可以先放放。如果大家认为镇子外面更安全的话，大可待在有太阳的区域。我刚才已经问过了，县里的其他地方，包括市里，都很正常，好像只有咱们镇是特殊的。”

人们面面相觑，有人说：“还是先去县里或者市里待段时间，等镇子恢复正常再回来吧！”这话一呼百应，人们纷纷点头，觉得理应如此。人类自古以来就对黑暗有一种与生俱来的恐惧，仿佛黑夜会孕育出怪兽一般。这种明显不正常的状况，更是令他们恐惧感倍增。于是人们连行李都来不及收拾，就集体出逃了。镇上的人几乎都在县城或市区有亲戚，到亲属家去暂避几日，成为绝大多数人的选择。

看到镇上的人全都朝镇外跑去，几乎没有人返回被黑暗笼罩的林泉镇，高小兰也有点慌了，问梁亚丽：“我们怎么办，也走吗？”

梁亚丽说：“我问问李国平。你在这儿等我，我问了他后，再跟你说。”

高小兰点头。梁亚丽拨开人群，走到丈夫身边，问道：“我们现在做什么？”

李国平小声道：“你没听到镇长刚才说的吗，县里和市里的专家马上就要到林泉镇来考察这个怪异现象了。如果我没猜错，省里的人、国家级的专家，很快也会一拨一拨地来。这种时候，你说我们该干什么？”

梁亚丽眼珠一转：“你是说，我们回去经营宾馆？”

“当然了，这么多人涌到林泉镇来考察，他们不用住店的吗？林泉镇一共只有三家宾馆，除了聚缘宾馆，另外两家都是条件简陋的小旅馆。这些专家来了之后，你说他们会选择住哪里？”

梁亚丽惊讶地说：“你一开始……就算到了这些？”

李国平看了看周围，人们还没有完全散去，他说：“咱们别在这儿聊了，回去再说。”

“等一下，我跟高小兰说一声。”

梁亚丽跑到高小兰身边，说他们准备回去经营宾馆。高小兰不傻，一下就明白过来了："亚丽，你老公早就算到有这一天了？！这就是他提前买下聚缘宾馆的原因？！"

梁亚丽不想跟她多探讨此事，问："那你呢，打算怎么办？"

高小兰压低声音说："我当然是留在林泉镇了。亚丽，从今以后，你们做什么我就做什么，我就跟着你们混了！"

"可我们是去经营宾馆呀，你……"

"我也去经营超市呀。镇上的人基本上都跑光了，其他的店铺肯定是没人经营的。那这些县里和市里来的专家，当然只能在咱们超市买东西了。发生这种怪事，我都坚持留在超市上班，老板不知道多感动，这个月的提成少得了吗？"

梁亚丽点点头："行，那专家们来了之后，如果要买东西，我叫他们到你那儿去买。"

"够意思！"高小兰拍了一下梁亚丽的肩膀。

之后，他们三个人便反其道而行之，朝黑黢黢的镇子里走去。

李国平和梁亚丽回到聚缘宾馆，立刻召集所有员工在一楼的餐厅开会。李国平把目前的状况告诉员工们，众人大骇，一个男服务员惊诧地说："镇子边缘现在真有一条黑白分明的分界线？那我们赶紧去看看吧！"

李国平说："可以，但你们别去木材厂那边了，咱们宾馆其实就接近镇子边缘，你们出了门往西北方向走，应该很快就能看到那条分界线了。如果我没猜错，整个镇子是被笼罩在一个圆形'罩子'里面的。"

大家迫不及待地站起来，想赶快去一探究竟。李国平说："等等，我话还没说完呢，你们急什么，这种情况会一直持续下去的。"

不仅是员工，连梁亚丽都诧异地望向了李国平。有服务员问："李总，你怎么知道呢？"

李国平顿了一下："我猜的。"然后迅速岔开话题继续说："你们坐好，我要说几件事。"

员工们纷纷坐下来。李国平说："现在镇上很多人都跑到县里或者市里去了，但咱们不用慌，不会有事的。镇政府的人、派出所的警察，他们肯定会留在镇上的。而且我也可以告诉你们，现在除了天黑，没有什么危险，你们大可放心地留在林泉镇。你们的家人如果不放心，要出去避几天，也是可以的。但你们必须留在这里，因为咱们赚大钱的机会来了。"

"怎么赚大钱？"一个员工问。

"镇长说，县里、市里的专家马上会到林泉镇来考察这里发生的异象。他们肯定会住在咱们宾馆。之后，还会有更多的人来，咱们的生意会好到爆。"

员工们露出欣喜的神色。李国平接着说："你们到镇子边缘看完后，不要多耽搁时间。厨房的人到附近的菜市场进行采购，肉类、蔬菜、禽蛋、水果，尽管买回来。服务员把许久没人住的房间打扫干净。总之，做好迎接客人的准备。"

"是。"众人一起答应。

"最后一件事，从这个月起，每个人的工资调整为原有基础的两倍。干得好的话，月底还有分红。但是如果工作中出现懈怠，或者出现服务态度差等问题，就不要怪我不讲情面了——当即开除！"

这番话激励并警醒了每一个员工，他们齐整整地回答道："是，我们一定好好干！"

"去吧。"

员工们走出餐厅后，梁亚丽用欣赏的目光打量老公，说道："你现在真有老板派头。"

李国平笑了一下："你现在不怀疑我之前说的了吧？"

"当然。那你能告诉我，这到底是怎么回事了吗？你为什么知道会发生这样的怪事？"

"我不是跟你说了吗，是一个人告诉我的。"

梁亚丽刚要说话，李国平做了一个噤声的动作："别问我这个人是谁，我当初不会说，现在更不会说。你只要记住一点就行了——相信我，听我的话，然后，跟着我过好日子。不该打听的事情，不要打听，否则的话……”

“否则什么？”

李国平沉吟一刻：“否则我们可能会有大麻烦。”

“什么大麻烦？……”

“我刚才说了什么？”

梁亚丽闭口不语了，脸上露出不安的神情。李国平却笑了，挽着老婆的肩膀说：“别担心，照我说的去做就没事。”

五点多，县里和市里的两批专家先后来到林泉镇。镇长等人在镇子边缘接待了他们。看到被笼罩在黑暗中的镇子，这些专家惊愕得合不拢嘴，一个个张口结舌地望着天，许久说不出话来。特别是当他们踏进“黑暗领域”，看到至今仍悬挂在镇子上空呈现日环食状态的太阳时，一个个发出近乎破音的惊呼，“天哪”之类的感叹词此起彼伏。接着，每一个人都拿出摄像机、手机，对着这幅奇景一阵狂拍。

李国平现在跟镇长等人站在一起，作为全镇最大一家宾馆的老板，他自然要参与到接待工作中来。等专家们拍摄和观望得差不多了，李国平说：“各位专家远道而来，请先到我们宾馆去休息一下吧。考察工作，稍后再进行也不迟。”

一位白发苍苍的老专家激动地说：“这样的奇观，我此生从未见过，也没有听闻过！我必须在异象消失之前，抓紧时间研究！”

其他人也纷纷点头，看来他们都担心异象会转瞬即逝，从而错过这一难得的研究机会。李国平说：“我们宾馆就在镇里面，离‘边界线’也很近，很方便各位研究。这一奇怪的天象也不知道要持续多久，宾馆现在还有房间。如果各位有住宿的需要……”

他话还没说完，一个中年学者立刻说道：“好，我订一个房间！”其他人也纷纷表态，看来这群人今天晚上都不打算走了。

李国平心中一阵窃喜，上了其中一位专家的车，告诉他路线，将他们和镇长一行人都带到了聚缘宾馆。梁亚丽正好站在门口，看到一下来了七八辆车，知道生意上门了，立刻上前寒暄。专家们进入宾馆大堂，办理入住。

这些人全是县里和市里的高级人才，出行都是享受报销和补助的。听说聚缘宾馆有四十个房间，纷纷表示要开单间住宿。前台的小江喜不自胜，正要给他们登记入住。李国平抢先一步说道：“对不起，各位专家，房间现在有点紧俏，只剩下不到十间房了，只有委屈下大家，两人一组住标间了。”

镇长一听，皱起眉头，走到李国平身边小声说道：“你这宾馆哪里住了其他人？为什么不让专家们各住一间房？他们住得舒服点儿，你也可以多收点房费呀。”

李国平说：“不是，镇长，你不知道，半个小时前，省城那边打电话来，一次性订了二十几间房，肯定是省里的专家组也要来。我不给他们留着能行吗？咱们镇的条件你又不是不知道，除了我这儿，另外那两家小旅馆能接待这些贵客吗？咱不能让省里的专家去挤大通铺呀！”

其实这是子虚乌有的事情，是李国平胡诌的，只是为了留住大部分房间罢了。但镇长被唬住了，连连点头：“对，那房间必须得留着。”他转身对专家们说：“各位专家老师，实在是不好意思，省里的专家也要来，刚才预订了二十多个房间。只能委屈大家两人住一间了。”

专家们倒也不介意，他们本来就不是来度假的，有房间住就可以了。于是自由搭配，两位男士住一起，两位女士住一起。商量好后，他们纷纷掏出身份证，准备开房。李国平说：“标间是三百元一晚，加上一百元的押金，一个房间四百。”

“哎，这墙上的价码牌上，不是写着标间一百五十元一间吗，怎么变成一百五十元一个人了？”有人指出。

李国平说：“真是不好意思，那是以前的价格，最近我们做了调整，还没来得及更换这块牌子。”

专家们虽然有些不满，但三百元这个价格也不算贵，况且他们本来就是能报销的，也就不纠缠这些小事了。当务之急是赶紧办好入住手续，迅速投入研究异象的工作中。谁能够最先有所发现，得出哪怕是一丝半点的猜测或结论，谁就是最先震撼学术界的人。作为“混迹”学术界多年的人，他们敏感地意识到，如果异象一直持续，别说省里的专家，全球的专家都有可能涌到这座小镇来。

于是众人纷纷开始办理入住。前面的人付的都是当晚的房费，轮到最后一个人的时候，那人掏出一张银行卡，说道：“我交十天的房费，你们给我刷三千元吧。”

专家们吃了一惊，暗忖这人实在狡猾。李国平也没想到有人如此大手笔，正发愣的时候，又有几辆车开到了他们宾馆门口。车门打开后，十几个扛着摄像机拿着话筒的人涌了进来，为首的人问道：“还有房间吗？”

小江有点蒙，望向李国平，让老板拿主意。李国平问道：“请问你们是？”

“我们是电视台的记者，来林泉镇报道这起怪事的。”

“啊……媒体都知道这件事了吗？”

“何止媒体呀！我敢说，一个小时后，全世界都会知道发生在林泉镇的这件怪事！”那位记者模样的人激动地说道，“现在可是信息时代，林泉镇的视频已经传遍全国了！”

“视频？”李国平刚才一直忙于接待，没空看手机。

梁亚丽把手机递给李国平看：“微信群和朋友圈里，各种视频正在疯狂转发，微博也上头条热搜了！”

李国平明白了，之前一定是镇上的人拍下了相关的视频，然后流传了出去。他知道网络时代的厉害，一则奇闻逸事在半小时内传遍全国，一点儿都不稀奇。

刚才正在办理入住的那位专家说：“先把我的房间开好吧，收十天的房费。”

媒体记者们也纷纷掏出身份证准备办理入住。李国平略一思索，对那位专家说：“不好意思，我们的房间不提前预订，只能按天付房费。”

“为什么？别的宾馆和酒店都可以一次性预订很多天呀！”专家抗议道。

“别家我管不着，我们这儿的规矩就是这样。”李国平说。

记者们开始不耐烦了，催促起来：“你办不办？不办的话让我们先办，一天就一天吧！”

那人不吭声了，只好交了一天的房费。接着，李国平告知记者们，只能两人一个房间，他们没有意见，小江帮他们分别办理入住。

专家组和这群媒体人一共占了十七个房间，全部办完后，他们各自到房间去放东西，然后涌出宾馆，到外面研究或者报道去了。镇长等人自然也去陪同了，宾馆里暂时清净了下来。

李国平做的第一件事，就是更改房间价格，他对小江说：“你现在马上把标间的价格改成三百元一间，豪华套房的价格是六百元。”

“好的。”小江照做了，把标示房间价格的数字号牌进行了调换。

“咱们去一趟房间。”李国平对梁亚丽说。

他们乘坐电梯来到四楼的豪华套房。关上门后，梁亚丽深吸一口气，说道：“天哪，太疯狂了，如果不是你让他们两个人住一间房的话，四十个房间几乎一瞬间就住满了。”

“别担心，陆陆续续还会有人来的。”李国平说，“省里和外地的专家学者、媒体记者，估计已经在路上了，到这里只是时间问题。还有很多来看稀奇的人。不出所料的话，这里会变成全国最热门的地方。林泉镇每天的人流量肯定会比除夕夜的上海外滩还要多。”

“我的天，那我们这家小小的宾馆……”

“当然不可能住下这么多人，但从今天开始，我们的房间会天天爆满。”李国平笑道，“你现在还嫌四十个房间多吗？是不是觉得，即便是四百个也不算多？”

“嗯……不过，仔细想起来，这些人不一定非得要住宿吧。林泉镇这么小，一两个小时就逛完了，他们完全可以像逛商场一样，逛完就走。就算要住的话，也可以住在条件更好的县里或者市里，第二天再来就行了。”

梁亚丽的话让李国平陷入了思考，片刻后，他说道："那就要看这些专家的研究结果了。"

"什么？"梁亚丽没听懂。

"我的意思是，林泉镇仅仅只是被黑暗笼罩这么简单吗？还是这'永恒的日食'，是有某种意义的呢？"李国平若有所思地说，"我们拭目以待吧。"

李国平猜得没错，当天陆陆续续赶到林泉镇的人越来越多，这其中大多数都是要住宿的。而他们的选择，自然是林泉镇条件最好的这家宾馆。不到六点钟，宾馆的所有房间都客满了。来迟的人，只有悻悻然地去住另外两家小旅馆。

李国平和梁亚丽忙着招呼刚来的这批客人。他们到的时候就接近六点了，现在正是吃晚饭的时候，他们也不打算去别的地方吃饭了，就在宾馆一楼的餐厅用餐。

客人们点好菜后，厨房一阵忙活，很快端上来了各道菜肴。这些人吃着的时候，之前那批专家团队也回来了。梁亚丽上前询问："各位专家吃饭了没有？就在咱们宾馆的餐厅吃好吗？菜是今天下午才买的，保证新鲜。"

一个专家看了下旁边那桌的菜，觉得还行，便说道："好的。"一行人七八个，选了张圆桌坐下。梁亚丽送上菜单，那专家随便看了看，递给了旁边的一个人："你们点吧，我还不怎么饿。"

那人说："我也不怎么饿。"

同桌的一位女士说："我也是。真是怪了，我平常到饭点是肯定会饿的。"

一桌人纷纷点头，说没有什么进食的欲望。最后一位专家说："不管怎么样，总是要吃饭的。不然晚上饿了，这小镇上可没有什么加餐的地方。”

于是他们随便点了些菜，梁亚丽记录下来，到厨房交给厨师。这时又进来八九个人，选了另一张圆桌坐下。梁亚丽再次递上菜单，没想到这桌人跟之前那桌人一样，也没有饿，只是觉得到了饭点就该吃饭而已。

他们点好菜后，梁亚丽把餐单给了厨房，然后找到李国平，对他说：“刚才进来的十几个人，有点儿奇怪。”

“奇怪什么？他们不就是住这儿的那些专家吗？”

“对，他们坐下来点菜，但个个都说不怎么饿，只点了很少的一些菜。我看他们可不是为了省钱。”

“别说他们，我都不怎么饿。”李国平看了下手表，“现在都六点半了，以往这个时候，我肯定是想吃饭了。”

“其实我也是。”梁亚丽说，“我还以为是我自己的问题呢，结果大家都是这样。”

“不，你看刚到的那几桌客人，他们就吃得很香。”

“是啊，为什么呢？”

李国平眼珠一转：“因为他们是才来这个镇，而我们和那些专家，之前就在这个镇上。”

“为什么在这个镇上，就不觉得饿？”梁亚丽不明白。

李国平思索了一会儿，说：“你现在马上问问员工们，看他们饿不饿。我去专家那边，听听他们在说什么。”

梁亚丽点了点头，夫妻俩分头行动。李国平踱步到这两桌专家旁边，假装在看窗外的夜色，实则是在偷听他们说话。以下是他听到的内容：

“这道清炒时蔬还不错，你们吃呀。”

“吃了。我已经吃饱了。”

“这才上了几道菜呀，你就吃饱了？”

“真不怎么饿。”

“我也是。”

“不对呀，咱们五点钟来的，之后一直在镇上考察，走走停停一个多小时呢，怎么可能不饿？”

“是啊，我下午喝了点儿牛奶，居然一直管到现在。”

“说到这个，我发现我今天的精力特别好。连续走了一个多小时，居然一点儿都不疲倦。我这体形，平常走二十分钟就累得不行了，今天一点儿都不觉得累，也不饿。”

李国平扭头瞄了那人一眼，说话的人是个胖子，看上去体重至少两百斤。

他这番话，引起了一片附和。看来每个人都有类似感受。一位教授模样的人说：“看来，这种奇异的天象，会对身处其中的人产生一定的影响。”

“对，我们刚才研究了许久，并未发现除天象之外的其他特殊之处，看来最应该研究的，是身处这里的人——也就是我们自己。”

这句话给了李国平某种启示。他脑子里突然冒出一个念头，为了验证此事，他走出了宾馆。

宾馆的侧面，是一块空地，李国平来到这里，深吸了一口气，开始做原地蛙跳的动作。他蹲下去，再用力地跳起来，动作幅度很大。平常时候，这种十分耗费体力的动作，他最多做上二三十个。现在，他在心里默数着：

11、12、13、14……

34、35、36、37……

76、77、78、79……

做到150个的时候，李国平停了下来，不是因为疲累，而是因为吃惊。

150个原地蛙跳做完后，他居然大气都没有喘一口，就像一个都没有做过似的。他丝毫不怀疑，自己可以一直做下去，做一千个、一万个，甚至永无止境。

这一刻，李国平觉得自己仿佛变成了超人。很快，他意识到，不仅是他，身处这个镇的每一个人，可能都成了超人。他激动得难以自持，迅速跑进宾馆，拉起梁亚丽的手，跟她一起来到四楼的豪华套房。

“你干吗呀？我正在给吃完饭的客人结账呢。”梁亚丽说。

“这些事让员工们去做吧。我要告诉你一件事，这件事估计那些教授和学者都没有发现！”李国平激动地说。

“什么事？”

李国平正想说，突然觉得与其口述，不如让老婆亲自体验一下。他说：“你平时为了锻炼腹肌，不是会做平板支撑吗？你现在试一下。”

梁亚丽一头雾水：“你不是要跟我说事吗，怎么又叫我做平板支撑？”

“你先做吧，做了就知道了。”

梁亚丽狐疑地脱了鞋，爬上床，做出平板支撑的姿势。李国平说：“我给你计时。”

梁亚丽以前做平板支撑的最高纪录是两分零五秒。现在，她保持着这一姿态，许久之后，她自己也感觉有些不对了，问道：“过多久了？”

李国平看着手表说：“五分十四秒了。”

“什么？！”梁亚丽大吃一惊，结束了动作，坐在床上说道，“我做了五分多钟？可是……”

“可是你完全感觉不到累，对吧？”

梁亚丽愕然地点了点头。

“现在你知道我想跟你说什么了吧？”

“我们的体能……一点儿都没有减少？”梁亚丽瞪大眼睛说。

“对，我刚才在外面做了 150 个蛙跳，做完之后，一点儿感觉都没有。”

“我也是，我感觉我能做一整晚的平板支撑。”

“而且现在已经是晚上七点多了，我们十二点吃的午饭，到现在足足过去七个小时了，我一点儿饥饿感都没有，你也一样吧？”

“嗯……这是怎么回事呢？”

“你还没有想到吗？固定下来的不只是‘日食’，还有别的事物。比如，身处其中的我们。”

“难道我们只要一直待在这个镇子里，就永远都不用吃饭，也不会消耗体能？”

“我猜是的。”

“我们要不要把这个发现告诉楼下的那些专家？”

李国平摇头："不用。依我看，他们很快就会发现这件事了，也许还会发现更多神奇的现象。咱们这个镇，就像一个堆满秘密的宝库，需要慢慢挖掘。"

"国平……我们待在这样的地方，不会出什么事吧？"梁亚丽忽然有些害怕。

"不会的，相信我。这件事对我们而言，只会是一个巨大的机遇。"李国平难掩兴奋的神色。

晚上九点多，李国军从北京打来了电话，显然他也听说林泉镇发生的怪事了，询问哥哥和嫂子现在的情况。李国平说，镇上除了陷入黑夜，并无别的不妥。他暂时没有把身体发生改变的事情告诉弟弟。

李国军说："我刚才看了看国外的社交媒体，林泉镇发生的怪事已经传遍全球了。很多国外的学者明天就会赶赴中国，并直奔林泉镇。哥，你知道他们现在最关心的是什么吗？"

"什么？"李国平问。

"明天早上的太阳，会不会从林泉镇升起。也就是说，这种异象到底会持续多久。"

"会一直持续下去的。"李国平脱口而出。

"你怎么知道？"

"我猜的。"

"不，哥，你不可能是猜的。"

"你为什么这样说？"

"因为你之前跟我借钱的时候，说过一句话——'最迟到年底，我就能把这四百八十万还给你。’我当时认为这完全是痴人说梦，但现在，我一点儿都不怀疑了。如果真的如你所说，这种状况会一直持续下去，林泉镇会在短短几天之内成为全球人口密度最大的地方。到时候，不管一晚房费是多少钱，都会有人来住的。哥，你老实告诉我，你是不是早就知道会发生这样的事情？”

李国平沉吟一下，承认道：“是的。但是国军，别问我为什么会知道。这事我连你嫂子都没说，不是我信不过你们，而是我答应了那个向我透露信息的人。我必须信守承诺。”

电话那头的李国军沉默了片刻，说道：“好吧，那我就不问了，咱们说点儿别的。哥，你们宾馆的房间，现在是多少钱一晚？”

“之前是一百五，我已经涨到三百了。”

“我猜，四十个房间早就住满了吧？”

“是的，一个小时之内。”

“哥，我给你一个建议。”

“什么？”

“如果明天早上，异象仍然维持的话，你立刻把房价调成两千元一晚。”

李国平是开着免提打的电话，梁亚丽也听到了李国军说的话。夫妻俩都吓了一跳，李国平说：“这……会不会涨得太夸张了？客人接受得了吗？”

“嫌贵的人，不住就是。但你相信我，一定会有人住的。而且你的四十个房间，仍然供不应求。”

“可是……如果物价局的人来干涉怎么办？他们会允许我随便涨价吗？”

李国军笑道：“如果是这样，更好办。”

“什么？”

“你就关张歇业，不再营业了。但这些客房，仍然会有人盯着。到时候，你就以接待朋友的名义，‘免费’让人住进来。至于住一晚的价格是多少，就随便你定了。这属于你们的私下交易，谁都管不着。”

李国平不得不承认，弟弟的脑子就是比自己的好使。他点头道：“好的，我明白了。”

李国平挂了电话，梁亚丽感叹道："你这个弟弟简直是个人精，怪不得能赚这么多钱。"

"但现在，他可能觉得我这家宾馆更赚钱。"

梁亚丽掏出计算器："如果我们真的把一个房间的价格涨到两千元，按三十九个房间来算，一天就是……七万八千元！"

"豪华套房价格翻倍，所以，其实是八万元。"

"天哪……如果一个月天天满房的话，就是……二百四十万？"

李国平点了点头。

"我不是在做梦吧？"

"肯定不是。"

梁亚丽躺在床上，双眼望着天花板，神思惘然。似乎过于美好的前景，反而成为一种负担，压得她喘不过气来。

李国平也需要时间来适应这个事实。他躺上床，说道："别想这么多了，睡吧，明天还要忙呢。"

梁亚丽点了点头，关灯，睡觉。

半个小时后，李国平从床上坐了起来，望向身边的老婆，发现她也是睁着眼睛的。他问道："你也睡不着？"

"嗯，按理说忙了一天，接待了这么多客人，应该很好入睡才对，但我一点儿都感觉不到疲倦。"

李国平打开床头灯，说道："如果我没猜错的话，我们不需要睡觉了，就像我们不需要吃饭一样。"

梁亚丽也坐了起来："而且我刚才发现，我好像有十个小时没上过厕所了。"

"我也是。因为我既没有喝水，也没有吃饭，自然用不着排泄。"

"不进食、不睡觉，还能保持充沛的精力，体能也不会减少……这还是人类吗？"

李国平说："不是普通人，是超人。"

"我没跟你开玩笑。"

“我也没有。”

两口子对视在一起。

“对了，员工和客人们呢？他们会不会跟我们一样？”梁亚丽说。

李国平穿上拖鞋，打开通往阳台的门，对梁亚丽说：“你来看。”

梁亚丽走到阳台，往下一看，发现楼下的院子里此时站着二三十个纳凉的人，毫无疑问，他们都是因为睡不着而聚集在一起的，此刻正在谈论着什么。李国平虽然听不清，但是能大概猜到他们讨论的内容。他说：“这些专家跟我们一样，发现自身出现的变化了。”

梁亚丽说：“他们很多人都在打电话，应该是把这一发现向上级或者有关部门报告吧。”

李国平点头：“也有可能是告诉自己的家人或朋友，然后一传十、十传百，迅速传遍世界。国军说得对，很快，这里就会成为全世界的中心了。”

“那我们做什么？”

“什么都不用做，等待这些学者公布他们的研究结果。然后，经营好这家宾馆就行了。”

“我说的是，我们现在做什么？漫漫长夜，总要找点事来打发时光吧？”

“你忘了那个豪华浴缸了吗？”李国平坏坏地一笑。

梁亚丽的脸红了，娇嗔地拍打了李国平一下。李国平一把将她抱起，朝浴室走去。

第二天早上五点，李国平和梁亚丽早早地来到楼下大堂。他们发现，员工们也早就起来了，厨师们甚至提前做好了早餐。显然，他们也全都“失眠”了。李国平让前台小江把普通房间的价格改成两千元一晚，豪华标间四千元。小江有些吃惊，但还是照做了。

之后，夫妻俩到镇上去逛了一圈，碰到了一些因为睡不着而早起做研究的学者，以及部分留在镇上的人。逛到六点多时，他们发现完全没有天亮的迹象，天上仍然挂着日环食的太阳，便猜想这样的状况会一直持续下去了。

这时，梁亚丽突然想到一个问题："如果大家都不需要睡觉，还有什么必要住宾馆呢？"

李国平一愣，停下了脚步，片刻后，他笑了，说道："还是会有人住的。因为房子不仅仅是用来睡觉的，还有其他功能，比如遮风避雨、提供水电，等等。家具家电也必不可少，否则，难道在街边坐一晚上吗？"

"嗯，你说得对。"梁亚丽点点头，放心了。

逛完之后，他们回到宾馆。客人们几乎全都起来了，服务员询问他们是否需要吃早餐，得到的是清一色的否定答复。厨师沮丧地对李国平说："李总，我做了馒头、包子，还熬了粥，可是没有一个客人想吃早饭。"

李国平说："我们都不饿，客人们也不饿。你也是如此吧？"

厨师点了点头："不知道怎么回事，我昨天连晚饭都没吃，但是既不饿，也不困。"

"大家都一样。肯定是这异常的天象造成的。"李国平想了想，对两位厨师说，"从今天起，你们俩就不用担任厨师了。"

两名厨师大吃一惊："李总，你要开除我们吗？"

李国平笑了："不，你们俩从今天起，转做服务员。你们也看到了，四十个房间全都住满了，原来的服务员肯定忙不过来。你们就调整一下职位吧，不懂的地方就多问问他们。"

"好的！"两个厨师一口答应，只要不失业，做什么都行。

夫妻俩回到房间，李国平对梁亚丽说："今天来林泉镇的人，会是昨天的很多倍。镇上会挤满人，咱们宾馆更不必说。房费虽然涨成了两千，但一定会供不应求。登记住宿之类的事，就交给小江他们去做吧。从现在开始，我们要做的事情只有一件。"

"是什么？"梁亚丽问。

"通过各种途径了解关于林泉镇的资讯。时刻关注手机、电脑和电视新闻上的消息；跟住在这里的专家学者们接触，获知他们最新的发现和研究结果。"

"为什么？"

"书上写了呀，现在是信息时代，最值钱的是什么，就是信息！咱们身处林泉镇，近水楼台，当然要设法获得最新的信息。”

“电视和网上的新闻报道，我倒是可以关注，但那些专家学者，我可没把握能套到他们的话。”

李国平狡黠地一笑：“你不会跟他们做交易吗？”

梁亚丽茫然道：“什么交易？”

“只要他们把最新的研究结果告诉咱们，就能获得续住的权利。”李国平说，“对于他们而言，我们只是镇上经营宾馆的普通人，又不是学术界的竞争对手，告诉我们也无妨——他们一定会这样想的。所以要从他们口中套出有用的信息，一点儿都不难。”

“好的，我明白了。”梁亚丽点头。她现在越来越佩服之前被自己轻视的丈夫了。

李国平以为自己对未来的形势已经有了充分的预测，但实际情况远超他的想象。

6 月 22 日，从全国各地，乃至世界各地来林泉镇的人多达十六万，是北京故宫日限制人数的两倍。很显然，小小的林泉镇是装不下这么多人的，就算挤成沙丁鱼罐头都装不下。绝大多数人被堵在了路上，高速公路、省道、县道全部堵得水泄不通。政府启动了应急预案，实行预约和分流，将每日前往林泉镇的人数限制为八千人，分四个批次入内，每批人停留的时间不超过两个小时——几乎等同于进影院看一部电影。

只有极少部分人，被允许在林泉镇长期停留（包括过夜），这些人分别是以下三类：

一、原本就居住在林泉镇的居民；

二、国家级的专家、学者；

三、国际科研组织成员。

由于林泉镇缺乏官方接待机构——之前这里有一家国营招待所，在二十世纪九十年代初期就倒闭了——来此考察的专家团队，只能入住私人宾馆，而整个镇拿得出手的宾馆，就只有聚缘宾馆一家。所以聚缘宾馆的四十个房间，几乎成了整个镇上最稀缺的资源。政府部门的人跟李国平进行了协商，条件是：聚缘宾馆暂时作为镇上的官方接待机构，入住其中的只能是规定中的第二、三类人。房费由经营者决定，可以高出市场价，但不能太过分，也不能坐地起价。定下来之后，短期内不轻易变动。

李国平答应了，将房价定为两千元一晚，豪华套房四千元一晚。政府部门商量之后，觉得这个价格属于合理范畴，对增加当地税收也有好处，便同意下来。李国平兴奋不已，知道一天八万元的收入已成为铁板钉钉的事实。

头一天住在聚缘宾馆的那些县市级的专家，在规定下达之后只能悻悻然地离开了。当然，作为头一批进入林泉镇的研究者，他们掌握了第一手资料，也是颇有收获的。

李国平紧急招聘了十个镇上的年轻人，培训他们成为宾馆的服务员。他知道，接下来入住的就全是重量级人物了。这些人是全国乃至全球的精英、各个领域的权威和专家，自然不能怠慢。况且，看在高额房费的分儿上，也必须做好服务。

四十个房间，在人还没到的情况下，就全部预订了出去，房费也提前支付了。其中有十几个房间，是上级领导特别打了招呼的，要预留给国外来的考察团。

6 月 23 日，来自英国、美国、日本、瑞士、德国、新加坡、澳大利亚、俄罗斯、加拿大等国的专家团队抵达林泉镇，这些专家学者大部分下榻聚缘宾馆。这些人个个都大有来头，几乎全是世界顶尖大学里面的教授和学者。

考虑到宾馆的经营者和员工没有一个会说外语，省里特别派了一个翻译过来。那个翻译精通五国语言，可以帮助宾馆的老板和员工跟国际友人沟通。在他的协助下，国内外的所有专家全部顺利入住。

至于来此观光的那些人，当地政府也没有放过这个千载难逢的创收机会。政府俨然把这里当成了景区，从 6 月 23 日开始，便在林泉镇的各个出入口设置了临时收费亭，售卖高达四百九十八元一张的门票。虽然这个门票价格惊人，几乎超过了国内所有的 5A 级景区，但订票软件上开售的第一轮门票仍在五分钟内被一抢而空，预约日期一直排到了年底。讽刺的是，所谓景区连大门都还没来得及建成。但这也挡不住人们的热情，以及猎奇和满足炫耀心理的双重需求。

接下来，全世界都等待着这些代表着人类最高学历和智慧的人，对林泉镇的异象做出解释。

这些专家和学者，也的确没有让人失望。

6 月 24 日，一位外国物理学教授率先在网上公布了他的研究成果，这份报告指出，发生在林泉镇的异常现象，是一种史无前例的**"局部性时间停滞"**，这种现象奇特到了极点，整个镇仿佛定格在了日食食既那一刻，但定格的仅仅是天象，身处其中的人和动物是可以自由活动的。这一异象造成了某种复杂的时空错乱，"时间"这一概念，在这里失去了意义。钟表虽然仍在运行，但时间却没有真正地流逝。也就是说，**对于林泉镇而言，现在仍是 6 月 21 日下午三点五十分。**这种现象是如何产生的，暂时不得而知，但可以肯定的是跟日食有关系。也许是时间、空间、引力、磁场等元素在食既那一刻达到了一个微妙的平衡，从而产生了一个特殊的维度。一个大胆的猜测是，林泉镇也许就是理论物理学上假设的**"四维空间"**。

报告中特别指出了身处其中的人所呈现的特殊性。研究发现，自从这一现象发生之后，留在林泉镇的人便不用进食、饮水、睡眠和排泄了，更让人吃惊的是，他们能够一直保持旺盛的精力，有着充沛的体能和永远也用不完的力气，似乎他们的身体机能也跟天象一样停留在了食既那一刻。值得注意的是，这种情况不仅发生在经历此事的林泉镇居民身上，对于之后进入这个镇的人，也是一样。**也就是说，这个空间能够让进入其中的人产生身体机能方面的改变**——个个都不用吃饭睡觉，还能保持充足的体力。很显然，物理学的根基在这个镇被破坏殆尽，能量守恒定律在这个特殊的空间遭到了无情的践踏。

这份报告震惊了全球，至于为什么不是发表到权威科学杂志上，而是在社交媒体上发布，显然是他们想向全世界彰显他们用惊人的速度得出的研究成果。在这一刻，他们取得了领先的优势。其他的大学和研究机构的专家学者等当然也不甘示弱，纷纷发表各种论文抢占各自的位置。虽只是在内容上进行了细化，或者提出不同的假说，可是对大众而言，先入为主的思想让他们更愿意相信那位物理学教授提出的“四维空间”说。很多科幻迷激动地表示，如果现实世界中真的出现了四维空间，对于人类研究和了解宇宙的真理，显然是有巨大帮助的。他们说什么都要到林泉镇来亲自体验一下身处四维空间的感觉。

这些不同语种的研究报告，中国的各大媒体都进行了翻译和转载。中国的科研团队也在网站上发表了很多篇类似的文章。这些世界顶级的科学精英，大部分都住在聚缘宾馆。李国平和梁亚丽，自然是没法跟这些外国学者交流的，他们只能跟本国的学者接触，希望从他们口中探听到一些有价值的信息。

6 月 26 日下午，梁亚丽走出房间后，看到服务员正在询问 408 房间的客人是否需要打扫卫生，对方谢绝了。梁亚丽知道，住在这个房间的是中国的两位生物学家，她站在门口，看到房间里的桌子上摆放着一些玻璃器皿和生物实验仪器，看来这两位专家把客房当成临时实验室了。梁亚丽意识到这是一个套话的机会，便走了进去。

“啊……两位专家，客房里不适合做生物实验吧？”梁亚丽说。

这两个生物学家看上去都是五十多岁，他们以为宾馆的老板娘不愿意他们在房间里做实验，戴眼镜的学者解释道：“我姓陈，这位是何教授，我们进行的都是没有任何危险的实验，不会影响到宾馆的其他客人。”

梁亚丽说：“我的意思是，楼下的餐厅不是没有使用吗，大家现在都不吃饭了。要不，我把餐厅规划一部分出来，给你们当临时实验室吧。”

两位生物学家眼睛一亮，陈教授说道：“可以的话就真是太好了！房间里确实局促了点。但是……这宾馆里住的全是各国的科研精英，我们开辟一个实验室出来，他们会不会也提出同样的要求？”

梁亚丽说：“那些外国人，我就管不着了。我肯定是优先考虑咱们本国的专家呀。”

两位学者有些感动，何教授竖起大拇指说："你这也算是为咱们中国的科研做贡献了！"

梁亚丽顺着这个话题说道："两位专家，你们在做什么研究呢？有没有什么新的发现？"

陈教授用激动的口吻说道："有，而且是大发现！"

何教授咳了一声，示意他不要把研究结果随便告诉别人，但陈教授已经按捺不住想要跟人分享的迫切心情了，说道："没关系的，老何，反正我们的研究报告半个小时后就要在网站上发布了，马上就会轰动全球，你又何必怕被人知道呢？"

何教授不说话了。梁亚丽好奇地问："什么发现会轰动全球呀？"

陈教授指着桌子上的一个玻璃器皿说："你过来看这个。"

梁亚丽走过去，看到那个方形玻璃器皿里面，有一只像蜻蜓一样的小昆虫在玻璃盒子里飞行。她问道："这是什么虫子？"

"蜉蝣，这是蜉蝣的成虫。你以前肯定见过这种小昆虫吧，池塘、水洼等地方特别多。"

"嗯，我见过的。这是在我们镇上抓到的吗？"

"是的。"陈教授感叹道，"太神奇了。"

"神奇什么？"梁亚丽不明白。

"我知道你肯定看不出来它特别在哪里。我告诉你吧，它现在还活着，就是神奇之处。"

"难道它不应该活着吗？"

陈教授解释道："你知道吗，蜉蝣的成虫是世界上寿命最短的生物。有句话可以形容它们短暂的生命——'朝生而暮死'。也就是说，一只成年蜉蝣，往往只能活一天，因为它们的嘴部退化了，不能进食。稍微活得久一点儿的，也就是两天左右。但是这只蜉蝣，你知道它活了多久吗？"

"多久？"

"如果从我们捉到它的那一刻算起，到现在，它至少已经活了超过九十个小时了，也就是接近四天。”

“啊，为什么？”

陈教授并没有回答她的问题，而是自顾自地说道：“一般来说，蜉蝣成虫蜕几次皮后就死去了。但是这只蜉蝣既没有蜕皮，也没有死亡，现在还活得好好的，明显超过了它应有的寿命。这一现象引起了我们的注意，于是我们进行了另外一些实验。比如在显微镜下观察动物和人类的表皮细胞和组织细胞，结果，我们发现了一个惊人的事实——这些细胞既没有分裂，也没有衰亡。”

梁亚丽的文化程度让她理解起来很吃力，她问道：“这意味着什么呢？”

陈教授激动地说：“意味着这个镇子里的生物，都不会衰老和死亡！”

梁亚丽大吃一惊：“真的吗？”

“对！这几天，我们观察了一些植物，发现它们会一直维持开花或者结果的状态。既不会凋零，也不会枯萎。只要细胞不衰老，生物就会永葆青春、长生不死！”

“我的天哪……你的意思是，只要待在这个镇子里，就能……永远活下去，而且年龄也不会变大？”

“对，我们目前得出的结论就是这样的。当然，这建立在‘永夜’一直存在的基础上。”

“那你们觉得这种情况会一直存在吗？”

“这个我不清楚。但是昨天我听到国外的几个物理学家在谈论，他们似乎认为，林泉镇的这种情况会一直持续下去。”

“如果是这样，那么生活在这里的人，会一直活到天荒地老？”

“不仅如此，待在这里还用不着吃饭和睡觉，也不会生病。对了，说到生病这个话题，我们对活体癌细胞样本进行了观察，发现本该无限增殖的癌细胞，居然在若干个小时内没有发生任何变化。你知道这意味着什么吗？”

梁亚丽并不笨，联系到陈教授刚才说的，她猜到了：“意味着癌症患者如果来到这个镇，病情不会继续恶化？”

“对！因为在这个镇上，不管是好的细胞还是坏的细胞，都不会再分裂和改变了！

人会维持原状！只要你进来的时候是活着的，你就会一直活下去！”陈教授激动得满面红光。

梁亚丽张着嘴，已经惊讶得说不出话来了。

“我刚才告诉你的这些，我们已经写成研究报告了，半个小时后，就会发表在最权威的科学网站上。”眼镜学者说。

“那些外国的学者还不知道这一重大发现吧？”梁亚丽问。

“我猜他们还不知道。国外来的那些学者，多数都是物理学家和天文学家，好像没有生物学家。但他们迟早会发现的，特别是，看过我们的文章之后。”

“对，你们的文章一旦发布，全世界就都知道这件事了。”梁亚丽突然有些担忧起来，“到时候，不知道有多少人会涌到林泉镇来。也许是现在的几十倍、上百倍。”

“是的，完全有可能。但我们必须发布这篇文章。因为我刚才说了，这件事，国外那些学者迟早会发现的——不管他们是不是生物学家。只要在这里住上一阵子，自然就会发现了。”

梁亚丽觉得应该马上把这件事告诉李国平。她对陈教授说：“谢谢您告诉我这么多。我现在去跟我老公商量一下，看能不能在餐厅给你们规划一个生物实验室出来。”

“好的，多谢。”

梁亚丽走出两位学者的房间，迅速返回她和李国平住的豪华套房。李国平正在电脑上浏览相关的新闻，梁亚丽说：“别看网上的了，我刚才去了 408 房间，从两个生物学家那里得知了非常惊人的事情。”

“是什么？”李国平转过身来问道。

梁亚丽把刚才探知到的事情告诉李国平。李国平震惊得许久没说出话来，好一会儿后，他才喃喃道：“如果真是这样，林泉镇应该会被全世界的癌症患者和渴望长生不老的人踏平吧……”

“政府不是已经限流了吗？不可能让所有人都涌进来的。”

“限制游客人数的话，问题不大。但是面对成千上万想要活命的癌症患者，这事就棘手多了。我想，很多得了癌症的人，应该拼了命都要到林泉镇来吧。”

“是啊，我现在有点担心，事情会朝不可控制的方向发展。”梁亚丽忧心忡忡地说。

“那两个专家说，半个小时后，这篇研究报告就会发表在网上了？”

“是的。”

“那我们拭目以待吧，看看这颗重磅炸弹丢出来之后，会发生什么事情。”李国平说。

下午四点，国内的一家权威科学网站上，发表了林泉镇那两位生物学家的研究报告。果不其然，这篇文章引起的爆炸效应，几乎是前面所有报告的总和。短短两个小时内，这篇文章就被翻译成了三十多种语言，被全世界各大社交网站和主流媒体转载。

文章的内容和结论，基本上跟两位专家口述的一样。对于普通民众而言，这篇长达几千字、包含大量专业术语的研究报告究竟讲了些什么并不重要，他们记住的只有两个关键词：长生不老、治疗癌症。

人类几千年来的梦想，居然能够在一个小镇上实现。世界沸腾了，人们为之疯狂。数以亿计的人蠢蠢欲动，想到林泉镇来长住的人犹如过江之鲫，难以计数。人们的目标，已经不满足于来此观光了。在此定居，才是他们梦寐以求的事。这篇文章发表后不到一个小时，国外一位著名媒体人就在社交媒体上发表言论，称如果此种状况属实并一直持续的话，中国的林泉镇，可能会取代纽约的曼哈顿，成为新的世界中心。初步估计，那里的房价将会是第五大道的十倍左右。他发表的这段话被截图并翻译，在半个小时内传到了中国绝大多数人的手机上。

林泉镇的居民互相转告，弹冠相庆。他们奔走到广场上，抱在一起庆祝，为他们每个人都即将成为亿万富豪而欢呼雀跃。高小兰打电话给梁亚丽，说镇上的人都疯了，有些人甚至绕着广场一圈又一圈地狂奔，宣泄着内心的狂喜。反正他们永远都不会累，就算跑上几十个小时也没有问题。梁亚丽和李国平来到广场上，果然看到了狂欢节一般的盛景。高小兰见到他俩后，激动地走过来，说道："国平、亚丽，你们俩发大财了！"

梁亚丽说："如果真要发财，也不只是我们俩吧？全镇的人不都一样吗？"

"我们哪能跟你们比呀！我们在镇上最多有套普通住房，你们可是有家几千平方米的大宾馆呀！"高小兰把手机摸出来给他们看，"网上已经有人在讨论这件事了。有网友说，你们的聚缘宾馆现在可能比纽约的五角大楼还值钱！"

李国平和梁亚丽看到了网上的这条评论。虽然他们不知道五角大楼值多少钱，但一定是十分夸张的天文数字。梁亚丽感觉血一阵阵地往头上涌，她现在才明白，一天八万的收入只是小儿科而已。如果把宾馆的房间用来长租或者出售，能赚多少钱简直难以估算。这时，她突然想起了李国平之前说过的话——**"靠这家宾馆，也许我们能成为中国首富，甚至世界首富。"**现在，她一点儿都不怀疑这一点了。

李国平看样子也有点蒙。他虽然预料到了这一点，但当这一天真正到来的时候，他一时还是难以接受。就在他看着镇上狂奔的人发呆的时候，手机响了，是李国军打来的。他跑到旁边接电话去了，梁亚丽不用听，也基本上能猜到李国军会说什么，多半又是给哥哥支招，教他怎么赚大钱之类的。

思忖的时候，梁亚丽自己的手机也响了起来，是她妈打来的。梁亚丽的娘家在距离林泉镇只有十几公里的另一个镇上。这段时间，父母已经打了很多次电话给她了，询问林泉镇的情况，并不住地夸赞李国平，说他有眼光，梁亚丽嫁给他是三生有幸云云。可在此之前，他们在梁亚丽面前念叨过很多次李国平没本事之类的话，现在，他们的态度发生了一百八十度的转变。

梁亚丽接起电话："喂，妈。"

"亚丽呀，你和国平看新闻没有呀？听说……"

梁亚丽打断了母亲的话："妈，你们都知道了的事，我们能不知道吗？而且我不是看了网上的新闻才知道的，是之前就听住在我们宾馆的两位专家说了。那篇轰动全球的文章，就是他们发表的。"

"是，是……你们现在接触的都是些高精尖人物，可以从他们那里获得第一手的资讯。"

"妈，你找我有什么事吗？"

"嗯，有事——你那边怎么这么吵呀？"

"我在广场上，镇上的人发了疯似的在庆祝呢。"梁亚丽走到相对安静的地方问，"什么事，你说吧。"

"刚才，你三舅给我打电话了。"

一提到三舅，梁亚丽就猜到是怎么回事了。她这个舅舅是个大货车司机，因长期开车久坐得了结肠癌。治疗这病至少要花好几十万，还不一定能治好。三舅根本拿不出这么多钱，只能放弃治疗。这病是去年查出来的，现在癌细胞早就扩散了，估计他很难挺过今年。

"三舅是什么意思？是希望我们借钱给他做手术，还是想住到林泉镇来？"梁亚丽问。

"当然是住到林泉镇来。癌细胞都扩散了，现在花再多钱也治不好了。亚丽，这可是你亲三舅呀。他得知住在林泉镇就能让癌症不再恶化，就打电话问我，能不能住到你们家来。你说我能拒绝吗？他是我亲哥哥，难道我见死不救呀。"

梁亚丽说："行，妈，你跟三舅说，让他搬到我们家来住吧。这段时间，我和李国平都住在宾馆里，家里正好是空着的。"

"好嘞！亚丽，你三舅全家都会来，没问题吧？"

"啊？全家？等会儿，三舅他们全家，一共六口人吧，打算全都搬到我们家来住？那不是把我们那套三居室全都占了吗？"

"你三舅是个癌症病人，难道你让他一个人来住呀？总要有人照顾他吧。"

"那三舅妈跟着来就行了呀，表哥表姐来干吗？瑞瑞不用上学吗？"

“他们说，一家人住在一起，要方便些……”

“妈！你想想，他们图的是什么你不知道吗？是为了照顾三舅吗，是冲着长生不老来的吧？想到这儿当神仙来了吧？！好嘛，这么大一家子住到我们家来，鸠占鹊巢。我和李国平住哪儿？”

“你们不是有一家宾馆吗？……”

“你就让我们住一辈子宾馆呀？敢情我们这房子就免费送给三舅一家了呗！关键是三舅可是癌症病人，我要是哪天让他走，那不就是要他的命吗，我怎么说得出口？那不就等于永远让他住下去了吗？另外，除了三舅，还有大舅、二姨、四姨和幺舅。你把我们整套房子让给三舅住了，他们不怪你偏心？”

“他们又没得癌症，这能比吗？”

“但他们也想长生不老。妈，这事不用再说了。你跟三舅说，要来的话，只能他和三舅妈两个人来，表哥和瑞瑞他们就别来凑热闹了，真想一家人都成仙呀？”

梁亚丽她妈叹了口气，只好同意了。梁亚丽挂了电话，见李国平刚好也打完了电话，她问：“国军跟你说什么呀？”

李国平说：“国军问我，能不能把我们现在这套房子卖给他。价钱随便我们开，之前他借给我们的钱也不用还了。”

梁亚丽愣了一会儿，说道：“你弟弟可真是个人精呀。之前他借给我们四百八十万，可我们这套房子现在估计价格上亿都有人买。但我们能管他要这么多钱吗？我们之前欠了人家人情，现在必须得还呀。”

李国平说：“对，要不是国军，我们就不能买下聚缘宾馆。所以，现在他想要咱们这套房子，我当然不可能让他出高价。我寻思着就当还那四百八十万，把房子送给他算了。”

“哎呀，不行。”梁亚丽把娘家三舅打算搬来住的事情告诉了李国平，“我刚才都答应我妈了呀。”

“你怎么不跟我商量一下就答应了？”李国平不满地说道。

“我想着我们房子反正也是空着，就让我三舅住一个房间呗。再说了，国军只是为了赚钱，我三舅是为了活命呀。”

“那怎么办？难道我跟国军说，因为你三舅要来住，这房子没法给他了？”

“要不，让我三舅两口子住宾馆的其中一个房间？”

李国平想了想，说：“我家的亲戚和你家的亲戚，加起来估计有上百个吧，要是他们都提出想住我们的宾馆怎么办？我们还怎么营业？”

梁亚丽说：“那我们就立下规矩，除非像我三舅这种得了癌症的，其他健康的人都不能来住。”

李国平点头说：“行。”

这时高小兰又走过来说：“喂，我跟你们说，刚才舒心旅馆的老板廖明接到一个电话，是一个癌症病人的家属打来的，他们订了旅馆的一个房间打算长住。廖明开口就说五千元一晚上，对方一口就答应了。”

“天哪，五千一晚？那不是比我们宾馆还贵？”梁亚丽惊讶。

“是呀，就他那个破旅馆，居然敢收这么贵的价格。五千元一晚，一年就是一百八十多万呀！这还仅仅是一个房间。舒心旅馆虽然小，但还是有十几个房间吧？如果每个房间都按这个价格，一年得赚多少钱？”高小兰忿忿不平地说。

“这些人是拿钱买命呀。住宿条件什么的根本不重要，只要能住进林泉镇就行了。”李国平说。

“没错，现在网上很多人在议论，说政府暂时还没出台相关政策，但迟早会出，规定哪些人才能进入林泉镇长住，比如要符合某些条件，以及办理某些手续才行。到时候，就不是什么人都能来了。全世界这么多癌症病人，全都涌进林泉镇，那还得了？肯定得有所筛选才行。所以很多人说，趁着现在还没出相关规定，赶快进林泉镇来住着，先占个位子再说！”高小兰把知道的信息都告诉了李国平和梁亚丽。

梁亚丽望向李国平：“如果舒心旅馆那样的条件，都有人愿意一晚花五千元去住，那咱们的宾馆……”

“对，你们的宾馆比他那小旅馆条件好太多了！一晚上至少一万吧！”高小兰说。

李国平却觉得有些不妥：“这个价格太夸张了，且不说人家能不能负担得起，政府也不会允许我们这样漫天要价。国军之前提醒过我们的。”

梁亚丽突然想到了什么，对高小兰说：“对了，这些癌症患者只要到林泉镇来住就行了，不一定非得住宾馆不可。小兰，你们家不是三居室吗，提供一个房间给别人住是完全可以的。而且你家不是营业性质的，政府也管不着，你跟别人私底下商量价格就行了。”

“对呀！”高小兰兴奋地说，“我在网上发个帖子，就说如果有人愿意到我家住，五千元一天。百分之百会有人来住！哎呀，一天五千块的收入，我还上什么班呀！”

“是啊，估计镇上的人以后都会这样做。到时候整个镇的人都可以躺着收钱了。”

“最富的还是你们！聚缘宾馆那四十个房间，简直就是四十个金矿呀！”

就在他们喜形于色，憧憬美好未来的时候，一个男人突然跑到广场上来，带着哭腔大叫道：“**出事了！大庆他们几个人……全都死了！**”

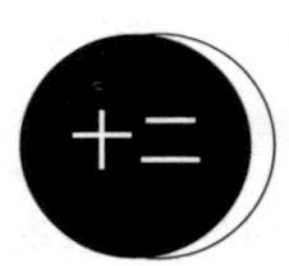

广场上的人大惊失色，有人问道：“他们怎么死的？！”

“不知道……**他们跑出镇子，就死了！**”

跑出镇子？梁亚丽突然想起，大庆就是刚才在广场上绕着圈跑的几个人之一，他是李国平的同事，也在镇外的木材加工厂工作。可为什么跑出镇子会死呢？梁亚丽和李国平对视一眼，露出惊骇的神情。这时，大庆媳妇荣芳和另外几个女人号啕大哭，朝镇子边缘跑去，众人紧跟其后。高小兰说：“咱们也去看看吧！”

梁亚丽点了点头，他们三个和镇上的人，以及众多游客一起来到了黑白分明的“边界地带”。大家都看见了镇子外面躺着的五个男人，他们一动不动，看来确实是死了。

大庆媳妇哭天喊地地冲向她男人，众人还没来得及劝阻，她已经跑出了“边界”，来到还没天黑的镇外。然而，她刚刚跑出黑暗区域，整个人就摇晃起来，才走几步，还没到死去的丈夫身边，便也倒在了地上。

“天哪，荣芳也死了！”镇子里的人发出恐惧的尖叫，“走出镇子的人，都会死？！”

站在边界附近的人倒吸一口凉气，人群集体往后退了一步，随即炸开了锅。李国平盯着荣芳的“尸体”看了一阵，大喊道：“等等，荣芳还没有死！她只是昏过去了，还有呼吸呢！”

人们定睛一看，发现果然如此。倒在荣芳身边的大庆和另外四个男人已经彻底停止呼吸了，但荣芳的胸口还微微起伏着。有人叫道：“快救救她呀！”

“怎么救？走出镇子的人，都会跟他们一样呀！”一个男人说。

现在没有人敢冒险走出镇子了。就在所有人都一筹莫展的时候，镇长等人赶了过来。了解情况后，镇长大吃一惊：“走出镇子的人都会昏倒或死去？天哪，镇子北边的出入口，正有不少游客在进出呢！”

“赶快打电话通知他们，让他们别再进出了！”有人提醒道。

镇长立刻摸出手机，打给“景区大门”的管理人员。通话之后，他木讷地放下手机，喃喃道：“出入口那边的人说，现在游客们都在有序地进出，没有发生异常状况。”

“难道只有这里的边界，才会发生这样的事？”

“怎么可能，这边和那边有什么区别？”

“那我们从北边的出入口离开镇子？”

人们七嘴八舌地议论起来。似乎只有李国平一个人保持着冷静的判断，他说道：“我觉得跟哪个方向没有关系，是人的问题。”

旁边的人听到他说的话，问道：“什么意思？”

李国平说：“出去后就昏倒或者死去的，全是镇上的居民。游客就没事。”

他这句话一下点醒了众人。有人提出进一步假设：“会不会是镇上的人在这个镇待了太久，才会如此。游客只停留了两三个小时，所以没问题？”

没人能给出肯定的答复。这时，梁亚丽突然想起了什么，说道："那两个生物学家，现在不就在我们宾馆吗？要不请他们来分析一下这是怎么回事吧！"

"对，现在镇上这么多专家，基本上都集中在你们宾馆呢。请他们过来看看呀！"高小兰说。

人们纷纷点头。梁亚丽立刻给前台小江打电话，把镇子西南边发生的事情告诉了她，并让她立刻通知 408 房间的两位学者，请他们到现场来一趟。如果他们找不到路，就让一个员工带他们过来。

十多分钟后，两个五十多岁的生物学家在一个宾馆服务员的带领下来到了现场。他们看到倒在镇子外的几个人后，大吃一惊。在详细询问情况并听了众人的猜测后，何教授问了一个问题：**"跑出镇子就立刻死去的五个男人，是不是之前进行过高强度的体力运动？"**

"是的，"一个年轻男人哭丧着脸说，"我和他们一起，绕着广场跑了四五十圈，反正也不会累，大庆说'咱们跑到镇外去吧'，就带头跑了出去。谁知道他们几个跑在前面的，刚刚跑到白天那一边，就齐整整地倒下死去了。我和另外两个人吓坏了，赶紧跑回广场，把这件事告诉了大家。"

何教授略一思忖，说道："那么，你和另外两个刚才也跑过步的人，千万不要走出镇子。"

年轻男人明显被吓到了："走出镇子……我们也会死吗？"

"很有可能。"

镇长问道："专家，您知道这是怎么回事吗？"

何教授说："我有一个猜测，现在还没有印证，但我必须提醒他不要冒险。现在最关键的是要抢救这个昏过去的女人。"

"对，但荣芳在镇子外面呀，现在谁敢出去呢？万一……"

何教授想了想，对众人说："哪些是游客朋友，可以举一下手吗？"

现场有几十个人举起了手。

何教授说："如果我没有判断错，只要在这个镇子待的时间相对较短，而且之前没有进行过激烈运动的人，离开镇子都会没事。所以，能不能麻烦两位游客朋友出去把昏倒的人抬进来？”

人们迟疑着，有人问：“专家老师，您有把握吗？”

“我有百分之九十九的把握，但是我不敢完全打包票。那是不负责任的。”

听到这话，人们又有些畏惧了。陈教授说：“我到这个镇只有几天，之前也没有做什么剧烈运动，要不，我出去吧。”

“不，你的风险很大。”何教授阻止了他，“我也一样。”

这时人群中站出来两个身强力壮的小伙子，其中一个说道：“我们去吧。我们到这个镇才一个多小时，应该没问题的。”

何教授点头道：“拜托你们了。”

两个小伙子试探着跨过了黑白边界，到镇外的“白天”时，没有感到丝毫不适。他们松了口气，两个人合力把昏迷的女人抬回黑暗中的镇子里。两位生物学家蹲下来为荣芳做身体检查，片刻后，陈教授摇着头，遗憾地说道：“迟了，她也死了。”

人们皆感到难过和震惊。进入镇子不久的游客们，意识到他们是可以出入这个镇子的，十几个人一起把躺在外面的五具尸体也抬了进来。何教授说：“镇长，我需要你帮我一个忙。”

“您尽管说。”

“请把刚才发生的事，详细地向上一级领导汇报，然后组织镇上的人，用担架把这六个人的尸体抬到本镇的卫生院，我们会跟医生们一起研究他们六个人的死因。”

“好的，我明白了。”

镇长按照专家说的那样去做，组织镇上的青壮年把大庆他们六个人的尸体抬往镇卫生院。接着，他拨通了县长的电话，把林泉镇发生的紧急事件进行了汇报。

十多分钟后，上级领导作出指示：镇上的游客立即撤离，暂时禁止任何人进入林泉镇。

半个小时后，林泉镇就看不到一个游客了。镇上恢复了往昔的平静。

李国平、梁亚丽、高小兰和六位死者的家属，守候在镇卫生院的走廊上。两位生物学家跟镇上的医生正在解剖室里，对六名死者的死因进行研判。一个小时后，解剖室的门打开了，两位生物学家走了出来。人们呼啦一下围了上去，梁亚丽率先问道："两位专家，知道他们的死因了吗？"

陈教授摘下口罩，问道："有水吗？"

"有有有，赶快给两位专家拿两瓶矿泉水来。"

一位家属去卫生院门口买了几瓶矿泉水回来，分发给专家和医生。两位生物学家接过矿泉水，拧开瓶盖喝了一大半。这时，梁亚丽突然想到了什么，问道："专家，你们觉得渴吗？在这镇上，应该是不需要喝水的吧？"

陈教授说："是的，我一点儿都不渴，但我觉得我需要喝点水。你知道为什么吗？"

"为什么？"梁亚丽问。

"因为他们几个人，都是脱水而死的。当然，死因不止这一个。总的来说，是脱水、营养不良、休息不足、过度疲劳等原因引发的全身多器官衰竭，以及身体超负荷运作引起的猝死。"

梁亚丽惊恐地捂住嘴。死者家属们发出呜咽和悲鸣。何教授说："其实他们的尸体刚刚抬进镇里，我就发现不对劲了。似乎走出镇子后，他们的精气和血肉就被抽干了。所有人都眼窝下陷、眼圈发黑、皮肤干燥、肌肉萎缩，就像沙漠里因饥饿和劳累把身体透支到极限而死的人一样。"

李国平急切地问："专家，为什么会这样呢？"

何教授说："如果我没猜错的话，这个镇子，把人的状态固定在了日食的那一刻。从那一天起，生活在这个镇上的人就没有吃过饭、喝过水、睡过觉，有些人甚至进行了剧烈运动。表面上看起来，似乎能量一点儿都没有消耗，但实际上，这种状态只能维持在镇子这个特殊的空间里。一旦离开镇子，到了外界，之前欠下的所有'债'，会在一瞬间给身体算一个'总账'。人体无法承受这种突如其来的变化，便猝死了。"

陈教授补充道："但是那些游客，因为进来的时间只有短短的几个小时，所以他们的身体不会出现太大的变化。换言之，这种状况，只会对 6 月 21 日之后一直留在镇上的居民造成威胁。”

在场的人，在 6 月 21 日之后几乎全都没有离开过镇子，他们集体露出恐惧的神色。李国平脸色发白，他想起自己做的一百多个蛙跳，再联想到今天的日期，突然有种眩晕感。今天是 6 月 26 日，足足过去了五天。这五天里，他几乎滴水未进，也没有吃过任何食物，没睡过一分钟……正常情况下，一个人若是如此，应该已经快死了。而他（包括镇上其他的人）之所以还活着，是因为全身的机能都被“暂停”。也就是说，镇上的特殊天象，以及他们这些身处其中的人，全都犹如软件漏洞一般的存在。李国平突然想起了小时候玩过的一款街机游戏，这游戏可以利用系统出现的漏洞，让游戏角色变得无敌，怎么打都死不了。但是仅限这一关，只要进入新的关卡，一切就会回归正常。问题是，游戏角色即便死了，游戏也可以重新再来；但活生生的人，一旦死亡便真的死了。

高小兰也被吓傻了，呆呆地问道：“专家……那，我们现在该怎么办呢？难不成，我们一辈子都不能离开林泉镇了吗？”

又有人说：“如果我们现在马上进食和喝水，然后走出林泉镇呢？这样应该就不会脱水和营养不良了吧？”

何教授说：“但你们好几天没有睡觉，这是无法改变的事实。我亲身试过了，在林泉镇里，怎么做都不会累，也就是说，很难睡着。一般来说，一个成年人如果超过三天没有睡觉，就会出现明显的不适症状。如果持续下去，猝死的风险就会增高。当然，这是因人而异的，跟人的年龄、身体状态和精神状况有关系。也有超过十一天没睡觉却仍然活着的极端例子，但我劝你们最好别冒这个险。”

“如果吃安眠药呢？”有人说，“强迫自己睡觉，可以吗？”

“这个我不知道。药物是否能对身处这种特殊环境的人体做出干预，需要用实验来验证。”陈教授说，“大家别急，这件事跟现在身处镇子的每一个人都有关，包括我们在内。我们会立刻进行各种实验，争取在最短的时间里找到解决办法。”

“好的，拜托两位专家了！”人们纷纷说道。

“对了，关于刚才的六位死者，由于他们现在身处镇子里，这就意味着，他们的尸体永远不会腐烂。家属们是把他们埋葬、火化，还是把他们抬回家，只能由你们来决定。谁都没有遇到过这样的特殊情况，我也无法给出一个合理的建议。”

家属们面面相觑，全都露出茫然而恐惧的神情。有人说：“如果把他们带回家，他们到底……算什么呢？”

“你们知道木乃伊吗？大概就类似木乃伊那样的存在吧。”陈教授说，“你们慢慢考虑吧，在这个镇子上，似乎最不缺的就是时间了。”

梁亚丽说：“两位专家，咱们快回宾馆吧，我把一楼的餐厅收拾出来，给你们当实验室。”

两位生物学家点了点头，跟着梁亚丽和李国平快步朝聚缘宾馆走去。

到了宾馆，梁亚丽招呼员工在餐厅开辟出一个地方，给两位专家作为临时的生物实验室。同时，李国平还调遣了两名员工，让他们当两位专家的助手，需要打下手的地方就交给他们来做。两位专家表示感谢，立刻投入到研究之中。

晚上八点五十分，研究结果出来了。两位生物学家一个负责写报告，另一个把最新得知的情况告诉了李国平夫妇。

“由于事态紧急，我们拜托宾馆的一位男性服务员配合实验。首先，我们让他服下了正常剂量的安眠药，并用轻音乐等方法来辅助睡眠，结果是，药力完全无法发挥作用，他怎么都睡不着。我们又让他进食和喝水，他吃下了一些食物，在院子里散步。一个多小时后，我们用便捷式 X 光机照射他的腹部，发现食物没有丝毫消化的迹象。它们只是被存储在了胃里而已，甚至都没有进入肠道。还好我们让他吃的食物不算多，否则，他的胃就算撑破了，也不会消化任何食物。

“我们由此得出结论：身处林泉镇的人，是没有吸收能力和新陈代谢能力的，任何药物都无法对其身体状况进行干预，食物也一样。也就是说，想要通过进食和睡眠来做好离开林泉镇的准备是行不通的。”

李国平和梁亚丽呆住了。半晌后，李国平说：“那就是说，现在身处林泉镇的人，都不能出去了？否则就是死路一条？”

“不，刚才我们试过了，如果往身体里注入葡萄糖氯化钠溶液，可以起到一些补充能量和水分的作用。但是这无法弥补不睡觉对人体造成的伤害。如果要离开林泉镇，就得看个体的身体素质，以及他们进入林泉镇的时间了。比如，一个身强力壮的年轻人，没有进行剧烈运动，只有三四天不睡觉，也许挺得过去。但如果是上了年纪的人，且在林泉镇待的时间超过了五天，出去后猝死的风险就会非常大了。”

李国平又有些眩晕了：“我们……已经超过五天了。而且，我还进行过比较剧烈的运动。”

“那么，我建议你不要离开林泉镇了。因为出去的一瞬间，你可能立刻会被剧烈运动和五天没睡觉的疲累击倒，就算补充了葡萄糖，这点微不足道的能量也不够支撑你这么多天的体能消耗。你有可能会因为体力透支和脑部供血不足而猝死的。”

李国平和梁亚丽像石雕一样凝固了。梁亚丽说：“您的意思是，我们一辈子都不能离开林泉镇，只能在这个小镇上度过余生了？”

“目前看来，是这样的。而且还要祈祷这种异常的天象会一直持续下去。如果有一天，林泉镇突然回归正常，会发生什么样的事，相信不用我来说了吧。但是这一点，你们暂时不必担心，因为我看了那些物理学家的论文，他们似乎都认为，发生在林泉镇的这种现象会一直持续下去。”

梁亚丽问：“那你们呢？打算离开林泉镇吗？”

“我今年五十三岁了，老何比我还大两岁。我们是 6 月 22 日下午四点左右来到林泉镇的，到现在也已经过了四天多了。在我生命的前面五十多年，我从来没有试过四天不睡觉。老实说，我不知道自己能不能撑得住，但我们刚才商量过了，不管多冒险我们都必须出去。因为外面有我们的家，以及我们的家人和朋友。我们跟你们不一样，林泉镇本来就是你们的家乡。”

李国平点头表示明白了，他对这位生物学家说：“祝你们好运。”然后，他拉起梁亚丽的手，两人来到四楼的豪华套房。李国平关上房门，对梁亚丽说：“留给我们的时间不多了，我们马上商量一下，到底怎么办。”

梁亚丽：“商量什么？要不要现在离开林泉镇吗？”

李国平：“当然了！难道你想一辈子就待在这个小镇上吗？我们现在出去，或许还来得及，再晚个一天左右，就永远别想出去了！”

梁亚丽：“现在已经晚了！你没听到专家说的吗？他建议我们不要离开林泉镇，因为我们已经有五天没合过眼了。现在出去，猝死的概率很大！”

李国平：“但他们两个五十多岁的人都打算冒险，我们比他们年轻这么多，身体机能肯定比他们好。我们为什么不试试呢？”

梁亚丽：“但你做过剧烈运动呀，况且这几天跑来跑去的，也消耗了不少体力吧？出去的话，风险太大了。”

李国平：“你想过这两个专家为什么一定要出去吗？想想看，我们如果一辈子待在这个小镇上，不能吃饭，不能喝酒，不能出去旅游，我们活着的意义是什么？人生的乐趣是什么？就算我们有再多的钱，这些钱都不知道该花在哪儿！那赚钱的意义又是什么呢？对了，这两个专家的研究报告马上就要发布在网上了，很快，全世界的人都会知道林泉镇是一个来了就别想走的地方，还会有多少人愿意到这儿来旅游呢？更别说长住了。咱们宾馆也就别想再赚到钱了。所以你说，咱们留在这儿的意义是什么？”

梁亚丽：“意义就是，至少我们能活下来。如果冒险离开的话，我们很有可能连命都没有了！李国平，你是个男的，又身强力壮，但我呢？我从小体质就不太好，别说五天不睡觉，就算三天不睡觉，估计都撑不下去。你让我去冒险，不是等于让我送死吗？”

李国平沉默了。的确，他是了解梁亚丽的。她的身体素质确实有点差，平时吹点冷风什么的都会感冒；偶尔失眠几小时，第二天就全身乏力，整个人都晕乎乎的。要是让她连续五天不睡觉，估计都用不了五天，她就一命呜呼了。

梁亚丽的眼泪流了下来：“国平，永远待在林泉镇可能是乏味了点，但我们可以通过看书、看电视、打牌来消磨时光呀。其实从另一个角度来说，我们不用上班，不用操心生计问题，永远不会生病，这不是也挺好的吗？就让我们在这个小镇上厮守一辈子，不行吗？”

梁亚丽扑到李国平的怀中啜泣，李国平搂着她，无话可说了。虽然他是想冒险试着出去的，但他做不到把梁亚丽一个人留在镇上，更做不到眼睁睁看着她送死。他长叹一口气，在心里下了一个决定——也罢，此生就留在这个小镇上，颐养天年吧。

这时，李国平的手机响了起来，是前台小江打来的，她说：“李总，住在我们宾馆的专家们现在全都来办理退房了。他们怎么都不住了呢？”

李国平当然知道这是怎么回事。这些专家肯定已经知道林泉镇是一个不能久留的地方了。越早走，活下去的可能性越大，他们当然要迫不及待地离开。他对小江说：“没关系，你给他们办理退房吧。如果忙不过来，就让别的服务员来帮一下忙。”说完挂了电话。

梁亚丽听到了他们的对话，叹了一口气道：“真是讽刺呀，咱们还以为这种每天赚几十万的好日子会一直持续下去呢。结果才五天，这好日子就到头了。这批客人一走，估计就没人会来住了吧。”

李国平苦笑了一下，没有说话。梁亚丽说：“当初那个让你买下聚缘宾馆的人，不是说你会靠着这家宾馆发财致富，成为世界首富吗？我还以为这人真是料事如神呢，结果才过几天就熄火了。”

李国平若有所思地说：“也许，‘他’也没有料到会出现这样的状况吧。如果走出镇子的人没事，我们又拥有无限的寿命，成为世界首富，那不是指日可待的事吗？”

梁亚丽说：“这就叫人算不如天算吧。也许咱们命中注定就不会成为什么富豪。不过没什么，咱们也不算太亏。欸，都到这份儿上了，你能告诉我，当初告诉你这事的人是谁吗？”

李国平犹豫了一下，说："还是算了吧。我答应了人家保密的。再说他也不算是骗了我。他预料的事，至少发生了一大半吧。"

梁亚丽还想说什么，这时她的手机响了起来，是高小兰打来的。她接起电话，电话那头的高小兰说："亚丽，你们是怎么考虑的呀？要离开林泉镇吗？"

梁亚丽说："你都知道了呀？"

高小兰说："当然了！住你们宾馆的两位生物学家，刚才把他们最新的研究报告发布在网上，几分钟之内就传遍全国了。现在外面那些人倒是可以看热闹，林泉镇就人心惶惶了。大家都聚集在广场上，讨论要不要马上离开林泉镇。我看到好多国外的专家也收拾行李准备撤离了。镇长他们现在守在边界的地方，要出去的人，签署一份自愿书，表示自己是知情并自愿出去的，走出镇子后发生任何情况，责任自负。"

"那他们签了吗？"

"几乎每个人都签了。有些国外的专家来这里不过三四天，外国人的身体素质好，几天不吃饭睡觉肯定能扛过去，他们当然要回国去。对了，镇长把卫生院的人叫到出入口那儿去了，给要走的人注射葡萄糖氯化钠溶液。听说县医院和市医院也马上要派救护车过来，随时做好抢救的准备。至于出去的人能不能挺过去，就看各人的造化了。"

"我觉得后面来镇上那些人，应该问题不大。但我们这些本来就住在镇上的人，估计就悬了。谁扛得住五天五夜不吃饭睡觉呀，走出去那不是送死吗？想想荣芳吧，走出去几分钟就死了。"

"是啊，我们可是亲眼看着她倒下去的！我现在还心有余悸呢。这么说，你们不打算出去了？"

"对，我和李国平已经说好了，就留在镇子里。你呢？"

"我和我老公正在商量这事呢，左右为难，矛盾得很！所以我才打电话来问问你们是怎么打算的。"

"小兰，刚才那位生物学家，明确建议我们不要离开。他说我们这些在镇上待了五天以上的人，走出去后猝死的可能性非常大。我劝你们也别冒这险了。”

高小兰明显被吓到了：“啊……那我跟我老公说，我们也别走了。”

梁亚丽说：“嗯，你多劝劝镇上的人吧。让他们尽量别冒险，特别是那些年龄大的。”

“好！”

她们结束通话后，李国平问：“现在在镇子的出入口，人们是不是排着队想要离开？”

“对，各种抢救工作都做好了。咱们要不要去现场看看？”

“看什么，多少人会死、多少人会活下来吗？知道这个又有什么意义呢？反正我们也打定主意不出去了。”

“那我们就留在宾馆，等待后续报道吧。应该很快就能在新闻上看到结果了。”梁亚丽说。

李国平躺在床上想了一会儿，突然坐起来说道：“不知道国军知不知道这个情况，我给他打个电话，听听他的意见。”

话音未落，手机响了起来。李国平拿起手机一看，正是李国军打来的，就说：“我跟我弟弟真是心意相通，我正想打给他，他就打过来了。”

李国平接起电话说：“国军，真是巧了，我正说打电话给你呢。”

李国军问：“是吗，哥，你找我什么事？”

“关于林泉镇的最新情况，你肯定已经知道了吧？”

“对，我就是知道了才马上打电话给你的。哥，你和嫂子可千万别离开林泉镇。我觉得你们挺不过去的！”

“嗯，我们已经说好了，就留在林泉镇。”

“那就好。”

“但是我们这家宾馆，以后估计别想赚钱了。”

“为什么？”

“现在所有人都觉得林泉镇是个可怕的地方，在这里待几天再出去就有可能丧命。

本镇的人都打算往外跑呢，外地人谁还敢来呀？”

电话那头沉默了一刻，李国军说：“不，哥，我觉得这种情况是暂时的。现在很多人对林泉镇产生畏惧感，是因为他们对这个地方的了解还不够。等大家冷静下来，理性地看待林泉镇，他们又会对这个地方产生兴趣了。到时候，到林泉镇来观光和旅游的人，又会多起来。因为在这里短时间地停留，是不会有事的。”

李国平反问：“但如果大家到这里都只做短暂停留，根本就用不着住店呀。我们宾馆存在的意义是什么呢？”

李国军说：“你怎么知道没人住店？”

“他们住店做什么呢？在这里不能吃、不能喝，晚上连睡觉都睡不着，住店的意义是什么？”

李国军笑了：“哥，你忽略了一件事。那就是，人都是有好奇心的，对于没有经历过的东西，就想要亲自体验一下。林泉镇绝对是全世界神奇的地方之一，想来这里体验和过夜的人，肯定大有人在。而他们如果只在这里住一晚上，等于熬夜玩了个通宵而已，对身体不会有太大的伤害。所以你相信我吧，过段时间你的宾馆生意又会好起来了。”

李国平听了弟弟的话，有种豁然开朗的感觉，他说：“如果真是这样就太好了。那么，宾馆的价格我要做些调整吗？比如降一些价，吸引大家来住。”

李国军连忙说：“千万别，自降身价是最不可取的。哥，你就保持这个价格不变，等着客人上门吧。”

“好，国军，哥听你的。你从小脑子就转得比我快！”

“好嘞，哥，那我先挂了啊，有什么新情况，咱们随时联系。”

李国平挂了电话，把李国军说的话转述给老婆听。梁亚丽深以为然。于是，两口子安下心来，等待事态发生转变。正如那位生物学家所说，现在，他们最不缺的就是时间了。

十四

6 月 27 日上午十点，电视台的新闻播出了关于撤离林泉镇的新闻：6 月 26 日下午到晚上，撤离林泉镇的总人数为九十一人，其中七十九人为国内外的专家，十二人为林泉镇本地人。这九十一个离开林泉镇的人，抢救后活下来七十五人；另外十六个人，抢救无效死亡。

死亡的十六个人中，有十一个是林泉镇本地的居民。另外五个，分别是天文学家、天体物理学家、学者、理论物理学家和资深女记者。

这起事件之后，政府暂时封锁了前往林泉镇的道路，并规定，如无特殊理由或官方批准，任何人不得私自前往林泉镇，否则后果自负。

很长一段时间，林泉镇除了本地居民，几乎没有进入的外地人。偶尔来的一批学者，基本都是早上来，下午就走，在林泉镇待的时间不超过十个小时。这样就是绝对安全的。但是这些学者已经无法发掘出新的内容作为他们的研究成果了，似乎全世界学者齐聚林泉镇的那几天，已经把林泉镇彻底研究透了。渐渐地，媒体对林泉镇的报道少了，很多人也不再像之前那样关注这个镇子，只是把它当作世界上其中一个神秘之地罢了，就像百慕大三角、复活岛之类的。

李国平、梁亚丽、高小兰和当初选择留在镇上的其他人，从 6 月 21 日算起，已经在林泉镇待了九十七天。这期间，他们没有吃过任何食物，没喝过水，没睡过一分钟，没上过一次厕所，甚至连头发和指甲都没有长长过。镇上的所有商铺和机构全部陷入瘫痪状态。超市、饭馆、理发店、卫生所、菜市场……集体关门了。所有人都不需要吃饭，也不会生病，这意味着他们失去了工作的理由和意义。他们由于二十四小时都不用睡觉，如何打发时间成了一个关键问题。整个镇上只剩茶馆、麻将馆和棋牌室还在营业，无所事事的人们通过聊天和打牌来打发时光。很多人坐在茶馆里，象征性地泡一杯茶（他们没法真的喝下去，因为专家说这样有可能撑爆膀胱），一坐就是十几个小时。打麻将的人更是可以一打就是四五十个小时，他们永远都不会累，如果不是感到乏味的话，他们可以一直打到天荒地老。

镇上的学校，前两个月还一切照旧，现在已经停课了。因为老师和学生都不知道教授和学习知识的意义是什么。老师没法用“知识改变命运”这样的语言来激励学生，因为这些孩子永远都不会长大，也无法离开这个小镇，去见识和闯荡外面的世界。家长也不能用“不好好学习，就找不到好工作”这样的话来教训孩子，因为他们自己都放弃了工作。况且，对于一个永远不用吃饭，也不会变老的人来说，工作和赚钱的意义是什么呢？

于是，镇上的每一个人都变得迷茫了。他们清楚的唯一一件事就是——这辈子他们不可能离开林泉镇了。一个超过一百天没有吃饭睡觉的人如果走出镇子，会发生怎样的事，他们连想都不敢想。

聚缘宾馆在这三个多月的时间里，没有接待过一个客人。一开始，李国平和梁亚丽还有点着急，后来就无所谓了。因为他们跟镇上的所有人一样，意识到了金钱对于他们而言已经失去了意义。不过宾馆的人气倒是挺旺，一楼的棋牌室，每天都有很多居民来打牌。乡里乡亲的，李国平也就没收他们钱了。免费让大家来打牌可以让宾馆显得热闹一点儿，不至于那么冷清。员工们继续留在宾馆工作，主要是为了打发时间，不上班的话，他们也不知道每天该做什么。大家聚在一起，可以互相陪伴。于是，聚缘宾馆成了镇上仅次于广场的居民活动场所。

十月的一天，梁亚丽的妈妈再次打来了电话，对梁亚丽说，三舅一家经过深思熟虑，还是打算让三舅和三舅妈搬到梁亚丽他们家住——如果李国平和梁亚丽同意的话。

李国军后面没再提买房子的事了，梁亚丽之前又是答应了三舅的，自然没法反悔。但她还是有点吃惊，对母亲说：“妈，三舅和三舅妈真的考虑清楚了吗？搬到林泉镇来住，就永远别想再离开这里了。”

“对，他们想好了。因为你三舅的病情又加重了。如果不住进林泉镇，估计活不了几个月了。”

梁亚丽说：“三舅来这里，的确可以保命。但同时，他们也丧失了生活中一大半的乐趣。三舅不是爱喝酒吗，他到这儿来住就没法喝酒了；三舅妈那么热衷旅游，经常跟团出去玩，定居这里后就再也别想去玩了。”

母亲叹了口气道：“这些他们肯定都是考虑过的，但是比起活命来，这些又算得上什么呢？”

梁亚丽沉默片刻，说：“妈，那你和爸考虑过搬到林泉镇来住吗？不管怎么说，这里可以长生不老呀。”

母亲说：“我问过你爸，他不愿意，他舍不得那帮经常在一起喝茶、钓鱼的朋友。他说，让他来林泉镇毫无乐趣地长生不老，还不如在外面有滋有味地活到寿终正寝呢。”

梁亚丽问：“那你呢？也这么想吗？”

母亲说：“我不是也有帮老姐妹吗？每天一起买买菜、跳跳舞，生活过得挺有规律的。你让我到林泉镇来，一天到晚吃喝拉撒睡什么都不做，我真不知道该干什么。这种无聊乏味的日子一直持续下去，简直是种折磨。”

梁亚丽沉默了。

母亲问：“闺女，你说实话，这几个月你们过得咋样呀？我每次问你，你都说还好，真的还好吗？”

梁亚丽没有说话，母亲却听到电话那头传出啜泣声。母亲说道：“闺女，你怎么了？哭了？”

梁亚丽终于忍不住了，哭诉起来：“妈……我跟你说实话吧，我受不了了。这一百多天，你知道我们是怎么度过的吗？每天躺在床上看电视、看书、发呆。那些电视节目早就看腻了，书也看不下去了，想出去走走，林泉镇就这么大点儿地方，镇上的饭馆、超市什么的全都关门了，街上又有什么好逛的呢？要不然，就是跟镇上的人打打牌、聊聊天，可一直打牌也很无聊呀。以前工作累，回家躺在床上就睡着了。现在什么事都不干，又睡不着觉，一天那二十四个小时呀，就像几百个小时那么漫长。而且你知道最可怕的是什么吗？这种日子是无穷无尽的。林泉镇没有‘时间’这个概念，不管外面现在是几月几日，这里永远是 6 月 21 日。花朵不会枯萎，草木不会生长，气温没有变化，甚至连白天都看不到。这日子什么时候是个头呀？妈，你说对了，这样的日子根本就是种折磨。我都快要被逼疯了！再这样下去，我都不想活了，还不如走出林泉镇算了！”

母亲被吓到了：“闺女，你可不能这样想呀！你又不是一个人，不是还有国平陪在你身边吗？镇上还有这么多人呢！”

梁亚丽悲哀地说：“我和李国平现在基本上没什么话说了。我们俩天天在一起过着这种毫无生气的生活，早就失去对生活的热情了。外面的人努力工作，期待下班去吃顿大餐，周末跟朋友畅饮，假期去旅行度假。可我们呢？我们的每一天、每一分钟都是一成不变的！有些时候，我都觉得我们不是人类了，而是行尸走肉。对，就像电影里的丧尸，介于一种半死不活的状态，这还叫活着吗？妈，有时我在想，其实镇上的这些人可能早就已经死了，只是看上去还活着而已。实际上，我们只是一些留在人世间的鬼魂，永世不得超生。除非，我们自己选择解脱。”

母亲着急地哭了起来：“亚丽，你别这么说……我和你爸明天就来看你，我们来陪你住一阵子，你就没那么无聊了。”

梁亚丽说：“妈，你们就算来了，也在这儿待不长。而且你们年纪大了，经不起这么折腾。”

母亲说：“亚丽，既然你们每天都闲着没事干，不如生个孩子吧，那样，好歹多个人来陪伴你们呀。”

梁亚丽发出一阵悲凉的、没有丝毫欢乐的大笑：“妈，你怎么直到现在还在说这么天真的话？住在林泉镇的人连头发都不会再多长一寸，你居然以为我还能怀上孩子？我这辈子都不可能有孩子了！……总之，妈，你把我刚才说的那些告诉三舅和三舅妈吧，如果他们听了之后，还是打算来林泉镇定居，随时欢迎。”

听得出来，母亲已经动摇了，估计一会儿就会去劝说自己的三哥和嫂子。母亲又说了一些宽慰的话。梁亚丽也不想让母亲太过担心，违心地说自己发泄一通后，已经好多了。

梁亚丽挂了电话，把手机甩到一旁，眼神空洞地望着天花板发呆。

十五

两天之后，梁亚丽的三舅做出了决定：他们还是要搬到林泉镇来。也许对三舅来说，死亡的恐惧始终要胜过无止境的乏味生活。梁亚丽没有多说什么，在镇子里迎接了三舅和三舅妈，把他们带到自己家安顿了下来。梁亚丽的父母顺便陪伴了女儿几个小时，在傍晚时分离开了。

日子又过了一阵子。一天上午，前台小江打电话给李国平，说："李总，有客人来住宿，麻烦你下来一下好吗？"

李国平早就不关心宾馆的营业状况了，说："有客人来住你就给他登记吧，我下来做什么？"

小江说："他们提出的要求有点特别，我做不了主，只能您亲自跟他们谈。"

"行吧。"

李国平乘电梯下楼，看到了站在大堂的几位客人。男人看上去估计有八十多岁了，但精神矍铄，气度非凡。挽着他胳膊的是一个三十岁左右的女性，美丽动人，打扮得体。站在他们身边的，是几个身穿西服的男人，看起来像保镖。聚缘宾馆之前来过很多位国内外的顶级专家，所以李国平也算是见过世面的人了。他一瞧这两人的穿着打扮和形象气质，就知道这一男一女不是普通人，必定是有身份地位的人士。他走过来后，前台小江对那位老先生说："这就是我们宾馆的李总。"

老先生礼貌地伸出手来，说道："李总，你好。"

李国平伸出手来跟他握了一下道："您好。"

老先生从上衣口袋里掏出一张名片来，递给李国平，说道："这是我的名片。"

李国平接过这张精美的小卡片，上面印有英文的集团名称，英文部分他不认识，但"集团董事长　胡家铭"几个汉字他当然认识的。虽然不知道这是家什么公司，但对方是位高权重之人是可以肯定的了。

李国平把名片收好，问道："胡董事长到林泉镇来，有何贵干呢？"

胡家铭说："李总，咱们找个地方坐下来聊，好吗？"

李国平看了一眼棋牌室，现在有好多人正在里面打牌，显然不适合谈事，去餐厅好像也不合适。他想来想去，四楼还有一间一直没有住人的豪华套房，那是整个宾馆最高档的地方了，便说："咱们去四楼的豪华套房聊，可以吗？"

"好的。"胡家铭说，同时转身对四个手下说："你们就在大厅里等我吧。"几个人毕恭毕敬地点了点头。李国平在前面带路，胡家铭和那位女士一起乘坐电梯来到四楼的房间。

"两位请坐吧。"李国平示意胡董事长和那位女士坐在沙发上。他把电脑桌旁边的椅子搬过来，坐在他们对面，说道："想必两位是知道的，林泉镇不能饮水，我就不让服务员泡茶了。"

胡家铭微笑道："不必客气，咱们直接谈正事吧。李总，我这次携夫人一起到林泉镇来，是打算在这里长住的。"

李国平望了一眼那位"夫人"，这才知道他们俩是夫妻关系。李国平说："胡董事长，您对林泉镇的情况了解吗？"

"非常了解。在此之前，我通过各种途径考察过，深思熟虑之后，才决定来此定居。"

"这么说，您和夫人是打算来了之后就不走了？"

"当然。我们知道在这里住一阵之后再离开的话，会发生什么事情。"

"这辈子就待在这样一个资源匮乏、几乎什么都没有的小镇上，您不会觉得无聊吗？”

胡家铭说：“坦白地说吧，我今年八十九岁了，虽然身体还算硬朗，没有什么大病，但还能再活多少年，也是无法保证的事。所以，李总肯定猜到我到这里来定居的原因了吧？”

李国平点头表示明白。虽然他为那位才三十多岁的夫人感到有些惋惜，不过这是人家的决定，他没有干涉的理由。他能想到，对一个八十九岁的富豪来说，长生不死自然是极具吸引力的。

“那么，两位是想住在我们宾馆吗？”

“是的。”

“那么您看这个房间可以吗？这是我们宾馆仅有的两间豪华套房中的一间，价格是五千元一晚。其实我们普通的房间都是这个价，豪华套房本该贵一点儿的。考虑到两位是长住，我就按普通房间的价格来算了。”

胡家铭用手机计算器算了一下，说道：“五千元一晚，一年就是一百八十二万五千，对吧？”

“是的，我可以给您抹去零头，算整数。”

胡家铭笑道：“不必。老实说，这个价格我并不嫌贵——虽然这房间不值五千元一晚，但考虑到它的稀缺性，还是合理的。一百八十二万五千一年，我交一百年的房费都是没问题的。”

对方的豪气震慑住了李国平，这老先生的有钱程度远超出了李国平的想象。一时之间，他竟然有些不知道该如何回应。

胡家铭接着说道：“一两百年的房费是没问题。但是，我们必须做一个假设，假如林泉镇的时间真是永恒的，我们活了一千年一万年，那该怎么办呢？到时候，我就会交不出房费来了。也就是说，迟早会被李总扫地出门。”

李国平从来没想过这么遥远的事。他觉得在这地方待上一两年就会发疯。不过这一点，还是不要告知这位富豪了，所以他只是尴尬地笑了笑，说道：“胡董事长说笑了。那您的意思是？”

胡家铭把身子往前探了一些，说道："我的意思是，一直付房费不是长久之计；但如果是自己的房子，当然就不存在这个问题了。"

李国平愣住了："您想买下我这家宾馆？"

"如果你愿意的话，可以报一个价。"

"不，我不想卖。"

"能告诉我原因吗？让我吃惊的是你甚至都没有报价。"

李国平苦笑一下："原因很明显，在林泉镇，金钱是没有意义的。这儿拿着钱都没处消费，我要这么多钱来做什么呢？"

胡家铭露出惊讶的神情："天哪，年轻人，**只要地球还没有爆炸，金钱就永远是这个世界上最重要的事物**。我不敢相信你居然会说出金钱没用这种话来。"

"在外面，金钱当然是有用的。但是在林泉镇，我真的看不出钱可以用来做什么。这是事实。"

"让我来告诉你事实是什么，"胡家铭不客气地指出，"事实是，你的目光太过短浅了。**你以为我到林泉镇来定居，会让这个镇维持现状吗？**以这个镇现在的样子，我可能一个星期都待不下去，还会考虑在这里住几百上千年？"

李国平呆住了，他突然发现，自己跟这种富豪的思想完全不在一个层面。胡家铭的最后一句话，准确地道出了生活在林泉镇的人目前最大的问题。他突然有点激动起来，问道："胡董事长，您是打算建设和改造林泉镇吗？"

"是的，你知道美国的拉斯维加斯吗？"

"听说过，全世界最出名的赌城。"

"不仅是赌城，那是一座以赌博业为中心并集旅游、购物、娱乐、度假于一体的城市，被称为'世界娱乐之都'。那里的热闹繁华程度，超出你的想象。只要你有钱，拉斯维加斯就是一个不折不扣的人间天堂。它充满了刺激和新鲜感，一个人在那里待多久都不会腻。关键是，在 1905 年之前它只是一个不起眼的破落村庄，还比不上现在的林泉镇。但美国人只用了十年时间，就把它变成了一个国际大都市、全世界最有名的娱乐之都。说到这里，你可能已经猜到我的想法了，在林泉镇定居后，我们自然没法再去拉斯维加斯这种地方了，但我们可以造一个拉斯维加斯出来，满足我们除饮食之外的一切需求和乐趣。”

李国平被这个大胆的想法彻底震撼了，他张着嘴愣了半晌，说道：“这实在是……太棒了！但是，在中国大陆不会允许开设赌场吧？”

“当然。但中国大陆允许娱乐、休闲、购物和度假，这就足够了。年轻人，这就是我刚才说的金钱的意义。**也许你没法去往全世界，但只要你足够有钱，就可以把全世界搬到你面前来。**”

李国平激动得不知道说什么好了。对于他而言，这位富豪的出现，不仅是为他带来财富和机遇那么简单，他即将改变林泉镇和镇上每一个人的生活。现在，他需要知道的是怎样才能办到这一点：“胡董事长，这件事，您不是应该跟政府的人谈吗？怎么会跟我谈呢？”

“因为你是林泉镇最大的一家宾馆的老板。我必须征求你的同意，得到你的支持，然后通过你来影响整个林泉镇的人，让大家都赞成这件事。政府方面我当然会去沟通，但我从事房地产多年，也算是一个儒商，深知得到本地老百姓支持的重要性。否则，如果政府强行拆除镇上所有的房子，你们会同意吗？况且鉴于林泉镇的特殊性，你们也没办法搬到某个新区的安置房里去吧？”

“对……那么，除了把聚缘宾馆卖给你，我还有别的选择吗？”

“当然有，那就是成为我的合作伙伴。比如，你用现在的这家宾馆来入股。得到你的同意后，我会把它夷为平地，然后在这个基础上修建一家超豪华的国际度假酒店。而你会在酒店建成后，拥有几个总统套房的永久居住权，以及这家酒店的部分股份。我说的总统套房的豪华程度，是现在这个房间的一百倍。”

李国平喉咙发干，尽管他一点儿都不渴。他感觉自己正在谈一件生命中最重要的事情。但他也意识到了问题所在——他根本不知道该怎么谈。股份之类的事情，他一点儿都不懂。这时，他想起了弟弟李国军。

“胡董事长，您的这个提议，我非常感兴趣，也非常愿意跟您合作。”李国平用两个“非常”加重了语气和诚意，“但是这么大的事，我需要跟家人商量一下，您和夫人在这里稍事休息。我出去一下，很快就回来答复你，好吗？”

“当然可以。”胡家铭笑道，“不是说，林泉镇最不缺的就是时间吗？”

李国平走出这个房间，来到隔壁的豪华套房。他进门的时候满脸放光，兴奋和喜悦从身上四溢出来。梁亚丽一眼就看出了丈夫与往常的区别——他已经死气沉沉太久了，自己也是。她问道：“你怎么了，什么事这么开心？”

李国平激动地抱着梁亚丽的肩膀：“老婆，咱们的命运要改变了！”

“什么意思？”

“我现在马上给国军打一个电话。你就在旁边听吧，听完之后就知道是怎么回事了！”

梁亚丽不再多问了。李国平拨打弟弟的手机号，李国军很快就接起了电话。李国平把刚才发生的事完完整整地转述给弟弟听。李国军听完后，忍不住在电话那头大叫了起来：“我的天哪，哥！你要发大财了！”

“你也这么觉得？”

“当然了！你知道这个胡家铭是谁吗？那是全球富豪榜上排名前五十的超级富豪！他的公司总部在香港，在很多国家都设有分公司，总市值上千亿美元。他个人的身家也有上百亿美元。天哪，这种世界顶级富豪、商界精英，居然正坐在你的宾馆里，跟你谈合作！”

梁亚丽在一旁听得嘴都合不拢了。让她吃惊的倒不是胡家铭这样的大人物此刻就坐在他们隔壁的房间，而是这个大人物提出的林泉镇改造计划。虽然梁亚丽这辈子去过的最大城市是南昌市，但她能想象世界顶级大都市的繁华程度。她居住的林泉镇，未来会成为这样的地方？这实在是让人难以置信。

李国平说：“国军，现在胡董事长等着我回话呢，但涉及股权什么的我一点儿都不懂。要不然，我把电话给他，你跟他聊一下？”

李国军说：“不，哥，这么大的事情，电话里怎么说得清楚？你跟胡董事长说，我会在六个小时之内跟他见面。这段时间，你就陪他在林泉镇走走，给他介绍一下林泉镇的情况。我现在马上去机场，乘坐最近一班的飞机飞回去！”

李国平和梁亚丽陪着胡家铭夫妇游览了整个林泉镇，老先生是第一次来，情绪高昂，更让他欣喜的是，他亲身体验到了永远不会疲累的感觉。他们在林泉镇里考察了几个小时，老先生越走越兴奋，说道："太不可思议了。正常情况下，我最多只能步行半小时左右。现在我走了四个多小时，完全感觉不到疲乏。"

老先生夫人说："我相信，就算慢跑一阵，你也是能办到的。"

"是吗？"胡家铭好像真打算试试。

李国平提醒道："胡董事长，如果您还没有做好永远不离开林泉镇的准备，我劝您别这样做。"

胡家铭明白他的意思，说道："知道吗，我几乎去过全世界每一个地方，包括南极和北极。地球上最美妙和神奇的景观，我都看过了；能体验到的乐趣，我也基本上都尝试过了，也算是此生无憾。所以，我和妻子，包括跟随我来的四个年轻人，早就做出决定了。这次来，我们就不打算离开了。"

李国平点头表示明白了。他们来到镇上的广场，胡家铭迈开步子慢跑，他跑了有十多圈，兴奋得像个小孩，张开双臂说道："太令人难以置信了，我至少有二十年没有跑过步了！"

李国平说："如果您愿意，可以一直跑下去。"

"哈哈哈！"胡家铭发出爽朗的大笑，"我一点儿都不怀疑。林泉镇真是全世界最棒的地方！"

之后，他们返回聚缘宾馆。下午六点，风尘仆仆的李国军来到了宾馆内，兄弟俩好久没见面了，拥抱了一下。李国平把弟弟带到胡家铭面前，说道："胡董事长，这就是我弟弟李国军，咱们之前说的事情，他可以全权代表我来跟您谈。"

胡家铭跟李国军握手，说道："一看就是商界精英，年轻有为呀！"

李国军回以客套话："哪里哪里，胡老是我从小的偶像，久闻大名，今天有缘跟您见面，真是三生有幸！"

胡家铭满意地笑了笑。李国军很会说话，这让他颇为满意。他就喜欢跟聪明人打交道，大家奔着同一个目标去，简单、直接。胡家铭阅人无数，跟李国军见面不到十秒钟，已然能判断出，对方跟他是一路人。

李国军对哥哥说："哥，你看我跟胡老在哪儿聊比较合适？"

李国平问胡家铭："还在上午的那个房间，可以吗？"

胡家铭点头："可以。"

于是，他们几个人乘电梯来到四楼的那个豪华套房。李国平问弟弟："那我……"言下之意是，他需不需要参与。

李国军怕哥哥不懂商务谈判那套，不小心露怯或者说错话，便说："哥，这事就交给我来办吧。你和嫂子先在隔壁房间休息，谈好了我叫你们过来，告诉你们结果。"

"好的。"李国平和梁亚丽对李国军百分之百地信任。他办事，他们俩绝对放心。

于是，李国军和胡家铭夫妇进了这个豪华套间，李国平和梁亚丽回到隔壁房间。

几个月来，李国平很少这么心潮澎湃，他在屋里来回踱着步，兴奋得坐不下来。梁亚丽虽然坐在沙发上，心情也是不平静的。他们俩各自想象着林泉镇未来的面貌，以及他们可能过上的新生活。

一个多小时后，李国军在外面敲门："哥，嫂子，我和胡老谈好了。"

李国平赶紧打开门，迫不及待地问道："谈得怎么样？"

李国军说："你们过来吧，当着胡老的面，我把沟通的结果告诉你们。"

"好的！"

李国平和梁亚丽跟着李国军走到隔壁房间，他们跟胡家铭夫妇问了个好。李国军说："哥、嫂子，我现在把我和胡老沟通之后定下来的整体方案告诉你们。"

李国平和梁亚丽一齐点头，洗耳恭听。

李国军说：“首先，根据之前的官方测量数据，整个林泉镇处于黑暗地带的部分，是九十七万五千平方米。这个面积呢，说大不算大，说小也不算小。你看过足球比赛吧？一个标准足球场的面积，是七千多平方米；那九十七万多平方米，差不多等于一百三十八个足球场那么大。

“我和胡老刚才大概规划了一下，整个镇子如果全部用于商业用途的话，可以用来修建购物中心、高端酒店、体育馆、商业步行街、演艺中心、音乐厅、游戏城、游乐园、水族馆、滑冰场、动物园、室内植物园、图书馆等项目。这些项目，几乎包括了人类所有精神层面的享受。”

胡家铭插了一句：“因为林泉镇是没法进行太多物质享受的，我们在这里不能‘吃喝’，只能‘玩乐’，所以我们大致的想法是，用极致的精神生活来弥补物质生活的欠缺。”

李国平和梁亚丽点头表示赞同。李国军接着说：“哥、嫂子，跟你们有关的，是高端酒店这个部分。这家新酒店，大概就在现在聚缘宾馆的位置，只是面积会大得多，豪华程度也不可同日而语。它会是林泉镇内唯一的大型酒店，除了上千个客房，还会有恒温游泳池、KTV、足浴按摩中心、电影院、棋牌室，等等，只是没有餐厅和咖啡厅。”

李国平忍不住问道：“但是……会有多少人来住呢？对于一般人而言，他们不敢在林泉镇待太久吧？”

李国军说：“记得我之前跟你说过的吗，总有人会来体验在这里过夜的特殊之处。另外，这家酒店的其中一些房间是要提供给镇上的居民们长住的。因为他们的房子拆掉之后，我们自然应该给人家补偿。每家人都会拥有一间超豪华的总统套房，以及在这套房子里永久居住的权利，而且还可以享受酒店的五星级服务。我相信，没有人会不愿意吧？”

“听起来的确很诱人。”李国平说，“那么，如果有大量游客涌进来的话，他们住哪儿呢？这家酒店肯定住不了太多人吧？”

李国军笑了："当然，他们根本不用住在镇子里，住在镇外就行了。这样既安全，又不必占用林泉镇内宝贵的土地资源。"

胡家铭说："我们计划在林泉镇周围，打造十多家高级酒店，以及超市、美食街。也就是说，外地来的绝大多数游客，是住在林泉镇外的，但是跟林泉镇挨得很近。他们在外面，可以正常地吃饭、喝酒、睡觉。买票进入林泉镇后，则可以在这个国际娱乐之都畅玩，只要控制好时间出去，到外面的餐厅和酒店补充食物和体力，第二天再进来玩就行了。而林泉镇是一个国际化的娱乐之都，在这里玩得再久，都是不会腻的。"

李国军接着说："对，游客，包括本镇居民，可以在镇子里做些什么呢？看演唱会、马戏和杂技、足球赛、时装秀，欣赏戏剧和舞蹈，逛动物园，参观水族馆，模拟潜水或滑雪，在游乐园畅玩、看电影、玩游戏、游泳、泡书吧、按摩、洗浴、购物、唱歌……太多了，我都说不完，而且这些娱乐方式是会不断更新的，一直让人保持新鲜感。另外你知道最棒的是什么吗？看电影或演唱会一般都适合在晚上进行吧？**林泉镇只有晚上，没有白天！这是一个真正的不夜城！**哥，你想象一下，生活在这样的地方，你还会觉得无聊乏味吗？毫不夸张地说，你把每种娱乐方式轮换着体验，一个月都不会重样！"

李国平和梁亚丽目瞪口呆。李国军说的这些娱乐方式，一大半他们都没有体验过，但他们拥有想象力，能想到如果这一切全都成真的话，林泉镇会变成一个多么精彩纷呈、魅力无穷的地方。梁亚丽感慨道："天哪，这简直是天堂。"

"没错，我们就是要把林泉镇及其周边打造成一个旅游、娱乐、度假的天堂。让所有人都流连忘返，全世界的人都趋之若鹜。"胡家铭说，"而我们这些永久居住在里面的人，自然是最大的受益者。"

李国平的思维回归到现实中来，他问："即便是长期居住在林泉镇的居民，要去这些地方消费，肯定也是要花钱的吧？"

胡家铭说："当然，我们提供给镇上居民的，是一套永久居住的总统套房，但是他们要消费其他项目，自然是要花钱的。所以，他们应该工作起来，努力赚钱的同时，也可以让自己的生活更加充实——除了你。”

李国平一愣：“我不用工作吗？”

胡家铭笑道：“如果你坚持要工作，我自然不会反对，但是你精明能干的弟弟，刚才已经为你争取到了未来这家国际酒店百分之三十的股份和五个总统套房的永久使用权。我认为，就算你什么事都不做，一年也会有上亿元的收入。”

李国平望向弟弟，难掩激动和喜悦的心情。李国军说：“哥，我再告诉你一件事吧。胡老聘请我作为林泉镇整个项目的总负责人，除两千万的年薪之外，未来我还能享有林泉镇所有项目总收益的百分之三，别小看这百分之三，它代表的是一个天文数字。即便是胡老，在整个项目中也只能享有百分之二十五左右的收益。因为要把林泉镇打造成我们刚才描述的那样，需要数万亿资金。凭胡老一己之力是不够的，他还需要联合另外几个顶级富豪来打造这个项目。”

李国平激动地说；“国军，这意味着，你也要搬到林泉镇来长住吗？”

“是的。哥、嫂子，以后我们就能生活在一起了。”

“太好了！”李国平兴奋地拍了弟弟的肩膀一下。

胡家铭说：“蓝图已经描绘好了，现在，我要做的事情就是跟政府沟通，得到政府的许可和支持，然后募集资金，为修建做好准备。”

李国平有点担心地问：“政府会同意吗？”

胡家铭哈哈大笑：“傻瓜才会不同意。如果我们在中国打造这样一个娱乐之都出来，每年能增加多少财政税收，你想过吗？”

李国平连连点头，问道：“那我能做的事情是什么呢？”

胡家铭说：“我之前已经提到了，我需要你和你弟弟帮忙说服镇上的人，让他们支持我们的计划。”

“这样的好事，我想没有人会不支持吧？”

“如果是这样，当然最好不过了。但我害怕遇到一些食古不化的人，也就是所谓钉子户，固守自己的老宅和传统观念。”

“胡老，您放心吧，这件事就交给我来做吧。”李国平信誓旦旦地说，“我保证能说服林泉镇的每一个人。”

“那太好了。但是记住，不要跟他们提到你占股份的事，避免他们心理不平衡。”

“好的。”

“另外，我会让我们公司的宣传部门联合特效团队，制作一个半小时左右的宣传片，把我们对林泉镇的改造计划，包括未来的景象，用视觉的方式最直观地呈现出来。这个宣传片，我会发给合作伙伴和政府部门的人看，当然也包括林泉镇的居民。等他们看完这部宣传片后，你们再说服他们，就容易多了。”胡家铭说。

在场的人一齐点头。于是，这件事就这样决定下来。接下来的一段时间，每个人各司其职，分头行事。李国军辞去了北京的工作，搬到林泉镇来，协助胡家铭进行一系列前期工作。胡家铭的名声、财力和影响力让他经手的每一件事都十分顺利，政府部门果然对此项目大为支持。

两个月后的一天，李国平把一套投影设备放在林泉镇的广场上。在镇长的组织下，镇上的所有居民都到广场上来看“露天电影”，“露天电影”自然就是由顶级特效团队制作的宣传片。这部片子将林泉镇未来的繁华盛景展现得栩栩如生，再配上大气磅礴的音乐，让人看完后热血沸腾。之后，李国平和李国军分别上台阐述这一改造计划，以及每家居民会获得的补偿。最后，胡家铭也亲自登台，当众表态，他一定会倾尽全力实施这一计划，把林泉镇打造成一个娱乐之都、人间天堂。

这一波宣传，收到了超出预期的效果。镇上的居民岂止是同意，简直是欢欣鼓舞、激动万分，他们集体鼓掌叫好，把胡家铭和李家兄弟视为救命恩人——这一点儿都不夸张。因为在林泉镇不眠不休地度过了半年的人们，几乎已经快要被这里的沉闷和乏味逼疯了。所以，当他们看到宣传片中展现出来的各种全新的娱乐方式和生活图景，他们认为这是拯救他们脱离苦海的唯一途径。

毫无疑问，林泉镇的居民全体通过了这一改造计划。不仅如此，他们当中的很多人还表示，会亲自投入建设和服务工作中来。这样既能改变生活，又能赚钱，还能用工作来打发时光（关键是他们永远不会累），而且有了宏大的目标和对美好生活的无限期盼后，他们也不再感到彷徨了，每个人的精神面貌都有了很大的改变，变得积极、乐观、向上。之前死气沉沉的镇子，现在洋溢着欢声笑语，充满了无穷活力。

不久后，林泉镇改造计划正式启动。推土机、压路机等大型机械开了进来。老旧的房子被夷为平地。人们住在临时住所，却没有半句怨言。一拨又一拨的工人不分昼夜（这里本来就没法分）轮番进行修建，将工期缩短了一半。看着平地而起的高楼大厦和国际著名设计师亲自设计的高端建筑一天天地成形，骄傲感、自豪感和成就感充盈在每一个人的心中。

三年后，一则实景拍摄的广告震撼了全球。这则广告时长二十五分钟，在全世界各大电视台和社交网站上同时投放。内容为：林泉镇国际度假中心向全世界开放。这里的豪华程度和娱乐项目比之前的预想有过之而无不及。“永远的不夜城”和“新世界的娱乐之都”这两个宣传口号俘获了无数人的心。开业期间，度假中心请了世界级的两支球队在这里进行比赛，以及世界顶级流行歌手在此进行连续三天的演唱会。开业第一个月，免收单日八百八十九元的门票。

全世界热爱旅游的人都沸腾了。他们对林泉镇全新的娱乐方式和特殊的生活体验感到好奇。这个全世界最特别的“四维空间”，本来就具有超强的吸引力。现在，它居然被打造成了一个娱乐之都，怎会不令人向往呢？于是，全球数百万游客（当然也包括本国的游客）涌向了林泉镇。开业第一天，就实行了预约和限流措施，游客分批进入其中。可谓盛况空前。

全新打造的林泉镇没有让第一批游客失望，甚至可以说，让他们体验到了全世界最极致的狂欢。如同之前设想的那样，林泉镇内除了没有餐饮，几乎囊括了世界上所有的娱乐方式。除体育馆、音乐厅、水族馆等需要单独购票入内的场所外，镇内免费的观光和娱乐项目也都十分精彩：街头魔术师的大型魔术秀、动漫人物大巡游、模特 T 台走秀、行为艺术家的街头表演……游客们目不暇接、大呼过瘾。很多人在社交网站上发布了照片和视频，声称："只要来到这里，就足以值回票价！"

游客的免费宣传形成了新一波广告效应。从众心理的驱使下，越来越多的中外游客来到林泉镇参观和游玩。一时之间，来林泉镇观光和打卡，成为全球最新潮和时尚的事情，在这里碰到明星的概率非常高。有幸来到林泉镇玩乐的人，成为所有人羡慕的对象。

毫无疑问，胡家铭和这个项目的另外几个投资人赚得盆满钵满。李国平和李国军兄弟亦然。胡家铭兑现了当初的承诺，让镇上的每一户人都住进了超豪华八星级酒店。而李国平拥有五个每晚价格为五千美元的总统套房，每个房间的面积为一百五十平方米。他和梁亚丽住其中一个。另外四个由酒店负责打理，租给客人，他每个月坐享租金。而这家酒店从开业第一天就天天爆满，已经预订到了八个月后。

也就是说，李国平每个月仅房租收入就高达六十万美元。这还不算他占有的酒店百分之三十的股份。如果算上这个，他每个月的收入至少一千万。一年就一亿二千万人民币。

毫无疑问，不管李国平和梁亚丽如何穷奢极侈，都是不可能一年花掉一亿元的，特别是他们还不用吃饭。这些钱，全部用在了购买奢侈品包包、服装、化妆品、鞋子、名表和各项娱乐设施上。梁亚丽每天的衣服、首饰、鞋子从不重样。她总是打扮得光彩照人，穿上国际顶级设计师为她量身定制的美衣华服，和李国平一起出入各种高档场合。

由于林泉镇的各种娱乐项目是全天候不停歇的，跟永不疲倦又有无限金钱的他们简直是绝配。他们可以在 VIP 席上看一场国际巨星的演唱会，然后去极具艺术情调的书店泡上大半天，阅读最新的图书，接下来视心情而定，是去水族馆潜水，还是回酒店洗浴和按摩。第二天，又可以看电影、逛商场、听音乐会、看球赛或滑雪，正如之前设想的那样，他们的娱乐方式丰富到了一个月都不会重样，精神生活充实到了永远都不会感到无聊。

林泉镇的其他居民则没有李国平夫妇那么享福了。他们虽然也住在酒店的高档套房，但他们必须努力赚钱才能为各种娱乐活动买单。林泉镇作为国际娱乐之都，这里的每一样消费都不便宜。其他居民自然没有李国平夫妇这么有钱。所以，高小兰不止一次地表现出羡慕，说梁亚丽选对了老公，现在成了仅次于胡家铭夫人的阔太太。不像她，现在还要在演艺中心当售票员。梁亚丽也没亏待好朋友，经常拉着她一起去购物中心逛街，给高小兰买了不少的漂亮衣服和奢侈品。

三个月后，一位女明星不知道通过什么途径打听到了李国平拥有酒店的五个总统套房。她找到李国平，提出能不能花十亿人民币买下其中一个总统套房的永久居住权。

李国平和梁亚丽一起跟这个女明星面谈。李国平问这位享有国际声誉的电影明星："您买下来做什么呢？"

女明星说："我希望能够在林泉镇长住，理由嘛，自然是为了永葆青春。"

李国平点头表示理解，但他说："抱歉，我没法把酒店的一个房间卖给您。"

女明星有些吃惊："十亿元，差不多是这个房间一百年的房费了。我认为，这个价格已经十分优厚了。"

李国平说："是的。但是林泉镇的时间是无限的，一百年算什么呢？住在这里的人，可以拥有无限的生命。说不定住上一千年、一万年也是有可能的。这样算下来，我为了十亿元卖掉一个房间，岂不是很不划算吗？"

女明星听后，悻悻然地离开了。

梁亚丽挽着老公的胳膊，颇为感慨地说："我们现在的生活方式，连大明星都想拥有呢。"

李国平说："青春永驻、长生不死、不会生病，拥有永远都花不完的钱和无比充实的精神生活——这样的日子，谁不想拥有呢？"

梁亚丽点头道："有些时候，我都有种错觉，觉得我们好像已经不在人间了，而是在天堂。如果世界上真有天堂的话，无非也就是如此吧。"

"是啊，不过……"

"不过什么？"

"算了，没什么。"

"有什么就说吧。"

"我在想，即便是这种天堂般的日子，要是真的过上一千年、一万年，那还是种享受吗？这些丰富多彩的娱乐方式，虽然现在是有趣的，但日子长了，我们终究还是会厌倦吧。到时候，我们又该怎么办呢？"

"我们别去想遥远的未来了。至少目前我们是快乐的，这就够了。"

"也是。但有时候，我真是挺怀念以前吃过的那些美食的。虽然我已经几年没吃过饭了，也不觉得饿，可是一想到粉蒸肉、油酥鸭、羊肉串的滋味，还是挺馋的。"

"哎呀，讨厌！我们说好了不提食物的。你不知道我多想吃麻辣烫和炸鸡，还有臭豆腐！"

"好了，你也别说了。走，咱们看球赛去。"

"好啊，走吧。"

两口子手牵着手走出了酒店，来到每天都爆满的体育场。李国平买了最佳位置的看台票，进场后过了一会儿，足球赛就开始了。这些球员，全部是胡家铭花高价从各国请来的。他们能够有效地带动林泉镇的旅游热度，同时，由于在林泉镇踢球是不会感到累的，球员们发挥得比在世界杯上更好，观众也可以看得更加过瘾。只不过，踢完一场比赛的球员，必须离开林泉镇，到镇外的酒店休息、进食、喝水，及时补充体力。

这场精彩的球赛踢了两个小时，球员们退场后，看台上的观众才意犹未尽地依次离开体育场。李国平走下看台的时候，一个外国人紧挨着他。李国平一开始没在意，直到他感觉一个钢管般的硬物顶在了他腰间，耳畔传来一个低沉的声音："想活命的话，就别出声，跟我走。"

李国平倏然紧张起来，他扭头一看，身边的梁亚丽也跟他一样，一脸的惶恐。她的身后，有一个外国女人紧贴着她的身体。李国平隐约看到了梁亚丽身后的黑色枪管，他在电影里看过，知道这是手枪的消音器。这时他意识到，他们两口子同时被劫持了。

现在，他们前后左右都是人，根本无处可逃。显然对方早有准备，故意在这种熙熙攘攘的人群中劫持他们，他们除了乖乖听命，别无选择。

李国平从来没有遇到过这样的情况。他的脑子嗡嗡作响，身体僵硬起来，走路的姿势都变得不自然了。梁亚丽更是脸色惨白，竭力压抑自己的恐惧和惊慌。他们在人群的簇拥下走出了体育馆，其他的观众都散去了，但他们俩仍然被几个人夹在中间。李国平明白了，挟持他们的不止两个人，前后左右这几个人都是他们的同伙。这时他身后的人说道："跟着前面的人走，你们就没事，否则的话，我们立刻开枪。"

李国平点头表示明白了，梁亚丽亦然。他们机械地在这几个外国人的裹挟下走着，一直来到购物中心的地下停车场。从停车场下去后，他们走进了位于负一楼的一个房间，这似乎是一个很大的杂物间。

进入这个房间后，身后的一个外国人把门锁上了。李国平和梁亚丽看到，这个房间里有好几把椅子。其中一把椅子上坐着一个穿皮衣、戴眼镜的外国男人，他看上去五十岁左右，跷着二郎腿，双手交叠，表情严肃地盯着他们，令人心生畏惧。他的身后，站着两个身穿休闲服的男人，加上挟持他们的那几个，一共有九个人。

这些外国人开始用英语交谈，李国平和梁亚丽一句也听不懂。直到坐在他们面前的那个穿皮衣的男人用汉语说道："你们俩，坐过来。"

李国平看到了这人面前的两把折叠椅，显然是为他和梁亚丽准备的。他们战战兢兢地走了过去，坐下。李国平问："你们……想干什么？"

"这是你应该问的第二个问题。第一个问题是'你们是什么人'。"

李国平："你们是什么人？"

"你可以叫我约翰，我供职于一家情报机构，是一名特工。"

李国平最近几年不知道看过多少书和电影，他不敢相信，自己居然被情报机构盯上了。

"没错。我们目前的身份是游客。之所以不避讳地告诉你我们的真实身份，是因为我要回答你的第二个问题'你们想干什么'。由于你刚才已经问过了，我就直接回答吧——"

约翰站起来，走到李国平面前，双手撑在椅子靠背上，俯视着他：“我需要你把你知道的一切，全都老老实实地说出来。”

李国平感受到了一股巨大的压力，他假装听不懂对方的意思：“我不知道你在说什么。”

约翰摇头道：“李先生，显然你没有跟我一样拿出诚意来。我知道，你的时间是无限的，但我不是。所以，为了节省时间，我省去了那些猜谜的环节，直接把我们的身份告诉了你。你为什么不能跟我一样，坦诚一点儿呢？”

他直起身子，回到之前的座位上，直视着李国平：“你觉得，我们会在对你完全没有了解的情况下，就把你和你太太请过来吗？实话告诉你吧，我们的情报人员在三年前就注意到你了。你本来是一个普通的工人，却在 2020 年的 4 月，跟你弟弟李国军借了一大笔钱，买下了林泉镇谁都不看好的聚缘宾馆。两个月后，也就是 6 月 21 日，‘永恒的日食’发生了，林泉镇成为全世界关注的焦点，无数人涌向了这个镇，让本来一个客人都没有的聚缘宾馆立刻爆满，你也因此大赚了一笔。不过这都不算什么，重要的是你之后跟胡家铭的合作，你用这家宾馆作为入股的条件，获得了现在这家豪华酒店百分之三十的股份和五个总统套房的永久居住权，每年坐收上亿元的资金。而这一切，似乎是你早就预料到了的事情。因为你跟你太太说过，靠这家宾馆，你有可能会成为中国首富，对吧？”

李国平惊愕地望向梁亚丽，眼神中的意思是：你把这事告诉过别人？

梁亚丽哭着说：“国平，我……只跟高小兰说过，而且我叫她一定要保密。”

约翰对梁亚丽说：“其实不管你有没有告诉高小兰，以我们的办事能力，都能够轻易获知这些事情——除非你们夫妻俩都不交谈。实际上，你丈夫在保密这件事上，已经做得非常好了。你问过他好几次为什么他能未卜先知，他都闭口不谈，不是吗？”

约翰又望向了李国平：“特别是，你为什么会知道，2020 年 6 月 21 日那天会发生‘永恒的日食’？能预测到这件事，可不是一般人能办到的。所以，能回答我一个问题吗——你到底是什么人？”

“我真的只是一个普通人，你太高估我了。”

“那好，你告诉我，你是怎么做到未卜先知的？”

“我不能说，因为……我答应了别人。”

“‘别人’是谁？”

“这也是需要保密的一部分。”

“如果我一定要知道呢？”

李国平沉默了。

约翰站起来：“好吧，你知道，我没法给你注射吐真剂让你说出来，因为药物对林泉镇的人不起作用。所以你实在不说的话，我们也拿你没办法。但是，如果你没法满足我对于这件事的好奇心，至少满足我对另一件事的好奇心吧。”

说完，约翰使了个眼色，一个特工拿着一卷胶布走到梁亚丽的面前，用胶布封住她的嘴，令她无法发出声音。然后，另外两个特工架起她，打算把她弄出房间。李国平惊愕地问道：“你们要干什么？！”

约翰说：“我猜，不只是我，你也会感到好奇。你们这些在林泉镇里待了三年多的人，没吃饭、没喝水、没睡觉，如果现在离开林泉镇的话，会发生什么事呢？我们打算用你太太来做这个实验，把她装进汽车后备箱，悄悄带出林泉镇，观察她的变化。如果你也有兴趣的话，我会拍个视频给你看的。”

梁亚丽被吓蒙了，流着眼泪不住地摇头，用眼神向他们求饶，向丈夫求救。李国平不可能眼睁睁看着梁亚丽去死，他也能猜到自己坚持不说的后果是什么，他咬了咬牙说："好吧，我告诉你们！"

约翰做了个手势，示意那两个特工把梁亚丽押了回来，让她重新坐到李国平身边。约翰也坐到对面的椅子上，摊开手："李先生，请说吧。"

李国平说："我接下来要说的，你们可能会觉得不可思议，但这就是事实。"

约翰说："是不是事实，由我来判断，你只管说就是。"

李国平说："好吧。事情是这样的。2020 年 4 月 9 日的中午，我跟厂里的几个工友一起去林泉镇背靠的那座山上伐木。其实我不是伐木工，而是负责加工木材的，但我能判断树木的成熟程度——哪些树木可以现在砍伐，哪些需要再等等，所以工友们总是喜欢叫上我一起去。

"那一天，我们上山后，我为他们挑选了一片可砍伐的区域。于是工人们开始劳作。而我则想偷会儿懒，暂时不回厂里去，在幽静的山林里睡个午觉。我远离工友们，来到森林里一个安静的地方，找了一棵大树，靠在树干上，很快就睡着了。

"不一会儿，我被一些声音吵醒了，睁开眼一看，发现身边有一些长相奇怪的人，似乎正在摆弄着某种仪器。我吃惊地盯着他们，不知道这些怪人在做什么，直到其中的一个回过头来，发现我正盯着他们看。他也显得很吃惊，问道：'你能看见我们？'

"我心想，你们就在我眼前，我当然能看到你们，便说'是的'。那些人集体停下了正在做的事情，一起朝我走了过来，他们有八九个。他们再次询问：'你能看到我们所有的人？'

"我再次回答'是的'。那些怪人显得非常惊讶，十分兴奋。我听到他们议论起来。一个人说：'低维生物是怎么看到我们的？'另一个人说：'也许他用某种特殊的方式，误打误撞地进入了我们的空间。'"

李国平讲到这里，约翰打断了他的话："你说的这些怪人，长什么样？"

李国平继续说："他们的形态总体跟人类差不多，但是浑身赤裸，没有明显的性别特征，全身无毛发。他们的身体像水银一样，具有液态金属的质感。总之我当时的感觉是，我在跟一群'水银人'说话。"

在场的特工中，能听懂汉语的除了约翰，还有两三个人。他们疑惑地对视一眼，露出匪夷所思的表情。梁亚丽也是一样，她睁大眼睛望着李国平，显得很吃惊，因为她也是第一次听到丈夫讲起这件事情。

约翰问："这些'水银人'显然不是普通的人类，你陡然见到他们，不觉得奇怪或者惊恐吗？居然能平静地跟他们对话？"

李国平答道："因为我是在梦中见到他们的。当然，当时我可能没意识到这是在做梦，但醒来之后，我知道了。"

"这么说，他们说的'某种特殊的方式'，就是指做梦？"

"我想是的。根据这些水银人的对话和我后来的分析，我认为这些人当时的确是在我身边的，而我正好在做梦。不知道怎么回事，我通过梦境闯进了他们的世界，看见了一般人看不见的'高维生物'。"

约翰露出怀疑的神情："李先生，你只是一个拥有初中文化程度的普通工人，居然能理解'高维生物'这样的概念？"

"我一开始是不懂的。老实说，就连他们当时说的那句'低维生物是怎么看到我们的'，我都搞不清是'低位生物'，还是'低微生物'。我更不可能想到，他们是高维生物。是后来镇上来了一大批物理学家，我跟他们攀谈之后，问了一些相关的问题，才渐渐有了这个概念。加上我近两年看了很多这方面的书，才终于得出结论——我当时遇到的，就是科学界假设存在的'高维生物'。"李国平说道。

约翰略略点头："这么说，'梦境'是跟高维生物见面的一种途径？"

李国平说："我不确定，也许没这么简单。每个人都会做梦，我也做过无数次梦，但只有那一次见到了这些神秘的高维生物。我猜，也许跟他们当时的确在我附近有关，或者，跟他们正在摆弄的仪器有关。"

"我是不是有理由相信，正是这些'仪器'，把林泉镇变成了现在这样的四维空间？也就是说，林泉镇会变成现在这样，正是这些高维生物的杰作。这可能是他们的一个实验？"

"对，我就是这样想的。"

"你接着讲吧。然后呢，这些高维生物跟你说了什么？"

“他们对我说，他们其实一直都在我们身边，我们看不到他们，他们却可以看到我们。被低维生物看见，对他们来说是第一次。他们也觉得很新奇，很有缘。这些‘水银人’商量片刻之后，其中的一个人对我说：‘作为对这次特殊事件的纪念，我们打算送你一份礼物。这份礼物是一个重要的信息——今年 6 月 21 日那天，林泉镇会发生一些特殊的事情。如果你能在此之前，买下镇上那家最大的宾馆，你将在不久后获得巨大的财富，甚至成为这个国家最有钱的人。我只能说这么多了，要不要这样做，是你的自由。但不管怎样，请你一定要为此事保密，不要把见到我们的事告诉任何人，否则，会发生你不愿看到的事情。’说完这番话，他们就消失了，我也从梦境中醒来。”

“那你应该会觉得，刚才只是做了一个奇怪的梦而已吧，为什么会对梦中人告诉你的话深信不疑？”

李国平：“因为这个梦跟普通的梦不一样，我感觉我不是做了一场梦，而是穿越到了另一个世界又返回了。那种感觉很奇妙，难以言喻。另外，还有一件事，证实了这不是一个普通的梦。”

约翰问：“什么事？”

李国平说：“醒来后，我立刻用手机上网，查询 2020 年 6 月 21 日是个什么日子。结果我发现，那天会发生日食。而且，林泉镇正好处于观测日食的最佳地点。所以，我更加认为，梦中经历的一切是千真万确的。”

约翰点头道：“我明白了。之后，你就听从他们的建议，买下了聚缘宾馆。”

李国平说：“是的。”

“后来你有没有再见过这些高维生物呢？”

李国平摇头：“没有了。”

约翰凝视着他：“听好，如果我设法让你跟这些高维生物取得联系，你认为自己能不能办到？”

李国平问：“你们为什么要跟高维生物取得联系？”

约翰：“他们能把林泉镇变成‘永夜’，肯定还能做到更多奇妙的事情。也许整个地球的运行规律，都掌握在他们手中。我想，一定会有人愿意跟他们接触的，如果能办到的话。”

李国平明白了，他说：“抱歉，至少我现在办不到了，因为我现在已经不可能睡觉了，也就意味着不可能再做梦；而且，我也没法回到当初睡午觉的那片山林，因为它在镇外。”

约翰想了想：“嗯，有道理。这么说，你已经没有利用价值了。”

说完这句话，他从外套中摸出一把消音手枪，对准李国平的脑袋，开了一枪。李国平甚至都没来得及叫出来，就脑袋一偏死去了。他身边的梁亚丽目睹了这一幕，眼泪倏然而下，可她的嘴上贴着胶带，双手被反捆着，只能睁着一双惊惧的眼睛，发出“唔、唔！”的闷哼。

“别着急，你现在就可以跟你丈夫做伴去。”约翰把手枪抵到梁亚丽的额头，扣动扳机。

杀死他们俩之后，约翰用英语对特工们说道：“我们已经获得想要的内容了，这个叫李国平的男人没有说谎。我跟他对话的时候，一直在观察他的表情，我知道他说的是实话。而这两个人都见过我们，并且知道我们的身份了，所以我不可能让他们活着。现在，你们把他们的尸体装进箱子里，一会儿带出林泉镇吧。”

特工们点头表示知晓了。其中一个能听懂汉语的特工说道：“李国平说，那些高维生物能看到我们，你相信吗？”

约翰问：“你想说什么？”

那特工迟疑了一下：“我在想，他们知不知道，我们杀了李国平？”

约翰并不在意：“知道又怎么样？你怕他们吗？”

特工轻轻摇了摇头：“我只是在想，那些高维生物警告过李国平，如果他泄密的话，会发生他不愿意看到的事——会是什么事呢？”

“也许就是杀他灭口吧。我已经帮他们做了。”约翰说道。

特工说：“但是，这个秘密，现在被我们知晓了……”

约翰望着他，跟他对视了十几秒钟，正想说什么，怪事发生了——他面前那个一米九高的大汉，突然消失了。

约翰大惊失色，他掏出手枪，却不知道该瞄准谁。接着，惊骇的一幕发生了：另外七个特工，一个接一个地从这个房间消失，没留下任何痕迹，就像被抛到异次元空间一样，或者进入了另一个“普通人看不到的高维空间”。

在约翰接近四十年的特工生涯中，他见过不计其数的怪事，执行过无数次秘密暗杀任务，自认为处变不惊的他，这一次彻底慌了。他意识到了自己的对手不是一般意义上的“人”，也许他们要捏死自己，就像踩死一只蚂蚁那么容易，或者像生活在三维空间的人，要把一张纸上的漫画人物抹去那么简单。他放下手枪，举起双手，说道：“对不起，我错了，请原谅……”

然而，这句话还没说完，他就被无情地抹去了。

接着，两具尚有体温的尸体，也从椅子上消失了。

尾声

李国平猛然睁开眼睛，倒吸一口凉气，发现自己居然身处山林之中，背靠着一棵大树，似乎刚从睡梦中醒来。

“梦中”发生的一切，此刻仍历历在目。他清楚地记得，在梦中，他被特工枪杀了。那此刻，他怎么会在山林中呢？等等，这里是林泉镇外？他出镇子了，却并没有死？

李国平从草地上站了起来，觉得眼前的场景十分熟悉。片刻后，他想起来了，这就是当年他睡着后梦到高维生物的那个地方。突然，一个惊悚的念头掠过他的脑海，他迅速摸出手机，看到屏幕上显示的时间：2020 年 4 月 9 日。

天哪，我回到了……三年前？或者，之前发生的一切，全都是一场梦？

李国平一时无法做出判断。他跌跌撞撞地朝当初工友们伐木的地方走去，果然看到一群伐木工正在合力锯一棵大树，其中有“死去”的大庆。他呆呆地望着他们，问道：“现在是 2020 年吗？”

工友们一愣，随即发出一阵哄笑。有人说：“李国平，你偷懒睡觉，睡迷糊了吧？现在是哪年都不知道了，哈哈哈！”

李国平没有笑，再次问道：“现在是不是 2020 年 4 月 9 日？”

“废话！要不然呢？你以为现在是清朝吗？”

李国平的身体不由得颤抖起来，他二话不说，朝山下跑去。工友们纳闷地望着他的背影，大庆挠着脑袋说：“这人怎么了？”

李国平一边往镇上跑，一边给梁亚丽打电话。很快，梁亚丽接起了电话：“喂。”

“亚丽，你现在在哪儿？”

“我在超市上班呀，怎么了？”

“超市……天哪，我都快忘了你以前是在超市上班了。”

“什么？”

“没什么。亚丽，你现在马上回家一趟，好吗？”

“为什么？我正在上班呢。”

“你不能请会儿假吗？”

“今天进了新的货，我正帮忙卸货呢，有什么事吗？”

“卸货……对了，我想起来了，三年前的那天，你就是卸完货回来的。天哪，我真的回到三年前了……”

“李国平，你在说什么呀？什么三年前？你喝酒了？”

“没有，我只是想马上跟你见一面！”

“我说了，我走不开呀。”

“你就跟你们老板说，我出事了！”

李国平挂了电话，朝镇上的家中跑去。

回到家后，他看到了熟悉的场景和陈旧的家具，回想起八星级豪华酒店的总统套房，居然有种恍如隔世的感觉。他摸着家里刷着清漆的木质餐桌、窄小却温馨的布艺沙发……鼻子一酸，掉下泪来。

这时，房门被推开了，梁亚丽气喘吁吁地跑回家来，看到李国平站在客厅里，泪流满面。她呆住了，走过去问道："国平，你怎么了？真的生病了？"

李国平看到梁亚丽——特别是穿着朴素的她——心中的感触更深了。他走过去，将梁亚丽抱在怀中，哽咽着说："我以为我死了，再也见不到你了。"

梁亚丽明显吓到了，焦急地问："国平，你到底怎么了？为什么突然说这种话？"

李国平擦干泪水："我不知道该怎么跟你说。我遇到的事情，实在是太奇特了。"

梁亚丽拉着李国平坐到沙发上："没事，你慢慢说，你到底遇到什么事了？"

李国平说："我说了你不会相信的。"

梁亚丽说："你说说看。"

"我们其实已经活到了 2023 年，结果我被一个特工开枪打死了，我猜，你也一样。但是高维生物把我们送回到了三年前。对，生活在四维空间的他们，是可以跨越时空的。让我回到三年前，也许就跟回看电视节目一样简单。"

梁亚丽呆呆地看着丈夫，重复着他说的几个关键词："2023 年，特工，高维生物，跨越时空？"

李国平说："很难以置信，对不对？"

梁亚丽直视着他问："你今天遭遇了什么？受了什么刺激吗？"

李国平苦笑道："三年前，我回家告诉你，我打算买下聚缘宾馆的时候，你也是这样说的。"

梁亚丽惊愕不已："你说什么，你打算买下聚缘宾馆？那家亏死人不偿命的聚缘宾馆？"

李国平说："我不是打算，三年前我的确把它买了下来。并且，我们因此成了亿万富翁。"

梁亚丽焦虑起来，她伸手摸了摸李国平的额头："没发烧呀，你到底怎么了？为什么一直在说胡话呀？！"

"我刚才就说了，你不会相信的。"

“你说这些话，叫我怎么相信呀？”

“我本来就没指望你相信。除非……”

“除非什么？”

“如果我没猜错的话，6 月 21 日那天，仍然会发生‘那件事’。”

“哪件事？”

“到时候你就知道了。如果我预言准了的话，我就把整个故事讲给你听。那时，你就不会怀疑了。现在，我只想问你一个问题。”

“什么问题？”

“如果咱们这辈子，就踏踏实实地过日子，不当什么亿万富翁，也不追求天长地久，就像平常人那样度过一生，你愿意吗？”

梁亚丽哭了：“你这个傻瓜，你以为我嫁给你图的是什么？不就是想跟你踏踏实实过完一生吗？要冲着荣华富贵去，我能嫁给你吗？”

李国平深吸一口气，再次把梁亚丽拥入怀中：“我明白了，老婆。有你这句话，‘永夜’到来的那天，我知道该怎么做了。”

（《永夜》完）

接近十一点的时候，流风讲完了故事。他喝了一口水，发现众人似乎还沉浸在故事之中。显然《永夜》的结局，足够耐人寻味。

几分钟后，刘云飞问道："故事的最后，李国平说，'永夜'到来那天，他知道该怎么做了——这是什么意思呢？难道他会做出跟之前不一样的选择吗？"

流风耸了下肩膀："这个你可以自己想呀，说得太透就没意思了。"

"开放性结局，也叫留白——留给我们想象的空间，挺好的。"宋伦说。

流风微笑了一下，说道："是的。回到三年前的李国平会做出怎样的选择，就请大家自己想象吧。"

"我觉得，他肯定不会再走老路了。他已经知道了自己和妻子的结局，怎么会选择跟之前一样的路呢？"王喜说。

"但是，正因为知道了结局，他就能避免出现那样的情况。比如，不买下那家宾馆，低调一点儿就行了。"双叶说。

"你的意思是，他仍然选择留在林泉镇，在那里'永生'下去？"

"是啊，永远不会老，也不会死，在一个精神丰富、娱乐发达的乌托邦，无忧无虑地生活下去，有什么不好吗？实在是活腻了，觉得无聊乏味，走出镇子选择死亡就行了。"双叶说。

"不行，我受不了。"王喜连连摇头，"在同一个地方待一辈子，甚至是几百上千年，我完全无法想象。我一直憧憬着能环游世界呢。最过分的是，再也没法吃各种美食了！我的火锅、烤肉、炸鸡、牛排、螺蛳粉、胡辣汤、奶茶……跟它们永远告别，那等于要了我的命。再说了，我还想娶媳妇生孩子呢。看着自己的孩子逐渐成长，那也是一种乐趣。一成不变的人生，我可受不了。”

“别说美食了，我都有点儿受不了了。”兰小云苦笑道。

扬羽说：“其实，关于是否留在林泉镇，有一个折中的方法。李国平夫妇只需像其他游客一样间歇性地待在镇上，不就行了？他们在镇子里待的时间，只要不超过四十八小时，就是安全的。如此一来，每隔两天或者三天，他们就离开镇子，到‘外面的世界’来补充睡眠、享受美食。恢复体力之后，再回到镇上。如此一来，他们的寿命会大大增加，两种生活相得益彰，各种乐趣皆有体验，同时还能赚钱——这才是最完美的人生状态吧。”

“聪明的做法。”流风说，“不知道故事里的李国平和梁亚丽，能否想到这一点？”

“这不是你讲的故事吗？你让他们想到，他们自然就能想到了。”扬羽说。

“可我的故事讲到刚才那里就结束了，我无法再操控故事里的人物了。”

“难道你不是这个故事里的某个人物吗？”

流风笑了一下，避而不谈。

“等一下，这个故事中的情节，不可能真的出现在现实生活中吧？我可从来没听说过，全世界有哪个镇发生了这种‘永夜’事件。”王喜说。

“当然。关于‘永夜’的情节，是我虚构的。”流风说。

“那么，这个故事跟你有关系吗？”雾岛问。

“有的。”流风略微沉吟，“但是我说了，你们未必会相信。”

“说说看。”

“好吧。事情是这样的：大学毕业那一年，我独自一人到江西旅游，来到了某个风景如画的小镇。那不是什么 4A、5A 级景区，却比热门景点更有诗意和韵味。我在镇上的一家宾馆住宿，晚上，做了一个神奇的梦。

“梦中，我置身一片山林之中，应该就是镇子旁边的那座山。有几个奇特的‘水银人’正在摆弄着某种仪器。我吃惊地盯着他们，直到其中一个怪人回过头来，同样

吃惊地问道：‘你能看见我们？’

“我回答‘是的’，这些‘水银人’显得既惊讶又兴奋。一个人说：‘低维生物是怎么看到我们的？’另一个人说：‘也许他用某种特殊的方式，误打误撞地进入了我们的空间。’——总之，跟故事中李国平的经历几乎完全一样。”

流风说的事情令众人啧啧称奇。贺亚军问道：“难道，这些‘水银人’也像故事中讲的那样，向你透露了某个重要信息？”

“正是如此。”

“他们跟你说了什么？”

“关于财富的预测。”

“但是，你怎么可能相信梦中的人说的话？”

“因为醒来之后，我意识到这个梦跟普通的梦不一样。我仿佛不是做了一场梦，而是穿越到了另一个世界，又再度返回。那种感觉很奇妙，难以言喻。离开江西，结束旅游之后，我按照梦中那些怪人的指引，买了一些数字货币，结果大赚了一笔。”

“赚了多少？”

“五千多万。”

贺亚军露出惊讶的表情。流风遗憾地说：“可惜我当时的本金有限，没能买太多。否则，我现在有可能是福布斯富豪榜上的人物。”

“赚了这么多钱之后呢？你做了什么？”双叶问道。

流风摇头叹息：“当时的我太年轻了，这些钱又得来全不费功夫。于是，我开启了一段挥霍无度的生活。事实证明，五千万没有我想象中的那么多，不到三年时间这些钱就全都被虚耗掉了，我还落下了大手大脚、一掷千金的坏毛病。结果你们已经知道了——我因此而负债，欠了一大笔钱。不然的话，我怎么会来参加这场游戏？现在想起来，从无到有，再失去一切的过程，简直像一场梦。”

“所以，你才想出了‘永夜’这个故事。”兰小云明白了。

“是的。”

“那么，你把钱全部用掉，或者快要用掉之前，难道就没有想过，再去一次江西的那个小镇吗？”刘云飞问。

“你是说，再做一次同样的梦？当然想过，事实上我的确去了。但你知道结果是什么吗？”

“这还用猜吗？你肯定没有再做那个梦，邂逅那些‘水银人’了。否则的话，你现在就不会跟我们坐在一起了。”刘云飞说。

“是啊，不过更令人沮丧的是，当初那家宾馆已经因为经营不善而被拆除了，那块地被镇政府改建成了运动场。我只好入住镇上的其他宾馆，但是很显然，我没有再做那个神奇的梦了。”

“其实，就算那家宾馆不拆除，你也未必能做同样的梦了。”真琴安慰道，“想想看，你住过的那个房间肯定还有其他客人住过吧，不可能每个人都有着同样的经历。所以当初的那件事情，也许是在十分特殊的情况下发生的。”

“我猜也是。”流风点着头说。

“我倒是觉得，还有另一种可能。”一直没有说话的柏雷，此时开口道。

“什么可能？”流风望向他。

“你入住的那家宾馆，并不十分破旧吧？”

“嗯，至少我入住的时候还蛮新的。”

“这就是不合理的地方。通常来说，一家宾馆经营不善，会选择转卖或者倒闭，怎么会拆掉呢？因为不管怎么说，这栋建筑都是有价值的。镇政府出资买下来，改造成办公地点也是可以的。拆掉后修建运动场，这未免有点太浪费了，不是吗？”

流风呆了半晌，说道：“听你这么一说，确实如此。我之前没有细想这个问题。那么，你觉得这是怎么回事呢？”

柏雷说：“我不可能准确知道这是怎么回事。但我有一个大胆的猜想：那些四维空间的‘水银人’——假设他们真的存在的话——后来弄清楚了你是怎么通过梦境进入他们的空间。而那家宾馆的某个房间，也许就是关键点。于是，他们想了主意，设法让当地政府把那家宾馆拆除，以绝后患。”

柏雷的猜测让人感到震惊。兰小云说：“这个想法真是太大胆了。”

“而且，并非完全无法证实。我们如果能活着离开这里，就可以去流风说的那个镇了解情况，看看当初究竟是什么原因让镇政府决定将那家宾馆拆除。”柏雷说。

“如果能活着出去的话，咱们一起去解开这个谜吧！”流风兴奋地说。

关于“永夜”的话题聊得有点久，不知不觉已经十一点半了。这时，刘云飞发现大厅的屏幕再次亮了起来，喊道：“上一个故事的分数出来了！”

众人一起抬头，看到了屏幕上的一行字和一个分数：

第十天晚上的故事——《黑夜迷踪》

分数：91

“哇，91分！超过真琴的《蓝洞》了，是目前的第一名！”王喜叫了出来，欣喜得好像他自己得了高分似的。

兰小云感到意外，她捂着嘴，不敢相信自己的故事居然能成为目前的最高分。

“恭喜你呀，小云，能得这么高的分，真是太棒了。”真琴微笑着祝贺兰小云。

“谢谢你，真琴姐……”兰小云不好意思地说，“但后面还有四个人呢，说不定很快就被超过了。”

“喂，别说这种话了！后面的故事，该不会一个比一个分数高吧？”刘云飞突然担心起来，“现在我们已经知道，每一轮末位淘汰，都要算上之前的人。陈念死了之后，目前的最低分就是我了！”

“后面还有四个人，担心这么早干吗？”乌鸦不屑地说道，眼珠转了一圈，“不过说起陈念，我倒是想到一个问题。”

“什么问题？”柏雷问。

“他直到死，都没有使用自己的道具，你们就不想知道，他的道具是什么吗？”乌鸦说。

众人面面相觑。扬羽说：“他的道具既然没有使用，就应该在他自己的房间里。我们进去看看不就知道了吗？”

“这……合适吗？”流风说。

“有什么不合适的？他都死了，难道我们还不能知道他的道具是什么吗？”

“这倒也是。那我们一起去陈念的房间看看？”

流风询问众人的意见，没有人反对。于是，大家一齐起身，朝二楼走去，来到陈念的 2 号房间门口。房间门从外面是没法上锁的，柏雷扭动把手，推开了门。

陈念的尸体保持着之前的状态，地上的血早就已经凝固了。他们尽量避免去看那具尸体。柏雷、流风和乌鸦走进了屋内。很快，乌鸦在床下找到了一个印着月亮图案的木头盒子，他捧着那个盒子，对柏雷说：“你来打开吧。”

柏雷在盒子下方的数字键盘上输入“2222”四个数字，“咔嚓”一声，盒子开启了。

柏雷、乌鸦和流风同时望向盒子里面，一起愣住了。

外面的人问道：“怎么了？”

乌鸦把盒子翻转，面向众人：“里面什么东西都没有。”

“难不成跟我一样，陈念的盒子里也没有装东西？”流风说。

“不可能，如果是这样的话，当初你提到这一点的时候，他肯定会说‘我也如此’。但他没有这样说，表示盒子里肯定是有东西的！”柏雷说。

“那么，会不会在他身上？”

柏雷蹲了下来，把手伸到尸体的裤兜里搜寻，只摸出来一部手机。他站起来说道：“陈念的身上，没有别的东西。”

“那……他的道具会在哪里？”流风茫然道。

“我们找找看，会不会被他藏在这个房间的某处了？”柏雷提议。

“我也进来帮忙。”刘云飞说。

于是，四个人在大家的注视之下，对 2 号房间进行了仔细的搜寻。房间很小，也没有太多可以藏东西的地方，几分钟后，他们宣布没有发现任何特殊物品。

“这就奇怪了，陈念的道具不在盒子里，不在他身上，也不在房间里，会在哪儿呢？”站在门口的宋伦诧异地说。

柏雷思索了一阵，说道：“我觉得，只剩一种可能性了，那就是，**他的道具被某**

个人偷走了。”

“你是说，主办者吗？”兰小云问。

“我不知道是不是主办者。但是仔细想来，主办者昨天夜里杀死了陈念，而我们已经推理出来，他是没有进入陈念房间的。也就是说，他没有机会拿走陈念的道具。今天早上，我们撞开陈念的房门，发现他已经死了。当时大家在一起，没有任何人有机会拿走他的道具。之后我们离开他的房间，各自回房。晚上七点之前，才再次聚集在了一起。如此看来，一定有某个人，在今天白天的某个时候，趁所有人不注意悄悄溜进了陈念的房间，把他的道具偷走了！”柏雷分析道。

“有道理。但是这个偷走陈念道具的人，如果不是主办者，又会是谁呢？”兰小云想不通，“而且，他（她）为什么要偷走陈念的道具？”

“理由很明显——多一样道具，就多一分胜算。不管陈念的道具是什么，总是有某种作用的。”柏雷说。

“真该死！要是我们早上进这个房间的时候能想到这一点就好了。这道具就不会落到某个居心叵测的人手中！”流风懊恼地说。

“现在说这些没用了，陈念的道具被盗，我们在场的每一个人都有嫌疑。”双叶扫视众人一圈。

“话虽如此，但有两个人的嫌疑明显更大一些。”柏雷说。

“哪两个人？”双叶问。

柏雷望向扬羽和刘云飞：“我不是针对你们俩，纯粹是对事不对人。”

“啊？你怀疑我和刘云飞？”扬羽吃惊地说。

“我只是觉得，你们俩更容易办到这一点。因为你们的房间分别在2号房的两边，要找一个机会悄悄溜进去，相对容易。而对于其他人而言，就要困难一些了。因为‘盗窃事件’发生在今天白天，虽然很多时候大家都待在自己的房间里，但白天总是有人不断离开房间在大厅里活动。如果从隔得较远的房间来到2号房，很容易被对面或者旁边的人看到，不是吗？”

“柏雷说得有道理。如果是你们俩的话，只需要在自己的房间门口探听动静，寻找合适的时机迅速进入或离开陈念的房间就可以了。”贺亚军说。

“好吧，我承认你们说的话有道理。不过很遗憾，做这件事的人不是我。不信的话，你们可以去我的房间搜。”扬羽说。

“既然你都这样说了，那我们就恭敬不如从命了。”贺亚军说。

扬羽指着自己的3号房间，做了一个“请”的动作。

“咱们进去看一下？”贺亚军对柏雷和流风说。

两人一起点头，跟贺亚军一起进入扬羽的房间。找了一阵之后，只发现扬羽自己的木盒子。扬羽说：“打开看看吧，你们早就知道我的道具是什么了，我也已经使用过了。”

“对我使用的，我记忆犹新呢。”流风打开盒子，看了一眼里面的注射器，把盒子盖上了。

扬羽的房间里没有发现失窃的道具，众人的目光集中在了刘云飞身上。这时，他们发现刘云飞脸色发白，神情也明显不自然。大家敏感地意识到，这种反应代表着找准了方向。双叶说：“刘云飞，你怎么了，你的脸色看上去很难看。”

“我……我没有拿陈念的道具。”

“我只是说你脸色难看，你就说出这么欲盖弥彰的话。这让我们不怀疑你都难了。”

所有人的目光都聚集在了刘云飞身上，他显得越发局促了。柏雷说：“既然你没拿，可以让我们进屋去搜一下吗？”

刘云飞迟疑几秒，勉为其难地点了下头。

于是，柏雷、贺亚军和流风进入了他的房间。刘云飞自己也进去了。他们没有找到什么可疑的东西，唯一值得注意的只有一个印着“隐者”图案的木盒子——它已经被刘云飞抱在了怀里。

“介意把这盒子打开，让我们看一眼吗？”柏雷说。

“这里面装的是我自己的道具，不是陈念的！”

“那你就把盖子打开，证明这一点。”

“证明这一点，意味着你们会知道我的道具是什么！”

“那又有什么关系？反正我们大多数人的道具都已经公开了，你为什么非要遮遮掩掩？怎么，这盒子里的东西见不得人吗？”贺亚军质问道。

刘云飞被逼问得无所适从。这么多双怀疑的眼睛盯着他，今天要是不打开这个盒子，恐怕是无法收场了。犹豫良久，他咬了咬牙，把盒子打开，说道：“你们要看就看吧！”

所有人一起望去，看到了刘云飞盒子里装的物品：一把可以折叠的细长尖刀。

流风倒吸一口凉气，喊道：“啊——这不就是杀死陈念的凶器吗？”

“不！我就知道你们会这样想，所以才不愿意让你们看这盒子里的东西！”刘云飞慌忙解释道，“这把刀，是主办者发给我的道具没错，但我没有用它来杀死陈念！”

“这种辩解，你不觉得太苍白了吗？”贺亚军瞪着眼睛说。

“我说的是真的！如果我是主办者，肯定会提前准备好很多杀人工具，用得着通过什么塔罗牌盒子把凶器发到自己手上吗？我难道不能把它藏在身上，或者事先藏在这里的某处吗？”

他这话倒是有几分道理。联想到之前杀死桃子的VX神经毒素，可见主办者的确事先准备好了很多种杀人工具，没有必要多此一举把凶器发给自己。柏雷思考了片刻，说道：“好吧，我相信你说的是真的。”

刘云飞稍稍松了口气。贺亚军却仍不依不饶：“就算你不是杀死陈念的凶手，但你的盒子里有一把刀，你却一直不肯说出来，证明你至少是包藏祸心的。你是打算到了某个关键时刻，用这把刀来干掉某个竞争对手吧？！”

刘云飞的眼睛里掠过一丝被猜透心思后的慌乱神色。这一次，他不知道该如何辩解了，只是低声道：“但我毕竟没有这样干，不是吗？我的分数排在倒数第三，怎么都不可能获胜了……现在你们知道了我的道具是什么，我更不可能这样干。所以，我可以被你们排除嫌疑了吧？”

“这一点我持保留态度，不过现在的确无须再纠缠此事。没有确凿的证据，我们不能把罪名强行加到某个人身上的，以免中了主办者的圈套。”柏雷说。刘云飞赶紧附和着点头。

"失窃的道具"暂时无法厘清头绪。众人沉默了一会儿，王喜说："对了，既然陈念的道具都消失了，那桃子的道具是否还在她自己的房间里呢？"

"桃子的道具，就是那张'海皇波塞冬'的卡片吧？技能是可以交换任意两个人讲故事的顺序。这一点，桃子活着的时候已经告诉我们了。现在她死了，这个道具也就随之失效了。"双叶说。

"是啊，偷了这张卡片也没用。因为没有人会蠢到把这张卡片拿出来使用。"宋伦说。

本来，提到死去的桃子，是因为顺带想起了她。不料众人之中的雾岛，却难以自控地浑身痉挛了一下，把站在旁边的真琴吓了一跳，问道："你怎么了？"

"我……"雾岛欲言又止。

这反应明显是不对劲的，大家凝视着他。雾岛自知露了馅，没法再隐瞒了，说道："你们……最好去桃子的房间看一眼。"

柏雷问："看什么？"

"看了就知道了……"

众人对视一眼，柏雷二话不说，率先朝桃子的房间走去。其他人紧跟其后。

桃子的 4 号房间就在旁边，他们几步就走到了跟前。柏雷正要推门，兰小云拉住了他，面有惧色地说："桃子死了好像有六天了吧……我们真的要进去吗？"

"如果你害怕或者觉得不舒服，可以离远一点儿。"柏雷说。

雾岛在一旁说："没关系，放心地开门吧。她的尸体，不在房间里。"

"什么？！"众人大惊。随即，柏雷迅速推开了 4 号房间的门。

果然，映入眼帘的是一个空房间。桃子的尸体，之前是被他们放在床上的，现在床上什么都没有——不，只有一摊水渍，浸湿了大半张床。

柏雷张口结舌，其他人的表情也跟他一样。许久之后，双叶惊叫起来："天哪，这是怎么回事？桃子的尸体呢？！"

"看起来，她好像化成一摊水了……"宋伦睁大眼睛，猛然想起了什么，"她讲的《溶解液》的故事就是如此吧？"

“你是说，有人用溶解液把她的尸体化成了一摊水？”王喜难以置信地叫道，“怎么可能？世界上哪有溶解液这种东西？这不是桃子编出来的故事吗？还能成真呀？！”

柏雷已经冷静下来了，他走到桃子的床前，用手摸了下床上尚未干透的水渍，又闻了一下，说道：“这就是一般的清水。”

“桃子讲的故事中也是如此呀！溶解液能把任何有机物或者无机物分解成清水！”宋伦恐惧地说。

“但现实中是没有这种东西的。我们要保持冷静，不要被主办者故弄玄虚的迷局唬到了。”柏雷转过身，直视雾岛，“解释一下吧，你怎么会知道这件事的？你之前进过桃子的房间？”

“是的……就是昨天夜里。老实说，我并不知道主办者会对我还是陈念下手，待在自己的房间里，始终惴惴不安。于是，我想了一个主意——暂时躲到桃子的房间去，逃过这一劫。结果进入 4 号房间之后，我发现桃子的尸体不见了……”雾岛垂着头说。

“那你为什么现在才告诉我们？”柏雷厉声问道。

“因为我不想让你们知道，我为了活命，居然躲进了有尸体的房间……”

“哼，原来你之前大义凛然地说什么‘该来的总会来，我会坦然面对’，包括‘超强预感’之类的，全是为了活命而演的戏罢了。实际上，你比任何人都怕死。”柏雷鄙视地说道。

雾岛一张脸涨得通红，羞愧难当。

真琴觉得雾岛有点可怜，忍不住打了个圆场：“好了，别说雾岛了，还是想想桃子的尸体为什么会消失吧。”

“我想，只有两种可能。要么是主办者在某个夜里悄悄把桃子的尸体背出房间，然后打开工厂大门，让外面的人运走了；要么就是这地方有一个只有主办者才知道的密室，尸体被放在了密室里。”柏雷说。

“可问题是，主办者为什么要让桃子的尸体消失，并让我们联想到《溶解液》这个故事呢？这样做有什么意义吗？”兰小云问。

柏雷思索着说："也许是单纯地故弄玄虚，想要增加恐怖气氛，引发我们的猜疑，从而达到扰乱视听、分散注意力的效果。但也有可能是别的什么原因……"

"是什么呢？"

"我暂时没有想到。今天很晚了，大家都疲倦了，回房睡觉吧。"柏雷说完这句话，径自朝对面的 12 号房间走去，看起来若有所思。其他人在走廊上站了一会儿，也纷纷散去了，回到了各自的房间。

（第四季完）

图书在版编目（CIP）数据

必须犯规的游戏．重启．4 / 宁航一著．— 成都：天地出版社，2022.5
ISBN 978-7-5455-6866-0

Ⅰ．①必…　Ⅱ．①宁…　Ⅲ．①推理小说—中国—当代
Ⅳ．①I247.5

中国版本图书馆CIP数据核字（2021）第266279号

BIXU FANGUI DE YOUXI CHONGQI

必须犯规的游戏・重启4

出品人　陈小雨　杨　政
作　者　宁航一
责任编辑　张诗尧
封面设计　今亮後聲 HOPESOUND 2580590616@qq.com・张张玉
责任印制　董建臣

出版发行　天地出版社
（成都市锦江区三色路266号　邮政编码：610023）
（北京市方庄芳群园3区3号　邮政编码：100078）
网　址　http://www.tiandiph.com
电子邮箱　tianditg@163.com
经　销　新华文轩出版传媒股份有限公司

印　刷　天津融正印刷有限公司
版　次　2022年5月第1版
印　次　2022年5月第1次印刷
开　本　710mm×1000mm 1/16
印　张　21.75
字　数　348千字
定　价　52.00元
书　号　ISBN 978-7-5455-6866-0

咨询电话：（028）86361282（总编室）
购书热线：（010）67693207（营销中心）

喜马拉雅奇迹文学策划出品

“必须犯规的游戏·重启”系列有声剧现已完结
欢迎扫码收听

内容简介

十四个因为各种原因欠下巨额债务、走到绝境的人，收到一条同样的神秘短信——只要参加某个特殊的“游戏”，就有机会获得一亿元的巨款。十四个人纷纷按照指示来到指定地点，却被软禁在一个密闭场所内。

主办者通过录音宣布了游戏规则：十四个人，每天晚上轮流讲一个故事，由网友们给每个故事打分，得分最高并且在十四天后仍然活着的那个人，就是获胜者，可赢得一亿元现金。众人在别无选择的情况下开始了这场危机四伏的游戏。随着游戏的进行，一桩桩诡异莫名、恐怖骇人的事件接二连三地发生在他们身上，不断有人离奇遇害，众人之间的不信任感与日俱增。

隐藏在他们身边的主办者究竟是谁？他策划这场游戏的目的是什么？谜底将在最后一刻揭晓……

从声音到文字，分享人类智慧

天喜文化